IRVIN D. YALOM

成为我自己

欧文·亚隆回忆录

［美］欧文·D.亚隆 (Irvin D. Yalom) 著
杨立华 郑世彦 译
童慧琦 审校

BECOMING MYSELF
A Psychiatrist's Memoir

机械工业出版社
CHINA MACHINE PRESS

图书在版编目（CIP）数据

成为我自己：欧文·亚隆回忆录 /（美）欧文·D. 亚隆（Irvin D. Yalom）著；杨立华，郑世彦译 . —北京：机械工业出版社，2019.5（2025.4 重印）

书名原文：Becoming Myself: A Psychiatrist's Memoir

ISBN 978-7-111-62531-5

I. 成… II. ①欧… ②杨… ③郑… III. 回忆录 – 美国 – 现代 IV. I712.55

中国版本图书馆 CIP 数据核字（2019）第 072397 号

北京市版权局著作权合同登记　图字：01-2018-5163 号。

Irvin D. Yalom. Becoming Myself: A Psychiatrist's Memoir.
Copyright © 2017 by Irvin D. Yalom.
Simplified Chinese Translation Copyright © 2019 by China Machine Press.
Simplified Chinese translation rights arranged with Basic Books Press through Bardon-Chinese Media Agency. This edition is authorized for sale in the Chinese mainland (excluding Hong Kong SAR, Macao SAR and Taiwan).
No part of this book may be reproduced or transmitted in any form or by any means, electronic or mechanical, including photocopying, recording or any information storage and retrieval system, without permission, in writing, from the publisher.
All rights reserved.

本书中文简体字版由 Basic Books Press 通过 Bardon-Chinese Media Agency 授权机械工业出版社在中国大陆地区（不包括香港、澳门特别行政区及台湾地区）独家出版发行。未经出版者书面许可，不得以任何方式抄袭、复制或节录本书中的任何部分。

成为我自己：欧文·亚隆回忆录

出版发行：机械工业出版社（北京市西城区百万庄大街 22 号　邮政编码：100037）
责任编辑：王　斌
责任校对：李秋荣
印　　刷：北京联兴盛业印刷股份有限公司
版　　次：2025 年 4 月第 1 版第 18 次印刷
开　　本：147mm×210mm　1/32
印　　张：13.75
书　　号：ISBN 978-7-111-62531-5
定　　价：99.00 元

客服电话：(010) 88361066　68326294

版权所有·侵权必究
封底无防伪标均为盗版

赞 誉 PRAISE

团体心理治疗的大师是怎样练就的？亚隆先生的自传给出了答案：开放的心态，不断的学习，大量的阅读，长期的实践，深入的研究，自我的剖析，勤奋的笔耕，最重要的是对团体成员的尊重信任以及直面自己的勇气，让他在团体心理治疗领域做出了开创性的卓越贡献。他对团体心理治疗的理解是如此的深入，他学习过各种类型的团体心理治疗，从中汲取精华而发展出了自己的团体心理治疗模式。想成为一位有效的团体心理咨询师，让团体成员在神奇的圆圈中成长和疗愈，就请阅读亚隆先生的自传，从他的生命轨迹中获得深刻的启迪，找到自己的专业成长之路。

——樊富珉　中国心理卫生协会团体心理辅导与
治疗专业委员会主任委员
清华大学心理学系教授、博士生导师

亚隆可能是对中国心理治疗领域影响最深远的美国精神病学家和心理治疗师。借由工作和爱，亚隆把平常日子过到了极致。他的一生如此饱满富饶：纠结局促的童年，弥久醇香的爱情，孜孜以求的志业，养儿育女，行走四方，一路与诸多有趣的灵魂相遇，一路以文字与人分享着自己，滋养着对探索和疗愈人类心灵怀抱兴趣的人们。

愿大师光辉的名字，照亮你我的成为自己之路。

——童慧琦　博士
斯坦福大学医学院临床副教授
美中心理治疗研究院院长

大师从自己八十多年的人生岁月中，选出四十段回忆，包括亲情、爱情、友情、事业、社会各个方面，大师家里也有巨婴，大师以前也曾经空心，历经世间炎凉，救赎与超越，还是在于成熟的人生哲学，在于成为完整无缺的自己，修辞立其诚，德博而化众，知得丧存亡而乐天理命。

——李孟潮　精神科医生，自由执业

早年，受到一些国外老师的影响，对欧文·D.亚隆有些不认同，主要原因是他把来访者的故事写成科普书籍且畅销，似乎有悖于伦理。在经历多年的临床心理治疗后，觉得在大伦理和小伦理上我们总是应该站在大伦理的一边，即人本、专业、助人和透明，亚隆在他的数本书中都传递着这样的信息，做一个真诚的人，一个活生生的人，他不避讳分享自己的经历，只要对来访者有帮助的话。他到八十五岁还在"成为自己"的路上，他是心理治疗界的一个异类，但也是最像人的治疗师，读八十岁老翁的自传并未觉得到达人生的尽头可以盖棺定论了，而是感觉生活还有无限种可能在等待着你。

——施琪嘉　华中科技大学同济医学院教授
　　　　　武汉心理卫生研究所所长

很多人找不到生命的意义，生机寡淡，陷入了人生迷茫的沼泽。这本书是最好的让你重新找回强大生命力量的书——帮助你"成为你自己"。

——蓝莓小姐　壹心理主笔团

心理治疗大师欧文·D.亚隆的经典作品《当尼采哭泣》一直广受读者称赞，这本新作，作为他的回忆录，见证了亚隆思想与作品的诞生过程，让我们看见一个时代的缩影。我们现在观看到的很多影片都在探讨生命教育，《成为我自己》或许可以为生命教育开启新的视角。

——宇乾　阿里文学总裁

读到欧文·D.亚隆这本《成为我自己》的时候，我被里面的故事深深打动。亚隆一生的经历给予了他面对死亡的勇气和从容，他的一生也正好诠释了这个书名"成为我自己"。就像尼采说的，充实你自己，实现你的潜能，充分地、完全地活着，只要这样，也只有这样，才能死而无憾。

——孙思远　远读重洋创始人

亚隆的书好看，除了他说故事的能力强，最重要的还是一个"诚"字。比如，在他的众多诊疗案例中，正是一颗至诚的心，才一次次让来访者获得了疗愈。

读完他的自传，我再次感受到亚隆之所以能成为一代心理学大师，更重要的是能够成为他自己，同样是因为他掌握到其中的秘诀就是"诚"。这也就是《大学》里所教导的诚意正心。我相信每一个希望成为自己的人，都会从这本书里获得启发。

——汪涌　悟空心灵花园主编

亚隆在随时间展开的文本叙述中向读者呈现了其精彩纷呈的一生，字里行间闪烁着身处自身近旁的真实。这种真实的文本没有很多的起伏，娓娓道来，故事平常而又不凡，正是在这样的阅读之中，我们走进了那个真实的亚隆。真实的亚隆不仅有恩爱、荣耀与辉煌，而且还有悔恨、无助与恐惧。而这些人生的难处，就隐藏在作者枝繁叶茂的人生叙述之中，我们看到了枯叶的凋落，死亡的临近，外显的生机与内隐的死寂在时间的流转中相伴相随、相互展开。阅读本书会有一种要将亚隆的故事讲述给更多人听的冲动，这就是真实的亚隆引发我们寻找真实自己的疗愈过程。

——心理学空间网 www.psychspace.com

《成为我自己》是亚隆的封笔之作，他通过自己的眼光来重新梳理和构建自己的一生。梦、对话、咨询记录、现实生活、自由联想、反思，都是他建构一生的素材。

我毫不犹豫地爱这样一个真实的老人，真实似乎就是他的全部，他通过真诚的态度传递给我。这种"傻乎乎"的真诚，当我越是怀疑的时候越是被打动，我也不得不问自己：世上难道还有比真诚更好地去建立关系的方法吗？

看看他的一生，他对父母的爱恨怨憎，他对一些人的无法理解，他对自己某些部分的回避，这是活生生的亚隆。对照他的人生，似乎让我们更优雅且更有勇气地去面对生活，这不禁让我想起团体。

去参加一个靠谱的咨询师带领的团体，照镜子吧。告诉镜子里面的那个人：真实一点，真诚一点，成为你自己吧。

——PSY 心里程心理

目录 CONTENTS

赞誉
推荐序一（柏晓利）
推荐序二（童俊）
推荐序三（张海音）
推荐序四（糖心理创始团队）

第 1 章
同理心的诞生   1

凌晨 3 点，我从梦中哭着醒来。为了不惊醒玛丽莲，我悄悄地从床上溜下来，走到卫生间，擦干眼泪，然后像我 50 年来一直告诉患者的那样……

第 2 章
寻找人生导师   4

这个穿西装的男人告诉我父亲一些了不起的事情。"学校的老师说你的儿子，欧文，是一位出色的学生，将来能够为我们的社会做出杰出的贡献……

第 3 章
我想要她走   11

在之前的治疗中，萝丝回忆了她作为母亲和妻子的失职——她的多次不忠，她在许多年前为了另一个男人抛弃了家庭，几年之后她结束了这次婚外情又回来了……

第 4 章
绕回原地   17

因为，我在这个圈子中环行，当我越接近终点时，就越接近起点。这仿佛是途中较为平稳和舒心的一段。现在我被很多已沉睡多年的回忆触动了……

第 5 章
图书馆，从 A 到 Z   28

图书馆成了我的第二个家，我每个星期六都在那里待几个小时。那些漫长的下午满足了我双重的目的：图书馆让我与我所渴望的更广阔的世界接触，一个历史、文化和思想的世界……

第 6 章
宗教战争   33

米里亚姆修女是一位漂亮、迷人，但是有点颓废的中年女性，穿着打扮丝毫不带任何职业印记。她坦率而直接，很快就谈到了她的问题，没有任何局促不安……

第 7 章 赌博的小伙子	**48**	我一直热爱赌博时的刺激感,现在我唯一能做的就是尝试怂恿我的妻子和我打赌,在很傻的事情上打赌:她想要我在参加一个晚宴的时候系上领带……
第 8 章 愤怒简史	**52**	处理愤怒并不是我的强项。我的习惯性思维倾向是指出她的歪曲事实,但是出于几个原因我并没有说出口。首先,这是一次会谈的好开头——比上个星期好太多了……
第 9 章 红色的桌子	**60**	我的办公室是一个工作室,离我的房子不到50米远,但是两座建筑物被大量树木包围着,所以彼此看不见对方。我白天大部分时间都在办公室里……
第 10 章 遇见玛丽莲	**70**	我常常觉得我认识玛丽莲之前的岁月是黑白分明的:在她进入我的生活之后,才逐渐有了色彩。对于我们的第一次见面,我的记忆清晰得不可思议……
第 11 章 大学时代	**76**	我们努力去回忆,对我来说生命中最紧张的岁月,这时候拉里开始讲起故事来,关于疯狂的联谊会,满是大群友好的男男女女的酒会……
第 12 章 与玛丽莲结婚	**91**	1954年,当我们结婚的时候,玛丽莲已经是一位坚定的法国崇拜者。她大三的时候在法国度过了一年,梦想着在欧洲度蜜月,而我,一个土里土气的小伙子……
第 13 章 我的第一位精神科患者	**97**	我讲了一个故事。我用简单易懂的语言,描述了我与穆里尔(Muriel)的8次会面——她是一位年轻、苗条,有吸引力的女性……
第 14 章 实习期:神秘的黑木医生	**101**	我在纽约西奈山医院当实习医生的第一个月,被分配到产科,然后一名特别的医生,黑木医生(Dr. Blackwood),极其频繁地在医院广播里被人呼叫……

第 15 章 约翰·霍普金斯的岁月	108	我醒了。心脏狂跳不止。我从床上坐起来,摸我的脉搏——超过 100 了。那个该死的梦!我对这个梦太熟悉不过了——我梦到过它很多次……
第 16 章 被分配到天堂	131	1960 年 8 月,在我结束约翰·霍普金斯的住院实习期一个月之后,我应征入伍。那些年已经在实行全民征兵,但是医科学生可以签订一个称为"贝里方案"的延期项目……
第 17 章 回到岸上	143	1964 年,在斯坦福工作 3 年之后,我决定去参加为期 8 天的国家训练实验室(National Training Laboratory,NTL)短训班,地点在南加州箭头湖……
第 18 章 在伦敦的一年	167	1967 年,我被美国国家心理卫生研究所(National Institute of Mental Health)授予职业教学奖,让我可以在伦敦的塔维斯托克诊所待一年……
第 19 章 短暂而骚乱的会心团体生活	178	20 世纪 60 年代中期到 70 年代早期,在加州和美国的其他地方,会心团体运动爆发了。哪里都是会心团体——其中一些与治疗团体如此相似……
第 20 章 旅居维也纳	184	住在维也纳市中心是一件令人惊奇的事情,因为那里是弗洛伊德曾经住过的地方。我一头扎进他的世界,走他曾经走过的路,拜访他去过的咖啡店……
第 21 章 日益亲近	192	我沉浸在那个昏暗的房间度过的时间里,推敲合适的词句。它是一个关键的转折点——没有数据、没有事实、没有统计学、没有教学——只是让我的思绪流转……
第 22 章 牛津和司菲卡先生的魔法硬币	199	在伊拉克利翁的时候,我们就开始寻找古老的希腊硬币,作为我们最大的儿子里德的高中毕业礼物。在第一家店里,我们被告知卖古董硬币给游客是非法的……

第 23 章 存在主义治疗	207	我开始在斯坦福大学旁听一些现象学和存在主义的本科生课程,其中大多数是由一位著名的教授达芬·弗勒斯达尔执教的,他是一名思维清晰的思想家和演讲者……
第 24 章 与罗洛·梅一起面对死亡	220	我告诉自己,如果我要继续与临终患者一起工作,就必须重新接受治疗,这一次要找一个愿意陪我一起走进黑暗的人。我那时听说罗洛·梅……
第 25 章 死亡、自由、孤独和意义	230	这本书分为四个部分——死亡、自由、孤独和意义,在其中我分别描述了我的资料来源、临床观察,以及我所引用的哲学家和作家的作品……
第 26 章 住院患者团体和巴黎	237	带领了两年的住院患者团体之后,我决定休假(斯坦福大学的教职员每 6 年就享受 6 个月的全职休假,或者是 12 个月的半薪休假)……
第 27 章 印度之行	244	三位姐妹中最漂亮的那个坐在我身边,醉人的肉桂和豆蔻的香气扑鼻而来。另外两个坐在我对面。我不时偷偷地瞥一眼我的同伴……
第 28 章 日本、中国、巴厘岛和《爱情刽子手》	257	1987 年秋,我在东京的宾馆办理入住时,与我的日本东道主碰了面。他是一位说英语的心理学家,从纽约飞过来,担任我的翻译……
第 29 章 《当尼采哭泣》	273	我一直喜欢阅读尼采,很快就陶醉于他那强有力的语言,无法将自己的思绪从这个 19 世纪的哲学怪才身上挪开,他是一个如此才华横溢,但又如此孤独和绝望,如此需要帮助的人……
第 30 章 《诊疗椅上的谎言》	288	在我骑自行车和入睡前的安静时分,我尝试着构建情节和人物,很快我就有了一个新故事,给它起了个名字叫《诊疗椅上的谎言》……

| 第 31 章 《妈妈及生命的意义》 | 295 | 在完成最后一篇文章后,我做了一个难忘的梦,是关于我母亲的,我在另一本书《妈妈及生命的意义》中对此进行了描述…… |

| 第 32 章 快变成希腊人啦 | 307 | 在所有翻译我作品的国家里面,希腊是最小的国家之一,但在我心里占据的面积却最大。1997 年,阿格拉出版公司(Agra Publications)的老板史塔夫罗斯·帕索波洛斯(Stavros Petsopoulos)购买了我所有书籍的希腊文版权…… |

| 第 33 章 《给心理治疗师的礼物》 | 317 | 一直以来,我的书都是在脑海里慢慢发芽,没有一个突然降临的时刻。《给心理治疗师的礼物》是唯一的例外。当我离开文艺复兴畅销书展台的时候…… |

| 第 34 章 与叔本华一起的两年 | 325 | 在我看来,叔本华为心理治疗的诞生奠定了基础。正如我的小说《叔本华的治疗》里的人物菲利普(Philip)所说…… |

| 第 35 章 《直视骄阳》 | 331 | 在我写《直视骄阳》这本书的时候,我的姐姐琼去世了。琼比我大 7 岁,生性温柔,我深深地爱着她。成年以后,她住在东海岸…… |

| 第 36 章 最后的作品 | 345 | 我得知斯宾诺莎被逐出犹太教会后,拒绝依附于任何宗教团体。取而代之的是,他以磨镜片为生,制作眼镜和望远镜,过着节俭、孤独的生活…… |

| 第 37 章 呀!短信治疗 | 354 | 三年前,当我第一次听说短信治疗(text therapy)——治疗师和来访者完全通过短信交流时,我再次惊呆了。通过短信治疗!呀…… |

| 第 38 章 我的团体生活 | 359 | 几十年来,我带领过许多治疗团体——精神科门诊患者和住院患者;癌症患者、丧偶者、酗酒者和已婚夫妇;医学生、精神科住院医生和执业治疗师——但是…… |

| 第 39 章
关于理想化 | **376** | 我提醒自己,我被理想化了,我们所有人都渴望一个智慧的、无所不知的白发老人。如果我被选中去填补这个空缺,那么我很乐意接受这个职位。总得有人去做这件事…… |

| 第 40 章
老年新手 | **390** | 当我看向观众席上来自全国各地的同事,我只看到几个灰白头发的,没有一个白发的。我不仅是最老的,而且是老中之老…… |

| 致　谢 | **402** |

| 译后记 | **403** |

推荐序一　FOREWORD

"成为我自己",这也许是欧文·D.亚隆教授的最后一本著作,他在本书中说:"一旦我完成了这本书,我确信再也没有什么书等待着我去写了。"我怀着极其复杂的心情,为亚隆教授的收山之作作序,备感责任重大,同时也万分荣幸。亚隆教授的很多著作都运用了小说的体裁来阐释一个又一个心理治疗的历程,将专业的理念和知识融入一个又一个动人心魄的故事,他不仅谈论患者的故事,同时也谈论他自己的过去与当下。我是亚隆教授的忠实粉丝,他对我影响深远,恐怕要说的话太多,我尽可能将其浓缩在这篇序里,所以,我想从两个角度来谈,一是亚隆本人,二是亚隆对中国团体心理学的深远影响。同时,我也乐于与读者分享我去拜访亚隆教授的故事。

十年弹指一瞬间

2018年12月1日,我们在北京成功举办了盛大的亚隆团体十周年庆典活动,与10年前一样,我有幸再一次与亚隆开启跨越时空的视频对话。不同的是,10年前亚隆75岁,我们谈的是团体治疗的培训和技术,而这次,亚隆85岁,我也已经退休,我们谈的是存在、死亡焦虑和责任。

十周年是一个发展的里程碑,一个团体治疗项目的培训在当时本身就是一个奇迹,因为谁也不知道,如何将培训过程展现出的教学模式既不让"鱼缸里的鱼"受伤害,又让观摩者受益。更不可思议的是,由两个操着别国语言的人来带领中国人的团体,这毫无疑问是一部从无到有的开拓史。十个春秋的更替,十载辛勤的努力,三千六百个日升日落,无数个台前幕后的同伴的共同努力造就了今天有初步成果的亚隆团体培训体系。

亚隆在十周年庆典上的寄语无疑是对十年培训的最好褒奖,他说:"我想祝贺'万生心语'(培训机构)十年来所做的工作,我认为这是非常重要的训练团体心理咨询师的工作。有大量的证据表明,相比其他形式的心理治疗,团体心理治疗是更有效的疗法。通过培训大量的团体治疗师,我们应该能够对中国人民和世界人民做更多的好事。所以我祝贺你们这10年,我希望未来的10年你们将会帮助团体心理治疗更好地传播,开花!祝贺你们所做的一切!"

亚隆在中国成了"网红"

提到亚隆团体培训项目的成功就必须提到孙立哲博士,他是万国集团的董事长,和我也算是共同经历了苦难的至交。在他的鼎力支持和帮助下,"美中国际心理学院"于2008年在美国成立,邢健博士任院长,其目的就是为引进国际先进的心理治疗体系,而最早的项目就是亚隆团体心理治疗模式的连续培训。亚隆由于年事已高,不能亲自来中国讲学,但他承诺一定会派他最满意的学生来中国培训团体治疗师。由此,我们有缘接受莫林·莱什(Molyn Leszcz)和朱瑟琳·乔赛尔森(Ruthellen Josselson)两位教授的培训。从2008年5月开始,他们轮流到中国开展团体治疗师的培训,经过10年的努力、10年的推进、10年的陪伴,亚隆团体培训体系从无到有、从少到多、从地面学习到线上教学,从北京到遍及全国三十几个省市,参加受训的学员超过6 000人。这个培训项目对中国团体治疗专业起到了直接的推动性作用,也让更多的人认识了解了亚隆,喜欢上团体心理治疗模式,10年的耕耘,培养出了无数的亚隆团体治疗爱好者和亚隆著作的读者。去年,亚隆受邀在线与中国精神科医师对话,线上听众竟达19万之多,创造了心理学观众人数的记录,就像亚隆在本书中说的"他听到后表示了惊讶和怀疑"。估计亚隆至今都不敢相信自己在中国竟成了"网红"。

珍贵的"坦诚与透明"

在这本书的第一篇中,85岁高龄的亚隆告诉读者,他在十一二岁时曾叫一个女孩"麻子",在被女孩的爸爸"教训"后,他学会了什么是"同理心",即"从其他人的视角体验这个世界",我们才会学到更多。亚隆用他一贯的坦诚和透明来展开他人生中印象深刻的40段故事,也是一条"成为我自己"的漫漫长路。我折服于亚隆的自我开放与接纳,他坦然面对"我与母亲的关系是我一辈子的伤痛","我一生都在探索、分析和重建我的过去,但现在我意识到我的内心充满了泪水和苦难,我可能永远也无法摆脱"。这让我们理解,早年生活中依恋的持久力是如何伴随人的一生的。同样的,这也让我们感到释怀,人生中很多不能如愿的期望终须我们谦卑地接受,并且继续前行。

治疗关系高于一切

那个蜷缩在屋子的角落里,听着母亲的大声吼叫,颤颤巍巍承受着不该由他负责的后果的小男孩,终于等到了那个摸着亚隆的头发,让他感受到"深深的、遍及全身的宽慰"的曼彻斯特医生,是他影响了亚隆,让他有了最早期的目标——"成为一名医生,将他给我的安慰传递给其他人"。亚隆认为,治疗关系高于一切,治疗关系的本质是人性化的、共情的、真诚的。治疗中的变革力量不是理性的洞察、不是解释、不是宣泄,相反,而是两个人之间深刻的真诚相遇,坚持不懈与患者在一起,无论是团体治疗还是个人治疗。亚隆常常倾向于积极主动、亲力亲为并且专注于此时此地。他曾在《给心理治疗师的礼物》中谈到"治疗效果取决于治疗关系的强度、温暖、真实和共情",这些忠告将有助于为精神痛苦的人保留一种人性和人道的治疗途径。既然治疗是人性化的,又是基于关系的,因此,建立良好的治疗关系并非教条的理念,而是出于治疗师"和患者发生互动作用的能力和存在主义的因素"。记得他曾讲过,在参加亚美尼亚烹饪培训班时,烹饪老师将示范的菜递给助理去烘制,在放进烤箱前老师撒入了一把香料,看到这一刻,他才发现了这道菜的精髓。亚隆认为"治疗关系高于一切"就是那种有价值但没有说出来的"调料"。他鼓励治疗师在工作中发展出自己的风格,"成为我自己"。

接触真实的亚隆——赴美"家访"

亚隆的坦诚和对人类存在的悲悯一直深深地影响着我,我梦想有朝一日可以坐在他的面前去感受他。他曾与妻子玛丽莲在1987年秋天来中国旅游过,这是他们唯一一次来中国,不过那时还没有人熟悉他,也没有人请他在中国讲学。我从2001年开始在医院做抑郁患者的团体治疗,因为资源有限,我跑到台湾买了亚隆的著作回来自学,如获至宝。我忽然发现,在这个世界上竟然有这样一个团体治疗的专家已经为我们总结出这么多宝贵的经验和财富。于是,我请我的好朋友孙立哲开始引进亚隆的治疗方法和出版相关的心理学书籍,并且在之后以亚隆的名字命名成立了团体心理治疗模式的连续培训项目。除了在2008年通过网络与亚隆教授有过一次对话,我一直没有见过他本人。于是,2015年5月,立哲帮助我们联络亚隆,他爽快地接受并邀请我们到他家里做客,我们一行五人在6日上午一同来到位于旧金山帕洛阿尔托市的亚隆家中拜访。亚隆和妻子热情地带我们参观了他家的房间和摆设,包括他在书中提到的咨询工作室、书房、厅房等处,所有在书中描述的关于他家中的细节都出现在眼前。那天,他就告诉我们他正在写一本回忆录,就是今天我们看到的这本书。亚隆平时最爱开他的很酷的跑车,他载着我们一起到斯坦福大学教授餐厅吃午饭,饭后又赶回家中咨询室接待了一位咨客,这是他至今还在坚持每天要做的事。那天下午,我们还特别凑巧地赶上斯坦福大学性别研究中心为纪念玛丽莲(亚隆的妻子)创办这个中心40周年举办的活动。玛丽莲不仅是一位贤内助,更是一位卓越的女性研究专家,可谓是与亚隆比翼双飞,难怪亚隆常说玛丽莲是个"非凡的女人",娶了玛丽莲是他一生最大的幸运。

传递亚隆的"涟漪"

"涟漪",在本书中至少出现了两次。它指的是人们为了缓解死亡焦虑,不自觉地创造了有影响力的同心圆,可以影响其他人很多年甚至是几个世代。"涟漪"是把我们自己的一部分传递给别人，甚至是我们不认识的人，就像投掷到池塘里的鹅卵石引起的涟漪一直扩散出去，直到不为肉眼所见，但它们仍在纳米水平上继续着。亚隆感恩曾经的两位老师在自己身上产生了"涟漪"；他在他的学生、读者和患者身上产生了"涟漪"。同样在中国，亚隆的书籍会有越来越多的读者，很多人伴随着亚隆的故事成长着；受亚隆指派来到中国培训团体治疗师的莫林和朱瑟琳，以及美中国际心理学院院长邢健博士，他们用10年的坚持和努力，向着培养1 000名亚隆团体心理治疗模式的人际关系团体督导师、咨询师的方向努力；未来这些获得认证的督导师、咨询师们再通过他们的工作将"涟漪"扩散到遍布在全国各地、数以万计的亚隆人际关系模式的受训者身上，通过团体心理这种形式影响众多需要帮助的人，最终让更多的人受益。我投下一颗鹅卵石，使得从亚隆那里发出的"涟漪"继续传递，没有终点。这可能就是对亚隆先生最好的回报。

最后我怀着对团体心理治疗不减的热情，也向走在这条路上的同仁们致以深深的感激，庆祝我们10年的收获，也感恩我们的一路同行，用亚隆在《浮生一日》扉页上献给妻子的话作为结语：我们还会在一起很久，很久。

柏晓利医生

美中国际心理学院

推荐序二 FOREWORD

"你在平原上走着走着,突然迎面遇到一堵墙,这墙向上无限高,向下无限深,向左无限远,向右无限远,这墙是什么?……死亡。"

——刘慈欣

感觉亚隆总是在他的人生中去碰这堵看不见、摸不着的无边无际的墙。那应该是与他作为犹太人的悲惨民族历史相关,在他个人身上则与他14岁时的经历相关。我在读着亚隆的这本回忆录时如是想……

那一年,亚隆14岁,正值青春叛逆期,与家里霸道的母亲处于互相看不顺眼的时期。恰恰在此时,亚隆正值壮年的父亲突发危险的心脏病,在亚隆的父亲疼得满地打滚,濒临死亡时,他那无助的母亲为了能够有控制感,用亚隆的话说,就是回到了原始的思维方式——如果发生了什么坏事,一定有谁做错了什么。那个人在那个时刻就成了处处与自己作对的儿子。因而,当天晚上,亚隆记得他的母亲不止一次地朝他大叫:"你——你杀了他!"

亚隆的母亲让亚隆感觉到:自己的任性、不敬、对家庭造成的动荡杀死了父亲。

我认为,因为这段经历,亚隆终其一生也没有原谅他的母亲。正如亚隆的分析师告诉他的:"多么可怕啊,这一切对你来说肯定很糟糕!"这一切,对一个正在象征层面弑父的青少年来说无疑是灾难性的,多少年以后,老年的亚隆在他的回忆录中仍然能听见他母亲尖锐的嗓音:"你杀了他,你杀了他!"

成为著名心理治疗师的亚隆,在理智上知道母亲的性格来源于她的原生家庭:不识字,20岁时就背井离乡去美国讨生活,不但要不停地劳作支撑自己的家庭,供一对儿女读书成才,还要不断地接济困难的娘家。尽管如此,她从来就没有得到过自己母亲的承认。亚隆从没有把这番对母亲的同情与理解向她表达过,"谢谢你,妈,谢谢你"也只发生在亚隆晚年的梦中(见亚隆的《妈妈及生命的意义》⊖一书)。因而,心理治疗理想化的结局——父母与子女之间因为交流而修通创伤,并未发生。读完亚隆的这本回忆录,居然未看见他对自己母亲死亡这件大事的描述,我认为,亚隆至今对自己的母亲仍然心存芥蒂。

亚隆的幸运在于14岁时他的父亲没有死,那个急诊医生不但救活了他的父亲,也在精神上用他的共情和理解治愈了极端恐惧的亚隆,同时他也成了正处于青春迷茫期的亚隆一个认同的榜样——"成为一个医生,将他给我的安慰传递到其他人身上"。如此,我认为亚隆在生命的旅程中是个幸运的人,在他的回忆录中,我看到,他将这种幸运贯穿于他生命的始终。

亚隆自从"父亲事故"后,对母亲的怨恨,或者很早以前就对母亲的怨恨,或者也因为母亲自己出生在一个重男轻女的家庭而对自己的儿子也有的怨恨,以及因认同那个在自己极端恐惧时安慰了

⊖ 此书简体中文版已由机械工业出版社出版。

自己的医生，这样的动力（矛盾情感）使亚隆在自己的专业和人生中充满了活力。谁说恨只是恨呢？

我很奇怪，在读亚隆这本回忆录时并没有多少像对他的其他书籍一样的触动。我这也不是第一次被邀请为他的书写推荐序，前两次分别是为《日益亲近》和《浮生一日》写序，那时，是心有戚戚的。

但这次，我读后没有感觉，要不要推掉这篇文章？可是出版社很早就和我预约了，现在在人家的书临出版之前推掉，这种事我又做不来，我只有认真地、精神分析式地想想或者感受一下，是什么东西隔离了我的感受，尽管亚隆老是说精神分析的坏话（他自己实际上做过两次并且长达数年的精神分析）。他第二次的分析是跟伟大的罗洛·梅一起做的，因而获益匪浅，也为他创立存在主义心理治疗奠定了基础。

直到我信心满满地来写这篇文章，这中间发生了什么呢？我问自己。

因为看了《流浪地球》的电影，我读了刘慈欣的原著小说，那其中深深的死亡焦虑也激活了我对死亡焦虑的思考，那堵巨大的、无边无际的死亡之墙横亘在我们所有人的面前，我们前面一片漆黑……

我是因为恐惧这种漆黑而隔离了感受吗？亚隆一次又一次地对死亡的直视，以及在80多岁时写的这本多少有点像盘点人生、交代后事的回忆录，无疑是会激活读者的死亡焦虑的。

因为在亚隆的传记里找不到对他母亲死亡的描述，这样的人生大事件为什么没有出现在他的传记里，这样的疏漏让我对亚隆这样大的心理学家直到 80 多岁还未达成与自己母亲的和解，或者是还不能去提及母亲的死亡多少感到一些失望。但是，我又问，为什么他就一定要与母亲和解呢？不和解自然有自己的理由，尽管我也这样发出存在主义式的疑问。但，我还是心有不甘，直到我看到书架上由出版社寄给我的还未来得及读的另一本亚隆的书《妈妈及生命的意义》。

在这本书里，亚隆解答了所有的我对他与母亲关系的疑惑。

"幽暗。或许我快要死了。妖魔鬼怪纠缠着我，心脏监视器、氧气筒、点滴、七缠八绕的塑料管，这全部都是死亡的象征。我闭上双眼，滑入黑暗……我挥舞双臂，拼命喊叫，声音大到人人都听得见：'妈妈！妈妈！'我在被黑暗吞噬之前再度大喊：'妈妈！我表现得怎么样？妈妈？我表现得怎么样？'"亚隆继续写道："我从枕头上爬起身来，想把梦境甩掉，即使在这时，这些字眼依旧哽在我的喉头：'妈妈！我表现得怎么样？妈妈？我表现得怎么样？'"

亚隆是多么的沮丧，他问自己："难道我的一生都以这名可悲的妇人为主要听众？终我一生，我都想要逃离、躲开我的过去——犹太小村庄、统舱、犹太区、犹太教徒祈祷时披的大方巾，黑色的犹太长袍和杂货店。终我一生，我都在追求解放和成长。难道我既没有逃脱我的过去，亦未摆脱母亲？"

亚隆的这些梦出现在他的母亲去世 10 年之后，也出现在他时日不多的晚年，读到这里时，我无比触动，无论你如何了不起，那个内在的、母亲的小孩总是会出卖你，如果要探究的话，这些与母亲的纠结又意味着什么呢？

中国人说"棍棒底下出孝子"。亚隆说,受虐儿童常常很难摆脱病态家庭的阴影,而慈爱的父母教养下成长的孩子往往没有这方面的困难,好父母的天职就是让羽翼已丰的孩子顺利离家。

尽管死亡就如同刘慈欣描述的那堵墙,没有人可以逾越,但这个世界上还是有很多人可以坦然赴死的。

而受母亲(或任何行使照顾职能的成人)虐待的孩子内在总有一个声音:你不好,所以母亲不能爱你。而寻求母亲的认可就如同亚隆梦中喊出的:"妈妈,我表现得怎么样?"

回到精神分析所有描述母婴关系的理论上,母亲的原初情绪关注,母亲作为最初客体的镜印功能型塑了婴儿的原初自体印象。我的一个在人生重要阶段都会出现危机的患者告诉我:我一直恐惧死亡,好像我直到现在,总在有意无意地寻求目光的关注。我的母亲是个孤儿,我从小感到的家庭气氛总是冷冷的,我的母亲身上像裹了个盔甲,我接受了心理治疗后与母亲交谈时,我发现她是不能触碰早年的创伤的。比如,当我提到我的舅舅,我母亲的弟弟,我说,他出生前父亲就去世了,他该有多可怜!我母亲会生气地说:可怜什么,他享受父亲的抚恤金,那是多么的幸运!

这看起来像是阳性赋义,我内心感慨道,也许中国人正是用这样的人生态度来走出困境的。但是,比昂说:如果一个人不能去感受自己遭遇的苦难,痛就不是痛了,但,这不过是运用了一些原始的防御,这种苦难会传递给下一代。科胡特说环境需要让人能感受自己是个人……

人对于终有一死是有焦虑的,但是,如果好好地活过,是可以像亚隆一样从容赴死的。而这种纠缠我的患者数十年的死亡恐惧不是因为我们必死无疑的现实，而是缺乏早年养育者温馨的目光关注，对孩子来说，母性目光的温馨关注就是生命的暖流，反之则是死亡般的寂静。环境应该能提供人去感受自己的可能，不光是爱，还包括恨。温尼科特说：人只有能感受恨时，才是完整的，才能真正成为人。

在亚隆的回忆录中，他不是完美的，却是完整的人。他对死亡充满恐惧，但不影响他在人生中勇往直前，这本写于生命晚年的回忆录因为他自展缺陷而显现出他人生的优雅，我也因此懂得了他为何总是很幸运，他因为怨恨过而整合了他的爱和恨，并因此内化了一个对生命充满深情的整合的客体，因而在他的人生中总是与对生命的深情相遇。

在这篇文章的结尾，我想到了多年前一个美国同行对我说的话："勤劳勇敢的中国人该是去面对自己情感的时候了，哪怕体验一下痛呢？"

童俊

武汉市心理医院

2019 年 2 月 18 日

推荐序三 FOREWORD

以亚隆新作《成为我自己》中的"寻找人生导师"的读后感作为推荐序。

来访者男性，65岁，外表自信、机警、干练，物理学家，刚刚获得国际科学大奖，但得意之心转瞬即逝，内心不断涌现出一波一波的自我质疑，无法自拔。这一情景，触动了亚隆，引发了亚隆和来访者内心的共舞。

作为移民的第二代，他像亚隆一样从小家庭生活艰辛，小学没有得到很好的教育，碰不到一个赏识自己的好老师，羡慕别的孩子经常有父母牵着手嘘寒问暖……他只能靠自己拼命努力争取好名次，为了赢得注意，必须靠自己出头！他绝顶聪明，却像是"长在沼泽地里的野百合，花开得极美，但根基不牢"。他有内心深处的自我肯定和认同问题。

这个来访者，惊动了亚隆的一个白日梦。一个重复做了几十、几百遍的白日梦：一个像是极有影响力的小学校长、衣冠楚楚的男子，拿着手提箱、穿着白衬衣、戴着领带，进入父亲开的杂货铺，郑重其事地对父亲说："我有些很重要的事情和你商量，是有关令郎欧文的事。"父亲有些吃惊、不安，从来没有碰到过这类情景，但明白这个人怠慢不得。那男子开口对父亲说："令郎欧文，和其他一般孩子明显不同，很有发展潜力，将来对社会定有杰出贡献，但唯一的前提是必须接受良好的教育，我热切地敦促你将令郎送到最好的私立学校去，我会推荐并尽一切所能为令郎争取一份奖学金。"

这种极度渴望遇到伯乐、遇到贵人、遇到明师的梦，就是内心对理想化父母的渴望。理想化没有被驯服，就会不断寻求补偿。早年曾经缺失的东西，怎么补都补不够。渴望被赏识、被看到、被提拔、被解救，促成了我们生命中无数的爱恨情仇的故事，有时候却显得那么悲壮、那么凄苦、那么孤独、那么哀怨……

没有好父母的引领，那就自己成为好父母！这样可以弥补一个人内心深处的缺憾，这也是一种升华和利他。热切地要努力成为别人的贵人、指引者，全身心地投入去拯救在命运中苦苦挣扎的众生，成为出色的心理治疗师……得大奖的物理学家、著名心理治疗家都是这样炼成的。

只是，在自己感动自己的同时，千万不要忘了自己正在做什么，这是来访者当下所需要的吗？我们的沟通是在一个频道上吗？

亚隆的真实、坦诚、率真和激情，我算是领教了。到了晚年，他开始写回忆录，是能够真实展现自己的时候了。我也经常在体验，自己在努力做一个好的医生、心理治疗师、老师的过程中，在和患者、来访者、学员的互动过程中，自己内心满足的是什么。我还在路途上。

张海音

上海市精神卫生中心临床心理科主任

推荐序四 FOREWORD

2016年初春，糖心理和中国心理学，都进入了一个至关重要的发展期。

那时，互联网开始进入中国心理学行业，掀起一场前所未有的激荡。糖心理乘上了这波"互联网与心理学"交融的浪潮——借由互联网新技术的发展，糖心理用视频直播的形式，在全国范围内举办了大量心理学专家直播。在高速发展期，我们一直在思考的是：我们能为中国心理学行业做点什么？

局限于闭塞的传播环境，在此之前，中国心理学一直发展缓慢，与国际治疗理念交集甚少。眼下，随着互联网新技术的崛起，传播速度呈现出前所未有的增长。这一切，为我们之后要做的事，埋下了伏笔。也就是那时，我们逐渐产生了一个大胆的想法：我们要让世界最前沿的心理治疗，以最快的速度与中国接轨。如果说有哪位心理治疗大师在中国心理学行业中被看作"图腾"式的人物，那理应是欧文·D.亚隆——他书写的文字，如同一盏海雾里的明灯，照亮了无数处在困境和黑暗时期的中国咨询师。

我们知道，如果能够借由这场技术革命，将亚隆清晰地呈现在中国治疗师的眼前，这会是多么狂热的一个时刻——他说什么，做什么，都不是那么重要了，因为他的存在就足以让整个中国心理学行业沸腾。

那时，我们只是一个小小的初创团队，尽管策划过一些轰动中国心理学行业的活动，累积了几十万用户，但我们仍旧担忧亚隆是否会接受我们的邀约——这是一种新尝试，也显然是一次大冒险，而当我们将这次与亚隆的跨国对话，主题定为"死亡"时，多少带着向亚隆致敬的意味——他已经85岁了，没有人比他更有资格谈论死亡了，而他那时正在撰写的回忆录《成为我自己》，也带着死亡与终结的味道。

在发出正式的直播邀请后，我们在忐忑中期待又盼望——为了糖心理跨出至关重要的一步，也为数十万翘首等待中的中国治疗师。事实证明，我们的大胆是值得的，亚隆欣然接受了我们的邀请。2016年5月的一天，这场关于"死亡"的跨国对谈如期进行。

那一天，几乎所有的中国心理学从业者，都在电脑屏幕前，静待亚隆教授的莅临。那一夜，中国的心理学界为之癫狂。目光之所及，每一位心理咨询师的社交主页，都在谈论亚隆教授本尊，都在为这场直播呐喊。

如果说这是中国心理学界的"万人空巷"，恐怕也不为过，而直到几年后的今天，我们翻开亚隆教授的回忆录才明白，原来当初那一场盛况空前的直播，同样对亚隆教授意义非凡。他在回忆录里写道："2016年，为中国所做的（演讲）最不寻常""最让我吃惊的是……观众多达191 234人。"

那一天，是中国心理学行业第一次出现在亚隆面前，而又是何等的荣幸，这一天，也永久地被记录在了亚隆的文字里。死亡、自由、孤独与意义，这是亚隆教授众多理论著述中的四大基石。于今日中国的心理治疗界，这些命题的存在又是如此具有现实意义：如果和人心有关的事儿过去更多被称为"精神卫生",停留在"治已病"的层面,现如今大家则更愿意用"心理健康"去定义这些学识的应用范畴,发展到了"治未病""的层面。在临床实践中,有大量的来访者并未丧失基本的社会功能,甚至可能拥有世俗意义上的成功与圆满,但他们寻求心理咨询的目的是一些看起来有点"虚无"的理由:"我功成名就,但不知还能为何而活""快要结婚了,但我有点犹豫,不知道那是否是自己真想要的生活""人到中年,想到死亡就觉得恐惧与焦虑"……这些来访理由中随处可见关于"死亡、自由、孤独与意义"的表达,对拥有这些困惑的人而言,亚隆教授的文字及其存在主义治疗不失为一剂温润良药。

在本书中,亚隆教授回忆了自己人生中一些重要的片段,有些是转折性的,有些是充满荣耀的,有些是依旧保持未知与开放的。但共同的一点是,我们可以从文字中窥见这位老人在岁月长河中曾经历过的惶恐与冲突,以及他如何从人生的尘埃中绽放出意义的花朵。如果说存在主义治疗是属于灵性层面的技法,这似乎低估了亚隆教授丰盛的学术底蕴,但如果说存在主义是一种具体的操作方法,这似乎又灭失了其灵动的哲思底蕴。我更愿意把存在主义治疗视作是"道",而阅读这些理论及亚隆教授的成长故事,唤起的人性共鸣甚至是超越专业领域的。

在心理咨询室中,我们会在心里默默祈愿眼前的来访者终能寻找到意义与自由去活出他自己,然而在工作与生活中,"成为我自己"又何尝不是一场需要花一辈子才能看清答案的追寻。能聆听一位如亚隆教授般睿智慈悲的老人谈论这些命题是种福报,那至少会让我们意识到："哦，原来'成为我自己'即使对于亚隆这样的大师而言也并不容易。"学习存在主义疗法时若不了解亚隆教授的个人成长故事，就仿佛失去了底色的巨型拼图。

当人类寿命有可能在未来显著延长，现实及虚拟交流越来越便捷自由，丁克族、御宅族史无前例地增多，大多数人不再需要面对饥荒与贫困，我们需要构建一个全新的体系来面对变化速度超越过往的世界。当被人工智能大规模取代时，人究竟还能因何而存在？社交网络于现实存在的意义是什么？孤独是否是可耻的？衣食无忧的人如何寻找到生命的价值与意义？倘若有一天这些问题的确困扰了相当一部分的人，那么对于答案的追寻就可以从亚隆教授的书开始。他把与"存在"有关的话题从过去带到了当下，从西方带到了东方，很多人兴许可以从他的文字中找到"心苦"的解药。

不由得想象当时那场直播的见证者们，会如何阅读并品评本书。可以确定的是，这本自传本身就是绝佳的邀请，邀请更多人和我们一起探索"存在"的意义，直视骄阳、向死而生，构建出每段个体生命的独特价值，并最终帮助更多人看见意义之所在。

糖心理创始团队

BECOMING
MYSELF

第 1 章
同理心的诞生

凌晨 3 点,我从梦中哭着醒来。为了不惊醒玛丽莲,我悄悄地从床上溜下来,走到卫生间,擦干眼泪,然后像我 50 年来一直告诉患者的那样:闭上眼睛,在脑海里重演梦境,然后写下你所看到的。

我大约 10 岁或者 11 岁,在离家不远的一座小山上,骑着自行车从长长的坡上溜下来。我看到一个名叫爱丽丝的女孩,坐在她家门廊前。她看起来比我要大一点儿,即便她的脸上长满了红色斑点,她还是长得很好看。当我骑自行车经过的时候,我冲着她大喊:"喂,麻子。"

突然,一个身材高大的男人站在了我的自行车前面,吓了我一大跳,他抓住自行车把让我停了下来。我隐约知道这是爱丽丝的父亲。

他冲我大喊:"嘿,小家伙,不管你叫什么名字,如果你有脑子的话,回答我的问题。想想你刚才对我女儿说的话,告诉我,那样会让爱丽丝有什么感受?"

我吓得不知所措。

"快点,回答我。你是布卢明代尔家的小孩(我父亲的杂货店叫作布卢明代尔商店,很多顾客以为我们姓布卢明代尔),我敢打赌你是一个精明的犹太人。说吧,想想你说那句话的时候爱丽丝有什么感受。"

我浑身打颤,吓得说不出话来。

"好了,好了。冷静下来,我说简单点。你就告诉我,你的话让爱丽丝感觉很好,还是很糟糕?"

我嘟囔着挤出一句:"我不知道。"

"脑筋转不动了,是吗?那好,我来帮你想想。假如我盯着你看,挑出你的一个毛病,然后每次见到你的时候,就对你的毛病指指点点,你会是什么感觉?"他双眼紧紧凝视着我。"你的鼻子里有鼻涕,啊?叫你鼻涕虫怎么样?你的左耳朵比右耳朵大。假如我每次见到你,都说'嘿,大耳朵',你是什么感觉?叫你犹太男孩呢?嗯,这个名字怎么样?你会有什么感觉?"

我在梦里意识到,这并不是我第一次骑着自行车经过这座房子,我日复一日做着相同的事情——骑着自行车经过,用同样的话语冲爱丽丝大喊,试图发起一次谈话,试着跟她交朋友。而我每一次喊"嘿,麻子",我都在伤害她,侮辱

第1章 同理心的诞生

她。我感到惶恐不安,因为我每一次所造成的伤害,也因为我之前并未意识到这一点。

当她的父亲教训完我之后,爱丽丝从门廊的台阶走下来,用一种温柔的声音说:"你想过来和我玩一会儿吗?"她看了她父亲一眼。她父亲点了点头。

"我感觉很糟糕,"我回答,"我感觉羞愧,极其羞愧。我不能,我不能,我不能……"

从十来岁开始,我就养成了睡前阅读的习惯,最近两周我一直在读史蒂芬·平克(Steven Pinker)的书《人性中的善良天使》(*The Better Angels of Our Nature*)。今晚,在做这个梦之前,我读了其中一章,写的是启蒙运动时期同理心的产生,以及小说的流行,尤其是英国书信体小说,比如《克拉丽莎》(*Clarissa*)和《帕梅拉》(*Pamela*),这些作品通过帮助我们从其他人的视角体验这个世界,来减少暴力和残忍。我在晚上12点左右关灯睡觉,几个小时之后,我从关于爱丽丝的噩梦中醒来。

让自己平静下来之后,我回到了床上,但是辗转反侧了很久,一直想着这件事情多么令人惊奇——这个封存了73年之久的脓包,里面装满了内疚,突然在今晚胀破了。现在回想起来,在现实生活中,12岁的时候,我真的骑着自行车从爱丽丝家门前经过,冲她喊"嘿,麻子",以一种残忍的、毫无同理心的方式来获取她的关注。虽然她的父亲从来没有质问过我,但是当85岁的我躺在床上,从这场噩梦中缓过神来的时候,我可以想象她会是什么感受,以及我可能对她造成的伤害。原谅我,爱丽丝。

第 2 章
寻找人生导师

迈克尔（Michael），一位 65 岁的物理学家，是我一天里的最后一位患者。我 20 年前给他做过心理治疗，持续了大约两年；从那之后他就杳无音信，直到几天前，他给我写邮件说："我需要见你——随邮附上的这篇文章使我想起了许多东西，有好有坏。"我点开链接一看，是《纽约时报》上的一篇文章，描述了他最近获得一项国际科学大奖的情形。

他在我的治疗室里刚坐下，我就先开口说话了。

"迈克尔，我收到了你的邮件，说你需要帮助。对你的痛苦我感到抱歉，但是我也想说，很高兴见到你，也很开心知道了你获奖的消息。我经常会想你现在过得怎么样。"

"谢谢你这么说。"迈克尔环顾了治疗室四周——他瘦长而结实，身高约有 1.83 米，头发所剩无几，十分机警，炯炯有神的褐色眼睛散发着干练和自信。"你重新装修了治疗室？这些椅子之前是在那边的，对吧？"

"是的，我每隔25年重新装修一次。"

他轻声笑了。"嗯，你看过那篇文章了？"

我点点头。

"你也许可以想象接下来发生在我身上的事情，一时间，我充满了自豪感，接着却是一阵阵令人焦虑的自我怀疑。老样子——内在里我很肤浅。"

"让我们直奔主题吧。"

在接下来的会谈时间里，我们回顾了过去谈话的内容：他没有受过教育的爱尔兰移民父母，他在纽约出租房里的生活，他接受的糟糕的小学教育，缺少任何一位重要的导师。他谈了很多他如何嫉妒那些有长辈提携的人，而他却必须勤奋努力，获得最高的分数以博取关注。他必须自力更生。

"是的，"我说，"自力更生是骄傲自豪的来源，但是它也会导致一种没有根基的感觉。我认识很多来自移民家庭的天才儿童，他们感觉自己像是长在沼泽地里的野百合——花儿虽美但是根基不牢。"

他记起来，很多年前我对他说过这句话，并且说他很高兴回想起它来。我们安排好再见几次面，然后他告诉我，他已经感觉好多了。

迈克尔和我配合得一直很顺利。我们第一次见面的时候就很投缘，有时候他会告诉我，他觉得我是唯一真正理解他的人。在我们做心理治疗的第一年，他谈了很多关于他身份的困惑。他真的是那个名列前茅的优等生吗？或者他是个游手好闲的人，用下赌注或掷骰子来打发空余时间？

有一次，在他为自己令人困惑的身份感到悲哀的时候，我给他讲了我从华盛顿特区罗斯福高中毕业的故事。当时，我接到通知，我将会在毕业典礼上获得罗斯福高中公民奖。但是，在我读高四的时候，我一直在做棒球赌注登记经纪人的生意：在指定的一天里，投注的人选出 3 位棒球手并下注，如果任意 2 位棒球手之间都不出现 6 次安打，钱就归我，如果有 6 次安打，我就赔 10 倍。我获胜的概率要大一点。我的生意一直做得非常好，总是有闲钱给我的女朋友玛丽莲·柯尼科（Marilyn Koenick）买栀子花。然而，在我毕业典礼的前几天，我把赌注记录本弄丢了。它丢在哪里了？我发疯似地到处寻找，一直找到毕业典礼的那一刻。即使当我听到自己的名字，开始大步走向主席台时，我还在颤抖，并不知道——我会被授予罗斯福高中1949届优秀公民，还是会因为赌博而被开除？

当我向迈克尔讲这个故事时，他大笑不止，然后小声说了句："心心相印的心理医生。"

* * *

在整理完治疗记录之后，我换上休闲装和网球鞋，把自行车从车库里推出来。在 84 岁高龄，我已经很久不打网球，也不慢跑了，但是几乎每一天，我会在家附近的自行车道上骑车。我先骑过一个满是散步者和飞盘以及很多孩子攀爬超现代化建筑的公

第2章 寻找人生导师

园,然后经过马塔德罗小溪上一座原木桥,再爬上一座一年比一年陡峭的小山。我从山顶上一路滑行下来,心情很放松。我酷爱这样的滑行,因为暖风会拂我的脸颊。只有在这个时刻,我才能理解我信仰佛教的朋友所说的,放空大脑,沉浸在当下的感觉。但是这种平静总是很短暂,而今天,在我的脑海深处,我感觉有一个白日梦准备着要浮现出来。这是一个在我漫长的一生中已经想象了很多次,估计有几百次的白日梦。这个白日梦蛰伏了好几个星期,但是迈克尔对于缺少人生导师的悲叹唤醒了它。

　　一位男士,拎着公文包,穿着泡泡纱西装,戴着一顶草帽,里面穿着白色衬衣,打着领带,走进了我父亲那狭窄、简陋的杂货店。我不在这个场景之中——我能看到一切,就像我在天花板上悬浮着一样。我不认识这位到访者,但我知道他是一位有影响力的人物,也许他是我小学的校长。这是华盛顿特区一个炎热、潮湿的六月天,他拿出手帕擦了擦他的额头,然后才正式开始和我父亲讲话。"我有些很重要的事情要和你谈,是关于你的儿子欧文的。"我的父亲吃了一惊,并且很焦急;他之前从来没有遇到过这样的事情。我的父亲和母亲从来没有融入美国文化,所以他们只有和亲戚,和其他一起从苏联移民过来的犹太人在一起的时候,才会感觉放松。

　　虽然店里有顾客需要招呼,但我父亲知道不能让这个人等着。他打电话给我的母亲——我们住在商店上面的一个小公寓里,然后,在这个陌生人听不见的地方,用意第绪语告诉她赶快下楼。她几分钟之后就出现了,并且熟练地招待着顾客,而我父亲带着这位陌生人进到商店后面的小储物室。他们坐在装着空啤酒瓶的箱子上,然后开始交谈。很幸运,没有老鼠或者蟑螂突然跑出来。我的父亲显然不太自在。他宁愿让我母亲来进行这场谈话,但是公开承认是我母亲,而不是他在打理一切、做重要的家庭决定,将是一件不体面的事情。

这个穿西装的男人告诉我父亲一些了不起的事情。"学校的老师说你的儿子,欧文,是一位出色的学生,将来能够为我们的社会做出杰出的贡献。但是,只有让他接受好的教育,这才会实现。"我的父亲似乎僵住了,他那双漂亮、敏锐的双眼盯着这位陌生人,继续听他说:"现在华盛顿特区的这所学校运作良好,对普通学生来说相当令人满意,但是并不适合你的儿子,他是一个很有天赋的学生。"他打开公文包,递给我父亲一张列有特区几所私立学校的名单,并说道:"我竭力主张你送他去其中一所学校接受余下的教育。"他从皮夹子里拿出一张名片,递给我的父亲。"如果你联系我,我会尽己所能帮助他获得一份奖学金。"

看到我父亲一脸困惑之后,他解释说:"我会试着寻找一些资助来支付他的学费——这些学校不像公立学校一样是免费的。请你,为了你儿子的将来考虑,一定要将这件事看成是头等大事。"

停!这个白日梦总是在这个当口就停止了。我的想象力阻止了我完成这个场景。我从没有看到我父亲的反应，以及他后来与我母亲的讨论。这个"出口外表达"我想要被拯救的渴望。当我是一个孩子的时候，我并不喜欢我的生活、我的街坊、我的学校、我的玩伴——我想要被拯救；而在这个幻想里，我第一次被一个外部世界的重要使者认为是与众不同的，这个外部世界比我所生活的贫民区要好得多。

现在我回过头看，发现这样一个被拯救和提携的幻想贯穿于我的写作之中。在我的小说《斯宾诺莎问题》(The Spinoza Problem)第3章中有一段这样的描述，斯宾诺莎在散步到他老师——弗兰西斯·冯·登·恩登（Franciscus van den Enden）家的路上，陷入了白日梦之中，这个白日梦描述了他们几个月前第一次见面时的情形。冯·登·恩登，以前是耶稣会教士的古典文学教师，现在自己经营着一家私塾，他偶然走进斯宾诺莎的小店买一些酒和葡萄干，交谈间对斯宾诺莎心智的深度和广度惊叹不已。他极力主张斯宾诺莎去他的私塾求学，这样就可以学到非犹太世界的哲学和文学。这部小说是虚构的，但是我尽量让它和历史事件保持一致。然而这一段却并非如此，巴鲁克·斯宾诺莎（Baruch Spinoza）从来没有在他的家庭商店里工作过。其实并没有这样的家庭商店，他的家族经营着进出口生意，而不是零售商店。我才是那个在家庭杂货店里工作的人。

这个被赏识和拯救的幻想，以很多种方式在我身上持续存在着。最近，我去看了大卫·艾维斯（David Ives）导演的戏剧《穿裘皮的维纳斯》(Venus in Fur)。帷幕拉开，展现的是一个后台的场景，一位疲倦的导演正在为一部戏挑选女主角，他已经面试了一整天。现在他筋疲力尽，对见过的所有女演员都极为不满。在他正准备离开的时候，一个慌慌张张的女演员进来了，她迟到了一个小时。这位导演告诉她，他今天的工作已经结束了，但是她说尽甜言蜜语想要获得一次试镜。导演注意到她显然是一位不懂世故、庸俗且没受过多少教育的姑娘，完全不适合这个角色，所以他拒绝了。但是她很善于说服别人，不依不饶，最后导演为了打发她，做出了让步，同意给她一次简短的试镜——他们俩一起读台词。在她读台词的时候，如脱胎换骨了一般，她的口音变了，言语流畅起来，说起话来像个天使。这位导演惊呆了，他简直有点不知所措。她正是他梦寐以求的人，比他梦想的还要完美。她真的是30分钟前他遇到的那个狼狈、庸俗的女人吗？他们继续念着台词，根本停不下来，直到精彩地演完整场戏剧。

我喜欢这场戏剧的一切，但是他开始欣赏她真实才华的那几分钟，才是我最有共鸣的：我被赏识的白日梦在舞台上上演了，我第一个从剧院里站起来，为演员拍手叫好，我的眼泪止不住地流了下来。

BECOMING MYSELF

第 3 章

我想要她走

我有一位患者,萝丝(Rose),最近一直都在谈她与女儿的关系,这个女儿是她唯一的孩子,正处在青春期。萝丝对她的女儿几乎就要绝望了,因为她只对酒精、性,以及和其他花天酒地的同龄人一起玩耍感兴趣。

在之前的治疗中,萝丝回忆了她作为母亲和妻子的失职——她的多次不忠,她在许多年前为了另一个男人抛弃了家庭,几年之后她结束了这次婚外情又回来了。萝丝的烟瘾很大,并患上了严重的肺气肿。但是即使这样,过去几年里她尽力弥补自己的行为,无微不至地关心她的女儿。然而,这一切都不管用。我强烈建议他们一起进行家庭治疗,但是她的女儿拒绝参加;现在萝丝已经到了崩溃的边缘:每一次咳嗽发作,每一次去见她的肺科医生,都在提醒她自己已经时日不多了。她只想获得解脱,她告诉我:"我想要她走。"她一直数着到女儿高中毕业离开家还有多少天——不管离开家做什么，上大学，去工作，什么都行。她不再关心女儿会选择什么样的人生道路。她一遍又一遍地自言自语，同时也是对我说："我想要她走。"

在我的临床实践中，我尽我所能帮助家庭重归于好，弥合兄弟姐妹以及孩子和家长之间的裂痕。但是我给萝丝治疗的过程中，逐渐感到疲倦，并丧失了对这一家庭的所有希望。在过去的谈话中，我已经试着预期如果她和她女儿切断联系，她的未来会如何。她会感到内疚和孤独吗？但是说这些都是枉然，她现在已经时日无多：我知道萝丝活不了太久。在将她女儿转介给一位优秀的治疗师之后，我现在只关心萝丝，并且感觉可以完全站在她那一边。她不止一次说过："还有3个月她就高中毕业。然后她就搬出去了。我想要她走。我想要她走。"我开始希望她的愿望能够成真。

那天晚些时候，我骑着自行车默默地重复萝丝的话："我想要她走，我想要她走。"然后没过多久我想起了我的母亲，并通过她的眼睛看待这个世界，我也许是头一次这么做。在我的想象中，她对我也有类似的想法，并且说出类似的话。现在回想起来，当我最终并且永久地离开家去波士顿上医学院的时候，我并没有母亲表现出哀伤的回忆。我回想起离别时的场景：当我开着装得满满的雪佛兰离开家时，母亲站在房前台阶上向我挥手告别；当我从她的视线中消失后，她进了屋。我想象她把前门关上然后深深呼了一口气。两三分钟后，她站起来，露齿而笑，和我的父亲一起跳"哈哇那基亚（Hava Nagila）"㊀舞蹈。

㊀ Hava Nagila，音译哈哇那基亚，意思是"让我们欢乐"，是一首希伯来语的犹太民歌，一般在婚礼上演唱。下同。——译者注

作者和他的母亲还有姐姐,加利福尼亚州
1934 年

的确，在我 22 岁永久离开家时，我母亲有充足的理由感觉松了一口气。我是家庭平静的打扰者。她对我从来就没有好话，我也照样回敬她。在我从一座长长的山坡上骑着自行车向下滑行时，我的思绪又回到了从前的一个夜晚，那时我 14 岁，父亲 46 岁，他半夜从剧烈的胸部疼痛中醒来。在那个年代，医生是会到家里来看病的，所以我母亲很快就给家庭医生曼彻斯特博士（Dr. Manchester）打了电话。在宁静的夜晚，我们 3 个人——父亲、母亲和我——焦急地等待着医生的到来。（我的姐姐，琼，比我大 7 岁，已经离开家上大学了。）

每当我母亲心烦意乱的时候，她就回到了原始的思维方式：如果发生了什么坏事，一定有谁做错了什么。那个人就是我。在我父亲疼得打滚的时候，那天晚上她不止一次地朝我大声吼叫："你——你杀了他！"她让我知道，我的任性，我的不敬，我对家庭造成的动荡——所有这些——杀死了他（had done himin）。

多年之后，当我躺在精神分析躺椅上，我对这一事件的描述，让我极端正统的精神分析师，奥利芙·史密斯（Olive Smith）少有地迸发出了她的柔情。她发出了啧啧声，向我这边倾身过来，然后说，"多么可怕啊！这一切对你来说肯定很糟糕。"她是一个刻板的研究所里的一位刻板的培训分析师，这个研究所将解释看成是分析师唯一的有效行为。她那些深思熟虑，深奥难懂，并且仔细措辞的解释，我一句都不记得。但是她那个时候，以一种温暖的方式靠近我——我现在还珍藏着这一记忆，即使已经过了差不多 60 年。

"你杀了他，你杀了他。"我仍然能听见我母亲尖锐刺耳的嗓音。我记得自己蜷成一团,因为恐惧和愤怒而动弹不得。我想要吼回去,"他没死!闭嘴,你这个白痴。"她不停地擦拭父亲的额头,并亲吻他的头,而我坐在地板上,缩在一个角落里,直到,终于,终于,大约凌晨3点钟,我听见曼彻斯特医生的大别克车压碎街道上秋天的落叶的声音,然后我三步并作两步地飞快跑到楼下,去开门。我很喜欢曼彻斯特医生,看到他那张熟悉的、微笑着的大圆脸,我的恐慌消失了。他把手放在我的头上,弄乱了我的头发,安慰我的母亲,给我父亲打了一针(可能是吗啡),把他的听诊器放在我父亲胸口,然后他一边让我听,一边说:"听,小伙子,它在扑通扑通跳着呢,就像一座时钟一样有力而且规律。不用担心。他会好起来的。"

那天晚上我目睹了父亲的濒临死亡,并前所未有地感受到了我母亲爆发的愤怒,然后做出了一个自我保护的决定,从此对她关上心门。我必须从这个家离开。接下来的两三年里我几乎没和她说过话——我们就像生活在同一个屋檐下的陌生人。并且,最重要的是,我回忆起曼彻斯特医生进到我们家时所带来的深深的、遍及全身的宽慰。从来没有人曾经给过我这样一份礼物。就在那里,在那个时候,我决定我要像他一样。我将会成为一名医生,将他给我的安慰传递给其他人。

我的父亲逐渐康复了,但从那之后他每一次用力都会胸痛——即使只是走过一条街区,他也会立即伸手去拿他的硝酸甘油吞下一片,就这样他又活了23年。我的父亲是一位温和、慷慨的男人,我认为他唯一的缺点就是,没有勇气反抗我的母亲。我与母亲的关系是我一辈子的伤痛,但矛盾的是,她的形象几乎每一天都在我的脑海中闪过。我能看见她的脸：她从来都不平和，从不微笑，从不快乐。她是一个聪明的女人，虽然她一辈子每天都辛勤工作，但是她完全没有满足感，并且很少表达快乐、积极的想法。不过今天，在我骑自行车的时候，我用一种不同的方式回忆她：我想到我们住在一起的时候，我肯定也没给过她什么快乐。我很欣慰的是，晚年的时候我变成了一个更加善意的儿子。

BECOMING
MYSELF

第 4 章
绕回原地

有时候，我会重读查尔斯·狄更斯（Charles Dickens），他在我所尊崇的作家里一直占据着核心的位置。最近，《双城记》（*A Tale of Two Cities*）中一段精妙的话引了我的注意：

"因为，我在这个圈子中环行，当我越接近终点时，就越接近起点。这仿佛是途中较为平稳和舒心的一段。现在我被很多已沉睡多年的回忆触动了……"

这一段让我极为感动：随着我的确更加接近终点，我也发现，我自己越来越绕回起点。我的来访者的回忆更是经常地激起我自己的回忆，我对他们的未来所做的工作唤起并搅动了我的过去，并且我发现，我正在重新审视关于自己的故事。我对童年早期的回忆总是支离破碎的，我一直相信，这可能与我早年的不幸福和我们所居住的肮脏环境有关。现在，随着我已年过80，越来越多地来自早年生活的意象侵入我的思绪中：睡在我们家门口浑身都是呕吐物的酒鬼；我的孤独和孤立；蟑螂和老鼠；红脸膛理发师叫我"犹太小男孩"；十来岁时，我那神秘、令人痛苦并且没有得到满足的性悸动；不合时宜，总是不合时宜——黑人社区中唯一的白人男孩，在基督教世界中唯一的犹太人。

是的，过去吸引着我，而我知道"平稳"（smoothing）的意思是什么。现在，我比以往任何时候还要多地想象已故的父母在看到我在一群人面前演讲的时候，所感到的骄傲和快乐。在父亲去世前，我只写了几篇发表在医学杂志上的技术性论文，他甚至都看不懂。我的母亲又活了25年，虽然她糟糕的英语，还有之后的失明，让她无法阅读我的书，但是她一直把这些书堆在她的椅子旁边，对着她养老院的到访者啧啧称赞它们。我的父母和我之间有很多东西是未完成的。有太多关于生活的事情我们从来没在一起讨论过，比如关于我们家庭中的紧张和不幸福，关于我的世界和他们的世界。当我想到他们的生活，想象他们到达埃利斯岛（Ellis Island）⊖，身无分文，没有受过教育，一句英语也不会说，我的眼泪流了下来。我想要告诉他们，"我知道你们经历了什么。我知道那有多么艰难。我知道你们为我做了什么。请原谅我曾经那么的为你们而感到羞耻。"

⊖ 美国纽约市曼哈顿岛西南的一个小岛，1892～1943年间曾用作移民进入美国的检查站。——译者注

作者的父亲和母亲，加利福尼亚州
1930 年

在 80 多岁高龄回顾我的人生令人心生胆怯，并且有时候让人觉得孤独。我的记忆并不可靠，而见证过我早年生活的人所剩无几。我的姐姐，比我大 7 岁，刚刚去世了，并且我的大部分老友和熟人也都相继去世了。

当我到了 80 岁，一些来自过去的意想不到的声音唤醒了一些回忆。首先是厄休拉·汤姆金斯（Ursula Tomkins），她通过我的网页找到了我。我们一起上过华盛顿特区的盖奇小学（Gage Elementary School），之后与她也就没什么来往了。她在邮件里写道，"80 岁生日快乐，欧文。我读了你的两本书并且很喜欢，然后请亚特兰大图书馆去找其他几本。我记得你是弗纳尔德（Fernald）小姐带的四年级班上的学生。我不知道你是否还记得我——我满头蓬松的红色卷发，而你是一个头发乌黑亮丽的漂亮男孩。"

我当然记得厄休拉，这么看来她认为我是一个头发乌黑亮丽的漂亮男孩！我？漂亮？我早知道这一点就好了！我从来没有，一刻都没有，认为我自己是一个漂亮的男孩。我害羞、木讷、缺乏自信，并且从没想到有人会觉得我有吸引力。哦，厄休拉，祝福你。因为你告诉我我是漂亮的而祝福你。但是，为什么，哦为什么，你没有早点告诉我呢？它也许会改变我的整个童年！

然后，两年之前，有一条来自遥远过去的电话录音留言，以"**我是杰里（Jerry），你的老棋友**"开头。即使我 70 年没有再听过他的声音，但是我立刻就听出来他是谁。来电话的人是杰里·弗里德兰德，他的父亲在西顿和北国会大厦街交叉口有一家杂货店，与我父亲的店只隔了一个街区。在他的语音信息中，他告诉我,他的孙女在上一门临床心理学课程,正在读一本我的书。他记得我们有两年经常在一起下棋,当时我12岁,他14岁,而在我的记忆里那个时期只是一个没有安全感,自我怀疑的荒原。因为我对那些年几乎没有任何记忆,所以我欣然接受了获得反馈的机会,拿起电话尽力打听杰里对当时的我的所有印象(当然,在我分享了我对他的印象之后)。

"你是一个好人,"他说,"非常温和。我记得我们在一起玩的那段时间里我们从来没有争吵过。"

"再多告诉我一点,"我贪婪地说,"我对那个时候的记忆一片模糊。"

"你有时候也会玩耍,但是大部分时间里,你都严肃而博学。实际上,我想说非常博学。任何时候我去你家,你都在埋头看书——噢,是的,我记得很清楚——埃夫(Irv)⊖和他的书。你总是读很难懂的书和好的文学作品,这些书远远超出我的理解范围。你从不看漫画书。"

这只说对了一半——实际上,我是惊奇队长(Captain Marvel)、蝙蝠侠(Batman)和青蜂侠(Green Hornet)的狂热爱好者。(尽管不包括超人,因为他的刀枪不入让他的冒险没有了任何悬念。)杰里的话让我回想起来,在那些年里,我经常从离图书馆一个街区,位于第七大道的书店里买二手书。随着我的回忆,一本大部头,铁锈色,关于天文学的晦涩难懂的书籍的意象浮现在我的眼前。我不懂里面所讨论的光学不要紧,但那本书完全符合另外一个目的——我把它放在显眼的地方,让我姐姐漂亮

⊖ 埃夫是作者名字欧文(Irvin)的昵称。——译者注

的女同学可以看到，希望用我的早熟让她们对我刮目相看。她们轻轻拍我的头，偶尔抱抱我或者亲亲我，让我很是受用。我不知道杰里也注意到了那本书——那完全是误中。

杰里告诉我，下棋的时候一般都是我赢，但我并不是一个输得起的人——在一次漫长的对弈之后，他通过艰难的残局取胜，我生气了并且坚持他必须要和我的父亲下几盘。他这样做了。他下一个星期天来到我家，并且也下赢了我的父亲，虽然他很肯定我父亲是让着他的。

这一趣闻让我感到吃惊。我和我父亲的关系很好，尽管有些疏远，但是我无法想象我会指望他来替我报仇。在我的记忆中，是他教我下的棋，但是等我大概11岁的时候，我就总是能下赢他了，然后会寻找更加强大的对手，尤其是他的兄弟，我的叔叔亚伯（Abe）。

我一直因为一件事情对我的父亲耿耿于怀——他从来没有，哪怕是一次，反抗过我的母亲。在我母亲贬低和批评我的所有那些年里，我的父亲从来没有反对过她。他没有一次站在我这一边。我因为他的被动和缺乏男子气概而感到失望。因此我很困惑：我怎么会找他来帮我向杰里报仇呢？也许我的回忆出错了。也许我比我之前所认为的还要更加以他为荣。

这一可能性随着杰里继续描述他自己生活中的艰难历程而获得了佐证。他的父亲不是一位成功的商人，并且，曾经有三次，生意失败迫使举家搬迁，每况愈下，住处一次比一次差。此外，杰里必须在放学之后还在暑假期间打工。我意识到我比他要幸运得多：虽然我经常在我父亲店里工作，但是这从来都不是一项要

作者的父亲在他的杂货店里,加利福尼亚州
1930 年

求而总是出于我个人的意愿——招待客人,给他们算账,收钱找钱让我感觉自己很成熟。杰里暑假还要打工,而我父母会把我送到为期两个月的夏令营中去。我把我的特权当成是理所当然的,但是我与杰里的对话很清楚地表明,我的父亲做对了很多事情。很明显,他是一位勤劳而有智慧的商人。正是他的(还有我母亲的)辛勤工作和商业头脑让我的生活变得容易些了,让我有可能接受教育。

在挂断杰里的电话之后,另一个已经被遗忘的关于我父亲的记忆偷偷溜了进来。一个下着雨的傍晚,店里满是顾客,一个大块头、凶神恶煞的男人抓起一箱白酒就跑到街上去了。没有丝毫犹豫,我的父亲马上起身去追他,留下我和我母亲在店里应付满屋子的顾客。15分钟之后我父亲回来了,扛着那一箱白酒——那个小偷跑了两三条街区跑不动了,扔下这箱白酒就跑了。我父亲所做的是一件勇敢的事情。我不敢肯定我会去追。我一定是为他感到自豪的——我怎么可能不是?但奇怪的是,我让自己忘了这件事。我曾经有坐下来好好想一想,真正地想,他的生活是什么样子的吗?

我知道我父亲早上5点就起来工作,从华盛顿特区东南部的批发市场购买商品,他平时晚上10点关门,星期五和星期六12点才关门。他只在星期天休息。我偶尔陪他一起去批发市场,那是一件艰苦、累人的工作。但是我从没听过他抱怨。我记得我和一位我叫他"山姆(Sam)叔叔"的人聊过天,他是我父亲在苏联时最好的朋友[我称呼所有从苏联一个名为希尔兹(Cielz)的犹太人小村一起移民过来的人为叔叔或者阿姨]。山姆告诉我,我父亲会在家里狭窄阴冷的阁楼上坐上几个小时,写诗歌。但是当他在第一次世界大战的时候应征入伍,加入苏联军队帮助

第4章 绕回原地

修建铁轨的时候,所有这一切都结束了。战后,他在他哥哥迈耶(Meyer)的帮助下来到了美国。迈耶早一些移民过来,并且在乔治城沃尔特街上开了一家杂货店。他的姐姐汉娜(Hannah),还有他的弟弟亚伯,随后也都来了。亚伯1937年的时候只身前来,并且计划将他的家人很快都接过来,但是为时已晚:纳粹杀死了所有留下的人,包括我父亲的姐姐和她的两个孩子,还有他弟弟亚伯的妻子和四个孩子。但是,对于所有这些,我父亲都只字不提;他一次也没有对我说起过犹太人大屠杀,或者,说实在的,也没有提起过任何关于故乡的事情。他的诗歌,也成了陈年往事。我从没见过他写作,也从没见过他看书。我从没见过他读除了犹太人日报之外的其他东西,他只要一拿到那份报纸就抓起来,快速浏览。直到现在我才意识到,他是在找任何关于他的家人和朋友的消息。只有一次他提及了大屠杀。那时候我大约20岁,我和他一起去吃午饭,只有我们两个。这种情况很少见:即使那个时候他已经卖了杂货店,让他摆脱我的母亲也是件难事。他从没发起过一段对话。他从没找过我。也许他和我在一起不自在,虽然在和他的族人在一起的时候,他一点儿也不害羞也从不拘谨——我喜欢看他在和他们打皮纳克尔纸牌戏(pinochle)的时候,和他们一起笑,并且讲笑话。也许我们互相都让对方失望了:他从来没有询问过我的生活或者工作,而我从来没有告诉他我爱他。我对那次午餐时的讨论仍然记忆犹新。我们俩像成年人一样一起交谈了一个小时,感觉很棒。我记得我问他是否相信上帝,他回答说,"在大屠杀(Shoah,希伯来语)之后,怎么还有人能相信上帝?"

作者和他的父亲
1936 年

第 4 章 绕回原地

我知道现在是时候（早就应该）原谅他的沉默，原谅他是一位移民，原谅他没能受到良好的教育，并原谅他没有留意他唯一的儿子所遭受到的小小不满。是时候终止我对他的无知所感到的尴尬了，是时候记住他英俊的脸庞，他的温柔，他与他朋友们之间优雅的互动，他用他悦耳的嗓音唱起他孩提时在犹太人小村学到的意第绪语歌曲，他与他的兄弟朋友们打皮纳克尔纸牌戏时的欢笑声，他在湾脊区海滩游泳时优美的侧泳，还有他与他的姐姐汉娜，我最喜欢的姑姑之间充满友爱的关系。

第 5 章

图书馆,从 A 到 Z

多年来一直到我退休,我每天都骑自行车在家和斯坦福大学之间往返,经常会停下来欣赏罗丹(Rodin)的雕像《加莱的义民》(*Burghers of Calais*),或者耸立于方形中庭的小教堂上闪闪发光的马赛克,或者在校园书店里随便看看。即使在退休之后,我也继续绕着帕洛阿尔托(Palo Alto)㊀骑车,出去办事或者拜访朋友。但是最近我对自己的平衡能力失去了信心,因此我避免车流,只在傍晚时候在自行车道上骑行个三四十分钟。虽然我骑车的线路改变了,但是骑车总能给我带来自由和沉思的体验,而且最近骑车的时候,流畅而迅速运动的体验以及脸上的微风总是把我带回到过去。

㊀ 位于美国旧金山湾区(San Francisco Bay Area),加利福尼亚州(California)圣克拉拉县(Santa Clara County)的西北角,斯坦福大学所在地。——译者注

作者 10 岁照片

除了20多岁到30岁出头这10年里，我与摩托车有过一段情缘之外，我从12岁起就对自行车情有独钟。在我12岁时，经过长期而艰难地恳求和说服之后，我的父母让步了，给我买了一辆鲜艳的红色美国飞行者牌（American Flyer）自行车作为我的生日礼物。我是一个不依不饶的人，并且很小的时候就发现了一个极其有效、屡试不爽的技巧：只要在我想要的东西和我的教育之间扯上关系。如果我为了吃喝玩乐而乱花钱，我的父母从来都不会答应，但是一旦与教育稍微有点联系——钢笔、本子、计算尺，还有书，尤其是书——他们会把钱双手奉上。因此，当我告诉他们，骑自行车方便我去位于第七街和K街（K Street）交口宏伟的华盛顿中心图书馆（Washington Central Library）的时候，他们没法拒绝我的请求。

我也信守了我这一方的约定：每个星期六，无一例外，我往我自行车的人造革挂包里塞上我从上个星期六开始匆匆读完的6本书（图书馆借书上限），骑行40分钟去借新的。

图书馆成了我的第二个家，我每个星期六都在那里待几个小时。那些漫长的下午满足了我双重的目的：图书馆让我与我所渴望的更广阔的世界接触，一个历史、文化和思想的世界，与此同时，它也缓解了我父母的焦虑，并且让他们因为生了个学者而感到满意。而且，从他们的角度来说，我花越多时间在室内阅读越好：我们生活在一个危险的社区。我父亲的商店和我们二楼的公寓位于实行种族隔离的华盛顿特区的一个低收入社区，离白人社区的边界有几个街区。街道上充斥着暴力、偷窃、种族冲突和酗酒（很多人喝的是我父亲的商店卖的酒）。从我7岁开始，在暑假期间，他们很明智地让我远离危险的街道（他们也落得清静）——通过花不少的钱，把我送到马里兰、弗吉尼亚、宾夕法尼亚或者新罕布什尔的夏令营去。

图书馆主楼层庞大的接待大厅令人望而生畏，以至于我每次穿过它的时候都是小心翼翼的。在第一楼的正中间，竖立着一个装满自传的大书架，按照主题以字母顺序排列。在我绕着它转了很多圈之后，我才鼓起勇气走近一位急于帮忙的图书管理员寻求指导。一句话没说，她用食指放在她唇上，指向巨大的大理石环行楼梯，这个楼梯是通往二楼的儿童区的，我应该属于那里。我垂头丧气地听从了她的指示，但是虽然如此，每一次我到图书馆的时候我继续围着自传书架转，并且在某一时刻我想出了一个计划：我每周读一本自传，从一个姓氏以"A"打头的人开始，然后顺着字母表一直往下读。我读的第一个人是亨利·阿姆斯特朗（Henry Armstrong），一位20世纪30年代的轻量级拳击冠军。以B打头的人我记得的有胡安·贝尔蒙特（Juan Belmonte），19世纪早期的天才斗牛士，还有弗朗西斯·培根（Francis Bacon），文艺复兴时期的学者。以C打头的有泰·柯布（Ty Cobb），E开头的有托马斯·爱迪生（Thomas Edison），G开头的有卢·格里克（Lou Gehrig）和海蒂·格林（Hetty Green，"华尔街女巫"），等。在以J开头的人里面，我发现了爱德华·詹纳（Edward Jenner），他因为消灭了天花而成了我的英雄。在K开头的人里面我遇到了成吉思汗（Genghis Khan），一连好几个星期我都想知道，是詹纳救的人多还是成吉思汗杀的人多。以K打头的还有保罗·德·克鲁伊夫（Paul de Kruif）的《微生物猎人传》（*Microbe Hunters*），它激起了我读很多关于微观世界的书的愿望；第二年，我周末在人民药店当冷饮售货员，并且存了足够的钱来买一个抛光铜色的显微镜，我到今天还留着。N 为我带来了莱德·尼科尔斯（Red Nichols），一名小号手，还介绍我认识了一位古怪的名为弗里德里希·尼采（Friedrich Nietzsche）的家伙。P 带我找到了圣保罗（Saint Paul）和山姆·帕奇，后者是第一个跳下尼亚加拉大瀑布并且生还的人。

  我记得我一直读到 T 就停下来了，在那里我发现了阿尔伯特·佩森·特修（Albert Payson Terhune）。在随后的几个星期里我转变了方向，如饥似渴地阅读很多本他写的关于出色的柯利牧羊犬，比如拉德（Lad）和莱西（Lassie）的书。今天我知道我没有从这个偶然的阅读计划中受到伤害，没有因为是世界上唯一知道那么多关于海蒂·格林或者山姆·帕奇的 10 岁或者 11 岁的小孩而受到伤害，但是，多么浪费时间啊！我渴望某位成年人，某位主流的美国导师，某位像穿着泡泡纱西装，走到我父亲的杂货店并宣称我是一个有远大前程的小伙子那样的人。现在回过头来看，我心疼那个孤独、惶恐、但是意志坚定的小男孩，并且惊叹他设法通过自我教育找到了自己的人生道路，尽管很偶然，没有鼓励、榜样或者指导。

第 6 章
宗教战争

米里亚姆修女(Sister Miriam)是一位天主教徒,由他的告解神父,阿尔弗雷德教士(Brother Alfred)转介给我,后者很多年前,在他强势的父亲去世后找我做过心理治疗。阿尔弗雷德教士给我写了一个便笺:

> 亲爱的亚隆医生,(抱歉但是我仍然不能称呼你为埃夫——要做到那一点还需要再多做一两年的治疗。)我希望你能见见米里亚姆修女。她是一个富有爱心、宽宏大量的人,但是现在她遇到了很多障碍,无法获得内心的安宁。

米里亚姆修女是一位漂亮、迷人,但是有点颓废的中年女性,穿着打扮丝毫不带任何职业印记。她坦率而直接,很快就谈到了她的问题，没有任何局促不安。在教会工作的整个职业生涯中，她从亲自参与为穷人做的慈善工作中获得了相当大的满足感，但是因为她的聪明才智和执行能力，她一直被要求承担越来越高的行政职务。虽然她在这些岗位上卓有成效，但是她的生活质量降低了。她没有时间自己做祷告和冥想，而现在，几乎每一天，她都和用排挤手段谋取更多权力的其他行政人员起冲突。她觉得她对他们的愤怒玷污了自己。

我从一开始就喜欢米里亚姆修女，并且随着我们继续每周见面，我对这位女士越加尊敬，因为在我所认识的所有人中，她是最为无私奉献的一位。我决心尽我一切所能帮助她。她极其聪明并且极其虔诚。她从来不询问我的宗教信念，并且在几个月的治疗之后，对我的信任逐渐增加，足以把她的私人日记带到会谈中来，并且大声念出其中几个段落。她袒露她深深的孤独感，觉得自己笨拙，并且对其他天生美貌和优雅的修女有嫉妒之情。当她读到因为她所放弃的东西（婚姻、性生活和母亲身份）而感到悲伤的时候，她放声大哭。在想到我与我的妻子和孩子之间宝贵的亲情的同时，我对她感到深切的同情。

米里亚姆修女很快振作了起来，并且为她生活中耶稣（Jesus）的存在而表示感谢。她谈到渴望每天清晨与他对话，这些对话从她十来岁在女修道院时起，就给她带来了力量和安慰。最近，她行政上的很多要求让这些清晨的冥想变得实在太难得，而她很怀念它们。我很关心米里亚姆修女并且决心帮助她恢复清晨与耶稣的联结。

有一天，在我们的会谈之后，当我骑着自行车时，我意识到每当我和米里亚姆修女坐在一起的时候，我多么严苛地压制住了我的宗教怀疑主义。我之前从来没有当面遇到过这样的有牺牲和奉献精神的人。虽然我也将心理治疗看成是我作为我的患者服务的谋生，但是我知道，我的付出和她的没法相比；我的付出是按照我自己的日程来安排的，并且我为我提供的服务收费。她是怎么变得这么无私的呢？我想起了她的早年和心理发展。她父亲在一次采煤事故中残疾之后家里一贫如洗，她的父母在她14岁的时候，将她送到了一所女修道院学校，他们从此极少再去探望她。从那个时候开始，她的生活就被从早上到中午，从中午到晚上的祷告、频繁的圣经学习，以及教理问答填满了。只有极其宝贵的一点时间用来游戏，用来消遣，或者用来参与社交活动，当然，她不准和男性接触。

在我们的会谈之后，我经常回想我自己的宗教教育失败的原因。我那个时代，在华盛顿特区的年轻犹太男性，遭受的是来自旧世界的一种教条主义的方式，现在回想起来，它似乎就是用来使我们远离宗教生活的。据我所知，我的同辈人中没有任何一个人保留了任何的宗教情感。我的父母在种族上是犹太人：说意第绪语，一丝不苟地遵守符合犹太教教规的饮食习惯，厨房里有四套餐具㊀（平时有一套用于肉食一套用于奶制品，在逾越节的时候又有两套），严格遵守敬畏之日㊁，并且是忠实的犹太复国主义者。

㊀ 肉和牛奶不可以一起食用。为避免无意中将两种食物混合在一起，犹太人把碟子、刀具、锅盘分成专门用于肉食和奶食的两套，分开安放。——译者注

㊁ 新年和赎罪日是"敬畏之日"。犹太新年指的是犹太历7月的第一、二两天（古代为7月1日）。在《圣经》中，它被规定为新的一年的开始。这一天不是个欢快的日子，人们只是默默地休息，并吹羊角号以示纪念。后来，拉比（Rabbi）在《密什那》中又称之为"审判日"和"纪念日"，认为在这一天所有的人都要在上帝面前经过，并接受上帝的审判。——译者注

他们和他们的亲戚朋友形成了一个关系紧密的群体，并且几乎从来不与非犹太人交朋友，也从来没有以任何方式加入美国主流社会。

但是尽管他们有强烈的犹太身份，我并没有看到真正宗教兴趣的迹象。除了按照习俗所要求的在敬畏之日集会，在赎罪日斋戒，在逾越节的时候不吃发酵面包，没有人严肃对待宗教。没有人每天都祷告，放置经文护符匣，读圣经，或者在安息日的时候点上蜡烛。

大部分的家庭经营着小生意，主要是杂货店、酒品商店或者熟食店，他们只在星期天和圣诞节，元旦，还有主要的犹太节日关门歇业。我对敬畏日犹太教会堂的场景记忆犹新：我父亲的男性朋友和亲戚都挤在楼下的同一排，而女性，包括我姐姐和我妈妈，则在楼上。我记得我挨着我父亲坐着，玩他蓝色和白色披肩上的流苏，闻他很少穿的敬畏之日西装上的樟脑丸气味，当他用手指着书上由带领祈祷和唱诗者或者拉比唱诵的希伯来词语的时候，凑到他身上去看。因为它们对我来说都是无意义的音节，所以我尽我所能将注意力集中在另外一页的英语翻译上，而其中充满了对暴力的战争、奇迹的描述以及对神的无穷无尽的赞颂。没有一行与我自己的生活有关。在我父亲身边度过了相当长的一段时间之后，我飞奔向外面的庭院，所有的小孩聚集在那里，交谈、游戏和调情。

这些就是我早年的宗教体验。一直难以理解的是，为什么我的父母从没有，哪怕是一次，试图教我读希伯来语或者向我传授重要的犹太教教义。但是随着我的 13 岁生日和受戒礼⊖的到来，

⊖ 为年满 13 岁的犹太男孩举行的成人仪式。——译者注

第6章 宗教战争

事情发生了变化,我被送去上星期天宗教班,在那里我一反常态,在课堂上不守规矩,坚持问很多不敬的问题,比如,"如果亚当和夏娃是最早的人类,那么他们的孩子和谁结婚呢?"或者,"如果牛奶和肉不一起吃,是为了避免小牛在母亲的牛奶中被煮熟这种令人憎恶的事情发生,那么,拉比,为什么这条规则延伸到鸡肉上去了呢?毕竟,"我招人烦地提醒每个人,"鸡不产奶啊。"最终拉比受够了我,把我从学校开除了。

但是事情并没有完。我并没有摆脱掉受戒礼。我的父母把我送到私人导师,达姆施塔特先生(Mr. Darmstadt)那里去,他是一位后背挺直,举止庄重,并且富有耐心的男人。每一个13岁的男孩在成年礼上面临的最主要任务就是出席犹太教会堂集会,当众用希伯来语大声唱诵,那一周的哈夫塔拉㊀。

在和达姆施塔特先生上课的过程中出现了一个严重的问题:我不能(或者不愿意)学习希伯来语!我在所有其他活动中都是一名杰出的学生,总是在班上名列前茅,但是在这一任务上我突然变得彻头彻尾的愚蠢:我记不住读物中的字母、发音或者曲调。最终,耐心但是遇到重重困难的达姆施塔特先生放弃了,并且告知我父亲这是不可能的:我永远也学不会哈夫塔拉。因此,在我的成年礼典礼上,我父亲的兄弟,我的叔叔亚伯,代替我唱诵了成年礼选段。拉比要求我读几行希伯来语的祝福语,但是在排演的时候拉比发现,很明显我连这个也做不到,所以在典礼中,拉比无奈地为我举起将希伯来语音译成英语字母的提示卡。

我的父母肯定在那一天感到极其丢脸。怎么可能不是呢?但

㊀ Haftarah,《圣经·旧约·先知书》中的一个选集。——译者注

是我不记得任何与他们的丢脸有关的东西——没有一个画面，没有与我的父亲或者母亲说过的一个词。我希望他们的失望因为他们的儿子在晚宴庆典上杰出的演讲（用英语说的）而减轻了。最近当我回顾我的一生的时候，我经常寻思，为什么我的叔叔，而不是我的父亲，来帮我读我的那一段？我父亲感到太过于丢脸？我多么希望我能问他这个问题啊。还有我和达姆施塔特先生学习的几个月呢？我对我们所上的课几乎完全失忆了。我记得的是我的一个惯例，那就是在他家前面的一站，我会在"小栈"汉堡包小摊，大步踏上手推车来买点小吃。"小栈"汉堡包小摊是华盛顿特区的一个连锁店，每一个小摊上都有一个用绿色瓦铺就的屋顶，用25美分可以买三个汉堡包。它们是被禁食物让它们变得更加美味：这是我所吃过的第一个 *traif*（不符合犹太教教规的食物）！

如果像年轻时的欧文这样的青少年，处在身份危机之中，现在要求我来给他做一个专业的精神科咨询，并且告诉我他无法学习阅读希伯来语（即使他是一个出色的学生）并且被他的宗教学校开除了（虽然在任何其他时候他都没有重大的行为问题），此外，他还在去他希伯来语老师家的路上吃了第一个不符合犹太教教规的食物，那么我相信他和我将会有差不多这样的一次咨询：

亚隆医生：欧文，你说的所有关于你的成年礼的事情，都让我想知道，你是否无意识地在反抗你的父母和你的文化。你告诉我你是一个杰出的学生，总是在班上名列前茅，但是，在这样一个重大时刻，在你将要成为一个犹太成年人的非常时刻，你突然得上了一种病因不明的假性痴呆（pseudo-dementia），不能学会阅读另外一种语言。

第6章 宗教战争

欧文：恕我直言，亚隆医生，我不同意：这是可以解释清楚的。我的语言能力不好是一个事实。实际上，我从来学不好另外一种语言，并且我怀疑我将来也学不会。事实上，我在学校里都是拿的 A，除了拉丁语是 B 德语是 C 之外。并且还有一个事实，我五音不全，一唱歌就跑调。在班上合唱的时候，音乐老师明确地告诉我不要唱，而是轻轻跟着哼。我所有的朋友都知道这些，并且知道我没有办法学会唱诵成年礼上的圣经章节的旋律或者学会另外一种语言。

亚隆医生：但是，欧文，让我提醒你这不是学会一门语言的问题——也许少于 5% 的美国犹太男孩理解他们在成年礼上读的希伯来文。你的任务并不是学会说希伯来语，或者去理解希伯来语：你唯一的任务就是学习几个发音并且大声读几个段落。并且让我提醒你，他们很多都不是得 A 的学生而是得 B 和 C 还有 D 的学生。不是，我重申，这不是急性局部痴呆（acute focal dementia）的案例：我确定还有更好的解释。告诉我更多对于你是一个犹太人的感受，还有对于你的家庭和文化的感受。

欧文：我不知道从哪里说起。

亚隆医生：就是将你心里想的关于做一个 13 岁的犹太人的感受说出来。不要审查你的想法——只用在它们进入你脑海的时候把它们说出来。这就是治疗师所谓的自由联想。

欧文：自由联想，嗯。把想的说出声来？噢！好的，我来试一试。做一个犹太人……上帝的选民……这对我来说是多大一个玩笑啊——选民？不，正好相反……做一个犹太人对我来说没有任何优势……频繁的排犹言论……甚至特纳先生（Mr. Turner），金发红脸的理发师，离我父亲的杂货店只隔了三家店，在他给我剪头发的时候都叫我"犹太小子"……还有温克，那个体育老师，当我用了很大劲儿，也爬不上从体育馆天花板上吊下来的绳子的时候，他也会大声喊，"麻利点儿，犹太小子"。还有圣诞节，在其他的孩子描述他们的圣诞节礼物的时候我感到的羞耻——我是小学班上唯一的犹太孩子，然后我经常撒谎假装我获得了礼物。我知道我的表兄妹，贝亚（Bea）和艾琳（Irene），告诉同学他们的献殿节礼物是圣诞节礼物，但是我的家人在商店里太忙了，在献殿节○的时候也不给任何礼物。并且他们不赞成我交任何非犹太人朋友，尤其是黑人小孩，他们不允许我带他们到我家里来，即使我经常去他们家。

亚隆医生：所以，对我来说很明显的是，你最想要的是摆脱这种文化，而你拒绝为了你的受戒礼学习希伯来语，还在去上希伯来语课的路上吃不符合犹太教教规的食物，说明的都是同样一件事，并且说得很大声，"请来个人把我带离这里吧！"

欧文：你说的我很难反驳。我的家人肯定觉得左右为难。他们希望我不同，希望我会更好。他们希望我在外面的世界取得成功，但是，与此同时，他们肯定担心他们自己的世界的终结。

亚隆医生：他们曾经这样对你表达过吗？

欧文：没有直接表达过，但是有一些迹象。例如，他们相互之间说意第绪语，但是不对我或者我姐姐说。他们对我们说一种英语 – 意第绪语混杂的语言（我们称之为意第绪英语），但是他们明显不希望我们学习意第绪语。他们也对他们在故乡的生活非常

○ 犹太历 12 月 25 日开始为期 8 天的节日。——译者注

保密。我不知道他们在苏联的生活的任何情况。当我想要找出他们故乡的犹太人小村的确切位置的时候,我的父亲——他是个很有幽默感的人,开玩笑说他们以前住在苏联,但是有时候他们一想起又要熬过一个苏联的冬天时,就叫它波兰。至于第二次世界大战,还有纳粹和大屠杀?一个字都没提!他们的嘴巴总是很严。同样的沉默支配着我所有的犹太朋友家庭。

亚隆医生:你怎么解释这一点呢?

欧文:可能他们不希望我们被这些恐怖的事情伤害到。我记得在第二次世界大战欧战胜利纪念日的时候,在电影院里面看过新闻汇辑,展示了集中营和被推土机推走的堆成山的尸体。我震惊了——我完全没有准备好去看到这些,恐怕我这辈子都无法忘记那些场景了。

亚隆医生:你知道你的父母对你有什么期待吗?

欧文:是的——接受教育,成为美国人。他们对这个新世界所知甚少。当他们到达美国的时候,他们没有接受过世俗教育——我的意思是一点儿都没有……除了成为美国公民要上的课之外。就像我认识的大部分犹太人一样,他们是"圣书的子民",并且我相信——不,我知道——他们不管什么时候看到我在看书就很开心。当我在看书的时候他们从来不打搅我。但是,他们从来没有表示过自己想要接受教育。我认为他们知道那种可能性已经没有了——他们被辛苦的工作压垮了。每天晚上他们都筋疲力尽。他们一定是苦乐参半:他们这么辛苦的工作以便我可以享受得到受教育的机会。但是他们肯定知道,我所读的每一本书,每一页,都把我拉得离他们越来越远。

亚隆医生：我还在想你吃那些"小栈"汉堡包的事情——那是你走出的第一步。那就像是一场漫长的战役开始之前吹响的号角。

欧文：是的，我发起了一场争取独立的漫长战争，而早期的小规模战斗全是关于食物的。在受戒礼之前，我就已经开始嘲笑正统的食物律法了。那些律法是个笑话：它们完全不着边际，更重要的是，它们让我没法成为美国人。当我去看华盛顿参议员队（Washington Senators）的棒球比赛的时候（格里菲思体育馆离我父亲的杂货店只隔了几个街区），不像我的朋友，我不能吃热狗。即使在街边的杂货店吃鸡蛋沙拉或者烤芝士三明治都是被禁止的，因为，我的父亲解释，切三明治的刀可能被用来切了火腿三明治。我抗议说："我会让他们不要切。"

"不行。想想你用来吃火腿的盘子，"我的父亲或者母亲说。"*Traif*——它是不符合犹太教教规的食物。"你能想象吗，亚隆医生，在你 13 岁的时候听到这些？真是疯了！这个广阔的宇宙——数以万亿的恒星在诞生和死亡，地球上每一分钟有自然灾害发生，而我的父母坚持上帝没有别的更好的事情去做，而要管杂货店刀上的火腿分子？

亚隆医生：真的吗？你这么小的时候就以这种方式思考了啊？

欧文：一直是这样。我对天文学感兴趣并且自己做了一个望远镜，每当我仰望夜空的时候，我都为我们在万事万物中显得多么渺小和微不足道而感到震惊。对我来说很明显的是，古人试着去消除这种微不足道的感觉，通过发明一个上帝，他认为我们人类如此重要，以至于他将他的注意力放在我们的每一个举动上面。还有一点很明显的是,我们试着去缓和死亡这一令人恐惧的事实,通过发明天堂,还有其他的幻想和神话,它们都有一个共同的主题:"我们不会死"——我们通过转世到另外一个世界中去而继续存在。

亚隆医生:你真的这么小就有这些想法了?

欧文:我从记事起就有这些想法了。我不会告诉别人。但是坦白说吧,我认为宗教和来世的观念是世界上最大的骗局。它有一个目的——它为宗教领袖提供了舒适的生活,并且它降低了人类对死亡的恐惧。但是它有一个代价——它让我们变得幼稚,它让我们看不见自然秩序。

亚隆医生:骗局?多么惊世骇俗啊!为什么下定决心冒犯几十亿人呢?

欧文:嘿,嘿,你让我自由联想的。记得吗?通常情况下,这些话,所有这些,我只在心里想想。

亚隆医生:对的。我确实让你这样做。你照我说的做了。然后我因为它而批评你。我道歉。让我问你点儿别的。你谈到了对死亡的恐惧和来世。我想知道你自己对死亡有什么体验。

欧文:我的第一个回忆是我的猫的死亡。那时我大约10岁。我们总是在店里养猫来抓老鼠,我经常和猫一起玩。有一天,其中一只,我最喜欢的——我忘了它的名字——被一辆车撞了,我在路边发现了它,它还在呼吸。我冲进店里,从肉柜里拿出一些猪肝(我父亲还是一名肉贩),然后切下来一片送到猫的嘴边。猪肝是它最爱的食物。但是它不吃,然后它很快永远闭上了眼睛。你知道的,我因为忘了它的名字,叫它"猫"而感觉很糟糕——

我们在一起度过了很多温暖的时光，它坐在我的腿上，大声地发出咕噜咕噜声，我一边抚摸它一边看书。

至于人类的死亡，我三年级班上有一个男孩。我不记得他的名字，但是我想我们叫他"L.E."。他头发是白色的——也许是位白化病患者——他母亲会在他的午餐盒中装上不常见的三明治，例如，奶酪和腌黄瓜三明治——我以前从来没有听说过腌黄瓜三明治。很奇怪的是，某些古怪的东西总是能被我记得很牢。有一天，他没来上学，第二天老师宣布他生病然后死了。就这样。我不记得任何特别的反应——我自己的或者班上其他人的。但是有一件离奇的事情：我脑海中一直清楚地记得 L.E. 的脸。我还能在心里想出他的样子——他的脸上带着吃惊的表情，理着平头，颜色非常浅的金黄色头发在头上竖着。

亚隆医生：这一点很离奇是因为……

欧文：离奇的是他的形象是如此的清晰。怪异是因为我和他并不熟。我认为他只在那一年在我们班上。而且，他得了某种病，他的母亲每天开车接送他上学，所以我们从来没有一起从学校走回家或者在一起玩过。我在那个班上和很多其他孩子要玩得熟得多得多，但是我记不住任何一张别人的脸。

亚隆医生：那意味着？

欧文：那肯定意味着，死亡明显吸引了我的注意力，但是我选择不直接去思考它。

亚隆医生：有没有什么时候，你确实直接思考它了？

欧文：我记不太清了，但是我记得在一个廉价品商店玩了弹球机之后，我在家附近的路上走着，突然一个观念像雷一样击中

第6章 宗教战争

了我,那就是我会像其他所有人一样死去,所有活着的人,还有将要出生的人。这就是我记得的一切,除了我知道它是我第一次意识到我自己的死亡,还有我不能将这样一个观念长时间地记在心里,当然,我从来没有对任何人说起它。直到现在。

亚隆医生:为什么说"当然"?

欧文:我总是独自一人。没有我可以分享这些想法的人。

亚隆医生:独自一人是否意味着孤独?

欧文:嗯,是的。

亚隆医生:当你想到"孤独"的时候,你脑海里会出现什么?

欧文:我会想到在那个时候的"士兵之家"骑自行车,它是一个很大的公园,离我父亲的商店大约有十个街区远……

亚隆医生:你总是说"我父亲的商店"而不是"我的家"。

欧文:是的,抓得很准,亚隆医生。我刚才也注意到了。我对我的家有很深的羞耻感。我心里想到的是——我还在自由联想,对吧?

亚隆医生:是的。继续。

欧文:我心里想到的是我在一个星期六的晚上参加的生日聚会,我十一二岁,是在一座非常豪华的房子里举办的,那样的房子我从来没有见过,除了在好莱坞电影里面。它是一个名叫朱迪·斯坦伯格(Judy Steinberg)的女孩的家,我是在夏令营里遇到她并且和她谈恋爱的——我觉得我们甚至接吻了。我的母亲开车送我去的聚会,但是不能接我回家,因为星期六的晚上是店里最忙的时候。所以,当聚会结束的时候,朱迪和她母亲一起送我回家。我一想到她们看到我们家简陋的小屋就感到如此的丢脸,以至于我要求她们在隔了我家几户的一座朴素但是更加像样的房子前把我放下来，假装我住在那里。我站在门口朝她们挥手直到她们的车开远了为止。但是我不信我骗过了她们。我想到这一点儿就感到难堪。

亚隆医生：让我们回到你之前说过的话。告诉我更多你在"士兵之家"公园独自一人骑自行车的事情。

欧文：那是一个神奇的公园，占地几百英亩，非常的荒凉，只有几座为生病或者年老的退伍军人盖的房子。我觉得那些骑自行车的日子是我最好的童年回忆……从长长的山坡上滑行下来，风吹在我的脸上，感觉自由自在，同时大声背诵诗歌。我的姐姐在大学里上了一门维多利亚时代诗歌的课程。当她上完这门课的时候，我拿了她的教材，一遍又一遍地仔细阅读，并且熟记那些有强烈节奏感的简单诗歌，比如奥斯卡·王尔德（Oscar Wilde）的《雷丁监狱之歌》（*Ballad of Reading Gaol*），或者豪斯曼（Housman）的诗集《什罗普郡少年》（*Shropshire Lad*）中的一些诗，比如《现在的樱桃树，是树中最美的》（*Loveliest of Trees, the Cherry Now*），还有《当我二十一岁》（*When I Was One and Twenty*），菲茨杰拉德（FitzGerald）翻译的欧玛尔·海亚姆的《鲁拜集》（*The Rubaiyat*）中的一些诗篇，拜伦（Byron）的《西庸的囚徒》（*Prisoner of Chillon*），以及丁尼生的诗。吉卜林的（Kipling）《古庙战笳声》（*Gunga Din*）是我的最爱之一，我现在还保留着我 13 岁的时候在棒球场附近的唱片店里制作的一张黑胶唱片。其中一面是我的受戒礼演讲（当然，用的是英语），背面是我背诵的《古庙战笳声》还有丁尼生的《轻骑兵旅的冲锋》

(*Charge of the Light Brigade*)。是的，我越想越觉得，那些背诵着诗歌中的诗句，从山上滑行下来的时刻，是我最幸福的时光。

亚隆医生：我们的时间快到了，但是在我们结束之前，我想说我理解你在很多方面所面临的挣扎。你被卡在了两个世界之间：你既不了解也不尊重旧世界，但是你还没有看到通往新世界的大门。这激起了你很多的焦虑，你需要大量的心理治疗来帮助你处理这些焦虑。我很高兴你决定来看我——你很机灵，我有强烈的预感你会好起来的。

BECOMING MYSELF

第 7 章

赌博的小伙子

现在是星期三早上 8 点。我已经吃过了早饭,并且从石子路上散步到了我的办公室,只短暂地看望了我的盆栽并拔出了几棵杂草。我知道这些小杂草也有生存的权利,但是我不能让它们吸走了我的盆栽所需要的水分。我感到心满意足,因为我将会有四个小时不被打扰的写作时间段。我准备开始,但是,像往常一样,我忍不住去检查我的邮箱,并且下定决心我回复邮件花的时间不超过半个小时。第一封邮件映入我的眼帘:

> 提醒:今晚在我家一起打牌。6:15 开门。提供美味且昂贵的食物。快点吃——牌局 6:45 准时开始。多带些钱!凯万

我的第一反应是删除它,但是我忍住了,然后试着去体验我

第 7 章 赌博的小伙子

心里闪过的那种依依不舍的感觉。我从 40 多年前就开始和他们一起玩扑克，但是不能再玩了，因为我糟糕（而且无法矫正的）的视力让这一娱乐变得太过于昂贵：每一次打牌我都会因为看错牌而至少输一两把大的。我在很长时间里都拒绝放弃这一娱乐。变老就是一件事接一件事地放弃。现在，即使我大约有四年没有打牌了，那些兄弟们还是会出于礼貌给我发出邀请。

我已经放弃了网球、慢跑和蛙潜，但是放弃打扑克不一样。前面几个更像是一个人的事情，而扑克则是一项社交活动：这些亲切的兄弟是我的玩伴，我很想念他们。嗯，我们有时候会聚在一起吃午饭（扔硬币或者在餐桌上很快打一局扑克来决定由谁付账单），但不是一回事：我怀念那种孤注一掷还有对抗的感觉。我一直热爱赌博时的刺激感，现在我唯一能做的就是尝试怂恿我的妻子和我打赌，在很傻的事情上打赌：她想要我在参加一个晚宴的时候系上领带，然后我回应说："我和你赌 20 块，今晚的宴会上没有任何一个人系领带。"过去她不会搭理我，但是现在，因为我不再打扑克了，所以她就偶尔接受和我打赌来迁就我一下。

这种类型的娱乐很久以来就是我生活的一部分。多久？几年前我接到的一通电话提供了一些信息。电话是谢利・费希尔（Shelly Fisher）打来的，而我从五年级之后就没有和他说过话了。他有一个侄孙女正在上学，要成为一名心理学家，最近一次他去看她的时候，他看见她正在读我的一本书，《给心理治疗师的礼物》(The Gift of Therapy)。"嘿，我认识这个家伙，"他说。他在华盛顿特区电话簿上找到了我姐姐的名字，然后给她打电话，要到了我的号码。谢利和我聊了很长时间，回忆我们一起走路去上学、打保龄球、打扑克、参加舞会，还有收集棒球卡片。接下来的一天，他又给我打电话，"欧文，昨天你说你想要得到反馈。好吧，我刚刚记起来关于你的一件事情：你赌博成瘾。你一直缠着我和你玩金罗美（gin rummy），用棒球卡片作为赌注。你什么东西都想要拿来打个赌：我记得有一天，你想要和我赌街上开出来的下一辆车的颜色。而且我记得你赌数字时候的那个兴奋劲儿。"

"赌数字"——我有很多年没有想起这个了。谢利的话激起了一段古老的回忆。在我十一二岁的时候，我父亲将他的杂货店改成了一家酒品商店，然后对我母亲和父亲来说，生活变得容易了一点：不用再扔掉变质的商品，不用凌晨5点去产品批发市场，不用再把牛肉切成一块块卖掉。但是情况也变得更加危险：经常会有抢劫，所以星期六的晚上，会有一名武装警卫躲在我们商店的后面。白天的时候，店里经常挤满了各式引人注目的人物：我们的常客包括拉皮条的、妓女、小偷，既讨人喜欢又令人厌恶的酒鬼，还有赌注经纪人和赌彩兜揽人。

有一次我帮父亲搬一个几箱苏格兰威士忌和波旁威士忌的订单，到杜克（Duke）的车上去。杜克是我们家最好的顾客之一，我被他的派头迷住了：顶部镶有象牙的手杖，质地平滑的蓝色羊绒双排扣外套，搭配蓝色的软呢帽，还有一辆白得发亮的超长凯迪拉克。当我们到了停在半个街区之外的街道旁的车那里时，我问他们我能否把我那一箱苏格兰威士忌放在行李箱里，然后我父亲和杜克两个人都笑了。"杜克，我们给他看看行李箱吧？"我父亲说。杜克用一种夸张的动作打开了凯迪拉克的行李箱，然后说，"这里没多少空间了，小伙子。"我往里面看，眼珠子差点都掉出来了。

第 7 章 赌博的小伙子

70 年之后这一场景仍然历历在目：行李箱塞满了各种面值的一大堆钞票，用很粗的像皮筋捆着，还有几个塞满了硬币的麻袋。

杜克是做数字彩票生意的——这是在我所在的华盛顿特区街区一项盛行的事业。下面是下注规则：每一天，我所在街区的赌徒们就给他们的"赌彩兜揽人"下赌注，赌一个三位数的数字。如果他们猜对了，他们"中奖了，荣耀所归"，10 美分就能获得 60 美元——600 比 1 的赔率。但是，真正的概率其实是 1 000 比 1，所以赌注经纪人能够获得巨大的利润。每一天的数字是不能作假的，因为这是由一个众所周知的公式得出来的，这一公式是基于当地赛马跑道上三个指定的赛马比赛中所押的赌注的总量。

每一天的赌数字都令人充满期待，我亲身体验过这种兴奋感，因为我偶尔偷偷地，自己也会下个小注（虽有我父母的警告），经常是用我从商店收银机里偷的 5 分或者 10 分硬币。（对我的小偷小摸行为的回忆，即使现在，也让我感到无比羞愧。）我的父亲一遍又一遍地指出，只有傻瓜才会在这么小概率的事情上下赌注。我知道他是对的，但是，直到我年纪更大一点儿之前，这是镇上唯一的娱乐活动。我是通过威廉（William）下注的，他是在我们店里工作的两个黑人之一。我总是承诺他如果赢了钱，我会分给他 25%。威廉是个酒鬼，还是一个活泼、有魅力的人，虽然不是一位道德楷模。我不知道他真的给我下注了，还是私吞了我的硬币，还是他给自己下了注。我从来没有中过奖，并且我怀疑，如果我中了，威廉很可能百般推脱，会说那天赌彩兜揽人没有来，或者捏造类似的故事。我最终放弃了这项事业，因为我吉星高照，发现了棒球彩票、掷骰子、皮纳克尔纸牌游戏（pinochle），还有，最重要的，扑克。

第 8 章

愤怒简史

我的患者布伦达（Brenda）带着议事日程来到了今天的会谈中。甚至都没有看我一眼，她就走进我的办公室，坐下来，打开钱包拿出她的记事本，然后开始大声读一份准备好的声明，列出了对我之前在会面中的行为的抱怨。

"你说我在我们的会面中做得很糟糕，而你的其他患者来的时候已经做好了准备去谈论他们的问题。你还暗示，你更加愿意和你的其他患者一起工作。你还批评我没有提起梦或者白日梦。并且你站在我上一个治疗师一边，说我拒绝敞开心扉是我所有之前的治疗都失败了的原因。"

在之前的几次会谈中，像她经常做的那样，布伦达沉默地坐着，不主动提供任何东西，逼着我用力过猛：我感觉自己像是

第8章 愤怒简史

在试图撬开一个牡蛎[一]。这一次，在她读控告清单的时候，我变得越来越心存戒备。处理愤怒并不是我的强项。我的习惯性思维倾向是指出她的歪曲事实，但是出于几个原因我并没有说出口。首先，这是一次会谈的好开头——比上个星期好太多了！她终于敞开心扉，各种各样紧紧束缚着她的想法和感受释放了出来。此外，虽然她曲解了我的话，但是我知道，我确实想过她指责我说过的那些话，并且很可能那些想法以我没有意识到的方式影响了我说的话。"布伦达，我完全理解你的生气——我认为你有点断章取义，但是有一点你是对的：上一周我确实有挫败感，并且有点儿困惑。"然后我问："如果我们在未来有类似的会谈，你会有什么建议？我最好提什么样的问题？"

"你为什么不直接问我，上周发生了什么事情让我感觉很糟糕呢？"她回答说。

我遵从了她的建议，然后提出了这个问题："上周发生了什么让你感觉糟糕？"这一问题引出了一次富有成效的讨论，关于她在过去的几天里所体验到的失望和被人怠慢。在这次会谈的最后，我回到一开始，询问她对我如此愤怒，对她而言是什么感觉。她哭了，她感激我认真对待她，承认我在她的生气中有一定的责任，还有对她的不离不弃。我认为我们俩都感觉我们已经进入了治疗的一个新阶段。

在我骑车回家的路上，经过一条小溪的时候，这次会谈让我想起了愤怒这件事。虽然我对我应对这次事件的方式感到满意，

[一] 在英文中 oyster 既指牡蛎，也指沉默寡言，尤其是能紧守秘密的人。——译者注

但是我知道，我在这一领域还有更多的工作要做，而且如果我不是这么喜欢布伦达，并且知道对她来说批评我是一件多么困难的事情的话，我可能会不舒服得多。我也毫不怀疑，如果我的患者是一位愤怒的男性的话，我所感受到的威胁要大得多。不管在个人生活中还是在专业领域内，我一直对当面对质感到不舒服，并且一直小心地避开任何需要对质的行政岗位——例如主席的职位、委员会领导，或者教务主任。只有一次，在我完成了住院实习期[一]的几年之后，我同意为了一个主席职位接受面试——在我的母校，约翰·霍普金斯大学。幸运的是（对我而言，也是对他们而言）他们选择了另外一个候选人去任职。我总是告诉自己，避开行政职位是一个明智之举，因为我真正的长处在临床研究、实践以及写作上面，但是我现在必须承认，我对冲突的恐惧，我腼腆的禀性，在其中起到了很大的作用。

我的妻子，知道我只喜欢四个人，最多六个人的小型社交活动，觉得我成为团体治疗的专家是一件相当滑稽的事情。但事实上，我带领治疗团体的经历证明是具有疗愈作用的，不仅是对我的患者而言，对我来说也是如此：它大大增加了我在团体情境中的舒适感。并且，长期以来，我在向众多听众演讲的时候，已经不怎么焦虑了。另一方面，这些工作总是对我有利的：我不喜欢任何自发的对抗性的公众辩论——在那些场合我不能快速应对。年老的一个好处之一是，听众现在对我极为尊重：已经很多年甚

[一] 医科学生在医学院毕业之后，在医院特定的科室进行的三年临床实习，其职责主要是完成基本医疗工作，包括收治患者、记录病程、在上级医师指导下开医嘱、进行某些临床操作等，是对患者进行全程诊治的一线医生，但是需接受上级医生的指导与监督。——译者注

第8章 愤怒简史

至几十年,听众中没有同事或者提问者在言语上挑战过我了。

我停下来10分钟不再骑自行车,来观看甘恩高中网球队的练习,并回想起我在罗斯福高中网球队的日子。我在六个人的队伍中打六号的位置,但是比五号位置的纳尔逊(Nelson)打得好得多。然而,每次我们对打,他就用他的攻击性和咒骂来吓唬我,更过分的是,他会在关键点停下来,静静地站着默默祈祷一会儿。教练对我毫不同情,告诉我"快长大,搞定它"。

我继续骑车,然后想到我治疗过的很多辩护律师和CEO们,他们在冲突中成长,我惊叹于他们的战斗热情。我永远都不理解他们是怎么成为那个样子的,当然,也没有理解我是如何变得这么回避冲突的。我想起小学里的恶棍,威胁我放学之后要暴打我一顿。我记起读到一些孩子的故事,他们的父亲教他们怎么打拳击,以及我如何渴望有那样一位父亲。我生活的那个时代犹太人从不打架:他们是被人打的那帮人。除了比利·康恩(Billy Conn),那位犹太拳击手——当他和乔·路易斯(Joe Louis)对战的时候,我赌他赢结果输了一大笔钱。然后几年之后发现,他根本不是犹太人。

一直到我14岁,自我防卫都不是一件小事。我住的街区并不安全,即使从家里到外面很近的地方也觉得危险。我一周去三次西尔万电影院——就在我们家商店附近。因为每次放映都是两片连映,所以我每周看六部电影,通常是西部片或者反映第二次世界大战的电影。我的父母毫不犹豫地同意我去,因为他们认为我在电影院里很安全。我想象,只要我在图书馆、电影院或者楼上看书,他们肯定觉得放心:至少在每周的那15～20个小时里,我是远离危险的。

但危险从未远离。我那时大约11岁，一个星期六的晚上我在店里工作，然后我母亲让我去街上四扇门之外的药房帮她买一个咖啡味的蛋卷冰淇淋。隔壁就是一家中国洗衣房，然后是一家理发店，窗户上贴着发黄了的各式各样发型的图片，再接着是一家小而杂乱的五金店，最后就是那家药店，那里除了药房之外，还有一个小的，有八个高脚凳的便餐台，提供三明治和冰淇淋。我买到了咖啡味的蛋卷冰淇淋，付了一角硬币（单球蛋卷冰淇淋是五分钱，但是我母亲总是喜欢要两层冰淇淋），刚走到门外，我就在那里被四个强壮的，比我大一两岁的年轻白人围住了。成群的白人在我们黑人社区闲逛是不同寻常并且危险的，通常意味着有了麻烦。

"哦，这是给谁买的冰淇淋？"一个长着无神的小眼睛，紧绷着脸，剃着平头，脖子上系着一个红色手帕的男孩，对着我大声说。

"我母亲，"我低声说道，并暗中寻找逃跑的路线。

"你妈妈？嗯，你怎么不自己尝一口呢？"他说着，并抓住我的手把冰淇淋硬拍在我的脸上。

就在这个时候，一群黑人孩子——我的朋友——出现在街角，从街上走过来。他们看到了正在发生的事情，并把我们包围住。他们中的一个人，利昂（Leon），向前一步然后对我说："嘿，埃夫，你为什么不打那个笨蛋一顿呢。你可以搞定他。"然后他在我耳边说："用我教你的上勾拳。"

就在那个时候，我听到沉重的脚步声，然后看到了我的父亲

第 8 章　愤怒简史

和威廉（他的送货员），从街上跑了过来。我的父亲抓住我的胳膊就把我拽走了，回到了作为安全港的布卢明代尔商店。

当然，我的父亲做的是对的。如果是我的儿子，我也会做同样的事情。任何父亲最不想看到的就是，看见自己的儿子处在人种间街头打斗的中心。但是我经常带着遗憾回忆他对我的拯救。我希望我和那个家伙打一架，向他展示我差劲的上勾拳。我之前从来没有勇敢地面对攻击者，而在这里，被可以保护我的朋友们包围着，是一个绝佳的机会。那个男孩个头和我差不多，虽然要比我大一两岁，但是如果我和他打一架的话，我会有自信得多。最糟糕会怎么样呢？鼻子流血，眼圈发黑——为了表明立场，毫不让步，这点小代价是值得的。

我知道成年人的行为模式是复杂的，并且从来都不是由单个事件引发的，但是，我固执地相信，我处理公开的愤怒的不舒服感，我对于对质，甚至激烈的辩论的回避，我不情愿接受必须承担对抗和争论的行政职务，如果我的父亲和威廉不在离现在那么久远的一个晚上，把我从那场打斗中拽走的话，所有的一切都将会不一样。但是我也理解，我成长于一个充满恐惧的环境中：商店窗户上的铁窗条，到处充满危险，并且欧洲犹太人被追杀和杀害的所有故事都威胁着我们。逃跑是我父亲教给我的唯一策略。

* * *

在我描述这一事件的同时，另外一个场景溜进了意识中：母亲和我去电影院，我们在电影刚要开场的时候走进了西尔万电影院。她极少和我一起看电影，尤其是星期六下午正忙的时候，但是她崇拜弗雷德·阿斯泰尔（Fred Astaire），经常去看他演的电影。我和她一起并不开心，因为她没有礼貌，经常很粗鲁，我从来不知道接下来会发生什么。我的朋友遇到她的时候我总是感到尴尬。在电影院里，她看到两个在一排座中间的座位，然后一屁股坐下。一个坐在其中一个空位旁边的男孩说："嘿，女士，这个位置是我留的。"

"哎哟，大人物。他留了个位置，"她用一种旁边所有人都能听到的大嗓门回答道，而我努力把我的衬衫卷起来盖住我的头，挡着我的脸。紧接着那个男孩的同伴来了，然后他们两个人，皱着眉头小声抱怨，挪到了旁边的位置上。电影开场之后不久，我偷偷地看了他们一眼，然后其中一个男孩吸引了我的注意，他对我晃着他的拳头，并且高声地说："稍后找你算账。"

那个男孩就是把我母亲的蛋卷冰淇淋拍在我脸上的那一个。因为他不能报复我的母亲，所以他肯定记住了我，埋伏了很长时间，直到他可以抓住我落单的时候。当他得知那个冰淇淋是我给母亲买的的时候，他一定获得了双倍的愉悦感——他用一击报复了我们两个。

所有这些听起来貌似真实，有利于讲出一个圆满的故事。我们在心里填补空缺，并形成一个巧妙的故事的驱力是多么强大啊！但它是真的吗？70年之后，我已经没有挖掘出"真正的"事实的希望了，但是也许我在那些时刻的强烈情绪，想要打架但是又动弹不得，以某种方式把它们绑在了一起。真的吗？唉，我现在不确定是不是真的是同一个男孩，也不确信时间顺序是不是对的：就我所知，我被冰淇淋拍脸上有可能发生在电影院事件之前。

随着我年岁渐长，要核实这样的问题的答案就更加困难了。我尝试去再次体验我自己青少年时期的一些事情，但是我与我的姐姐还有表亲以及朋友核对的时候，我为我们所记忆的东西如此不同而感到震惊。而在我的日常工作中，随着我帮助患者重构他们的早年生活，我逐渐深信一点，那就是：现实是不足信的和不停变换的。回忆录，无疑包括这一本在内，比我们所认为的更像小说。

BECOMING
MYSELF

第 9 章

红色的桌子

我的办公室是一个工作室,离我的房子不到 50 米远,但是两座建筑物被大量树木包围着,所以彼此看不见对方。我白天大部分时间都在办公室里,一早上都在写作,下午见患者。当我坐不住的时候,我就走到外面,在盆栽边闲逛、剪枝、浇水,欣赏它们优美的形状,并且想一想我可以给克莉丝汀(Christine)提的问题。克莉丝汀是一位盆栽大师,也是我女儿的好朋友,住在一个街区之外。

在傍晚骑自行车,或者与玛丽莲散步之后,我们会在我们的书房里度过晚上的剩余时间,阅读、交谈,或者看一场电影。这个房间有一个很大的转角窗,直通一个粗红木做的露台,上面有户外家具,还有一个被小橡树包围的大红木热水澡桶。墙上排列着成百上千的书籍,布置着随意的,加州风格的家具,有一个皮

第9章 红色的桌子

制的"靠背"椅,和一个盖着宽松的红白相间的罩子的沙发。在一个角落里,与所有其他东西形成鲜明对比的,是我母亲颜色艳丽的仿巴洛克桌子,红色皮革的桌面,四条曲线型的黑色和金色的桌腿,还搭配有四张红色皮革坐垫的椅子。我和我的孩子在那张桌子上下象棋、玩其他棋类游戏,就像70年前的星期天上午,我和我父亲下象棋一样。

玛丽莲不喜欢这张桌子——它和我们家的其他东西都不搭——她很乐意把它请出这个家,但是她很早之前就放弃了这一战役。她知道它对我来说意味着很多东西,并且同意把它留在书房里,但是只能永远流放在房间的远角。那张桌子与我生命中最重要的事件联系在一起,每当我看到它,我就充满了怀旧之情,充满了恐惧,并充满了一种解放了的感觉。

* * *

我的早年生活可以分成两个部分:14岁生日之前和之后。直到我14岁为止,我和我的母亲、父亲,还有姐姐一起住在杂货店上面,一间狭小、简陋的公寓里。这间公寓在商店上方,但是入口在商店外面,就在拐角处。那里有一个门廊,运煤工人定期把煤送到那里,所以门没有上锁。在寒冷的冬天,发现有一两个酒鬼睡在地上是常有的事。

沿着楼梯上去,有两扇门通往两间公寓——我们的是俯瞰第一大街的那一间。我们有两间卧室——我父母一间,我姐姐一间。我睡在小客厅里的长沙发上,那个沙发可以展开变成一张床。

杂货店上面的家庭公寓入口,华盛顿特区
1943 年

第9章 红色的桌子

在我10岁的时候,姐姐上大学去了,然后我接手了她的卧室。房间里有一个带着一张很小的桌子的厨房,我所有的饭都是在那张桌子上吃的。在我的童年,我从来没有,一次都没有,和母亲或者父亲一起吃过饭(除了星期天,我们会和整个大家族一起吃饭之外——一般是12~20人)。我的母亲会做好饭,然后放在灶台上,我和姐姐就在那张小的厨房桌子上吃饭。

我的朋友们住在类似的地方,所以我从来没有要住在更好的公寓里的想法,但是我们的公寓有一个独特并且长期存在的令人恐怖的东西:蟑螂。它们无处不在,尽管用了不少杀虫剂——我那时候很怕它们(即便到今天也是如此)。每天晚上,我母亲把我睡的床的四个脚放在盛满水的碗里,有时候盛的是煤油,让它们不要爬到我的床上去。尽管如此,它们还是经常从天花板掉到我的床上。晚上的时候,一旦关了灯,它们就成了房子的主人,我可以听到它们在我们狭小厨房里的油布地毯上急促地跑。夜晚的时候我不敢去厕所小便,而是用放在我床旁边的广口瓶。记得有一次,在我10岁还是11岁的时候,我正在客厅看书,突然一只巨大的蟑螂飞过房间,落在了我的大腿上(是的,蟑螂可以飞——它们并不经常这样做,但是它们确实可以飞!)。我大声尖叫,我父亲跑了过来,把它拍到地板上,用脚踩死了。看见被踩扁的蟑螂简直是世界上最糟糕的事情,我立刻跑到厕所去呕吐。父亲试着安抚我,但是他根本无法理解一只死虫子怎么会让我感觉如此糟糕。(我的蟑螂恐惧症还在,只是休眠了,一直没有机会发作:帕洛阿尔托太干燥不适合蟑螂生存,我已经有半个世纪没见着一只了——在加州生活的巨大红利之一。)

然后，有一天，在我14岁的时候，我母亲若无其事地告诉我，她买了一栋房子，我们很快就会搬进去。我记得的下一件事情就是走进我们的新家，它位于离石溪公园不远的一个漂亮、安静的街道上。它是一座宏伟的两层、三居室的房子，地下室有一个松木的娱乐室，侧廊安有屏风，树篱环绕着一个小草坪。这次搬家几乎完全是我母亲的主意：在我父亲都没有抽时间从店里过来看一下之前，她就把房子买下了。

我们什么时候搬的家？我看到搬家工人了吗？我对这间房子的第一印象是什么？我在那里的第一个晚上过得怎么样？和那个蟑螂为患的公寓，和羞耻，以及肮脏、贫穷，还有睡在我们门廊里的酒鬼，永远说再见的巨大喜悦呢？所有这些东西我肯定都体验过，但是我几乎都不记得了。也许我太过于心事重重，心思都在担心转学到新的学校上九年级，还有交新朋友的事情上了。记忆和情感是成正态分布曲线关系的：太多或者太少的情感通常都会导致记忆的短缺。我确实记得漫步在我们干净的房子和干净的庭院时的惊叹之情。我肯定很自豪地邀请我的朋友到我家来做客，我肯定感觉更加平静，更少恐惧，睡得更好，但是这些都只是猜测。那一整个时期，我记得最清楚的是我母亲骄傲地告诉我关于买红色桌子的故事。

她决定所有的东西都买新的，旧公寓里的东西一件不留——家具不要了，亚麻制品不要了，只留下了厨房里的锅（我现在还在用）。她肯定也受够了我们生活的方式，虽然她从来没有和我说过她内心的渴望和感受。但是她的确，不止一次地，告诉过我那张桌子的故事。在她买下那座房子之后，她去了马泽尔百货商店，一家她的朋友们经常光顾的很受欢迎的家具店，然后一下午

第9章 红色的桌子

的时间就订购了一座三居室的房子需要的所有东西,包括地毯、房间和走廊家具,还有草坪椅。这肯定是一个大订单,然后就在售货员把所有东西的价格算出来的时候,一个颜色艳丽、有大红色皮革桌面、配有四张红色皮革椅子的仿巴洛克式的牌桌,引起了她的注意。她指示售货员把那张桌子和四把椅子加到订单里。售货员告诉她,这套桌子和椅子已经卖掉了,而且极为遗憾的是,这是唯一的一套了——工厂不再生产这一款。于是我母亲告诉他取消整个订单,然后收起钱包准备离开。

她也许是来真的,也许不是。不管怎么说,她的行动奏效了。售货员屈服了,桌子归她。向您致敬,母亲,为这个大胆的虚张声势——我打了很多回扑克,但这是我听过的最厉害的虚张声势。有时候我脑子里会浮现出从没有得到那张桌子的家庭的角度写一个故事的想法。这个想法具有一定的表现力:我会从两个视角讲述这个故事——我母亲伟大的计策和胜利后的喜悦,还有另外一个家庭的沮丧之情。

我仍然保留着这张桌子,尽管我妻子抱怨说它与我们家的任何东西都不搭。虽然它的美学缺点明显到我都看得出来,但是这张桌子承载着我星期天与我的父亲和叔叔,还有后来与我的子女以及孙子女下棋的回忆。高中的时候,我在象棋队下棋,并且骄傲地穿着印有一颗棋子的运动衫。这个校队,由五个台次(five boards)组成,与华盛顿特区的所有高中进行比赛。我打第一台次,然后,高三那年获得了不败战绩之后,我将自己看成是华盛顿特区的少年冠军。但是我从来没有获得长足的进步以参加更高级别的比赛,部分原因是因为我的叔叔亚伯,他反对走定式的想法，尤其是开局。我记得他指着我的头说我"聪明"，并且鼓励我用我好的亚隆"头脑"，用另类的方式迷惑我的对手。结果证明这是极其糟糕的建议。我在大学医学预科时期不再下棋，但是我被医学院录取的第二天，我就参加了大学象棋队的选拔。我在那个学期的剩余时间里打第二台次，然后在我开始上医学院的时候，我再一次放弃了象棋，直到我开始教我的儿子，维克多（Victor）和里德（Reid）下棋，他们俩都成了杰出的象棋手。直到过去的几年里，我才对象棋变得更加认真起来。我开始和一位俄罗斯大师学习下棋，并且我的网络排名在不断上升。但是恐怕为时已晚——我不断衰减的记忆力是一个不可战胜的对手。

如果由我父亲拿主意的话，我们也许会一直住在商店上面的房子里。他似乎对他周围的环境毫不在意。我的母亲给他买好所有的衣服，并且告诉他穿什么，甚至星期天出门的时候会告诉他该打哪个领带。

我的父亲有一副好嗓子，我喜欢在家庭聚会的时候，听他和我的姑姑卢巴（Luba）一起唱意第绪语歌。我的母亲不喜欢任何类型的音乐，我从没听她唱过一句歌词——她肯定把这个基因遗传给我了。星期天的上午，我通常都会和父亲在那张红色巴洛克桌子上下象棋，然后他会在留声机里播放一些意第绪语歌曲，并且跟着它们一起唱，直到我的母亲大声叫道："够了，本，够了！"然后他总是服从。那是我对他最失望的一些时刻，我多么希望他能够坚持自己的立场，与她抗衡。但是这种情况从未发生过。

* * *

第 9 章 红色的桌子

  我的母亲是一个好厨师,我经常会怀念她做的饭菜。直到今天,我还常常用她重重的铝锅来复制它们。我对那些锅充满了感情。当我用它们做菜的时候,食物的味道都要更好一些。我的孩子经常觊觎它们,但是我仍然舍不得给他们。

  当我们搬到了新家,我母亲每天都做饭,然后开车 20 分钟去店里,度过白天以及晚上剩下的时间。我把食物加热一下,然后一个人一边看书一边吃饭。(我的姐姐,琼,已经开始在马里兰大学上学。)我的父亲会回家吃饭,然后小睡一会儿,但是我们的吃饭时间几乎从不重叠。

作者的母亲和父亲在布莱格登街道的家门前,华盛顿特区
1947 年

第9章 红色的桌子

在布莱格登街道,我们的新街区两旁,种满了美国梧桐树,树后面是宽敞、宏伟的房子,里面全是和我差不多大的孩子。我记得我第一天过去就受到了欢迎。在街上打触身式橄榄球的孩子朝我招手——他们需要更多队员,而我马上加入其中。那天稍晚一点,在街正对面的草坪上,我见到了13岁的比利·诺兰(Billy Nolan),在和他年老的爷爷玩接球游戏,我后来得知,他爷爷曾经在波士顿红袜队当过投手。我还记得我第一次在街区闲逛时的情景。我发现一家前院的池塘上有几片漂浮着的睡莲叶子——这个让我兴奋是因为我知道,里面的水可以给我的显微镜带来很好的标本:大群蚊子幼虫在水面上游动,我可以从睡莲叶子背面刮下阿米巴虫群落。但是要怎么收集这个样本呢?在我之前的街区里,我可以在晚上潜行到院子里,从池塘里偷一些生物也无伤大雅。但是在这里我不知道该如何行事。

布莱格登街道和周围地区提供了一个田园牧歌般的环境。没有污秽,没有危险,没有犯罪,并且从来没有排犹评论。我的表弟杰伊(Jay),我一辈子的好朋友,也搬到了四个街区之外地方,我们经常见面。石溪公园离我家只隔了两个街区,那里有小溪、游人步道、棒球场和网球场。放学之后,那里几乎每一天都有社区球类活动,直到天黑。

再见了老鼠!再见了蟑螂、犯罪、危险和排犹威胁。我的生活从现在开始就会永远改变。我偶尔会在店里人手紧缺的时候回去帮忙,但是大部分时候,我已经把那些肮脏的环境抛在脑后。我永远也不再需要对我住在哪里撒谎了。要是朱迪·斯坦伯格,我夏令营的女朋友,可以看到我的新房子就好了!

BECOMING
MYSELF

第 10 章
遇见玛丽莲

我总是鼓励实习治疗师做个人治疗。"你的'自我'(self)是你主要的工具,尽可能学习它。不要让你的盲点妨碍你理解你的患者,或者与他们共情。"但是,我从 15 岁开始就与一位女性建立了亲密的关系,并且此后一直全心投入在我的大家庭里,以至于我经常寻思,我是否能够真正地理解一个孤独终老的人的世界。

我常常觉得我认识玛丽莲之前的岁月是黑白分明的:在她进入我的生活之后,才逐渐有了色彩。对于我们的第一次见面,我的记忆清晰得不可思议。我在罗斯福高中上十年级,在新街区住了差不多 6 个月。一个星期六的傍晚,在保龄球馆赌了几个小时之后,路易·罗森塔尔(Louie Rosenthal),我的一位保龄球好友,告诉我附近有一个聚会,在玛丽莲·柯尼科家,并且建议我

第 10 章 遇见玛丽莲

们一起去。我很害羞，并不热衷于参加聚会，而且我不认识玛丽莲——她当时在上九年级，比我低半个学期，但是，因为我没有别的计划，所以我同意一起去。

她家是一座朴实的砖墙联排住宅，和第四大街上从法拉格特街到加勒廷街之间所有的其他房子都长得一样，由几步台阶通向前廊。随着我们走近，我们看到一群和我们差不多年纪的孩子，聚集在台阶和小门廊前，想要进入前门。我这样一个社交回避的人，立马掉转头，开始往家里走，但是我机智的小伙伴，路易，抓住我的胳膊，指着朝向门廊的窗户，提出我们可以把窗户推开从那里爬进去。我跟着他爬过了窗户，并且挤过人群进入了前厅，在那里，位于密集人群的绝对中心，站着一位娇小玲珑，非常活泼可爱，长着长长的、浅棕色头发的女孩，正在接受朝拜。"那就是她，矮个子的，那就是玛丽莲·柯尼科，"路易一边说着，一边走到另外一个房间去找点东西喝。接着，就像我说过的，我通常是个害羞的人，但是那天晚上我让自己都吃了一惊，我没有掉转头从窗户爬走，而是挤过人群，来到了女主人身边。当我走到她身边的时候，我不知道该说什么，但是脱口而出："嗨，我是埃夫·亚隆，我刚才从你家窗户爬进来的。"我不知道在她的注意力被别人转移走之前，我们还说了些什么，但是我知道我没救了：我就像一枚被磁铁吸住的钉子一样，并且我立刻有一个感觉，不，不只是一个感觉，是一份确信——她会在我的生命中起到重要的作用。

第二天我紧张地给她打了电话，那是我第一次给一个女孩打电话，并邀请她去看一场电影。那是我的第一次约会。我们说了什么？我记得她告诉我，她最近一整晚没睡觉看《飘》（Gone with the Wind），第二天要请假不去上学。我觉得这个真可爱，我简直为她神魂颠倒。我们都爱看书，然后很快就不停地讨论起书来。出于某种原因，她似乎对我热衷于中央图书馆的自传很感兴趣。谁会想到我从A到Z的自传冒险之旅，会起到这样的效果？我们互相给对方推荐书籍——我当时正对约翰·斯坦贝克（John Steinbeck）着迷，而她那时候在读我从没有考虑过的书——《简·爱》和《呼啸山庄》。我喜欢詹姆斯·法雷尔（James Farrell），而她喜欢简·奥斯汀（Jane Austen），但是我们都喜欢托马斯·沃尔夫（Thomas Wolfe）——有时候我们互相给对方大声读《天使，望故乡》(Look Homeward, Angel)中很有韵味的章节。在几次约会之后，我和我的表弟杰伊赌30美元，说我有一天会娶她。他在我结婚的那一天悉数付给我了！

她身上有什么特别的东西呢？在我写这本自传，重新认识年轻时候的自己，并且意识到我曾经处在一个什么样的困境之中，以及我整个一生多么惋惜我没有一个导师的时候，我突然明白：我确实有一位导师！那就是玛丽莲。我的无意识领会到了，她在教化我并且引领我积极向上这一任务上，是特别适合的。她的家庭历史与我类似，让我和她在一起的时候可以感觉很自在，但是又略有所不同。她的父母也是从东欧来的移民，但是比我的父母要早来四分之一或者半代人的时间，并且接受了一些世俗教育。他的父亲十来岁的时候来的美国，但是来的时候并不和我的父亲一样一贫如洗。他受过教育，人很浪漫，热爱歌剧，并且和他崇拜的人沃尔特·惠特曼（Walt Whitman）一样，环游整个

第 10 章 遇见玛丽莲

国家,干各种各样卑下的工作以养活自己。在与西莉亚(Celia),玛丽莲的母亲, 一位在克拉科夫长大的漂亮、亲切,没有半点我母亲的愤怒和粗俗的女士结婚之后,他开了一家杂货店——我们相遇几年之后得知,这家店离我父亲的商店只隔了一个街区!我肯定在那家小的街区杂货店前面走过,或者骑自行车经过了几百次。但是她的父亲很有远见,不愿意让他的家人住在那样一个骚乱、不安全、贫穷的社区里,因此玛丽莲在一个朴实但是安全的中产阶级社区长大,并且几乎从来没有踏足她父亲的商店。

在我们开始约会之后我们的父母见过很多次面,有点反常的是,她的父母对我的父母逐渐变得极为尊重。她父亲意识到我的父亲是一位极为成功的商人,并且他正确地察觉到,我的母亲思维敏锐,很有眼光,是我父亲成功背后真正的驱动力。不幸的是,玛丽莲的父亲在我 22 岁的时候去世了,我从来没有机会与他熟识,虽然是他带我去看了我人生的第一部歌剧——《蝙蝠》(Die Fledermaus)。

玛丽莲在学校里比我晚半年毕业,那个时候 2 月和 6 月都有毕业典礼。在遇见她几个月之后,我参加了她在麦克法兰初中(McFarland Junior High,就在我的高中隔壁)的 2 月毕业典礼,在她做告别演讲的时候,她非常淡定,我在台下听着,对她充满敬畏。哦,我是多么欣赏和热爱那个女孩啊!

我们整个高中都形影不离,每天一起吃午饭,每个周末都一定会见到对方。我们对文学有着强烈而共同的热爱,所以我们其他兴趣上的分歧似乎对我们的关系没有任何影响。她很早的时候就爱上了法语、法国文学和文化,而我更喜欢科学。我完成了读错我看到或者听到的每一个法语单词的伟大壮举,而在她看我的显微镜的时候,只能看到她自己的眼睫毛。我们都喜欢英语课,并且不像学校里的其他学生,我们都对阅读任务出奇地着迷:《红字》(*The Scarlet Letter*),《织工马南》(*Silas Marner*),还有《还乡》(*The Return of the Native*)。

高中时有一天,所有下午的课程都被取消了,所以整个学校都去参加1946年英国电影《远大前程》(*Great Expectations*)的放映。我们挨着坐着,手拉着手。这部电影一直是我们向来的最爱;在过去几十年时间里,我们可能有一百次提到它。它向我打开了狄更斯的世界,不久之后我就如饥似渴地读完了狄更斯写过的所有的书。从那之后我又重新读了它们很多遍。多年之后,当我经常在美国和英国之间讲座和旅行的时候,我养成了逛旧书店的习惯,买狄更斯的首版书。它是我唯一收集过的东西。

即使在那时,玛丽莲也是如此的可爱、聪明,并且擅长社交,从而赢得了她所有老师的喜爱。在那些年,我很多方面都做得不错,但是谁做梦都不会想到我是一个可爱的人。我是个好学生,科学和英语都很好,我的英语老师戴维斯女士(Miss Davis)表扬我的作文,并且把它贴在公告栏上,让我更加不受人欢迎。不幸的是,在我12岁的时候,我换到了另外一位英语老师,麦考利女士(Miss McCauley)的班上,她也是玛丽莲的老师,并且对她极为赞赏。有一天在大厅里,她看见我凑到玛丽莲的锁柜旁边和她聊天,从那之后就叫我"锁柜牛仔"。因为我跟玛丽莲献殷勤,她从来没有原谅我,在她的班上我永无出头之日。她常常对我的书面作业做出严厉的评论和挖苦。我在班上阅读《李尔王》

第 10 章 遇见玛丽莲

(*King Lear*)中信差的角色时,她嘲笑我的表现呆板。最近,我的两个孩子在我们的储物间浏览一些旧纸张的时候,无意中发现我写的关于棒球的一篇热情洋溢的作文,被麦考利女士评为 C+,他们极为愤怒,因为她无情地在我写的段落上写下"愚蠢!"或者"小题大做"这样的评语。请注意,我写的都是棒球界的巨人,比如"摇摆"乔·狄马乔(Jolting Joe DiMaggio)、费尔·里祖托(Phil Rizzuto)、"金刚"凯勒(King Kong Keller)、"护林熊"乔·佩吉(Smokey Joe Page),还有"可靠老伙计"汤米·亨里希("Old Reliable"Tommy Henrich)。

我从来没有忘记我从 15 岁开始,生命中有了玛丽莲的巨大幸运。她提升了我的思想,激励了我的雄心,并且给我提供了优雅、大方和致力于精神生活的榜样。所以谢谢你,路易,不管你身处何方。谢谢你帮助我从那扇窗户里爬了进去。

BECOMING
MYSELF

第 11 章
大 学 时 代

两年前,我和我的朋友拉里·扎罗夫(Larry Zaroff)坐在索萨利托的一家咖啡馆里,俯瞰整个旧金山湾区。风把海鸥吹得飘来荡去,我们看着索萨利托渡船颠簸着朝市区行驶,直到它消失在视线之外。拉里和我在回忆大学生活:我们是乔治·华盛顿大学(George Washington University)的同学,并且一起上了大部分的课——很多折磨人的课程,比如有机化学、定性分析,还有比较解剖学——我们一起解剖了一只猫的每一个器官和每一块肌肉。我们努力去回忆,对我来说生命中最紧张的岁月,这时候拉里开始讲起故事来,关于疯狂的联谊会,满是大群友好的男男女女的酒会。

我生气了。"联谊会?什么联谊会?"

"当然是 TEP。"

"你刚说的是什么?"

第11章 大学时代

"Tau Epsilon Pi[①]。你今天是怎么了，埃夫？"

"我怎么了？我真的很生气。我在大学里每天都见你，但是从来没有听说过乔治·华盛顿大学有联谊会。为什么我没有被邀请参加？你为什么没有邀请我？"

"埃夫，我怎么记得住啊？现在是2014年，我们是1949年上的乔治·华盛顿大学。"

当我和拉里分开之后，我给住在华盛顿特区的好朋友赫布·科茨（Herb Kotz）打电话。赫布、拉里和我，大学的时候总是在一起。我们上的每一门课我们都是前三名，我们几乎每天都一起开车去上学，在一起吃午饭。

"赫布，我刚才和拉里说了会儿话，他告诉我，他属于一个联谊会，乔治·华盛顿大学的TEP。你知道这回事吗？"

"嗯，是的。我也是TEP的成员之一。"

"什么？你也是？简直不敢相信。你们为什么不邀请我参加？"

"谁能记得住那么久之前的事情啊？我也许确实邀请过你，但是我们也就星期五的时候在一起喝喝啤酒，而你不喜欢喝啤酒，你那个时候也不约会——对玛丽莲无比忠诚。"

我心里一直怀有一丝怨恨，直到几个月前，在大扫除的时候，玛丽莲发现了一封1949年的信，欢迎我加入Tau Epsilon Pi，还有一份会员证书。我的确曾经是那个联谊会的一员，但是我从来没有参加过一次聚会，并且把关于这个的记忆完全从我的脑海中抹去了！

* * *

[①] 希腊字母，分别是第19、第6和第16个字母。——译者注

这个插曲真实地描绘了我在乔治·华盛顿大学上学的时候有多么紧张和焦虑，而这所大学离我家其实只有15分钟车程。直到今天，我还对那些有快乐的大学回忆的人心怀嫉妒——班级精神，成为一生好友的室友，运动会上结成的队友情谊，恶作剧，与教授之间良师益友的亲密关系，还有类似于电影《死亡诗社》（*Dead Poets Society*）的秘密社团，这是我完全错过了的生活的一部分。但是我也知道，我那个时候是多么焦虑和不安，幸亏我没有上一所常春藤联盟大学：如果上了那样的大学，我相信我不会快乐，甚至可能无法存活下来。

在我的治疗工作中，我的患者们经常会在他们的孩子经历不同阶段的时候，回忆起他们在相应阶段的生活，我总是被这样的情形打动。很多年前，当我的孩子在上高三，计划上大学的时候，这样的回忆也发生在我身上，当我的孙子德斯蒙德（Desmond）开始上大学的时候，它又一次发生在我身上。看到他有那么多的可用资源和同学来帮助他选择一所学校的时候，我既吃惊又嫉妒。德斯蒙德有大学顾问，介绍一百家小型文科院校的书面指南，还可以与大学招生团队交谈。我不记得我那个时候有任何指导：高中没有大学顾问，当然，我的父母和亲戚对这整个过程都一无所知。此外，关键的是，在我的高中或者街区，我不认识任何一个决定到外地上大学的人：我认识的每个人都会选择当地的两所大学——马里兰大学或者乔治·华盛顿大学（那个时候，这两所大学都是大型的、平庸的、没有人情味的院校）中的一所。我的姐夫莫顿·罗斯（Morton Rose）对我的影响很大。我很尊重他：他是一位杰出的医生，他上的是乔治·华盛顿大学，

第 11 章 大学时代

然后在那里上的医学院,所以我被说服了:如果乔治·华盛顿大学对他来说足够好,那么它对我来说应该也足够好。

最终,当我的高中授予我艾玛·K.卡尔奖学金(Emma K. Karr Scholarship)(上乔治·华盛顿大学的全额奖学金)的时候,这件事就这么定了:每年的学费只有 300 美元。

在那个时候,我感觉我的整个人生,我的全部未来,都处在危险状态。从我 14 岁遇到曼彻斯特医生开始,我就知道我想要上医学院,但是大家都知道,医学院是按照严格的 5% 的比例来录取犹太学生的;乔治·华盛顿医学院每年只招 100 个学生,所以只录取 5 个犹太人。我所属的高中犹太人联谊会(Upsilon Lambda Phi),有超过 5 个聪明的高三学生计划参加医学预科课程、申请医学院,而那只是华盛顿好几个这样的联谊会中的一个。竞争如此之激烈,所以,从我上大学的第一天起,我就确定了一个策略:我要把所有别的事情放在一边,比所有其他人都努力,取得无比优异的成绩,这样医学院就不得不录取我。

结果我发现我并不是唯一一个这样想的人。似乎我认识的每一位年轻人,所有第一次世界大战之后从欧洲来的犹太移民的儿子,都认为与医学相关的职业是理想的职业。如果不能上医学院,他们就会选择牙医学院、法学院、兽医学院,要不然,对我们中的理想主义者来说,最不济的就是和自己的父亲一起做生意。那个年代很流行的一个笑话就是:一个犹太男性有两个选择——要么当医生,要么当个失败者。

我的父母没有参与我上乔治·华盛顿大学的决定。那时我们的交流并不多:商店到我家开车要 30 分钟,除了星期天,我基本上见不着他们。即使星期天的时候，我们也几乎从不谈论任何重要的事情。自从我母亲指责我导致了我父亲的心脏病之后，好几年我都几乎没有和她说过话。我决定保持距离来保护我自己。我想要和我父亲更加亲近一点，但是他和母亲总是紧密联系在一起。

我记得高三的时候开车送母亲去商店。就在我们开到士兵之家公园附近，离商店只有5分钟路程的时候，她问起我未来的计划。我告诉她，我打算明年上大学，并且我决定争取上医学院。她点了点头，似乎非常高兴，但也仅限于此。我们没有再说起过我的未来计划。当我现在想起这段记忆的时候，我在想，她和父亲是不是被我吓到了，他们是否觉得他们不再能够与我相处得好，他们已经失去我了，因为我属于一个他们并不理解的文化。

尽管如此，我理所当然地认为，他们会为我支付大学和医学院的学费和其他所有费用。不管我们的关系状态如何，在我父母的文化中，不这样做是难以想象的，而我对我自己的孩子也是这样。

因此，对我和我最亲密的朋友来说，大学并不是梦想中的终点：它是一个需要尽早跨越的障碍。通常，在通过四年大学学习拿到学士学位之后，才能上医学院，但是，医学院偶尔也会录取只上了三年大学的杰出申请者，只要他们上了所有的必修课程。我，还有我的同龄人，选择了后面这个计划，因此几乎没有选择任何其他课程，而只选了必修的医学预科课程（化学、生理学、生物学、物理学、脊椎动物解剖学，还有德语）。

我记得大学的哪些事情？整个大学三年我只上了三门选修课，全都是文学课程。我住在家里，并且遵循一个极为严格的生

第 11 章 大学时代

活作息时间：勤奋学习、背书、在实验室做实验、整晚熬夜以准备考试，一周学习七天。

为什么如此狂热？为什么如此匆忙？决定过一个现在所谓的"间隔"年，加入和平队（那个时候还不存在这个组织），或者自愿在其他国家参加人道主义工作，或者选择在我的孩子和他们的同龄人中非常普遍的其他选项之一，对于我或者我的任何一个好朋友来说，都是绝对不可想象的。对我们所有人来说，医学院入学的压力始终存在。我们所有人都觉得，越快进入医学院越好。但是我有一个额外的压力：我需要锁定与玛丽莲的关系。我需要成功，向她表明我将会有一个可靠的职业，并且将会成为一名重要的人物，这样才能说服她嫁给我。她低我半个学期，她的法语老师极力劝她申请威尔斯利学院（Wellesley College），该校立刻录取了她。在她读高三的时候，她女学生联谊会的大姐姐建议她，她年纪还小，不应该这么早就定下终身，她应该至少偶尔见见其他男孩。这我可接受不了，我至今还记得她约会过的两个男孩的名字。她一离开家去上威尔斯利，我就变得对于失去她感到极其焦虑：我觉得我没有办法与她将会遇到的常春藤男孩竞争。我经常给她写信，向她表达我的忧虑：我可能对她没有足够的吸引力，她正在与其他男人约会，我可能会失去她。那个时候我的整个生活全都是关于医学预科科学，而玛丽莲对那些毫无兴趣。我保留着玛丽莲的信件，几年前，那所大学的杂志《威尔斯利》（*Wellesley*），发表了其中的一些。

* * *

在那些年里，我被焦虑压垮了，入睡极其困难，我应该看心理治疗师的，但是那时候似乎并没有这个选项。然而，如果那时候我有像我自己一样的治疗师的话，我想我们之间的对话可能会是这样的：

亚隆医生：你在电话里说，你的焦虑让你快承受不了了。你能多说一点儿吗？

欧文：看看我的手指甲，咬到肉都露出来了。我感到很不好意思，当我和别人在一起的时候，我都把它们藏起来：给您看看。我的胸口闷得喘不过气来。我的睡眠完全毁了。我用迪西卷[○]（Dexedrine）和咖啡来打起精神，整晚熬夜准备考试，现在我不吃药就睡不着。

亚隆医生：你在吃什么药？

欧文：速可眠（Seconal），每晚都吃。

亚隆医生：谁给你开的药？

欧文：我从家人那里顺来的。从我记事起他们俩就每天晚上吃一片速可眠。我怀疑失眠是遗传来的。

亚隆医生：你提到今年你有很多学业上的压力。你之前睡眠如何——比如，高中的时候？

欧文：有时候我的性压力太大了，我必须手淫才能睡着。但是总体上来说，我睡得挺好，直到今年。

亚隆医生：这一点为你关于失眠是否是遗传的问题提供了答案。你觉得你的同学有和你一样的焦虑程度和睡眠问题吗？

○ 一种中枢神经刺激剂，Dexedrine 是商标名，成分是右旋苯异丙胺。——译者注

第11章 大学时代

欧文：我表示怀疑——我认识的非犹太医学预科学生肯定不是这样。他们似乎更为放松。其中一位是乔治·华盛顿大学棒球队的投手，其他人经常约会，或者忙于联谊会活动。

亚隆医生：所以这表明，它既不是遗传的，也不是环境导致的，而是一种特定的心理运作方式，也许我们应该说，它甚至是你对你的环境所采取的特有的反应方式。

欧文：我知道，我知道——我是一个狂热分子。每一门课、每一门考试，我都用功过度。每当任何一门考试的成绩公布的时候，全班同学的成绩会画成一个曲线，然后我的成绩是个另类，远远超出得A需要的分数。但是我需要确定性：我很疯狂。

亚隆医生：为什么如此疯狂？你觉得背后的动机是什么？

欧文：嗯，首先，犹太学生被医学院录取的比例是5%：这已经让人很有压力了！

亚隆医生：但是你说你用功过度了。A还不足够——必须是"超级A"。和你情况一样的犹太学生，和你一样疯狂吗？

欧文：他们也极其勤奋。我们经常一起学习。但是他们没有我这么疯狂。也许家庭生活更加愉快一些。他们生活中有其他事情，约约会、打打棒球——我觉得他们的生活更加平衡。

亚隆医生：你生活的平衡呢？怎么样？

欧文：85%的时间学习，15%的时间担忧。

亚隆医生：15%的时间担忧是关于医学院录取的事吗？

欧文：那是一部分，还有别的——我和玛丽莲的关系。我绝对地、极度地想要和她共度一生。我们整个高中关系都很稳定。

亚隆医生：你现在经常见她吗？

欧文：她接下来四年要在马萨诸塞州的威尔斯利上学，但是我们几乎每隔一天就写一封信。我有时候会打电话，但是长途电话太贵了。我母亲会因为这件事情给我脸色看。玛丽莲热爱威尔斯利，并且有一个正常而健康的大学生活，其中包括见其他男生，每一次当她顺带提到她约会的某个哈佛男生的时候，我就会情绪失控。

亚隆医生：你害怕……？

欧文：显而易见——我怕她遇到能给她提供更多东西的男生——长得更帅、更高的社会阶层、见多识广的家人，他所面对的更好未来——所有这些。

亚隆医生：你能提供的是……？

欧文：这也就是为什么被医学院录取对我来说意味着一切。我不觉得我有其他什么优势可以争取得到她。

亚隆医生：你在和其他女生约会吗？

欧文：没有，没时间。

亚隆医生：所以你过着修道院式的生活？但是那肯定很困难，尤其是当玛丽莲不是这样的时候。

欧文：对的！换句话说，我很专一，但她不是。

亚隆医生：通常，那也是有很大性压力的几年。

欧文：是的，我觉得很多时候，我被性弄得半疯半癫了。我能做什么呢？我总不能见一个女生然后说："我爱上了另外一个人，她在很远的地方，我只想和你上床。"所以我要撒谎吗？那个我可不太会。我并不是一个你可以称之为圆滑的人，眼下我只能忍受。我总是做白日梦，遇见一位漂亮、淫荡的隔壁邻居，当

第11章 大学时代

她丈夫出差的时候,对性无比渴望。那就完美了。尤其是隔壁这一点——不用在路上花很多时间。

亚隆医生:欧文,我相信你的不舒服远远超过了必要的限度。我认为做一些治疗对你有帮助——你身上肩负了大量的焦虑而你要做的工作有很多:去理解为什么你的生活如此失衡,为什么你需要用功过度,为什么你认为你给不了别人什么,为什么你冒着把她赶走的风险让这个女生如此窒息。我相信我可以帮助你,我建议我们开始每周见两次。

欧文:一周两次!我来这里差不多要半个小时——然后还要半个小时回去。一周就是四个小时。我几乎每周都有考试。

亚隆医生:我预料到了你可能会以这种方式回应我。所以我还想说明一点。我没有说到这一点,但是我有强烈的预感,随着你医学学习的深入,你也许会对精神科有特别的兴趣,如果这样的话,那么我们在一起花的时间会有双重作用:这些时间不仅能够帮助你,而且它们还会增进你对这个领域的理解。

欧文:我明白其中的好处,但是那个未来似乎如此……如此……遥不可及。焦虑现在是正在逼近的敌人,我担心每周拿出四个小时出来在这里谈话所减轻的焦虑,也许比它带来的还要多。让我好好想一想!

* * *

现在想想,我希望我大学的时候就开始了心理治疗,但是那是在20世纪50年代,我不认识任何曾经做过心理治疗的人。不管怎样，我度过了那恐怖的3年。玛丽莲和我在一起作为辅导员度过了几个夏天，这对我帮助很大。那些在夏令营的日子让我远离了学业压力，我沐浴在对她的爱意之中，照顾年轻的露营者，一边打网球一边教网球，并且和对医学之外的东西感兴趣的球员交朋友。有一年我的搭档辅导员是保罗·霍恩（Paul Horn），他后来成为一位著名的长笛手，在他去世之前，我们一直都是朋友。

除了这些夏季的插曲，我的大学时代毫无人情味儿，班上人数众多，与教授的接触极少。然而，尽管内心充满焦虑，讲座又无趣，但是我觉得我所选的科学课程的内容很吸引人。尤其是有机化学——我觉得苯环的优美和简洁，加上无限的复杂性，简直令人着迷，并且有两个夏天，我通过教其他学生这门课挣到了零花钱。但是，我最爱的三门选修课——是文学课程：现代美国诗歌（Modern American Poetry）、世界戏剧（World Drama）以及小说的兴起（The Rise of the Novel）。在这些课程上我觉得我活过来了，并且盼望着阅读书籍和撰写论文——我在大学里写过的唯一的论文。

我上的世界戏剧课在我的脑海中印象比较深刻。那是我上过的人数最少的课——只有40个学生，课程的内容非常有趣。在那个班上，我有唯一一次和老师深刻接触的记忆，她是一位迷人的中年女士，金色的头发盘成了一个圆髻。有一次她叫我去她的办公室。她以一种最为肯定的方式，评论了我写的关于埃斯库罗斯（Aeschylus）的《被缚的普罗米修斯》（*Prometheus Bound*）的论文，告诉我说，我的写作手法高超，我的思想很有原创性，并且问我是否考虑在人文学科领域发展。直到今天我还记得她光彩

第 11 章 大学时代

照人的脸庞——她是唯一知道我名字的教授。

除了德语课得了 B+ 之外，大学里我所有其他课程都是 A+，但是即使如此，申请医学院也是一个令人心惊胆战的过程。我申请了 19 所学校，收到了 18 个拒绝和 1 个接受（乔治·华盛顿大学医学院接受了我，它没有办法拒绝一个平均分接近 4.0 的本校大学生）。不管怎样，医学院排犹的录取比例并没有引起我的愤怒——它是普遍存在的，我想不出还有什么其他的原因，所以，我追随我父母的榜样，将它当成是理所当然的。我从来没有采取激进主义者的姿态，也没有对体制中存在的大量不公平感到气愤。回过头去看，我认为我的缺乏勇气是由于我的自尊心匮乏——我采信了我的压迫者们的世界观。

我现在仍然能够感受收到乔治·华盛顿大学录取通知书的时候，因为高兴而引发的颤抖：那是我一生中最为激动的时刻。我跑到电话边去给玛丽莲打电话。她试图表现得很热情，但其实她从来没有怀疑过我会被录取。我的生活从那之后就改变了——突然之间，我有了空余时间。我拿起陀思妥耶夫斯基的小说，再次开始阅读。我报名参加大学网球队，并且设法打了一场大学运动代表队的双打比赛，还参加了大学象棋队，并作为第二台次参加了几场大学校际比赛。

* * *

我认为医学院的第一年是我一生中最糟糕的一年，不仅因为学业要求，还因为玛丽莲大三那年要去法国。我刻苦学习，背下我被要求学习的东西，也许比准备医学预科的时候还要用功。我在医学院唯一的快乐，来源于我一辈子的朋友赫布·科茨和拉里·扎罗夫的友谊。他们是我解剖实验室的搭档，我们一起解剖了一具尸体，我们将其命名为阿伽门农（Agamemnon）。

因为不愿意再忍受与玛丽莲的分离，我在医学院第一年的末尾，决定申请转学到波士顿，并且，说来也怪，我被波士顿大学医学院（Boston University Medical School）作为转校生录取了，在玛丽莲从法国回来一年后，我们订婚了。在波士顿，我在马尔伯勒街上的一座大型的四层楼后湾区公寓租了一间房子，那是我离开家的第一年。从此，我的生活从内到外，开始变得更好。医学院的一些其他学生也住在同一栋楼里，我很快就开始交朋友了。不久，我们三四个人就每天一起坐车去学校。其中的一位叫鲍勃·伯杰，后来成了我一辈子的好朋友。后面会再多讲一点关于鲍勃的事情。

我在波士顿上医学院的第二年的主要项目是周末和玛丽莲见面。威尔斯利学院对于无年长妇女陪伴的女生在校园外面过夜有着非常严格的规定，所以每一周，玛丽莲都必须虚构某个听起来合理的理由在外面过夜，并获得一位思想开放的朋友的邀请函。我们周末花一部分时间学习，沿着新英格兰海岸兜风，参观波士顿的博物馆，然后在德根公园餐厅吃晚饭。

那段时期，我的内在生活也在改变。我不再狂热，只有一点焦虑，并且终于开始睡得很香。即使在我读医学院的第一年，我就知道，我会进入精神病学科，虽然我只听了几次精神病学的讲座，并且从来没有和一位精神科医生交谈过。我认为甚至在上医

作者在波士顿大学医学院求学时的房间
1953 年

学院之前，我就已经决定选择精神病学科了：它来自于我对文学的热情，并且来自一个信念，那就是精神病学科让我接近我热爱的所有伟大作家。我最大的快乐是沉浸在小说的世界里，并且我一遍又一遍地告诉自己，一个人一生中能做的最好的事情就是——写一本优秀的小说。我一直都对故事充满渴望，从我小时候读《金银岛》(*Treasure Island*)开始，我就全身心投入在伟大的作家贡献给我们的叙事之中。即使在我85岁写下这些文字的时候，我还是迫不及待地晚上回去看约瑟夫·罗特（Joseph Roth）的《拉德茨基进行曲》(*The Radetzky March*)。我每天只看一点，免得一晚上就都看完了。就像在这本书中一样，故事不仅是生活叙事，是对人类欲望、恐惧，还有对意义的追寻的探索，而我被完全迷住了，痴迷于戏剧的双重意义——不仅关于一个特定的存在，而且是关于在整个文化中发生的平行过程，比如，第一次世界大战之前的奥匈帝国（Austrian-Hungarian Empire）。

虽然我对文学有热情，但是医学也不是一个随意的决定，因为我一直也对科学着迷，尤其是生物学、胚胎学和生物化学。而且，我还有强烈地想要对人有所帮助的愿望，并将曼彻斯特医生在我危急时刻提供给我的东西，传递下去。

第 12 章

与玛丽莲结婚

1954 年，当我们结婚的时候，玛丽莲已经是一位坚定的法国崇拜者。她大三的时候在法国度过了一年，梦想着在欧洲度蜜月，而我，一个土里土气的小伙子，从来没有离开过美国东北部，对出国没有任何兴趣。但是她很机灵："在法国过一个摩托车上的蜜月怎么样？"她知道我对摩托车着迷，并且还知道，我们不能在美国租到那样的交通工具。"给，看看这个。"她说着，递给我一张关于在巴黎租一辆韦士柏（Vespa）的广告。

就这样，我们去了巴黎，我兴奋地在一个离凯旋门一个街区的租赁点选了一辆大型号的韦士柏。虽然我之前甚至都没有碰过一辆韦士柏，更别说骑过了，但是我需要说服租赁点满脸狐疑的经理，我是一位有经验的骑手。我骑上韦士柏，以尽可能若无其事的样子，问他启动装置和油门在哪里。他一副满是担忧的样子,给我指了启动装置的小按钮,并且告诉我,转动车把就可以控制进气量。"哦,"我说,"美国的和这不一样。"然后没有再说一句话,启程开始上路练习,而玛丽莲明智地在附近一家咖啡店里等我。唉,我刚才还在一条单行道上,突然就闯入了环绕着凯旋门的车水马龙的十车道上。那90分钟的骑行,是我一辈子最可怕的经历之一:汽车和出租车在我两边疾驰而过,喇叭轰鸣,车窗被摇了下来,车里的人大声叫骂,猛挥拳头。我一句法语也不懂,但是强烈地感受到,那些高分贝的刺耳短语说的不是欢迎来巴黎。我英勇地绕着凯旋门环游的时候,也许熄了30次火,但是一个半小时之后,当我回到租赁点旁边的咖啡店去接我妻子的时候,我知道怎么骑韦士柏了。

* * *

三周之前,1954年6月27日,我们在马里兰结婚了,我们的婚礼午宴是在印度之春乡村俱乐部(Indian Spring Country Club)举办的,这个俱乐部是玛丽莲富有的伯父塞缪尔·艾格(Samuel Eig)所有的。婚礼之后,我马上开始为我们的欧洲假期筹集资金——我父母在资助我,并且为我支付了医学院的学费,但我没有理由再向他们要这次旅行的费用。在过去的几年里,我表弟杰伊和我在我们自己建的售货站,卖7月4日用的烟花(杰伊就是和我赌30美元我不会娶玛丽莲的那个)。之前的一年对烟花站的生意来说简直是一个灾难,因为7月3日和4日下大雨,我们灵机一动,以很低的价格从其他站点买下了全部剩余存货,然后储存

婚礼
1954 年

7月4日烟花站,由杰伊·卡普兰和作者所有,华盛顿特区 1954年

第 12 章　与玛丽莲结婚

在钢制油桶里，明年再卖。我们前一年测试过这种储存方法，保存了一年的烟花完全可以放。我们运气很好，1954 年 7 月初大气非常好，所以我挣到了足够的和我的新娘去欧洲度蜜月的钱。

在租下了韦士柏之后，我和玛丽莲马上在车后座上带着少量的行李，前往法国乡村。在三个星期的时间里，我们骑着摩托车穿过了卢瓦尔河谷、诺曼底，还有布列塔尼，一路探索美丽的城堡和教堂，并且被沙特尔大教堂彩绘玻璃窗中不可思议的蓝色迷住了。在图尔市，我们拜访了玛丽莲在国外那一年的头两个月寄宿过的家庭。在路上的每一天，我们都在美丽的牧场上吃午饭，食物是极好的法国面包、葡萄酒和奶酪。玛丽莲也喜欢吃火腿。她的父母更加世俗化，不坚持任何的宗教饮食教规，而我属于荒谬的犹太人大军中的一员——他们完全抛弃了所有的宗教信念但是仍然不吃猪肉（当然，除了中餐馆的鲜肉包）。三周之后我们返回了巴黎，搭上一辆去尼斯的火车，然后租了一辆小型号的菲亚特 500，花了一个月的时间开车游历意大利。在穿过意大利的短途旅行中，至今仍然历历在目的事是我们在面朝地中海的小旅馆里度过的第一个晚上。在固定餐费的晚餐中，甜点是放在桌上的一大碗水果拼盘。我们很高兴：因为钱越来越少了，所以我们就往口袋里塞满了水果，留作第二天的午餐。第二天早上付钱的时候，当我们得知水果被仔细计数，我们偷的每一块都价格不菲之后，我们傻眼了。

虽然是一次极好的旅行，但是我记得当时的我经常不耐烦并且神经过敏，也许是因为文化冲击，也许是因为除了发愁和学习之外不知道怎么去生活。这种发自内心的不自在的感觉，在我成年早期折磨着我。表面上看我做得很好：娶了我爱的女人，被医学院录取了，并且各方面都表现很好，但是内心深处，我从来都不放松，从不自信，并且从来都不理解我焦虑的来源。我有一些模糊的感觉，我的童年早期给我留下了深深的精神创伤，并且感觉我没有归属感，我没有其他人那么有价值，或者值得过上好的生活。我是多么希望，我能够以现在平静的自我，再次重复那次旅行啊！

* * *

60多年之后的今天，在回忆起我们的蜜月时，我总是面带微笑。然而，我们婚礼当天的细节已经在我的记忆里逐渐消失了，除了一个场景：在大型的婚礼午宴的最后，玛丽莲的伯父塞缪尔·艾格，这个家族严厉而难以接近的族长——他修建了马里兰银泉市相当大的一部分，与州长过从甚密，以他的孩子的名字给街道命名，以前从来没有屈尊和我说过话的人——走到我的身边，抱着我的肩膀，一边指着所有的宾客，一边在我耳边说："祝贺你，我的孩子。你得到了最好的。"

塞缪尔伯父支持的话语至今听起来仍然真实：我所度过的几乎每一天，我都为能够与玛丽莲共度一生而感激不尽。

BECOMING
MYSELF

第 13 章
我的第一位精神科患者

1955 年春天，上医学院的第三年，我在精神科的第一个实习科目，是在波士顿市立医院（Boston City Hospital）的门诊部进行的。每一位医科学生都被要求每周见一位患者，持续 12 周，然后我们每个人必须在一个正式的案例研讨会上呈报个案，参会的有其他的实习医学生，还有十来个教职员工，他们很多是波士顿精神分析协会（Boston Psychoanalytic Association）的会员，令人诚惶诚恐。我参加过其他学生的报告，并且对教员的残忍反应感到局促不安，因为他们争先恐后地展现他们的博学多识，而不带丝毫温和或者同情。

在我见我的患者大约 8 次之后，轮到我呈报个案，我声音颤抖着开始了。我决定不仿效其他呈报者，他们都是按照正式的传统结构，报告患者的主诉、既往病史、家庭历史、教育背景，以及正式的精神科检查。相反，我用对我来说自然的方式：我讲了一个故事。我用简单易懂的语言，描述了我与穆里尔（Muriel）的8次会面——她是一位年轻、苗条，有吸引力的女性，蓬松的红色头发，眼眉低垂，声音微微发颤。我描述了我们的第一次会面，一开始的时候，我告诉她，我是一名医科学生，刚开始参加培训，并且在接下来的12周里，我每周都会见她一次。我问她为什么来我们诊所寻求帮助，她用轻柔的声音回应说："我是女同性恋。"

在那个时刻，我犹豫了一下，压抑住强烈的情感，回应道："我不知道那个词的意思是什么。你可以具体地和我说说吗？"

然后她这样做了——她告诉我，"女同性恋"是什么意思，以及她的生活是什么样子的。我问了一些问题来让她多说一些，并且告诉她，我钦佩她有勇气可以如此坦诚地讲出这些来。我说我会在接下来的3个月时间里尽我所能地帮助她。

我下次与穆里尔会面的时候，一开始我就承认，承认我的无知对我来说有多么难堪。她告诉我，我们的谈话对她来说是"第一次"：我是第一个听她倾诉她的真实故事的男性，正是我的诚实让她可以继续对我坦诚。

我告诉教员，穆里尔和我开始变得亲密，我期待着我们的见面，她和谈任何人际关系一样，谈论她与她的爱人所遇到的问题，并且她现在可以更频繁地和我目光对视，她又恢复了活力，她说她很遗憾我们只能再见4次了。在我报告的最后，我坐了下来，低下头，准备好迎接猛烈的攻击。

但是什么都没发生。没人说话。在一段很长的沉默之后，

第 13 章　我的第一位精神科患者

系主任马拉默德医生（Dr. Malamud），还有班德勒医生（Dr. Bandler），一位杰出的精神分析师，一致同意我的报告清楚地说明了问题，他们没有额外的评论。桌子旁边的教员一个个地做出了类似的评论。我离开会议的时候目瞪口呆：我所做的不过是讲述一个对我来说自然和轻松的故事而已。整个大学和医学教育中，我一直觉得自己无足轻重，但是在那一刻，一切都变了。我走出去的时候想着，也许我可以在这个领域提供某些特殊的东西。

* * *

在我上医学院的最后两年里，婚后生活既美妙又充满压力。我的手头不宽裕，大部分都是靠我父母在资助。玛丽莲通过在牙医诊断做兼职挣一些钱，同时在哈佛大学念书以获得教学硕士学位，而我继续通过卖血给医院来挣钱。我申请成为捐精者，但是泌尿科医生告诉我，我的精子密度太低了，并建议我尽快要孩子。

他错得很离谱！玛丽莲在我们蜜月旅行期间就怀孕了。我们女儿的中间名是"弗朗西丝"（Frances）以表明"法国制造"，然后一年半之后，在我上医学院的第四年，玛丽莲又怀孕了。

我在医学院最后两年的临床实习要求我投入很多时间，但是不知怎么地，我的焦虑平静下来了，取而代之的是实实在在的疲惫，还有觉得对我的患者有所帮助的满足感。我对学习精神科专业越来越坚定，并且开始大量阅读这个领域的书籍。来自精神科实习的某些恐怖场景留在我的脑海里：在波士顿市立医院里一屋子的人类雕塑——整个病房都是紧张症患者（catatonic patients），在绝对静止中度过他们的生活。患者是沉默的，很长时间以同一个姿势站着，有的站在他们的床边，有的站在窗户边，有的坐着，有时候喃喃自语，但是通常保持沉默。员工可以做的只是给他们喂食，让他们活着，并温和地对他们讲话。

在 20 世纪 50 年代中期，第一个镇定剂氯丙嗪（Thorazine）发明之前，这样的场景可以在每一个大型医院中看到，不久之后，又发明了三氟拉嗪（Stelazine），随后是持续不断的新的、更加有效的强安定药。

我还记得在波士顿市立医院的另外一个场景：在我实习的某一时期，我可以去观察马克斯·戴医生（Dr. Max Day），他是哈佛的一位精神科医生，领导着大约 12 位精神科住院医生，他们被要求去研究他们自己的团体过程。作为一名医科学生，我被允许参加一次会议，但是不准参与，一个字都不能说。虽然过了半个世纪，但是我仍然可以在脑海中想起那个房间的样子。住院实习医生和戴医生围成一圈坐在一个很大的房间的中间，我坐在那个圈子外面的一个角落里，并且回想起，我为一群人讨论彼此之间的感受这一想法深深吸引。这是多么出色的想法呀！但是它没有得到响应。场上有长时间的沉默，每个人似乎都不舒服，而领导者戴医生，只是坐在那儿。为什么？我无法理解。为什么他不打破沉默，或者以某种方式帮助成员们敞开心扉？之后我参加过戴医生的临床会议，并且对他的敏锐和清晰留下了深刻印象。但是这让事情变得更加令人困惑。为什么他不帮助不知所措的团体呢？那个时候我还不知道，我将会在我的职业生涯中，花上很多年来设法解决这个问题。

第 14 章

实习期：神秘的黑木医生

毕业之后，我们这些以前的医学生，现在成了医学博士，要当一年的实习医生，我们要在医院亲自诊断和照顾患者。我在纽约西奈山医院当实习医生的第一个月，被分配到产科，然后一名特别的医生，黑木医生（Dr. Blackwood），极其频繁地在医院广播里被人呼叫，让我很是困惑。当我在一次为产妇分娩中当助手的时候，我问总住院医师，"黑木医生是谁？我一直听到他的名字，但是我从没有见过他。"

戈尔德医生（Dr. Gold）笑了，旁边的几名员工也咯咯笑。"我晚点再把他介绍给你，"戈尔德医生说，"我们这里一完事就可以。"那天晚上晚些时候，戈尔德医生护送我到医生值班室，那里正进行着一场激烈的扑克比赛。我不敢相信我的眼睛：我就像个进了糖果店的小孩。

"哪个是黑木医生呢？"我问。"为什么他总是被呼叫？"

每个人都哄堂大笑，似乎整个产科的员工都觉得我好笑。最后总住院医师给了我一点线索：

"你打桥牌吗？"他问。

我点头。

"你知道桥牌叫牌中的黑木约定吗？"

我再一次点头。

"好了，这样你就会明白，谁是黑木医生。他只存在于西奈山扑克暗号中：任何时候这个扑克牌局三缺一，他们就会呼叫黑木医生。"

打扑克的大部分是私人执业的产科医生，他们的患者正在分娩中。只有他们三缺一的时候，住院医师和实习生才允许参与进去。因此，在这一年的剩余时间里，当我查完房，需要在医院一晚上随时待命的时候，我就听他们呼叫"黑木医生"，每当我空闲的时候，我就赶紧跑去产科。他们牌打得挺大，而实习医生每个月只有25美元工资（加上免费的吃到饱的午餐，我们会多拿一点第二天做成午餐三明治——我们通过给一些患者点超大份的早餐来搞定我们的早饭）。

接下来三四个月，我在扑克游戏中输掉了所有的工资，之后我才摸清了这个游戏的门道。从那之后，我带玛丽莲去看了很多场百老汇歌舞剧，托黑木先生的福。

在西奈山医院的一年里，我在几个科轮岗：内科、产科、外科、整形外科、急诊室、泌尿科，还有小儿科。我学会了如何接生小孩，如何包扎踝关节扭伤，如何治疗充血性心力衰竭，如何

第 14 章 实习期：神秘的黑木医生

从婴儿的股动脉中抽血，如何通过观察患者的步态来诊断神经系统疾病。在外科轮岗的时候，我只被允许给外科医生握住拉开器。有几次，当我被允许在手术之后缝合皮肤的时候，因为我打"杂货店结"（grocery-store knots），眼睛极其尖的外科医生用手术器械狠狠地敲我的手指关节，并且对着我大吼。当然了，我有一种冲动，想要回应说："当然，我打的是杂货店结——我就是在杂货店里长大的！"但是我从来不敢这么说：高级外科医生们都令人敬畏，很是吓人。

纯属偶然，我在乔治·华盛顿医学院的三位好朋友也被录取来西奈山医院实习，并且我们四个人住在两个相邻的房间——在一整年的时间里，我们每隔一个晚上都要睡在医院里，随时待命。

在我实习的第一个月的最后，还在产科轮岗的时候，玛丽莲进了产房，部门主管古特马赫尔医生（Dr. Gutmacher），通过剖腹产为我们的第二个孩子，里德·塞缪尔·亚隆（Reid Samuel Yalom）接生。那一天轮到我在产房做助理，但是古特马赫尔医生建议我只是观察。站在离玛丽莲只有几步远的地方，我有幸体验到了看见里德吸第一口气的时候的那种巨大的快乐和兴奋。

从我公寓到西奈山医院的公共交通很糟糕，而打车又太过于昂贵。在开始的几个月，我开车去医院，但是在累积了一堆停车罚单之后，我突然有了骑小型摩托车上班的想法。我偶然得知耶鲁大学的一位艺术教授买了一辆漂亮的新兰美达（Lambretta），但是因为严重的胃溃疡，他的医生建议他卖掉它。我给他打了电话,星期天的时候坐火车去了纽黑文市(New Haven),一眼就看中了那辆兰美达,当天就把它开回了纽约。从此以后停车的问题就解决了:我骑兰美达去上班,把它推进电梯,停在我的房间里。好几次,我和玛丽莲骑车去百老汇,很方便地把兰美达停在外面,然后一起去剧院。

* * *

我的实习没有提供精神科的轮转,但是我经常在精神科附近转悠,并且参加临床和研究报告。其中一个让我很感兴趣的项目涉及一个新发现的化合物,麦角酸酰二乙氨(lysergic acid diethylamide,简称LSD),被普遍认为具有致幻效果。精神科有两位年轻的研究者正在考查,LSD是否会影响阈下知觉(也就是说,发生在觉知之外的知觉),并且他们在为一个简单的实验寻找志愿者。我报了名。LSD才刚刚被发现,已知测试它效果的唯一方法就是笨拙的暹罗斗鱼(Siamese fighting fish)方法。当为战斗摆好姿势的时候,这种鱼总是摆出完全一样的同一种形态,而在它们的鱼缸中滴几滴LSD会极大地改变它们的行为。干扰斗鱼的形态所需要滴的LSD的数量,成了LSD效力的计量标准。

他们给我们四个志愿者掺了LSD的橙汁,然后一小时之后,我们坐在一个大屏幕面前,一个视觉记忆测试镜将图像极其快速地投影在屏幕上面,以至于你无法在意识层面看到它们。第二天早上,我们被要求回忆前一天晚上所有的梦意象,并且把它们画

第 14 章 实习期:神秘的黑木医生

出来。我画了两种类型的意象:几张长了很长鼻子的脸,还有一个腿不见了的男人。第二天,研究者把图像以正常的速度投影出来让我们看。其中一个是很流行的救生员(Life Saver)糖果广告,里面一个走钢丝者小心翼翼地平衡着放在他鼻子上的一包救生员糖,另外一张是白金汉宫警卫的照片,他穿着红色的短上衣和黑色的裤子,而裤子与作为背景黑色的警卫室融为了一体。我对这些结果感到惊讶。我亲身学习到了什么是阈下知觉:我"看到了"意象,而不知道自己已经看到了。

在我实习期结束的时候,还剩下很多玻璃小瓶的 LSD,研究者把它们给了我,让我自己做实验。我和玛丽莲(只有一次),还有一些住院医生做了尝试,并且我被 LSD 之旅中知觉的改变所吸引:声音和视觉有了显著的不同。我花了一个小时的时间,观看我的墙纸改变颜色,并且以一种全新的方式听音乐。我有一种与现实或者自然更加接近的奇怪感觉,就像是我在直接体验知觉的原始数据,在我和我的环境之间没有填塞物或者过滤器。我强烈感觉到这个药的效果是有风险的,它不是用来玩的东西。有两三次,我越来越害怕,意识到我不能随意关掉那些效果,并且逐渐变得警惕——它们可能是不可逆的。当我在一个 11 月的夜晚服下最后一个样品的时候,我到外面散了很长时间的步,并感觉被 11 月的光秃秃的树枝吓到了,因为那些树枝很像迪士尼动画片《白雪公主》中邪恶的树。从此之后我就再也没有服用过它了,但是第二年出现了几篇论文,提出 LSD 的效果类似于精神分裂症的症状。在我实习期的一开始,看了几位精神分裂症患者之后,我写了一篇文章,论述 LSD 体验与精神病体验的主要区别。

这篇文章，后来发表在了《马里兰州医学杂志》（Maryland State Medical Journal）上，是我发表的第一篇文章。

实习的这一年让我起了很大转变：在12月的最后，我获得了医生的身份，并且可以比较自如地处理大多数医疗状况。但是这也是极为艰苦的一年，工作很长时间，睡眠过少，并且很多次通宵熬夜。

然而，尽管我在1956～1957年的实习期很疲惫，但是玛丽莲的这一年更加糟糕。在那个时代，要拿博士学位的女性并不多见，但是我和她一直都认为，她会成为一名大学教授。我认识的已婚女性都没有这样的计划，但是我一直觉得她有一颗杰出的头脑，所以她决定读博士的决定在我来看是很自然而然的。我在波士顿医学院最后两年的时候，她同时获得了哈佛教学硕士学位，专长于法语和德语领域。就在纽约的西奈山医院接受我当实习医生的时候，她申请了哥伦比亚大学（Columbia University）法语系的博士项目。

玛丽莲与哥伦比亚大学法语系令人生畏的系主任诺曼·托里（Norman Torrey）的面试，成了我们家庭传说的一部分。托里教授带着惊奇的目光瞟了一眼她8个月身孕的肚子：他也许从没有见过一位怀孕的申请者。然后当他得知她还有一个1岁大的孩子的时候，他就更为震惊了。用一种抱歉的语气，托里教授指出，要获得助学金，学生必须教两门课，并且学习四门课，暗示面试已经结束了。但是玛丽莲立即回应道："我可以做到。"

几个星期之后，他的录取信到了："家庭主妇，我们有你的

第 14 章 实习期:神秘的黑木医生

一席之地。"玛丽莲找到了某个儿童托管,然后一头扎进了她生命中最艰难的一年。我有与其他实习医生的同志情谊作为补偿,但是玛丽莲完全是孤军奋战。她照顾我们的两个孩子,有一个家政工偶尔帮帮忙,但是几乎得不到她丈夫的任何帮助,因为他每隔一个晚上和每隔一个周末都不在家。此后,玛丽莲一直认为这一年是她生命中最艰难的一年。

BECOMING MYSELF

第 15 章
约翰·霍普金斯的岁月

我骑在兰美达上,玛丽莲坐在后面,她的胳膊环抱着我。当我看车速表的时候,感觉风在我脸上吹过。65,68,71。我快到 80 了。我可以做到。80。我知道我可以做到。别的都不重要。车把在微微颤抖,然后越震越大,我开始失控了。玛丽莲在大声叫喊,"停,停,埃夫,慢下来。我很害怕。请你停下来。好吗,好吗?"她一边尖叫一边捶我的背。

我醒了。心脏狂跳不止。我从床上坐起来,摸我的脉搏——超过 100 了。那个该死的梦!我对这个梦太熟悉不过了——我梦到过它很多次。我现在很清楚地知道这个梦是什么引起的。昨晚在床上的时候,我读了奥利弗·萨克斯(Oliver Sacks)的自传《一生漂泊》(*On the Move*),他在里面描述了他曾经是"吨俱乐部"的一员，这个俱乐部的成员都是年轻的摩托车手，把他们的摩托车开到了一百码以上。

　　这不仅仅是一个梦：它是对一个真实事件的记忆，我已经回放过无数遍了，既作为白日梦又作为夜间做的梦。我知道那个梦并且我恨它。真实的事件发生在我的实习期结束之后，我在巴尔的摩的约翰·霍普金斯医院（Johns Hopkins Hospital）开始3年的精神科住院实习期之前，我有一个星期的假期。玛丽莲的母亲同意在周末前后给我们看几天孩子，然后我们坐上兰美达出发去马里兰东海岸；就是在去那里的路上发生了梦中的一幕。当时我并没有想太多——也许我被玛丽莲的恐慌逗乐了。路上空荡荡的，我只是想加大油门。就像一个青少年，我对速度感到兴奋，觉得自己绝对不会受伤。在很久之后，我才意识到我有多么的轻率和愚蠢。我怎么会把我的妻子也扯进这次特技表演，家里还有两个孩子呢？一心想跑到80码，毫无保护，光着头——那个时候头盔还没有发明出来呢！我讨厌想到这一点，甚至现在也讨厌写到这件事。最近我的女儿伊芙（Eve），一名医生，向我描述参观一个满病房都是瘫痪的年轻人的事，他们都是在摩托车或者冲浪板事故中摔断了脖子，我听的时候吓得直抖。他们曾经肯定也觉得自己不可能受伤。

　　我们没有撞车。最终，我恢复了理智，慢下来，然后在余下的时间里，我们安全地驶过马里兰东海岸迷人的小定居地。在回去的路上，当玛丽莲在午餐后睡午觉，我自己骑着车的时候，我骑到了水面浮油上，出了很糟糕的事故，把我的膝盖严重擦伤了。我们中途暂时在一家急诊室逗留。医生清理了伤口，并且给我打了一针破伤风抗毒素，然后我们回到巴尔的摩，没有再发生小事故。两天之后，就在我准备去住院实习期报到的时候，我出了疹子，然后很快演变成大面积的荨麻疹。我对破伤风针中的马血清产生了过敏反应，然后立刻我被送到霍普金斯医院住院，因为担心危及我的呼吸，需要做气管切开术。医生用类固醇给我治疗，然后立即起效了，但是第二天我觉得好了，就中断了类固醇的使用并出院。我第二天早上就开始了住院医生实习期。然而那个时候，临床上，类固醇还处在使用的早期，医生并不明白要逐渐减少类固醇的用量，于是我就患上了急性的伴随着抑郁的戒断综合征，接下来几天里有非常难消除的焦虑和失眠，以至于我需要大量使用氯丙嗪和巴比妥类催眠药（barbiturates）来入睡。幸运的是，这是我唯一一次得抑郁症。

在霍普金斯的第三天，我们第一年住院医生要和非常令人敬畏的约翰·怀特霍恩（John Whitehorn）开启动会议。约翰·怀特霍恩是精神科负责人，并且将在我的生命中成为一名重要人物。他是一个威严的人，极少露出微笑，他已经秃顶，头顶四周有短短的灰色头发。他戴着金属框眼镜，几乎所有人都怕他。我后来得知，即使其他科室的头儿也对他极为尊敬，从来不直呼其名。我尽可能倾听他说的话，但是因为缺少睡眠以及体内安眠药的作用而如此疲惫，以至于早上我几乎都不能动，然后在怀特霍恩医生给我们致欢迎词的时候，我在凳子上睡着了。[很多年之后，索尔·斯皮罗（Saul Spiro），一起当住院医生的同道，和我一起回忆在霍普金斯的岁月，他告诉我，他对我非常尊敬，因为我有胆量在和老板第一次开会的时候睡着！]

第 15 章　约翰·霍普金斯的岁月

除了一些不严重的焦虑和轻微抑郁之外，两周之后我从过敏反应中恢复了，但是我被这次经历吓坏了，所以决定寻求心理治疗。我向总住院医师，斯坦利·格里本（Stanley Greben）寻求建议。在那个时代，精神科住院实习医生做个人分析是很常见，甚至是必需的，然后格里本医生推荐我见他自己的精神分析师，奥利芙·史密斯（Olive Smith），一位年长的华盛顿 – 巴尔的摩精神分析研究所（Washington-Baltimore Psychoanalytic Institute）的资深培训分析师，而且她师出名门：她是由弗里达·弗洛姆 – 赖希曼（Frieda Fromm-Reichman）分析的，而后者接受的是西格蒙德·弗洛伊德（Sigmund Freud）的分析。我对我们的总住院医师极为尊敬，但是，在做出如此重大的决定之前，我决定征求怀特霍恩医生关于我类固醇戒断之后的症状和开始分析的意见。在我看来，他似乎对此没有兴趣，然后，当我提到要开始分析的时候，他轻轻地摇了一下头，并且简单评论道："我相信你会发现吃几颗苯巴比妥米那⊖（phenobarbital）也许更加有效。"要记得，那可是在安定发明出来之前，虽然一种新的叫作眠尔通的镇静性药物很快就要上市了。

之后我得知，其他成员发现我有胆识（或者有够愚蠢）去向怀特霍恩医生提出这个问题的时候，觉得乐不可支，因为他以对精神分析的极度怀疑而著称。他采取的是折中主义的立场，遵循着阿道夫·迈耶（Adolf Meyer）的心理生物学态度，后者之前长期担任约翰·霍普金斯精神科的主席，是一位经验主义者，聚焦于患者的心理、社会和生物构成。从那以后，我从来没有向怀特

⊖ 一种镇静安眠剂。——译者注

霍恩医生说起过我的精神分析体验，他也从没过问。

霍普金斯精神科有一个分裂的人格：怀特霍恩的观点在四层楼的精神科医院和门诊部盛行，同时极为正统的精神分析派别管理着咨询服务。总体上来说，我站在怀特霍恩的领土之上，但是我也参加咨询部门的精神分析会议，尤其是由路易斯·希尔（Lewis Hill）和奥托·威尔（Otto Will）带领的案例研讨会，这两个人都是敏锐的分析师，也是世界级的讲故事者。我如痴如醉地倾听着他们的临床案例报告。他们聪明、灵活，并且对他们的患者极其投入。我对他们描述的与一位患者的互动方式感到惊讶：如此地体贴，如此地关心，并且如此地宽宏大量。他们是我实践（和讲述）心理治疗最早的榜样之一。

但是大部分分析师工作的方式非常不同。我一周见到做四次个人分析的奥利芙·史密斯，就是按照正统弗洛伊德派的方式来工作的：她是一块空白屏幕，不会通过话语或者面部表情展现她自己。我每天上午 11 点从医院骑着我的兰美达去她位于巴尔的摩市中心的办公室，只要 10 分钟的路程。经常，我在离开之前忍不住要快速看一眼邮件，而这导致我每次都晚到一两分钟——明显是对分析的阻抗，我们常常对此加以讨论，但是徒劳无功。

奥利芙·史密斯的办公室与其他四位精神分析师在一个套间里，他们四个人都被她分析过。在那个时候，我认为她很老了。她至少有 70 岁，白头发，有点驼背，而且单身。有一两次，我在医院看到她去咨询，或者在精神分析会议中见到她，在那些场合里她显得更加年轻和活跃。我躺在沙发上，她的椅子放在一端，靠近我的头，我要仰起脖子往后看才能看到她，有时候就是

在去奥利芙·史密斯办公室的途中,巴尔的摩
1958 年

检查一下她有没有睡着。我被要求自由联想，她的回应仅限于做解释，它们极少是有帮助的。她偶尔对中立性的背离是治疗中最重要的部分。显然很多人觉得她很有帮助——包括那个套间里接受她精神分析的人和我的总住院医师。我永远都不理解为什么精神分析对他们管用对我不行。回想起来，我认为她对我来说是一个不合适的治疗师——我只是需要一个更加有互动性的人。有很多次，我都有一个不厚道的想法，那就是我在我的分析中学到的主要东西就是，怎样不做心理治疗。

她的收费是每次 25 美元，每周 100 美元，一年 5 000 美元，是我当住院医生的年薪的两倍。每个星期六，我穿着医院的白大褂，骑着兰美达快速穿过巴尔的摩的小街，通过为加拿大永明人寿保险公司（Sun Life Insurance Company of Canada）做体检来支付我的分析费用，每次体检给我 10 美元。

* * *

我一决定在约翰·霍普金斯医院开始住院实习，玛丽莲就申请了约翰·霍普金斯大学的比较文学（comparative literature）博士项目。她被录取了，然后在勒内·基拉尔（Rene Girard）的指导下工作，勒内是他那个时代最杰出的法语专业学者之一。她选择的博士论文主题是弗兰兹·卡夫卡（Franz Kafka）和阿尔贝·加缪（Albert Camus）作品中的审判之谜，然后在她的鼓励之下，我也开始阅读卡夫卡和加缪，然后接着读让-保罗·萨特（Jean-Paul Sartre），莫里斯·梅洛-庞蒂（Maurice Merleau-Ponty），还有其他的存在主义作家。第一次，我的工作和玛丽莲的开始趋于一致。我爱上了卡夫卡，他的《变形记》(*Metamorphosis*) 给了我前所未有的震撼。我也为加缪的《陌生人》(*The Stranger*) 和萨特的《恶心》(*Nausea*) 感到震惊。通过叙事，这些作家以一种精神科著作似乎从未有过的方式深入到了存在的深处。

我们在霍普金斯的三年，我们的家族人丁兴旺。我们最大的孩子，伊芙，就在方形大院的庭院中上幼儿园，我们和其他住院医生就一起住在大院里。里德，一个活泼、顽皮的孩子，当玛丽莲在离家只有 15 分钟路程的霍普金斯大学校园读博士的时候，他很容易就适应了家政工的照顾。我们在巴尔的摩的最后一年，维克多（Victor），我们的第三个孩子，在约翰·霍普金斯医院出生，那座医院就在我们家一个街区之外的小山上。我们很幸运，生的孩子都健康、可爱，我期待每天晚上还有周末和他们一起玩耍。我从来没有觉得我的家庭生活是我职业生涯的负担，虽然我确定对玛丽莲来说可不是这样。

我热爱这 3 年的住院实习期。从一开始，每一位住院医生都要管理一个住院病房，并且还要排班看门诊。霍普金斯的环境和员工有一种南方的文雅特质，现在想起来很有古昔之风。精神科大楼，菲普斯诊所（Phipps Clinic），有两个住院病房和一个门诊部，是 1912 年开业的，当时的管理者是阿道夫·迈耶，然后 1940 年由约翰·怀特霍恩医生接任。这座四层楼的红砖建筑坚固而庄严；那位电梯操作员，四十年如一日的彬彬有礼。护理人员，不管是年轻的还是年老的，只要医生一进入护士站，就会马上起立——啊，那都是过去啦！

虽然数百位患者已经从我的记忆中消失，但是我在霍普金斯看过的第一批患者，我都记得格外清晰。有一位叫莎拉·B.，一个得州石油大亨的妻子，因为紧张型精神分裂症（catatonic schizophrenia）而住院了几个月。她很沉默，经常几个小时固定一个姿势不动。我与她的工作完全凭直觉：督导几乎起不到任何帮助，因为没人知道怎么治疗这样的患者——他们被认为是无法触及的。

每一天，就在住院病房长长的走廊外面的小办公室里，我会小心地和她见面，每次不少于15分钟。几个月的时间里她完全一言不发，因为她从来不通过言语或者姿势对我的任何问题做出回应，所以都是我在说。我告诉她那天怎么过的，报纸的头条，我对患者团体会议的想法，我正在自己的分析中探索的问题，还有我正在看的书。有时候，她的嘴唇会动一下，但是没有发出一个字；她的面部表情从来没有变过，而她大大的，充满悲伤的蓝色眼睛一直盯着我看。然后有一天，当我正在念叨天气的时候，她突然站了起来，走向我，然后在我嘴巴上狠狠亲了一口。我大吃一惊，不知道该说什么，但是保持着镇定，并且，在大声地说出我对这个吻的原因的猜测之后，我护送她回病房，然后飞奔到我督导的办公室来讨论这次事件。我没有向我的督导承认的一点是，我相当喜欢这个吻——她是一位有吸引力的女性，她的吻激起了我的性欲，但是我从来没有一刻忘记我的角色是医生。在那次之后，之前的情况又持续了几周，然后我决定让她尝试一个疗程的甲哌啶嗪（Pacatal），一种刚刚上市的新型镇定剂（现在早就被弃用了）。让所有人意外的是，莎拉不到一周就变了一个人，说很多话,并且一般都相当连贯。在我的办公室,我们在一起聊了很久,关于她发病前生活中的压力,我还评论了很长时间内与沉默的她见面的感受,以及我在那些会面中是否给她造成了任何疑虑。她立刻回应道,"不,亚隆医生。你错了。不要那样想。在那段时间里,你是我的面包和奶油。"

我是她的面包和奶油。我从来没有忘记那句话和那个时刻。当我和一位患者在一起,对正在发生什么毫无头绪,不能说出有帮助或者清晰的话的时候,这句话就常常回响在我的脑海里。就在那些时刻,我会想起莎拉·B.,并且提醒我自己,一位治疗师的在场、询问、关注,会以我们无法想象的方式对人有滋养作用。

我开始每周参加医学博士、哲学博士杰罗姆·弗兰克(Jerome Frank)的专题研讨会,他是霍普金斯另外一名正教授,和怀特霍恩医生一样,是一位经验主义者,只能被逻辑和证据说服。他教会我两件重要的事情:基本的研究方法,还有团体治疗的基本原则。在那个时候,团体治疗还处在初始阶段,弗兰克医生写了这个领域少有的几本书中的一本。每一周,住院医生——我们8个人的头挤在一起——从最早使用的单向透视镜,在墙上一个大约30厘米见方的洞里,观察他的门诊患者团体治疗。在团体聚会之后,我们会和弗兰克医生见面,讨论这次聚会。我发现团体观察是一个相当有用的教学方式,多年后,我将它用于我自己的团体治疗教学之中。

在其他住院医生结束这门课程很久以后,我每周还是继续观察团体。在这一年的最后,当他不在的时候,弗兰克医生会让我来带领团体。从一开始,我就喜欢带领团体:很明显的是,团体治疗为成员提供了内容丰富的机会,来给出和接受关于他们的社会自我的反馈。对我来说,它是一个适合于成长的独特、珍贵的机会,允许成员去探索和表达他们人际自我的一部分,并且获得来自其他成员对他们行为的反馈。一帮相互信任的人,提供和获得如此诚实和建设性的反馈,还能在哪里做到这样呢?门诊患者团体治疗只有几个基本的规定:除了完全的保密性之外,成员承诺下一次会面要到场,一直坦诚地沟通,并且相互之间不要在团体之外见面。我记得自己嫉妒那些患者,并且希望我是这样一个团体中的一员。

和怀特霍恩医生不同,弗兰克医生热情而亲切——在我做住院医生的第一年快要结束的时候,他让我叫他"杰里"(Jerry)。他是一位很好的老师,一个和善的人,在道德、临床能力,还有做研究所必需的能力方面,皆是楷模。在我离开霍普金斯之后很长时间,我们一直都保持着联系,每次他来加州都会与我见面。很难忘的是,我们两家一起在牙买加度了一周假。在老年的时候,他患上了严重的记忆问题,每次我去东海岸的时候,我都会去一个住宅中心看望他。我见他的最后一次,他告诉我,他每天都观看窗户外面有趣的事情,然后每天清晨醒来,他的脑海里都是一片白板。他用手轻擦他的额头,然后说,"嗖——前一天所有的记忆都被清除了。完全不见了。"然后他笑了,抬起头来看我,给了他的学生最后一个礼物:"你知道吗,埃夫,"他安慰地说,"还好,还好。"多么亲切、可爱的人啊。每当我想起他,我脸上都会带着笑容。几十年之后,我被邀请在约翰·霍普金斯做第一个杰罗姆·弗兰克心理治疗讲座（Jerome Frank Psychotherapy Lecture），我感到极为荣幸。

杰里·弗兰克的团体治疗方法，完全符合那个时候在美国心理动力学理论中流行的人际关系疗法（interpersonal approach）。人际关系（或者"新弗洛伊德派"）疗法是对更老的，传统弗洛伊德派立场的修正；它强调人际关系在一个人整个生命周期中的重要性，然而老式的疗法主要强调生命的最早期阶段。这一疗法起源于美国，主要基于精神科医生哈里·斯塔克·沙利文（Harry Stack Sullivan）的工作，以及移民到美国的欧洲理论家的工作，尤其是卡伦·霍妮（Karen Horney）和埃里希·弗洛姆（Erich Fromm）。我阅读了大量人际关系方面的理论文献，并且觉得它非常合乎情理。卡伦·霍妮的《神经症与人的成长》（*Neurosis and Human Growth*），是我当住院医生期间画重点画得最多的一本书。虽然沙利文有很多东西可以教，但不幸的是，他是一位相当糟糕的作家，以至于他的观点从来没有得到它们应该得到的重视。然而，大体上来说，他的著作帮助我理解了，大部分患者陷入绝望之中，是因为他们不能建立和维持相互滋养的人际关系。然后，在我看来，团体治疗随之提供了一个理想的舞台，可以在其中探索和改变与人打交道的不良模式。我对团体过程感到着迷，并且在我整个住院实习期间，带领了很多门诊和住院患者团体。

随着我第一年的进展，所有的资料，我遇到的各种各样的临床症状，我的督导们极具个性的方法——这些快要将我淹没了，我渴望获得某个全面的解释体系。精神分析似乎是最可能的选项,并且那个时候美国大部分的精神科培训项目都是精神分析取向的。虽然今天精神科主席通常是神经科学家,但是在20世纪50年代,他们大部分接受的是精神分析训练。约翰·霍普金斯,除了咨询服务之外,是一个很大的例外。

就这样,我尽职尽责地与奥利芙·史密斯见面,每周四次,阅读弗洛伊德的著作,并参加科室咨询派别的精神分析取向会议。但是随着时间的进展,我对精神分析取向变得越来越怀疑。我个人分析中的评论似乎不切题并且不准确,并且我渐渐觉得,虽然她想要对我有所帮助,但是她太过于被保持中立的命令限制住了,不敢向我显露她的任何真实自我。此外,我逐渐相信,对早年生活,原始的性和攻击驱力的强调,有严重的局限性。

那个时候,除了一些躯体治疗比如胰岛素休克疗法(insulin coma therapy)和电休克疗法(electroconvulsive therapy,ECT)之外,生物心理学疗法所能做的并不多。虽然我亲自执行过很多次这些疗法,并且有时候见过效果奇好的康复,但是这些治疗方法都是偶然发现的本质上不同的疗法。例如,几个世纪以来医生观察到,各种身体状况,比如发烧或者疟疾所导致的抽搐,对精神病和抑郁症有很好的效果。因此他们寻找引起低血糖昏迷和癫痫的方法,既通过化学(Metrazol,卡地阿唑⊖),也通过ECT途径。

在我住院实习期的第一年的末尾,心理学家罗洛·梅(Rollo May)刚出版的一本名为《存在》(*Existence*)的书,吸引了我

⊖ 一种中枢神经刺激剂,Metrazol是商标名,大量服用会导致抽搐和休克。——译者注

的注意力。它包括两篇由梅写的杰出的长文,几篇翻译自欧洲心理治疗师和哲学家,比如路德维格·宾斯万格(Ludwig Binswanger)、欧文·施特劳斯(Erwin Straus)和尤金·闵可夫斯基(Eugene Minkowski)的章节。这本书改变了我的人生。虽然很多章节是用听起来很深刻的语言写就的,这种语言似乎旨在令人费解而不是让人容易懂,但是梅的文章异常明晰。他清晰地讲述了存在主义思想的基本原理,并向我介绍了索伦·克尔凯郭尔(Søren Kierkegaard)、弗里德里希·尼采(Friedrich Nietzsche),以及其他存在主义思想家的相关见解。当我看我1958年买的罗洛·梅的《存在》的时候,我几乎在每一页都能看到表示赞成或者异议的符号。这本书向我表明,有第三条道路,除了精神分析思想和生物学模型之后,还有另外一个选项——这条道路是从过去2 500年的哲学家和作家的智慧中提炼出来的。在我写这本自传的时候,浏览之前的旧书,我惊讶地发现,大约40年之后,罗洛在上面签名并且写下:"献给埃夫,一位教我存在主义心理治疗的同道。"这让我热泪盈眶。

我参加了关于精神科历史的一系列讲座,从菲利普·皮内尔⊖延伸到弗洛伊德。讲座很有趣,但是,在我看来存在一个错误,那就是假定我们这一领域是在18世纪从皮内尔开始的。在我听的时候,我不断地想到很久之前所有写到过人类行为和人类痛苦的思想家——比如哲学家伊壁鸠鲁(Epicurus)、马可·奥勒留(Marcus Aurelius)、蒙田(Montaigne)和约翰·洛克(John

---

⊖ Philippe Pinel,一位18世纪的医生,他引入了一种治疗精神病的人道疗法。——译者注

Locke)。这些想法，还有罗洛·梅的书，使我相信，是时候开始一段哲学教育了，所以在我住院实习期的第二年，我在约翰·霍普金斯大学霍姆伍德校区参加了一个为期一年的西方哲学史课程，玛丽莲也在那个校区学习。我们的教科书是伯特兰·罗素（Bertrand Russell）的《西方哲学史》(History of Western Philosophy)，在多年阅读生理学、医学、外科、产科教科书之后，这本书对我来说简直是美味佳肴。

从那个概论课程之后，我就成了哲学的自学者，自己广泛阅读，并且旁听霍普金斯的课程，后来还旁听了斯坦福的课程。在那个时候，我还不知道，我怎么将这一智慧应用到我的心理治疗领域中去，但是，在内心深处，我知道我已经找到了我终生的事业。

在我住院实习期后期，我到附近的帕图森特研究所（Patuxent Institute）进行为期3个月的见习，那是一个关押精神不正常的犯人的监狱。我为患者做个体治疗，并且每天带领一个由性犯罪犯人组成的治疗团体——我曾经带领过的最困难的团体之一。成员在花费说服我他们已经调整好了上的精力，远比在解决他们的问题上多。因为他们被判处不定刑期——也就是说，他们要被一直监禁，直到精神病学家宣布他们已经康复了——他们不情愿暴露很多是完全可以理解的。我觉得我在帕图森特的经历非常吸引人，在那一年的最后，我确定我有足够的材料来写两篇论文：一篇关于性变态者的团体治疗，一篇关于窥阴癖者。

窥阴癖者的文章是那个主题上最早的论文之一。我指出窥阴癖者不只是想看裸体的女性：如果窥阴癖者要体验到巨大的愉悦感,那么就必须暗中观看被禁止的东西。我所研究过的窥阴癖者没有一位通过去脱衣舞厅、招妓或者看色情文学寻求满足。第二,虽然窥阴癖者总是被看成是一种令人气恼、古怪但是无害的犯罪,我发现并不是这样。我所治疗过的很多犯人,一开始只是窥阴癖者,然后朝着更加严重的犯罪发展,比如非法入侵和性侵犯。

在我写这篇文章的时候,我想起了我在医学院里做过的穆里尔的案例报告,然后就像我通过讲一个故事引起了听众的兴趣一样,我关于窥阴癖者的论文是以偷窥者汤姆(Peeping Tom)的原型作为开始的。我的妻子,在努力获得博士学位的同时,帮助我检索到了戈黛娃夫人(Lady Godiva)传说的早期讲述版本,她是11世纪的一位贵妇人,为了给市民们免除由她丈夫强加的重税,自愿骑着马赤身裸体穿过街道。所有的市民,除了汤姆,通过拒绝观看她的裸体来表达感恩。但是可怜的汤姆忍不住偷看了裸体的贵族,顿时眼睛就被刺瞎了。这篇文章立刻就被接收了,发表在《普通精神病学档案》(*Archives of General Psychiatry*)上。

不久之后,我关于带领性罪行犯人团体治疗技术的文章发表在《神经与精神疾病杂志》(*Journal of Nervous and Mental Disease*)上。与我在帕图森特的工作无关,我还发表了一篇关于老年痴呆症(senile dementia)的诊断的文章。因为住院医生发表论文并不常见,所以霍普金斯的全体教员给予了非常正面的反应。他们的赞扬令我感到满足,但是也让我有一点困惑,因为写作对我来说很容易。

* * *

约翰·怀特霍恩总是穿着白衬衣，打着领带，外穿一套棕色的西装。我们住院医生猜测，他有两三套一模一样的，因为我们从来没有见过他穿别的衣服。在每个学术年开始的时候，整个班的住院医生都要参加他每年举办的鸡尾酒会，我们都怕这个酒会：我们必须站几个小时，穿着西装和领带，只给喝一小杯雪莉酒，没有其他食物或者饮料。

在我们的第三年住院实习期，我和其他的5位也是第三年的住院医生，每周五都要与怀特霍恩医生一起度过一整天。在他访谈他的每一位住院患者的时候，我们坐在他办公室旁边一个大拐角处的会议室里。怀特霍恩医生和患者坐在软垫座椅上，我们8个住院医生坐在1米开外的木凳子上。有些访谈只持续10或者15分钟，其他的持续一个小时，有时候会持续两三个小时。

他出版的书《访谈和临床人格研究指南》(Guide to Interviewing and Clinical Personality Study)，那个时候是美国大部分精神科培训项目的教科书，给初学者提供了临床访谈的系统方法，但是他自己的访谈风格一点也不系统。他极少询问症状或者痛苦的领域，而是遵循着一个"让患者教你"的计划。现在，半个多世纪过去了，我仍然记得其中一些例子：一位患者正在写关于西班牙无敌舰队（Spanish Armada）的博士论文，另一位患者是圣女贞德（Joan of Arc）方面的专家，还有一个是来自巴西的富有的咖啡种植园主。在这三个例子中，怀特霍恩医生都会长时间地访谈患者，至少90分钟，专注于患者的兴趣。我们学到了许多东西，关于西班牙无敌舰队的历史背景、针对圣女贞德的阴谋、波斯弓箭手的准确度、专业焊接学校的课程,还有所有我们想要知道的(甚至更多)关于咖啡豆的品质与它们生长的纬度之间的关系。有时候,我感觉无聊然后想自己的事情,然后 10 分钟或者 15 分钟之后,不料一位有敌意、谨慎、多疑的患者现在更加坦诚地谈到他的内在生活。"你和患者是双赢,"约翰·怀特霍恩说。"患者的自尊被你对他的兴趣和你愿意从他那里学习的态度提升了,你得到了启迪,并且最终获悉你需要知道的关于他的疾病的一切。"

在早上的访谈之后,我们在他宽敞舒服的办公室吃一个持续两小时的午餐,食物是在上好的骨瓷中用悠闲的南方风格提供的:一大盘沙拉、三明治、鳕鱼蛋糕,还有直到今天我最爱的一道菜——切萨皮克湾蟹肉饼。谈话从沙拉延伸到三明治,到甜点和咖啡,涉及很多个主题。除非我们将他引到别的方向上,怀特霍恩倾向于讨论他关于元素周期表的新想法。他会走到黑板边,把一直挂在他办公室的元素周期表拉下来。虽然在来霍普金斯之前,他在哈佛接受的精神科训练,并且是位于圣路易斯(St. Louis)的华盛顿大学(Washington University)的精神病学系主任,但是他一开始是一位生物化学家,并且对大脑的化学过程进行过大量研究。我记得我向他提过关于偏执思维(paranoid thinking)的起源的问题,他给了一个很详尽的回答。有一次,当我正在经历一个关于人类行为极为决定论的想法的阶段,我向他提出,关于施加在一个人身上的所有刺激的全部知识,将会让我们能够精确地预测他或她的反应,既包括思想也包括行为。我将它与撞击白球相比较——如果我们知道力度,方向和旋转角度,我们就会知道被击中的这个球的反应。我的立场促使他采取对立的观点，一种对他来说陌生和不舒服的人道主义视角。在热烈的讨论之后，怀特霍恩医生对其他人说，"毫无疑问，亚隆医生从拿我开心中获得了些许乐趣。"回想起来，他也许是对的：我确实回忆起来，我用计谋让他采取了我通常信奉的人道主义观点，是有那么一点开心。

我对他唯一失望的一点，是我借给他一本卡夫卡的《审判》的时候，我喜欢这本书，部分原因是它以隐喻地方式描述了神经质以及没有缘由的内疚。怀特霍恩医生几天后摇着头把这本书还给我。他告诉我，他读不懂这本书，他宁可和真实的人聊天。到那个时候，我已经在精神科待了3年，但是我尚未遇到任何一位对哲学家或者小说家的深刻见解感兴趣的医生。

在午餐之后，我们回去观察怀特霍恩医生的访谈。到四五点的时候我开始坐立不安，很想要出去，和我的固定球伴（一位医科学生）打网球。住院医生网球场就在60米之外，夹在精神科和小儿科中间，很多个星期五的黄昏，我一直期待着能出去，直到太阳的最后一丝光线消失殆尽，然后只能叹一口气，把我的全部注意力放在访谈上。

在我培训期间，与约翰·怀特霍恩最后一次接触发生在我住院实习期的最后一个月。一天下午他召唤我去他的办公室，当我关上身后的门，坐在他面前的时候，我注意到他的表情似乎少了一些严肃。我弄错了，还是我看出了友好，甚至是一丝微笑？在一段典型的怀特霍恩式停顿之后，他身子朝我靠过来，然后问我："你对未来有什么计划？"当我说，我下一步是在部队服两年的强制兵役时，他愁容满面地说："你多么幸运活在和平年代。我的儿子在第二次世界大战中死于突出部战役（Battle of the Bulge）——一台该死的绞肉机。"我结结巴巴地说，我很抱歉，但是他闭上眼睛摇着头，表示他不希望再继续谈他的儿子。他问我参军之后的计划。我告诉他我对未来还不确定，而且还要养活我的妻子和三个孩子。我告诉他，我也许会在华盛顿或者巴尔的摩开始执业行医。

他摇了摇头，然后指着整齐摆在他的桌上，我发表的论文说："这些发表的论文很说明问题。它们代表着一个人必须攀登的学术阶梯的台阶。我的直觉告诉我，如果你继续以这种方式思考和写作，你会在一所大学的教学部门有一个光明的前途——比如约翰·霍普金斯。"他最后的话一直在我耳边回荡很多年："如果你不追求学术生涯，将会是公然对抗命运。"这次会面的最后，他给了我一张他的照片，并且亲自写下题词："献给欧文·亚隆医生，带着深情和欣赏。"它今天还挂在我办公室里。在我写这一段的时候，我正看着它，不太自在地和"摇摆"乔·狄马乔的照片放在一起。"带着深情和欣赏"——现在当我思考这些话语的时候，我感到吃惊：那个时候我从来没有在他身上认出这些情感。只有现在，当我写这个的时候，我才记起来，他，还有杰罗姆·弗兰克，的确是我的导师——伟大的导师们！我知道现在到了抛弃我完全是自学成才的想法了。

随着我3年住院实习期的结束，怀特霍恩医生也在结束他在约翰·霍普金斯的漫长职业生涯，我与其他的住院医生和医学院的全体教学员工一道，出席了他的退休晚会。我清楚地记得他是如何开始他的告别演说的。在利昂·艾森伯格（Leon Eisenberg）

教授（我的儿童精神病学督导，之后不久就担任了哈佛精神病学系主任）生动的介绍之后，怀特霍恩医生站了起来，走到麦克风前，开始用他慎重、正式的声音说道，"有人说，一个人的品格可以从他朋友的品格中判断出来。如果是这样……"他停了下来，然后非常缓慢地，仔细地从左到右扫视了众多听众，"那么我肯定确实是一个非常好的人。"

在那之后，我只和约翰·怀特霍恩有过两次接触。几年之后，我在斯坦福教书的时候，他的一位近亲联系我，说约翰·怀特霍恩介绍他来找我做心理治疗，我很高兴能够在几个月的心理治疗中为他提供了帮助。然后，1974年，在我和他面对面接触15年之后，我接到了约翰·怀特霍恩女儿的电话，我从没见过她。她告诉我，她的父亲得了一次严重的中风，快要死了，指名要求我去见他。我完全惊呆了。为什么是我？我能为他做什么呢？但是，我当然没有犹豫，第二天早上我就飞越整个国家，来到华盛顿，在那里，和往常一样，我住在我姐姐琼，还有她的丈夫莫顿家里。我借了他们的汽车，接上我的母亲——她一直都喜欢坐着汽车兜风，然后开车去巴尔的摩近郊的一座疗养院。我为我的母亲在大堂安排了一个舒服的座椅，然后坐电梯去怀特霍恩医生的房间。

他显得比我记忆中的要小很多。他身体有一半瘫痪了，并且有表达性失语，使得他讲话的能力大为削弱。看到我认识的人中最健谈的一位，现在流着口水，艰难地找话说，是多么令人震惊。在几次欲言又止之后，他终于努力说出："我……我……我很害怕，害怕极了。"我也很害怕，被一座伟大的雕像摔在地上，

第 15 章 约翰·霍普金斯的岁月

躺在废墟中的景象吓坏了。

怀特霍恩医生培训了两代精神病医生，他们中很多现在是顶尖大学的主席。我问我自己，"为什么是我？我能为他做什么？"

我到头来也没做太多。我表现得就像一个紧张的来访者，拼命地搜寻安慰的话。我向他提起我在霍普金斯和他一起度过的时光，并且告诉他我有多么珍惜我们一起度过的周五，他教了我很多关于访谈患者的知识，我是如何接受了他的建议并且成了一名大学教授，我是怎么在我的工作中模仿他，带着尊严和兴趣治疗患者，我是如何遵循他的建议，让患者教导我。他发出了一些声音但是不能形成词语，终于在30分钟之后，他陷入了深度的睡眠。我离开的时候身体在发抖，并且仍然对为什么他会叫我来感到困惑。之后我从他的女儿那里得知，在我拜访两天之后，他去世了。

"为什么是我？"这个问题在我的脑海中萦绕了好几年。为什么要见一个贫穷的移民杂货商惶恐不安、自我怀疑的儿子？也许我是他在第二次世界大战中失去的儿子的替身。怀特霍恩医生去世的时候如此孤独。要是我能多为他做点什么就好了。很多次我希望能够有第二次机会。我应该多说一点我是怎么珍惜和他在一起的时间，并且告诉他当我给患者做访谈的时候经常会想起他。我应该试着表达他正感受到的恐惧。或者我应该碰碰他，或者抓住他的手，或者亲吻他的脸颊，但是我断了这个念头——我所认识的他一直都是一个拘谨，疏远的人，此外，他是那么的绝望，以至于他也许会将我的温柔姿态体验为一种侵犯。

大约20年之后，在一次午餐闲聊中，大卫·汉堡（David

Hamburg)(在我离开部队之后将我带到斯坦福的精神病学系主任)告诉我,他在清理房间的时候,找到来自约翰·怀特霍恩,对我的任命表示支持的一封信。他给我看了那封信,我对它最后一句话感到震惊:"我相信亚隆医生将会成为美国精神病学界的一名领导者。"现在,在我重新考虑我和约翰·怀特霍恩的关系的时候,我觉得我理解了为什么在他临终之前,召唤我到他身边。他一定将我看成是可以传承他的工作的人。我刚刚看了一眼挂在我桌子上方的他的照片,试着去捕捉他的目光。我希望通过我的微薄之力,将他的工作传承下去,以慰他在天之灵。

BECOMING
MYSELF

第 16 章

被分配到天堂

1960 年 8 月,在我结束约翰·霍普金斯的住院实习期一个月之后,我应征入伍。那些年已经在实行全民征兵,但是医科学生可以签订一个称为"贝里方案"的延期项目,让他们可以在入伍之前,完成医学院学习和住院实习期。我在部队的前六个星期是在位于圣安东尼奥市(San Antonio)的休斯顿堡(Fort Sam Houston)进行基础训练中度过的,而在那里的时候,我接到通知,我将会在德国的一个基地度过接下来的两年。几天之后,另一个通知告诉我,我将会驻扎在法国。在那之后两周,说来也怪,我被告知要去位于夏威夷火奴鲁鲁的特里普勒医院服役。最后这个是生效的分配。

我极为清楚地记得我刚到夏威夷的那一刻。我刚一下飞机,吉姆·尼古拉斯(Jim Nicholas)——一位军队精神科医生,注定在接下来的两年里成为我的亲密好友——将一束鸡蛋花(plumeria)做成的夏威夷花环挂在了我的脖子上。花的香气进了我的鼻子里,一种甜美、浓重的香味,就在那里,我感觉我内在发生了转变。我的感官觉醒了,很快我就沉醉在了鸡蛋花的芳香里,它们无处不在:在机场、在街道上,也在吉姆为我们选的位于威基基的小公寓里,他为那里堆满了生活用品和鲜花。20世纪60年代的夏威夷是一个有着优美的自然风光的地方:鸡蛋花、棕榈树、木槿、红色穗状姜花、白色曼莎珠华、天堂鸟,当然,还有深蓝色的海浪,轻柔地拍打着闪亮的白沙滩。每个人都穿着奇怪但是好看的衣服:吉姆迎接我的时候穿着印花衬衫,短裤,还有被称为草履的拖鞋,然后把我带到瓦基基(Waikiki)一个商店里,我在那里脱下了军装,走出商店的时候已经穿上了草履,紫色的夏威夷衬衫和亮蓝色的短裤。

* * *

玛丽莲带着我们的三个孩子在两天后到达,我们一起开车到大风口(Pali Lookout)顶上,在那里眺望岛的东部世外桃源般的景色。在我们凝视四周深绿色的锯齿形山峰,瀑布和彩虹,蓝绿色的大海,无边无际的海滩的时候,玛丽莲向下指着凯卢阿(Kailua)和拉尼凯(Lanikai),然后宣布,"这是天堂:我想住在那里。"

我因为她的开心而感到高兴。过去的几个星期对她来说是可怕的。我在圣安东尼奥进行六周基础训练的时候,生活对我们

第 16 章 被分配到天堂

俩来说都很艰难,但是对她来说尤为严峻。我们在圣安东尼奥一个人也不认识,那里每天都超过 37 摄氏度。我在陆军学校每天的日程也排得非常满,并且一周有五六天整天都不在家,留下玛丽莲和三个小孩。糟糕至极的是,有一个星期,我必须在离圣安东尼奥几个小时路程的地方进行基础训练。在那里我学到了一些宝贵的东西,比如如何使用武器(我因为精准地使用步枪而赢得了一枚神枪手奖章),以及如何在枪林弹火中匍匐通过带刺铁丝网(至少我被告知是真枪实弹的——没有谁真的去测试过)。在那些还没有 iPhone 手机的年代,玛丽莲和我在这段时间里没有任何联系。当我回来的时候,我得知我离开之后她患上了急性阑尾炎。她被送往军队医院做了阑尾切除术,同时军事人员照顾我们的孩子。在她手术之后四天,外科总住院医生晚上做了一次家访,告诉玛丽莲,病理学报告显示她得了大肠癌,需要做大肠切除手术;他甚至画了一张草图,让玛丽莲给我看要切除的那部分大肠。当我第二天回家的时候,我被这一消息和外科医生的草图惊呆了。我飞快地跑到军队医院,拿到了病理切片,然后用特别快递发送给我在美国东部的医生朋友们。他们一致认为,玛丽莲得的是一种良性的类癌瘤,不需要任何进一步的治疗。即使现在,50 年之后,在我写这个的时候,我对军队感到极为气愤,因为他们没有通知我,还因为他们要为一个完全良性的健康状况做一个不可逆转的大手术。

所有这些都已经过去了,当我们眺望这个新环境里的群山和淡蓝色海水的时候,我非常兴奋,并且看到健康活泼的玛丽莲又回到了我身边,而感到如释重负。我再次看向凯卢阿和拉尼凯。住在那里完全不切实际：我们没有多少钱，军队给我们在尚菲尔德军营提供了便宜的军人住房。但是我被玛丽莲施了魔法，然后，没到几天，我们就在拉尼凯租到了一个小房子，离世界上最好的沙滩只有一个街区。拉尼凯沙滩永远存在于我们俩的脑海中：它一直都是我们见过的最美的一个，并且从此之后，每当我们走在坚实的细沙滩上的时候，我们都会看着对方然后说，"拉尼凯沙"。

我们离开夏威夷很久之后，我们还是会定期回到那片沙滩，唉，那片沙滩现在已经被严重侵蚀了。我们在那里生活了一年，直到我们得知一位海军上将被突然重新分配到南太平洋，他在临近的凯卢阿海滩的房子正在出租。我们立刻把它租了下来，我们离海如此之近，以至于我在待命的时候可以冲浪或者浮潜——玛丽莲会在阳台上挥舞一个大毛巾向我发信号，告诉我有人给我打电话。

在到达之后不久，我们收到了来自驻扎在夏威夷、德国和法国的三位将军的欢迎信，每一位都欢迎我到他们的基地去工作。基地分配的混乱导致我们的很多行李在途中弄丢了，所以我们真的是一切从头再来——我们在一天的时间里在车库拍卖中买下了所有的家具和寝具。

我军队的职务对我要求不高。大部分时间我都在一个住院病房里度过，那里的患者来自于各个不同的太平洋基地。1960年美军虽然未正式参加越战，但是我们的很多患者已经在老挝（Laos）见过非正式的军事行动。大部分有严重精神疾病的人已经被筛选出来，然后直接送回了美国本土医院。因此，我们的很多患者都

第 16 章 被分配到天堂

是年轻人,他们没有精神病但是假装有,希望可以被命令退伍。

我最早的一批患者之一,是一位在军队服役了19年的中士,他就快要退休了,但是在值班的时候喝酒被逮捕——这是一项严重的指控,可能会威胁到他的退役身份和退休金。他到我这里接受检查,然后错误地回答我问的每一个问题。但是他的每一个回答都非常接近真实答案,所以似乎他大脑的某个部分知道正确答案:6乘以7是41,圣诞节是12月26日,一张桌子有五条腿。我以前从来没有见过这样的案例,然后通过和同事交流和查找文献,我得知这是一种刚塞综合征(Ganser syndrome,或者更为人所熟知的,近似回答综合征)的典型案例,一种做作性障碍,患者模仿一种疾病,而他并没有真正患病,但试图回避因为一些违法行为而要承担的责任。在他停留的四天(需要住院更长时间的患者被送回了美国本土)里,我花了很多时间和他在一起,但是从来没有能够与他非欺骗性的自我接触。我从文献中得知,实际上真正奇怪的是,长期跟踪研究表明,刚塞综合征患者有很高比例在几年后真的患上精神疾病!

每一天,我们都要做出决定,某个士兵是真的得了精神疾病,还是为了想要因病退伍而伪装出来的。几乎每一位到我们这里来的患者都希望从陆军、海军或者海军陆战队(我们治疗军队的每一个分支)中退役,我和同事对我们做决定过程的随意性感到困惑:指导准则并不清晰,有时候我们写的建议书彼此不一致。

和我的医科学生实习期和住院实习期相比,所要求的职责非常轻:在晚上和周末待命了四年之后,我感觉现在简直是在度假。医院有三位精神科医生，每隔三个晚上或者周末需要待命；在我的整个派驻期，只有寥寥几次我必须晚上去医院。我们三个人相处得很好，也和我们的指挥官，保罗·耶斯勒上校（Colonel Paul Yessler）相处融洽，后者是一位友好、博学的同事，让我们在工作上完全自主。虽然我们的精神科分队，小特里普勒（Little Tripler），离大特里普勒医院不到100米远，偶尔我们会因为其他服务项目而到那里去做咨询，但是其他时候极少去那里，我常常希望好几个星期都不用敬礼和回礼。

既然有这么大的自由，我选择延续我对团体工作的兴趣，并组建了一系列治疗团体：每天的住院患者团体，为忧虑的军人妻子组建的门诊患者团体，并且在我的业余时间，为位于卡内奥赫的夏威夷市立医院的非军事精神科住院医生组建了过程团体（process group）。

为军人妻子组建的团体效果最好。她们远离了熟悉的环境，其中很多人在适应这件事情，但是有些人选择深入探索她们的孤独感，以及她们与社区中其他人进行交流上的困难。带住院医生团体则困难得多。住院医生想要获得这样一种治疗体验，既对他们个人有治疗作用，也对他们将来做团体带领者有所启发。他们听说我是一位有经验的团体带领者，所以让我带领。我惴惴不安：我从来没有带领过这种类型的团体，此外，我的经验也就比他们多一两年，但是既然住院医生有足够的动机提出这样的要求，我答应一试。不久之后我就意识到，我让自己陷入了一个为难的情境中。一个团体想要起作用，那么成员就得愿意冒风险，透露私人的想法和感受，而这个团体极不情愿迈出这一步。慢慢

第16章 被分配到天堂

地我开始理解,因为治疗师的主要专业工具是他或者她自己,对个人缺点的自我暴露让人觉得有双重的风险:不仅一个人的性格会被人评价,而且一个人的专业胜任力也会受到质疑。虽然我对这一难题有充分的觉察,但是我无法解决这一僵局,所以这个团体只获得了有限的成功。后来我逐渐意识到,在这样一种环境下要成为一位有效的带领者,你必须愿意通过在团体中冒个人风险,做出自我暴露的榜样。

我毫不怀疑在夏威夷的两年改变了我的人生。在那之前,我的长远规划是回到东海岸,也许,就像怀特霍恩医生建议的,寻求一位学术职位,或者与我在华盛顿特区的朋友和家人重聚,开始私人执业。但是在阳光明媚的夏威夷过了几个月之后,寒冷、阴郁、拘谨的东海岸变得越来越没有吸引力。多年来,玛丽莲都想要远离华盛顿,很快我们就完全同意:我们都想留在夏威夷,或者近一点的地方。在来夏威夷之前,我的整个人生都聚焦在工作上,和妻儿在一起的时间太少了。夏威夷让我看到了周围环境的美好。尤其是,海滩在召唤我,我和玛丽莲会在海滩上手牵着手,走几个小时,就像我们在高中的时候一样。我和孩子们在一起的时间更多了,大部分是在温暖的海洋里,教他们游泳、浮潜和人体冲浪。(我从来没有学会在冲浪板上冲浪——我平衡能力不够好。)星期五的晚上,我带他们去附近的电影院看武士电影,他们和当地小孩一样穿着宽大的长裤。

军队不愿意把我的兰美达运到夏威夷,但是愿意运送望远镜,所以,当我还在巴尔的摩的时候,我用那辆兰美达换了一个机械式的反射式望远镜——我从小时候第一次尝试做望远镜的时候就一直想拥有的东西。然而，除了几次我把它拖到山顶上之外，这台望远镜在夏威夷基本上派不上用场，因为夏威夷晚上的天空总是雾蒙蒙的。

我的一位患者在空军基地当飞行管制员，然后通过他我获得了一个额外的好处，那就是搭乘周末的航班去菲律宾和日本。我在菲律宾一个小岛旁边优美的海域做了几次浮潜，并且看到了马尼拉的日落——这一场景一直铭刻在我的记忆里。我住在东京的军官俱乐部，然后探索这座城市。每当我迷路了，我就招手停住一辆出租车，给他看俱乐部的名片，上面有用日语写的地址。俱乐部经理警告我，当我给出租车司机看名片的时候，要注意观察他：如果他深吸一口气，那么赶快下车，因为东京的出租车司机碍于面子，不会承认他们不知道那个地址。

在我们到达后不久，玛丽莲在夏威夷大学法语系获得了一个教员职位。令她尤其高兴的是，给很多讲流利的法语的越南学生上一门当代法国文学课程，即使他们很难理解萨特的异化概念，因为他们一心想着下课之后去温暖的蓝色海洋里游泳。玛丽莲需要开车去大学，所以我买了一辆轻便的雅马哈摩托车。每天早上在大风口顶上骑车30分钟去特里普勒的时候，我都异常兴奋。在我们逗留期间，横穿群山的威尔逊隧道开通了，然后我就走这条近道去上班，每一天进隧道的时候还是朗朗晴天，几乎每次出来的时候都会遇见一场温暖宜人的夏威夷阵雨。在我位于凯卢阿的家附近，有一个小的带草地球场的网球俱乐部，我们每周末在那里和其他俱乐部打比赛。我的一位军队里的朋友介绍我浮潜和水肺潜水，之后，在接下来的40年里，在夏威夷、加勒比海和

第16章 被分配到天堂

很多世界上其他地方,我将从海底潜泳,欣赏动物群和海洋小动物的生活中,获得巨大的快乐。有几次我去夜间潜水——一件令人特别兴奋的事,因为所有的夜间生物会出来悄悄移动,尤其是大型甲壳类动物。

* * *

杰克·罗斯(Jack Ross)——我一位军队中的同事,他是在门宁格诊所受训的——将我介绍给他的同学,K. Y. 卢姆(K. Y. Lum),一位在火奴鲁鲁执业的精神科医生。他和我与几位夏威夷的精神科医生一起,组织了一个案例报告小组,我们每个月见一次面。我们还开始了一个精神科医生的扑克牌局,每隔一周一次,持续了30多年。K. Y. 和我成了很要好的朋友,直到今天还保持着联系。

有一天,就在我刚到夏威夷的前几周,安德烈·道金海(Andre Tao Kim Hai),一位住在附近的年老的越南人,带着一副国际象棋经过我家房子,然后问道,"你下象棋吗?"福从天降!安德烈和我棋逢对手,在一起下了很多很多盘棋。他在当了很多年的越南驻联合国代表之后,退休来到了夏威夷,但是几年之后,当越南战争爆发时,他出于抗议离开了美国,搬到了巴黎,然后搬到了马德拉岛。几年后,我去他后面两个家拜访他的时候,延续了我们的友谊和我们的象棋比赛。

我父母到夏威夷看望过我们,还有玛丽莲的母亲,以及我的姐姐琼和她的家人。玛丽莲在大学里交到了朋友,并且我们头一回有了社交生活，组织了一个8个人的沙龙，包括社会学家鲁埃尔·丹尼（Reuel Denney），《寂寞的群体》(The Lonely Crowd) 的作者之一，还有他的妻子，露丝（Ruth）；印度尼西亚的哲学家和诗人达迪尔·阿里夏巴纳（Takdir Alisjahbana）和他的德国妻子；还有乔治·巴拉蒂（George Barati），夏威夷交响乐团（Hawaiian Symphony Orchestra）的指挥，还有他可爱的妻子；另外一位露丝，一位瑜伽爱好者。我们和他们在一起度过了很多个夜晚，读翻译过来的达迪尔的诗歌，讨论鲁埃尔的书，听音乐，其中有一天晚上，听磁带里 T. S. 艾略特念他的诗集《荒原》(The Waste Land)，结果让我们所有人都相当沮丧。直到今天我还记得，我们这一小组人在海滩上办了一个夏威夷式宴会，享用夏威夷饮料和番石榴、荔枝、芒果、菠萝，还有木瓜——我的最爱。我现在还记得达迪尔的牛肉串蘸上印度尼西亚花生酱的味道。

打扑克、浮潜、在沙滩上散步、骑摩托车和我的孩子们一起玩，还有下棋，我的生活比我之前任何时候都要好玩得多。我热爱这样悠闲的日子，穿着拖鞋，坐在沙滩上，望着大海。我变了：工作不再是一切。阴郁的东海岸，它严寒的冬天和难以忍受的炎夏，不再令我向往。我在夏威夷感觉很自在，并开始幻想在那里度过余生。

* * *

随着我们在夏威夷的两年接近尾声，我们面临着在哪里生活这一抉择。我又发表了两篇专业论文，并且倾向于追求学术生

第16章 被分配到天堂

涯。但是，唉，待在夏威夷不是一个好选择：医学院只提供头两年非临床学习，并且没有全职的精神病学教员。我感到非常孤立无援，觉得缺少一位导师，一位可以指导我如何前行的人。我一点也没有想到可以联系我在霍普金斯的老师，约翰·怀特霍恩或者杰里·弗兰克。现在，当我回过头看那个时候，我很困惑：为什么我没有向他们寻求建议或者让他们推荐我？我肯定是认为，当我的住院实习期结束之后，他们就把我给完全忘了。

相反，我选择了最不具想象力的道路：招聘广告！我查看了美国精神病协会时事通讯上的广告，发现三个感兴趣的职位：斯坦福大学医学院和加州大学旧金山分校医学院的教员职位，还有位于威斯康星的蒙多塔市立医院的员工职位（我感兴趣只是因为杰出的心理学家卡尔·罗杰斯（Carl Rogers）在那里工作）。这3个职位我都申请了。他们都同意面试我，然后我搭乘军用飞机去了旧金山。

我的第一个面试，在加州大学旧金山分校，面试我的是一位资深教员，雅各布·爱泼斯坦（Jacob Epstein），他在一个小时面试的最后，给我提供了一个临床教员职位，还有1.8万美元的年薪。因为我当住院医生的第三年的年薪是3 000美元，而在军队的薪水是1.2万美元，所以我倾向于接受，即使我知道，这份工作对我时间上的要求非常高：我不仅要教医科学生和精神科住院医生，还要管理一个极为庞大、繁忙的住院病房。

第二天，大卫·汉堡，斯坦福大学精神病学系的新系主任，面试了我。斯坦福医学院和医院刚刚从旧金山搬到了新建的位于帕洛阿尔托的斯坦福校园中，并且由他全权负责组建一个全新的精神病学系。我被汉堡博士远大的抱负,他对我们这一领域的关切,以及他的智慧打动了。还有他的句子!听着一个接一个庄严而复杂的句子从他嘴里掉落出来,就像聆听一场优美的协奏曲。此外,我有一种强烈的感觉——除了他的指导之外,我将会被给予我所需要的所有资源和学术自由。

我这是事后诸葛亮:在那个时候我并不相信我对未来有任何想法或者我能够做什么。我知道私人执业医师是什么样的,我知道那样的话我的生活将会富裕很多,而且我还知道私人执业医师挣的钱可能比我当精神病学家挣的钱要多三倍。

汉堡医生给我提供了一个初级教员职位(讲师)以及只有1.1万美元的年薪——比我在军队的薪水还少1 000美元。他还把斯坦福的政策说清楚了:全职教员被期待成为学者和研究者,而不能通过私人执业贴补他们的薪水。

斯坦福和加州大学旧金山分校薪水之间的巨大差异一开始让我动了心,但是随着我对这两个选择进行深思,它不再成为一个因素。虽然我们没有任何积蓄,每个月都靠工资生活,但是钱并不是我们主要的考虑因素。大卫·汉堡的远见让我印象深刻,我想要成为他正在组建的大学科系的一员。我意识到我真正想要的是教学和科研的一生。此外,如果发生紧急情况,我相信我父母还有玛丽莲在未来的职业中将获得的薪水会成为我坚实的经济后盾。在电话上和玛丽莲商量过之后,我接受了斯坦福的职位,并取消了飞往蒙多塔市立医院的航班。

第 17 章
回到岸上

1964年,在斯坦福工作3年之后,我决定去参加为期8天的国家训练实验室(National Training Laboratory,NTL)短训班,地点在南加州箭头湖。这个为期一周的短训项目提供了很多社会心理学活动,但是它的核心,还有我去那里的原因,是每日三小时的团体会面。第一次会面的那天早上,我提前几分钟到场,在围成一圈的13张椅子中选了一把坐下,然后环顾带领者和其他早到的人。虽然我有很多带领治疗团体的经验,并且大量参与团体治疗研究和教学,但是我从来没有在团体中作为一名成员待过。是时候补救一下了。

在其他人陆续入座的时候,没有人说话。准时8:30,带领者多萝西·加伍德(Dorothy Garwood),一位有两个博士学位(生物化学和心理学)的私人执业治疗师,站起来介绍她自己:"欢迎来到1964年箭头湖NTL短训班，"她说。"这个团体将会在接下来的8天里，每天这个时间见面3个小时，我希望我们所说的一切，我们的所有评论，都处在此时此地（in the here-and-now）。"

接下来是一大段沉默。我想："说完了？"然后环视一遍，11张脸个个都流露出困惑，11个脑袋个个都迷惑地摇晃着。1分钟之后，成员们回应道：

"这个情况介绍未免太过于吝惜言辞了。"

"这是在开玩笑吗？"

"我们甚至都不知道彼此的名字。"

带领者没有给予任何回应。逐渐地，共同的不确定性开始形成它自己的能量：

"真是可悲。我们就得到这种带领者？"

"那太粗鲁了。她在做她该做的。你不明白这是一个过程团体吗？我们必须审查我们自己的过程。"

"对的，我有一种直觉，不只是直觉，她清楚地知道她正在做什么。"

"你那是盲目的信仰：我从不喜欢，盲目的信仰。真相是我们正在苦苦挣扎，她在哪里？反正不是在帮助我们。"

在评论之间有一些停顿，因为成员在等待带领者的回应。但是她微笑并保持沉默。

其他成员也投入进来。

"好吧，如果我们过去没有在一起，那么要求我们处在此时此地，怎么可能呢？我们今天才第一次见面。"

第17章 回到岸上

"我一直对这种沉默感到不自在。"

"嗯,我也一样。我们花了不少钱,但是我们就坐在这里,浪费时间。"

"就我个人来说,我喜欢这样的沉默。和大家一起安静地坐在这里让我很放松。"

"我也是。我刚刚进入了冥想。我感到自己注意力集中,准备好做任何事情了。"

* * *

在我参与这一交流,并对它加以反思的时候,我有了一个顿悟——我学到了一些东西,后来我把它整合到我团体治疗方法的核心中去了。我刚刚见证了一个简单但是格外重要的现象:所有的成员都面临同一个刺激(在这个实例中,一位带领者要求所有的评论都要停留在此时此地),而成员以非常不同的方式做出回应。一个共同的刺激和11个不同的回应!为什么?这个谜题只有一个可能的答案:有11个不同的内在世界!这11个不同的回应也许是通往这些不同世界的捷径。

在没有带领者协助的情况下,接下来我们每个人做了自我介绍,并说了我们所从事的工作,以及为什么来这里。我注意到,我是唯一的精神科医生——有一位心理学家,而其他的都是教育工作者或者社会科学家。

我转过头直接和领导者说:"我对你的沉默感到好奇。你可以多说一点儿你在这里的角色吗?"

这次她简短地回答了："我的角色是成为带领者，并承接成员对带领者的所有感受和幻想。"

接下来 7 天时间我们继续会面，并开始审视我们彼此之间的关系。团体中的一位心理学家成员是一个格外愤怒的人，经常谴责我自负和傲慢。几天后他叙述了他做的一个梦，梦中他被一个巨人追赶——似乎是我。最后，我和他都做了不少工作——我是关于对他的愤怒的不舒服感，他是关于我在他身上激起的竞争感——并且我们修通了对彼此职业的一些不信任。

因为我是这次会议上唯一的医生，所以我被叫去照顾另外一个团体中的一位成员，他在他的团体中突发精神病性反应，最后由我送去医院就医。这一结果让我对小团体的力量有了更多的觉察——不仅有疗愈的力量也有伤害的力量。

我逐渐对多萝西·加伍德有了更多了解，并且几年之后，她和她丈夫、我和玛丽莲在毛伊岛度过了一个愉快的假期。她绝不是一个内敛的人，但她是在塔维斯托克诊所（一个位于伦敦的大型心理治疗培训和治疗中心）接受的一种传统的培训，在这一传统中，领导者一直在团体的外面，将她所有的观察都限定在大团体现象上。3 年之后，在塔维斯托克诊所休假年期间，更清楚地理解了她的领导姿态的基本原理。

* * *

3 年前，也就是 1962 年，当我从军队退伍，我们一家五口刚到达帕洛阿尔托的时候，我和玛丽莲就着手找地方住。我们本

第17章 回到岸上

可以在斯坦福的教工住宿区买一栋房子,但是,就像在夏威夷,我们选择住在一个多元化的社区。我们买了一栋有30年历史的房子(按照加州标准几乎算是古董了),离校园只有15分钟车程。那个时候的经济形势和现在大不一样:尽管薪水低微,但是我们花3.2万美元买一座位于1英亩土地上的房子毫无困难。这个价格是我在斯坦福年薪的三倍;今天,帕洛阿尔托的经济已经完全变了样,一座相当的房子将会花费一位年轻教授30~40倍年薪。我父母给了我们7 000美元作为这栋房子的首付,而那也是我最后一次从他们那里拿钱。尽管那样,在我完成我的培训,我们已经是六口之家之后,在餐馆吃饭时,我父亲总是坚持要买单。我喜欢他这样照顾我,所以只是稍微客气一下。我通过为我成年的孩子(反过来,他们也只是稍微客气一下)做同样的事情,将他的慷慨传承了下去。这是一种可以被人记住的方式:在我给我的孩子们买单的时候,我父亲的脸经常会浮现在我的脑海里(在我的孩子们买第一座房子的时候我们也给他们付了首付)。

一开始,当我到我的科系报到的时候,得知我被任命为新斯坦福退伍军人管理医院一个大型病房的医学主任,这座医院离医学院只有10分钟,并且完全由斯坦福教员管理。虽然我督导住院医生,为医科学生组织了一个过程团体(也就是,一个我们在里面研究我们相互之间打交道的方式的团体),并且有空余时间参加科系的讲座和科研座谈会,但是我在退伍军人管理医院并不开心。我感觉太多患者,几乎所有第二次世界大战的退伍老兵,无法接受我的疗法。很可能继发获益(secondary gains)太大了:公费医疗、免费的场所和食物,还有一个舒服的住所。在第一年的最后,我告诉大卫·汉堡,我在退伍军人管理医院看不到在我感兴趣的领域中的科研机会。当他问我想要在哪里工作的时候,我提议去斯坦福的门诊部,那里是住院医生培训项目的中心,并且是一个我可以组织团体治疗项目培训和研究的地方。已经观察了我的工作,并参加了几次我的病例研讨报告,他对我有足够的信心以同意我的请求。他一向乐于助人并且支持我的工作,所以从那个时刻开始,在很多年里,我都没有行政任务,几乎可以完全自由地跟着我自己的临床、教学和研究兴趣走。

1963年,玛丽莲在约翰·霍普金斯比较文学项目中,完成了她的博士学位(博士论文题目是"弗兰兹·卡夫卡和阿尔贝·加缪作品中的审判主题"(*The Motif of the Trial in the Works of Franz Kafka and Albert Camus*))。她飞到巴尔的摩参加口试,顺利通过,并且以优异成绩获得了博士学位。她回来之后希望在斯坦福谋得一个职位,但是当法语系的领导约翰·拉普(John Lapp)告诉她"我们不聘用教员的妻子"的时候,她极度悲痛。

一代人之后,随着我对女性议题的觉悟增加,我也许会在另外一所大学谋求一个职位,这所大学足够开明,可以仅仅按照她本身的情况来评价她,但是在1962年,那样的想法从来没有出现在我脑海中,玛丽莲也没有。我对她深感同情。我知道她有足够的资格获得斯坦福的职位,但是我们两个人都接受了这一现状,并开始寻找其他替代选择。

不久之后,刚成立的加州州立大学人文学院院长联系了玛丽莲。从斯坦福同事那里听说了她的情况,他开车到我们家并给她

第17章 回到岸上

提供了一个外语系副教授的职位。在海沃德（Hayward）教书玛丽莲必须一周四天，每天单程差不多化1个小时的通勤时间，在接下来的13年里，她一直都在就此事进行谈判。玛丽莲的起薪是每年8 000美元，比我在斯坦福的起薪少3 000美元。但是我们俩的工资加在一起，让我们可以在帕洛阿尔托过上舒服的生活，支付一个全职家政工的工资，甚至还能进行几次令人难忘的旅行。玛丽莲在加州州立大学有一个令她满意的事业，她很快就晋升为终身副教授，然后是正教授。

* * *

在斯坦福接下来的15年里，我大量参与团体治疗，既作为临床医生、老师、研究者，也作为教科书作者。我在门诊部开始了一个治疗团体，而我的学生们，12个第一年在精神科住院医生，通过单向镜观察这个团体——就像我是学生的时候，观看杰里·弗兰克的团体一样。一开始我和另外一位教员共同带领，但是第二年我开始和一位精神科住院医生一起带领，他待了一年，然后由另一位住院医生代替。

我的带领方式逐渐朝着更加人性、透明的形式演变，并且逐渐远离疏远的专业风格。因为团体成员都是不拘礼节的加州人，称呼对方都是直呼其名，所以我对于称呼他们的姓氏，以及称呼他们的名字但是让他们叫我"亚隆医生"感到越来越别扭，所以我走出了令人震惊的一步，让团体称呼我"埃夫"。然而多年来，我仍然像斯坦福医院的所有其他专业医务人员一样，穿着白大褂以坚守我的职业身份。最后我连这个也放弃了，并逐渐相信在治疗中真正重要的是个人的坦诚和透明，而不是专业权威（我没有扔掉那件白大褂——它仍然挂在家里一个衣柜的后面——作为我医生身份的一件纪念品）。但是尽管脱掉了我那一行当的服装，我仍然对医学和希波克拉底誓言（Hippocratic oath）充满敬意，还有后者的很多条款，比如："我将要凭我的良心和尊严行医"和"我的患者的健康将是我的首要考虑"。

在每一次团体治疗之后，我口述我自己的理解和教学的长长总结。（斯坦福慷慨地配备了一名秘书给我）。在某个时刻——我不记得具体是什么启发了我——我突然想到患者读我的总结和团体之后的反思可能会有帮助。这引起了治疗师透明度方面的一次大胆、极不寻常的尝试：每一次团体会面的第二天，我将一份团体总结发给所有的成员。每一份总结描述了那次会面中的主要问题（一般两到三个主题），还有每位成员的发言和行为。我在团体中说的每一句话后面，我都加上了原因，并通常会添加评论，有关我希望我说了但是没有说的话，或者我说了但是后悔说了的话。

团体一般会通过评论我对前一次会面的总结作为开始。有时候成员们不同意，有时候他们会指出一些遗漏之处，但是会面的开始几乎总是比前一次要更加活跃。我发现这一做法非常有用，所以我只要带领小组就会沿用这些总结。当住院医生和我一起带领的时候，他们每隔一周写总结。然而，写总结需要如此多的时间和自我暴露，以至于，据我所知，整个国家的团体治疗师几乎没有人效仿。虽然有些治疗师对我的自我暴露有所批评，但是我不记得有任何一次分享我的想法和我个人的感受不是对患者有帮

第17章 回到岸上

助的。为什么这样的自我暴露对我来说如此容易？首先，我选择不参加任何研究生训练——不管是弗洛伊德派、荣格派还是拉康派精神分析研究所。我完全摆脱了支配性的规则，并且只接受由我仔细监控结果的指导。有一些议题也许在其中起到了作用：我根深蒂固的反偶像主义（在我早年对宗教信仰和仪式的反应中很明显），我和一位没有表情和人情味的精神分析师进行个人分析时的负性体验，加上我工作的科系很年轻，领导开明，氛围适合我进行尝试。

我不喜欢每周一次的科系会议：我总是出席但是极少发言。任何一个主题——经费、申请基金、分配或者争夺空间、与其他科系的关系、系主任的报告——都不吸引我。真正吸引我的是倾听大卫·汉堡讲话。我欣赏他深刻的反思，他解决冲突的方式，还有最重要的是，他了不起的修辞能力。我热爱口头语言，就像是其他人热爱音乐演出一样，而且我对一位真正有天赋的演讲者的话语感到着迷。

我明显没有管理技巧，也从来没有主动或者被动地负责过任何事情。坦白地说，我只想单独一个人追求我自己的科研、写作、治疗和教学。我立马就开始向专业杂志投稿。这是我喜欢做的事情，以及我感觉可以有所贡献的领域。有时候我会想，如果我不装作没有管理能力会是如何。很有可能，我在与科系的少壮派激进分子竞争的时候会感觉无能为力，因为他们所有人都在争夺权力和认可。

* * *

我选择参加箭头湖的会议,不仅是要获得成为一名成员的体验,而且是要尽可能地学习"T团体"(T-group)——一个重要、非医学的团体现象,它出现在20世纪60年代,然后迅速在全国传播开来。T团体中的"T"指的是"training"(训练)——也就是,在人际关系和团体动力中发展技能。这一方法的创立者,也是美国全国教育协会(National Education Association)的领导者,他们不是医生,而是团体动力学者,他们想要改变组织中的态度和行为,后来是想要帮助个人更能为他人设想。他们的组织机构国家训练实验室(National Training Laboratories,NTL)会举办研讨会,或者社会实验室(social laboratories),一般为期几天,地点在贝瑟尔和缅因州普利茅斯市,以及后来我参加的那个,位于加州箭头湖。

国家训练实验室会办很多活动:小型技能培训团体,讨论和问题解决团体,团队建设团体,大团体。但是很快事态变得明显,成员相互给予即时反馈的小型T团体,是目前最有活力和最引人入胜的训练。

几年下来,随着国家训练实验室团体西移,以及随着卡尔·罗杰斯进入这一领域,T团体将它的重点转到个人改变上。"个人改变!"听起来很像心理治疗,不是吗?成员被鼓励给出和接受反馈,成为参与性观察者(participant observers),拿出诚意,敢于冒被伤害的风险。最终,团体的精神特质越来越多地转变成为心理治疗的一种类型。团体追求改变态度和行为,并改善人际关系——很快就有了一些常常能够听到的口号,比如"心理治疗太好,不能患者独享"。T团体进化成了一个新东西:"为正常人提供的心理治疗"。

不足为怪的是，后面这一发展人人威胁到了精神科医生，他们将自己看成是心理治疗的主人，并且将会心团体（encounter groups）看成是一种轻率的、不正当的治疗形式，侵犯了他们的领地。我的感觉大为不同。其中一位早期的先驱是社会科学家库尔特·勒温（Kurt Lewin）（他的格言是"没有研究就没有行动，没有行动就没有研究"），他造就了大量、复杂的数据，我发现这些数据远比基于医学的团体治疗研究有趣得多。

我从箭头湖团体经历中借鉴到的最重要的事情之一就是，只聚焦在此时此地，并且我开始将这一点在我自己的工作中强力推进。正如我在箭头湖学到的，告诉成员们聚焦于此时此地还不够：我们需要提供基本原理和路径图。随着时间的推移，我制定了一个简短的准备辞，在患者进入团体之前我会说给他们听，其中我强调了，他们的大量人际关系问题会在团体中重新制造出来，因此为他们提供了一个绝好的机会来更加了解他们自己，并产生改变。接下来是（我不止一次地重复这一点），他们在团体中的任务，那就是去理解关于他们与团体中的每一位患者的关系以及与团体带领者的关系中的一切。很多新成员通常会觉得这个准备辞的某些方面令人困惑，他们经常提出反对意见，说他们的问题和老板，或者配偶，或者朋友，或者愤怒有关，聚焦于他们和团体成员的关系没有任何意义，因为他们将来不会再见这些人。

对这些常见的疑问，我的回答是，团体是社会的缩影，在团体治疗中出现的问题将会重复或者类似于最初让他们前来治疗的人际关系问题。据我了解，这一步很关键。后来，我做了研究并发表了论文，证明为团体治疗做好有效准备的患者，比那些没有做好准备的患者在治疗中进展得要好得多。

我与T团体运动的联系持续了好几年，并且是国家训练实验室在林肯市、新罕布什尔州工作坊的教员之一，还是在俄亥俄州桑达斯基市为首席执行官们举办的为期一周的工作坊的教员之一。我至今仍感谢T团体先驱们向我展示了带领和研究基于团体的人际互动的方法。

* * *

几年下来，我逐渐为精神科住院实习医师设计出一个密集的团体治疗培训项目，由几个部分组成：每周的讲座，对我每周一次的治疗团体的观察和团体后讨论，让住院医生带领治疗团体并且我每周给予督导，最后，参与一个我与一位同事一起带领的每周一次的个人过程团体。

劳累过度的第一年住院医生，对于花这么多时间学习团体治疗反应如何？大量的怨言！有些忙碌的住院医生尤其抗拒每周花两个小时时间观察我带领的团体，并且经常迟到或者干脆不来。但是几周过去之后，一个未曾预料到的现象发生了：随着团体成员更深地投入，并愿意冒更大的风险，学生们对在他们面前展开的戏剧场面越来越有兴趣，然后出勤率一下就上来了。不久他们就把这个团体称为"亚隆的冷暖人间"（*Yalom's Peyton Place*，这个名字出自20世纪60年代一部电视连续剧）。我认为这种效果类似于沉浸在一个结构良好的故事或者小说之中，并且我认为治疗师急切地想要看到接下来会发生什么，是一个进展顺利的好兆头。即使现在，在实践了半个世纪之后，我通常会期待每一次新的会面，不管是个人还是团体，并且带着会发生什么新的进展的预期。如果那种感觉不见了，如果我在一次会面开始之前没有任何期待，我想象患者也许正体验着类似的感受，然后做出努力去面对和改变这种状况。

学生的观察对患者有什么样的影响呢？这个巨大的问题让我大为焦虑，因为我注意到当学生在镜子后面的时候，团体成员是多么的紧张不安。我试着安慰患者们，说精神科学生也和专业治疗师一样，遵守同样的保密原则，但是效果甚微。然后我尝试了一个试验：我想要将观察者令人不快的存在转变成积极的东西。我让团体成员和学生在会面的最后20分钟交换位置。因此，团体成员在观察室里，观察我和学生们在会谈后的讨论。这一步立刻就让治疗过程和教学变得更加有趣！治疗团体的成员带着强烈的兴趣倾听学生对他们的评论，学生们觉得他们被密切监视着，所以他们在观察团体的时候注意力更为集中。最后我又增加了另外一个步骤：团体成员对观察者的评论和观察者本人（他们甚至觉得观察者比团体成员更加紧张）有如此之多的情绪，所以他们需要额外的时间来讨论他们对观察者的观察。所以我附加了额外的20分钟，学生回到观察室，而我和患者回到团体室，并讨论观察者的评论。我意识到这对于每日的实践来说，耗费了太多的时间，但是我相信，这种安排大幅度增加了治疗团体和教学的效率。

所有这些都是新的。这一时期，我不是某个传统治疗学派中的一员，我对此心存感激。我给予我自己完全的自由来创造一种新的方法，并且对实效研究有足够多的了解来测试我的假设。回过头看，连我自己也感到惊喜。很多富有经验的治疗师会对别人观察他们做治疗感到不自在，但是我对有人观察毫不介意。这一自信和我自己的内在版本并不相符——在内心深处，有一个焦虑、局促不安、自我怀疑的青少年和年轻人，我曾经就是那样。但是在心理治疗方面，尤其是在团体治疗中，我逐渐变得可以完全自如地冒险，并承认错误。我对这些创新有一些焦虑，但是焦虑对我来说不足为奇，我已经学会去忍受它了。

在我80岁生日的时候，在我家里举办了一个聚会，并邀请了早先那几年在斯坦福的所有住院医生。他们很多人提起了他们的团体治疗培训经历，并评论到，在他们的整个培训课程中，观看我的团体是他们唯一一次亲自观察一位资深医生做治疗。当然，这让我想起了我自己在霍普金斯的培训，以及我们观看治疗团体时候的那扇小单向镜。所以，谢谢您，杰里·弗兰克。

* * *

大学教职员工不会因为教学做得好而得到晋升。那句"不出版就出局"的老笑话并不是玩笑：它是学术生活的真实写照。门诊项目的20个团体为科研和发表文章提供了极好的机会。治疗师如何让患者做好参加团体治疗的准备，如何搭配团体成员，为什么有些成员很早就从团体中退出，以及什么是最有效的治疗性因素，这些我都研究过。

随着我继续教授团体治疗，我意识到急需一本全面的教科书，而我的所有经验（讲座、研究和治疗创新）都可以整合到一本教科书里。在斯坦福工作几年之后，我开始列出这样一本书的提纲。

在这个时期，我还与精神病研究中心（Mental Research Institute，MRI）有着密切的联系，这个研究中心聚集了一大批有创新精神的医生和研究者，例如格雷戈里·贝特森（Gregory Bateson）、唐·杰克逊（Don Jackson）、保罗·瓦兹拉威克（Paul Watzlawick）、杰伊·哈利（Jay Haley）和维吉尼亚·萨提亚（Virginia Satir）。有一整年，我每个周五都会上维吉尼亚·萨提亚教的一门全天的联合家庭治疗（conjoint family therapy）课程，并且我逐渐尊重家庭治疗的有效性——一种全家人和治疗师一起见面的治疗形式。在那个时候，联合家庭治疗比现在要普遍得多，我在帕洛阿尔托认识至少十几个只做家庭治疗的治疗师。

那个时候，我正在治疗一位患有溃疡性结肠炎（ulcerative colitis）的患者，并请求唐·杰克逊成为我的联合治疗师，做几次家庭治疗。我们一起发表了关于我们的调查结果的一篇论文。第二年，我在治疗中见过几个家庭，但是最终我觉得个体和团体治疗更加有趣。自那以后我就没有再做过家庭治疗，虽然我经常会将患者转介给家庭治疗师。精神病研究中心的另外一位成员是格雷戈里·贝特森，一位著名的人类学家，并且是精神分裂症"双重束缚"理论的创建者之一。贝特森是一位令人难忘的健谈者，每个星期二的晚上会在他家里举办开放式谈话，我经常参加并且乐在其中。

我在斯坦福工作的第一年，还有一个令我感兴趣的领域是"性机能障碍"，在我做住院医生，在帕图森特研究所与性罪行犯人工作的时候，就接触过这个领域。在斯坦福，我周末定期给监禁在阿塔斯卡德罗州立医院（Atascadero State Hospital）的性罪行犯人做咨询，然后在接下来的几年里，我在实践中看了很多患者，他们是窥淫癖者、裸露癖者，或者有其他形式的令人不安的性强迫或者性成瘾问题。我经常治疗男同性恋者，回想起来，他们主要是因为社会对他们的看法而痛苦。我在斯坦福做了一个病例研讨报告，关于我与这些患者的一些工作，结束之后，立刻有一位在斯坦福外科学系（Stanford Department of Surgery）工作的整形外科医生唐·劳布（Don Laub），问我是否想为一个新项目做会诊医生，这个项目是由他发起的，目标人群是一些想要通过手术改变性别的变性患者。"跨性别者"（transgender）这个术语尚不存在。在那个时候，这样的手术不是在美国做的——想要改变性别的患者一般是在提华纳市或者卡萨布兰卡市做手术。

在接下来的几周里，外科学系转介了大约10位患者给我做手术前的评估。这些患者没有一个有严重的精神障碍，我对他们想要改变性别的强大动机印象深刻。他们大部分很穷，为了做这个手术存了很多年的钱。他们都在解剖学上是男性，想要成为女性——外科医生尚不能提供更加具有挑战性的从女性变成男性的手术。外科学系请了一位社会工作者来带领一个术前团体，提供关于女性举手投足方面的培训。我参加了一次课程练习，在练

第 17 章 回到岸上

习中,患者坐在一根横木上,指导者将一枚硬币滚到他们的大腿上,教他们把膝盖分开,用裙子接住硬币,而不是条件反射地像男人一样用膝盖夹住硬币。

这个项目远远超出了那个时代,但是几个月之后就碰到了麻烦:一位手术后的患者成了夜总会的脱衣舞娘,到处给自己打广告说是斯坦福医院的杰作,另一个患者在他的男性生殖器被切除之后,想要以殴打罪(battery)起诉医院。这个项目被叫停了,又过了很多年之后,斯坦福才再次提供这样的手术。

* * *

我们家在帕洛阿尔托的头五年,1962～1967 年,正好与民权、反战、嬉皮,还有避世㊀(beatnik)运动的兴起重合——它们都是从旧金山湾区往外开枝散叶的。学生在伯克利发起了自由言论运动(Free Speech Movement),离家出走的青少年挤满了旧金山的海特-黑什伯里区。但是在斯坦福,30 英里㊁之外,形势相对平静。琼·贝兹(Joan Baez)住在这个地区,玛丽莲和她一起参加了一次反战示威游行。我对这个时期最为鲜活的记忆是参加鲍勃·迪伦(Bob Dylan)在圣何塞的一次大型演唱会,没想到琼·贝兹也上台助演了几次。我成了琼·贝兹一辈子的粉丝,并且几年之后,她在咖啡馆演出之后,有幸和她跳了一支舞,令我

㊀ beatnik 指的是"垮掉的一代"的一员。20 世纪 50 年代末和 60 年代初的一些年轻人,他们不接受当时的社会价值观,并通过穿着和生活方式表现出来。——译者注

㊁ 1 英里 = 1 609.344 米。

激动万分。

像所有其他人一样，1963年我们被约翰·F. 肯尼迪（John F. Kennedy）被暗杀的消息惊呆了。它打碎了我们在帕洛阿尔托的平静生活不会受到外部世界中的不幸影响的想象，我们买了第一台电视机，以见证围绕着肯尼迪的死亡和追悼会的活动。我回避所有的宗教信仰和实践，但是在这次事件中，玛丽莲感觉到需要归属感和仪式感，所以将我们的两个大孩子（8岁的伊芙和7岁的里德）带到斯坦福纪念教堂参加了宗教活动。仪式的感染力没有完全退去，所以我们总是和家人朋友一起，在我们家举办逾越节晚餐（Passover Seder）。从没有学会希伯来文，所以我请我的一位朋友代劳，念仪式的祷词。

尽管我的童年充满了不愉快的回忆，但是我一直都喜欢我从小吃的食物：东欧犹太菜肴，并且不吃猪肉。玛丽莲可不是这样。每当我出差的时候，孩子们就知道她会给他们做猪排。我坚持着一些典礼仪式。我让我的儿子割包皮，随后和朋友还有家人一起办一次正式的宴会。里德，我三个儿子中最大的一个，选择做犹太成人礼。除了这几项犹太传统之外，我们还会竖起圣诞树，在长袜里给孩子塞满礼物，并安排一场盛大的圣诞节宴席。

经常有人问我，缺乏宗教信仰是不是我生活或者精神科实践中的一个问题。我的回答总是否定的。首先，我要说我是"无宗教信仰的"而不是"反宗教的"。我的立场绝不是不同寻常的：对于我斯坦福社区和我医学以及精神科同事中的绝大部分人来说，宗教在他们的生活中几乎没有起到任何作用。当我和我少数几个虔诚的朋友［比如，达芬·弗勒斯达尔（Dagfinn Føllesdal），

全家福，加利福尼亚州
1975 年

一位信奉天主教的挪威哲学家朋友］在一起的时候，我总是对他们信仰的深度感到极为敬佩，并且我想说，我的世俗观念几乎从来没有影响到我的治疗实践。但是我必须承认，在我执业的所有这些年，只有少数几个坚定的宗教人士找我寻求过帮助。我与虔诚个体接触最多的时候是我与临终患者的工作，并且我欢迎和支持他们每个人尽可能寻求宗教安慰。

* * *

虽然20世纪60年代，我完全沉浸在我的工作中，基本上不问政治，但是我不禁注意到文化上的改变。我的医科学生和精神科住院医生开始穿凉鞋而不是"得体的"鞋子，而且一年接着一年，他们的头发变得越来越长，越来越乱糟糟。几个学生将他们自制的面包带给我作为礼物。甚至教员聚会上都有大麻渗透进来，而性道德彻底改变了。

当这些改变发生的时候，我已经觉得自己是保守派中的一员了，但是当我第一次看到一个住院医生穿着红色格子长裤或者其他离谱的服装的时候，我还是震惊了。但这是加州，没有什么可以阻止这些变化。我逐渐地变得更为宽松，不再打领带，在某些教员聚会上享用大麻，我在这些聚会上也穿着喇叭裤。

20世纪60年代，我们的3个孩子（我们的第四个孩子，本杰明（Benjamin），直到1969年才出生）也被卷入了他们自己的戏剧性经历中。他们步行去当地的公立学校上学，交朋友，上钢

在车轮上的一家人,帕洛阿尔托
20世纪60年代

琴和吉他课,打网球和棒球,学习骑马,加入蓝鸟和4-H⊖俱乐部,并为我们后院的两只小山羊建了畜栏。他们兄弟姐妹比较少的朋友经常来我们家玩。我们的房子是褪色的手工抹灰墙,前门被鲜紫色三角梅(bougainvillea)环绕,前庭有一个小池塘和喷泉。进门之后的主路旁有一棵高大的木兰树,小孩子们会绕着它骑三轮脚踏车。附近有一个网球场,离家只有半个街区,我每周两次和邻居打双打,等我的3个儿子长大一点之后,我就和他们打。

* * *

1964年6月,我们拜访了我在华盛顿特区的家。我们和3个孩子住在我姐姐家里,而我母亲和父亲开车过来。我和女儿伊芙一起坐在沙发上,儿子里德坐在我腿上,维克多和他的表弟哈维(Harvey)在旁边的地板上玩耍。我父亲,坐在邻近的软垫座椅上,告诉我他头疼,然后两分钟之后,突然之间,没有发出任何声音,他失去意识栽倒在地。我摸不到任何脉搏。我姐夫,一位心脏病科医生,从他的医用出诊包里拿出注射器和肾上腺素,然后我将肾上腺素注射到我父亲的心脏里——但是没有用。直到后来我才记起来,在他昏迷之前,我看到他的眼睛固定在他的左边,表明他大脑的左边中风了,不是心脏骤停。我母亲跑到房间里,抱着他。直到现在我都能听见她的哭声,一声又一声,"我

⊖ 4-H是美国一个青少年组织,4个H分别是head(思维)、heart(心灵)、hands(手)和health(健康)。——译者注

第17章 回到岸上

亲爱的巴雷尔"（意第绪语）。我的眼泪直流。我感到震惊，并且深受感动：这是我第一次看到我的母亲流露出这样的柔情，第一次意识到他们是多么爱对方。当救护小队到了的时候，我记得我的母亲仍然在哭，但是对我姐姐和我说，"拿出他的钱包"。我姐姐和我忽略了她的请求，并且都觉得她在这个时候不应该还想着钱。但她当然是对的：他的钱包、银行卡，还有钱都在救护车里不见了，再也没有找到。

我以前见过尸体——医学院第一年解剖的尸体，病理学课上在太平间看到的尸体——但这是我第一次见一个我爱过的人的尸体。这种事情很多年都不再发生，直到罗洛·梅去世。我父亲的葬礼是在马里兰阿纳卡斯蒂亚的一座公墓里举行的，在仪式之后，每一位家庭成员恭敬地在棺木上洒上一铲子泥土。当我这样做的时候，我头昏眼花，所以我姐夫抓着我的胳膊扶着我，以免我摔进墓穴里。我父亲的死亡和他活着的时候一样，安静、毫不起眼。直到今天我还后悔对他了解得不够多。当我回到那个公墓，徘徊于一排排墓碑之间，那里安息着我的父亲、母亲，还有来自名为希尔兹的犹太小村庄的乡亲，我和我的父母之间隔着一道鸿沟，还有很多话没有说出口，我为此感到心痛。

有时候，当玛丽莲描述她和她父亲在公园里散步的温柔回忆的时候，我感觉凄凉和不公平。我的散步和我父亲的关心呢？我父亲一辈子都在辛苦工作。他的商店一周五天晚上10点关门，星期六的时候一直到12点——他只有星期天不用工作。和我父亲一起度过的时光里，唯一让我觉得温柔的部分是星期天一起下棋。我记得他总是对我下的棋感到高兴，即使在我10岁或者11

岁的时候开始赢他时也是一样。不像我，他从来没有一次因为输棋而发脾气。也许这是我一辈子都在下棋的原因。也许下棋为我提供了和我辛勤工作、温柔的父亲一丁点儿接触的机会，可他没有机会看到我成长为一个更成熟的人。

* * *

当我父亲去世的时候，我刚开始在斯坦福的生活。在那个时候，我不认为我完全懂得我有多么的幸运。我在一所伟大的大学有一个工作岗位，工作完全独立，并且住在一块幸福的地区，那里的天气也许是世界上最好的。我再也没有见过雪（除了在滑雪度假地）。我的朋友们，大部分是斯坦福的同事，随和而开明。我从此再也没有听到过一句反犹的话。虽然我们并不富有，我和玛丽莲有一种我们可以做我们想做的任何事情的感觉。我们最喜欢的短期旅行目的地是下加利福尼亚，在一个尽管不太大的但是多姿多彩，名为穆莱赫的地方。我们有一个圣诞节带着四个孩子去了，他们完全享受那里的墨西哥氛围，到处是墨西哥玉米粉圆饼（tortillas）和彩饰陶罐㊀（pinatas）。我和孩子们潜水，用鱼叉潜水捕鱼，用捕到的鱼做吃的，欢乐无比。

玛丽莲在1964年回到法国参加会议，并且非常想让一家人去欧洲旅游。结果比这更好：我们在伦敦待了一整年。

㊀ 彩饰陶罐，墨西哥人过圣诞节或生日将玩具、糖果等礼物盛在此种罐内，悬于天花板上，由蒙住眼的儿童用棒击破。——译者注

第 18 章

在伦敦的一年

1967年,我被美国国家心理卫生研究所(National Institute of Mental Health)授予职业教学奖,让我可以在伦敦的塔维斯托克诊所待一年。我计划学习塔维斯托克团体治疗方法,并且开始正式写一本关于团体治疗的教科书。我们在汉普斯特德雷丁顿路上找到了一座靠近诊所的房子,我们一家五口人(本,我们最小的儿子,还未出生)开始了在国外美好而难忘的一年。

我和约翰·鲍尔比(John Bowlby)交换了办公室,他是来自塔维斯托克诊所的一位杰出的英国精神科医生,要在斯坦福待一年。他在伦敦的办公室在诊所的正中间,让我可以与教职员工有很多接触。在那一年里,每天早上我会从我们家步行到10个街区之外的诊所,经过一座精美的18世纪教堂。教堂庭院里有一个小小的墓园,里面有20多座墓碑,有几个已经歪了,字迹模糊不可辨认。街对面一座大公墓是一些 19 ～ 20 世纪杰出人物的安息之地，比如作家达夫妮·杜穆里埃（Daphne du Maurier）。不远处我会路过一座宏伟，带廊柱的宅邸，夏尔·戴高乐将军（General Charles de Gaulle）在德国占领法国期间就住在这里。它被以 10 万英镑的价格在往外销售，我和玛丽莲经常希望和幻想我们有资金可以买下它。一个街区之外是一座豪宅，电影《欢乐满人间》（Mary Poppins）中，朱莉·安德鲁斯（Julie Andrews）和迪克·范·戴克（Dick Van Dyke）在屋顶上跳舞的片段就在此取景。然后，我继续朝着芬奇利路走到贝尔塞斯巷，进入一座四层楼的很普通的建筑，那里就是塔维斯托克诊所所在地了。

约翰·萨瑟兰（John Sutherland），塔维斯托克的领导，是一个和蔼亲切的苏格兰人。他在我第一天去的时候彬彬有礼地迎接了我，把我介绍给他的员工，并邀请我参加所有的临床研讨会，观察由员工带领的治疗团体。我被引见给参与团体工作的精神科医生，在一整年的时间里，我始终与皮埃尔·蒂尔凯（Pierre Turquet）、罗伯特·戈斯林（Robert Gosling）以及亨利·爱兹列尔（Henry Ezriel）保持接触。虽然我觉得他们敏锐而热情，但是他们领导团体的方式给我的印象是意想不到的冷漠和疏远。塔维斯托克团体带领者从不直接与任何一位特定的成员讲话，100%的评论是对着空气说的，他们的评论仅限于关于"团体"。我记得有一天晚上的会面中，其中一位带领者，皮埃尔·蒂尔凯说，"如果这个团体的所有的成员，在这样一个糟透了的大雨天，从伦敦很远的角落里赶过来，然后选择谈论板球，那好啊，我反正没意见。"塔维斯托克的团体带领者遵循的是威尔弗雷德·比昂

（Wilfred Bion）的理念，聚焦于团体作为一个整体的无意识过程，对人际领域没有兴趣，除了在它与领导力和权威相关时。这就是评论总是针对作为一个整体的团体而做出，而治疗师从来不对单个患者讲话的原因。

虽然我个人喜欢其中一些精神科医生，尤其是鲍勃·戈斯林^㊀（Bob Gosling），他邀请我们去他伦敦的家还有乡间住宅做客，但是在几个月之后，我得出了结论，这种团体治疗的方法非常无效，很多患者用脚在投票——出席率极低。他们有一个规定，除非有四位成员参加，会面将会取消，而这种情况确实经常发生。

那一年晚一些时候，我与其他来自教育、心理和商业领域的一百多个人，参加了在利兹市举办的为期一周的塔维斯托克团体会议（Tavistock group conference）。我清楚记得它是如何开始的：参会者被指示分成五个团体，使用五个指定的房间。开始铃声一响，参会者就冲到各个房间里。有些成员争夺领导权，有些要求关上门以免人太多，有些坚决要求程序规则（rules for procedure）。工作坊持续进行着，有小团体会面，每一个都指定了一个指导教师来反思团体过程，还有大团体会面，所有教员和参会者一起参加，以便研究大团体动力。

虽然塔维斯托克团体继续作为一种帮助个体学习团体动力和组织行为的工具来使用，但是据我所知，塔维斯托克团体治疗方法，已经开始日渐式微了。

我一般每周观察一个或两个小团体会面，并参加讲座或者会议，但是那一年的大部分时间里，我都是孤军奋战，完全沉浸在

㊀ 鲍勃是罗伯特（Robert）的昵称。——译者注

团体治疗教科书的写作之中。塔维斯托克教员觉得我的团体治疗方法不合口味，就像我觉得他们的一样。当我报告我的"治疗因子"的研究工作（这一工作基于我与大量成功得到治疗的团体患者的访谈）的时候，英国员工嘲笑这一典型的美国"客户至上"癖。作为唯一的美国人，我觉得孤立无援。一年之后，当我当面见到约翰·鲍尔比的时候，他告诉我，他和塔维斯托克员工有过同样的经历，而且有时候，他幻想在观众里面引爆一颗炸弹。我觉得如此地孤立，不被欣赏，浑身不自在，以至于那一年我决定为自己找一位治疗师，就像我在人生各个不同时间点上所做的一样。

那个时候英国有很多种治疗学派。我第一个想到的是著名的英国精神科医生 R. D. 莱因⊖（R. D. Laing）。从他的著作中看，他似乎是一位有趣而新颖的思想家。他最近刚成立了金斯利大厅，精神患者和他们的治疗师一起住在一个疗愈性的社区里。此外，他以一种平等主义的方式对待患者，与塔维斯托克的方式非常不同。当我参加他在塔维斯托克做的讲座的时候，我对他的智慧印象深刻，并且相当欣赏他打破传统旧习惹怒当权派的观点。但是我也觉得他有点没有条理，而且我很容易理解为什么有很多听众会暗示他正在服用迷幻药（LSD）——他那个年代特别流行的药物。尽管如此，我选择单独见他来讨论开始治疗的事情。我记得问他在加州大苏尔的伊莎兰⊖（Esalen in Big Sur, California）

⊖ 莱因（R. D. Laing, 1927—1989），英国精神病学家，存在主义精神病学代表人物之一，代表作有《分裂的自我：对健全与疯狂的存在主义研究》。——译者注

⊖ 创建于 1962 年，是人类潜能运动的发源地，以格式塔疗法、感官复苏等培训而闻名。

的经历，还有他的讲座中提到的在那里进行的裸体马拉松团体（nude Marathon groups）。他用一种神秘的方式回应说："我划我的独木舟，他们划他们的独木舟。"我得出的结论是他对我来说太过于不着调了。万万没想到，几年之后我自己会在伊莎兰参加一个裸体马拉松团体。

接下来我咨询了伦敦克莱因派（Kleinian）精神分析的领军人物。我记得我质疑他对我生命的头两年信息的刨根问底，然后问为什么克莱因派精神分析一般会持续7～10年。在我们两个小时的咨询最后，他得出结论说（我也同意）我对他的方法的怀疑主义太过于严重。他的原话是："你的背景音乐（也就是，我的阻抗）的音量太大，将会掩盖精神分析的真正和弦。"你不得不佩服英国人的口才！

最后，我选择查尔斯·里克罗夫特（Charles Rycroft）作为我的治疗师，他曾经是莱因的分析师。他是一名精神科医生，也是伦敦"中间学派"的一位领军人物，这个学派深受英国精神分析师费尔贝恩（Fairbairn）和温尼科特（Winnicott）的影响。在接下来的10个月里，我每周和里克罗夫特见两次。他当时55岁左右，相当友好体贴，尽管有一些冷淡。每一次我进入他在哈利街的办公室——它有一种狄更斯式的外观，地上铺着厚厚的波斯地毯，有一个沙发，两个舒适的装了软垫子的扶手椅——他都匆忙地掐灭在两次治疗间隙抽的香烟，握手欢迎我，友好地邀请我坐在面对他的椅子（不是沙发）上。他以一种平起平坐的方式对待我。我尤其记得他讲述他在精神分析协会驱逐马苏德汗（Masud Khan）时所起的作用——我后来在我的小说《诊疗椅上的谎言》(Lying on the Couch)对这一叙述进行了再创作。

我从我们的会面中获益了,但还是希望他可以更加活跃,有更多互动。他复杂的解释几乎从来不会让我觉得有帮助,但即便如此,在几个星期之后,我的焦虑减轻了,我感觉能够更加有效率地写作。为什么?也许是因为他可靠的接纳与共情。对我来说极为重要的是,知道有人和我站在一边。后来我去伦敦的时候,会去拜访他,我们经常一起回顾我们的治疗。当他说,他后悔坚持只提供解释的信条的时候,我相当欣赏他的直率。

我在伦敦的工作时间完全献给了写团体治疗教科书。因为这是我的第一本书,所以我必须发明我自己的办法,最后发现有三个主要的写作资源:前几年我给住院医生上课时备课的内容,我写下来并发邮件给成员的数百条团体总结,以及团体治疗研究文献,这些文献大部分都可以从塔维斯托克诊所极好的图书馆里获得。我不会打字(那个年代大部分专业人员都不打字)。每一天,我手写3~4页纸,然后交给我私人聘请的塔维斯托克的打字员,她每天晚上给我打出来,然后第二天早上我会做修改。

从哪里开始呢?我从团体治疗师面临的第一个问题开始:如何选择患者并组成一个团体。

选择包括决定一位特定的患者是否适合一种特定类型的团体治疗。组成团体处理另外一个问题:如果患者是合适的,有几个团体都可以为一名新成员提供空间,那么哪个团体对那位患者来说最好?或者考虑另外一个(极不可能的)场景:想象有一个写着100位患者名字的花名册,足够组成12个团体。治疗师应该怎么搭配这12个团体,以便它们可以获得最大的效果呢?带着这些问题,我查阅了研究文献,然后写了两个学究气、复杂难懂、极为详尽并且相当无聊的章节。

就在我完成了患者选择和团体组成的章节之后,我们的系主任大卫·汉堡,到伦敦造访了我们,并且告诉了我一个喜出望外的好消息:斯坦福任期委员会开了一次会,并且提早授予我终身教职。我下一年都还没有排上终身教授候选人,所以不用焦虑地等待决定的结果当然让我高兴万分。后来,看到同事和患者经历那个痛苦的折磨,让我对自己的幸运有了更多感激。

这个关于我终身教职的消息,戏剧性地影响了我的写书计划。我不再为在我的想象中,坐在任期委员会席位上,严厉、经验主义取向、面容消瘦的教授们而写。我很高兴被解放了,现在开始为一个完全不同的群体写教科书:为努力学习如何帮助他们的患者的学生执业者而写。因此,这本书接下来的所有章节都更加生动,点缀着临床片段,有些只有几行,有些有三四页。但是最开始的两章就像水泥一样;它们让我难以下咽,我找不到一种方法让它们变得更为有趣。25 年之后,我出版了《团体心理治疗:理论与实践》(*The Theory and Practice of Group Psychotherapy*)第五版,而在四次大的改版之后,每一次都需要两年密集的文献综述和编辑,在获得终身教职之前在伦敦写的那两章(现在的第 8 章和第 9 章),似乎与全书不相称,像是另一个人以生硬、极其无聊的方式写的。当我写第六版的时候,我决定将这两章彻底改头换面。

我的三个孩子,分别是 9 岁、12 岁和 13 岁,自然是不情愿离开他们在帕洛阿尔托学校里的朋友,但是最后逐渐爱上了他们在伦敦的那一年。我们的女儿，伊芙，当她因为书法不好而被附近的国会山学校拒绝的时候，她挺沮丧的，但是她慢慢重视她后来上的那所学校，汉普特斯西斯女校，在那里她交到了不少好朋友，那一年结束的时候她书法写得好极了，不过很快还给了老师。我们的儿子里德去了附近的大学学院学校，他在那里很自豪地穿着红黑条纹的短上衣以及帽子。他糟糕的书法，甚至比伊芙的更差，得到了一定的注意但是被完全忽视了，因为，就像学校校长几次告诉我的那样，他是"一个非常好的英式橄榄球手"。8岁大的维克多在当地的英国学校茁壮成长。他不喜欢每天中午睡午觉，但是放学回家路上的糖果店让他获得了不少欢乐。

虽然我们在欧洲的时候买了一辆车，但是我们在伦敦极少用到它，去哪里都坐地铁：去英国皇家国家剧院，参加当地的读诗会，去大英博物馆和皇家阿尔伯特音乐厅。通过玛丽莲与一本法-美文学杂志《亚当》（Adam）的接触，我们认识了亚历克斯·康福特（Alex Comfort），我们与他一直是很好的朋友，直到他在2000年去世。亚历克斯是和我关系密切的两位天才之一——另一位是乔希·莱德伯格（Josh Lederberg），斯坦福一位获得诺贝尔奖的分子生物学家。那个时候，亚历克斯在妻子和情人之间来回周旋，在她们两家都有一整套行头。他有着一颗渊博的头脑，可以就任何一个主题说个不停——英国和法国文学、印度神话和艺术、世界各地的性行为、他的专业领域老年病学、17世纪歌剧。他曾经告诉我们，他问他的妻子想要什么圣诞节礼物，而她的回答是："任何东西，除了知识之外！"

作者和家人,伦敦
1967～1968年冬天

我总是喜欢和亚历克斯交谈——他拥有如此罕见、多产、迷人的头脑。我知道他是被玛丽莲强烈吸引的，但是我也和他建了友谊，不仅在伦敦，也在他之后去我们位于帕洛阿尔托的家的时候。

亚历克斯最后和他的妻子离婚了，娶了他的情妇，还写了《性之乐趣》(The Joy of Sex)，这本创纪录的畅销书。然后，主要是为了逃避英国的税收，他搬到了圣巴巴拉的一个智囊团，民主制度研究中心（Center for the Study of Democratic Institutions），离帕洛阿尔托只有几个小时。虽然《性之乐趣》是他最著名的书，但是亚历克斯还写了50本其他的书，从老年病学著作到诗歌和小说。他写得很快并且很轻松。我对他的流畅感到叹服，自愧不如：他的第一稿也是最后一稿，而我出版的每一本书都要打10～20遍草稿。我的孩子们在遇见他之前就知道他的名字，因为亚历克斯的几首诗歌被收录在了一本现代诗歌选集中，是他们在帕洛阿尔托学校里的教材。和他一起在我们附近的街道上走是一件难得的乐事，因为亚历克斯可以立刻认出鸟的叫声，说出鸟的名字，并轻松地模仿鸟鸣。

＊　＊　＊

虽然伦敦让我们着迷，但我们是专一的加州人，极为想念那里的阳光。一家乐于助人的旅行社将我们全家送到吉尔巴岛，离突尼斯海岸不远的一座大型岛屿上，度了一个星期的假，那里据说是奥德修斯（Odysseus）搁浅的食莲者（Lotus Eaters）的岛屿。

第 18 章 在伦敦的一年

我们参观了集市、罗马古迹，还有一座有两千年历史的犹太教堂。我进去的时候，一位穿着阿拉伯服装的看门人问我，是不是犹太人中的一员，当我点头的时候，他抓着我的胳膊，手挽着手一起走向诵经坛（Bimah），位于犹太教堂中心的那座祭坛。他将一本古老的《圣经》放在我的手上，谢天谢地，他没有测试我的希伯来语。

第 19 章
短暂而骚乱的会心团体生活

20 世纪 60 年代中期到 70 年代早期,在加州和美国的其他地方,会心团体运动爆发了。哪里都是会心团体——其中一些与治疗团体如此相似,因此令我极为感兴趣。挨着斯坦福的一个社群,位于门洛帕克的自由大学(The Free University in Menlo Park),张贴了几十个个人成长团体的广告。斯坦福宿舍的客厅主办了各式各样的会心团体:24 小时的马拉松团体、心理剧团体、T 团体和人类潜能团体。此外,很多斯坦福的学生在附近的成长中心,比如伊莎兰寻求团体体验,或者像全国成百上千人一样,参加 EST[一]

[一] 维纳尔·艾哈德(Werner Erhard)于 1971 年创办的培训机构,"EST"是 Erhard Seminars Training(艾哈德研讨会培训)的简称,提供深度的个人和专业发展工作坊。——译者注

第19章 短暂而骚乱的会心团体生活

或者生命源泉（Lifespring）[一]，它们俩都有大型的聚会，但是经常分成更小的会心团体类型的团体。

我像所有人一样感到困惑。这些团体，会像很多人担心的那样，是一种威胁，是社会解体的前兆？或者它们刚好相反？有没有可能它们有效地加强了个人成长？宣扬的东西越是过分，狂热者就越是喧嚣，而保守派的回应就越是尖锐。我观察了由训练有素的带领者带领的T团体，在我看来很多成员都获益了。我也参加了相当随意的心理剧团体，它令我担心，让我怀疑成员是否在心理上受到了伤害。我在伊莎兰参加了一个24小时的裸体马拉松团体，但是没有对这一团体体验的效果做后续追踪。在我看来，15位成员中的有一些受益了，但是我没有办法知道讲话很少的成员的效果如何。很多人赞扬这些新的实验团体；许多其他人谴责它们。这一情况急需一些实证性的评估。

我在芝加哥举办的一场团体治疗会议上，听了芝加哥大学（University of Chicago）的一名教授莫特·利伯曼（Mort Lieberman）的演讲，对他的工作印象非常深刻。我们促膝长谈直到深夜，并且颇有雄心地同意一起探究会心团体的效果。我们的兴趣正好重叠：他不仅是一名受人尊敬的社会科学研究者，而且他还接受了成为T团体带领者和团体治疗师的训练。他计划在斯坦福待一年，然后我们很快请到了马特·迈尔斯（Matt Miles），哥伦比亚大学的一位教育和心理学教授，也是一位研究者和统计学专家，让他加入了我们的团队。我们3人设计了关于

[一] 创建于1974，是一家私人营利公司，提供新世纪（New Age）人类潜能培训。——译者注

会心团体的有效性的雄心勃勃的研究计划。会心团体在斯坦福校园相当普遍，很多教职员工担心学生会从强有力的对质，毫无保留的反馈，还有团体反对现存社会体制的姿态中遭受伤害。事实上，大学行政部门对校园里的这些团体是如此的担心，以至于他们立刻允许我们对它们进行研究。为了确保有大量的样本，大学甚至允许我们给参与会心团体的学生学分。

我们最终的研究计划需要由 210 名学生组成的样本，他们被随机分配到一个控制组，或者 20 个团体中的一个，每一个团体总共见面 30 个小时。参加这个课程的学生可以获得 3 个学分。我们选择了 10 个目前流行的方法，每一种方法有两个团体：

  传统的国家训练实验室 T 团体

  会心（或者个人成长）团体

  格式塔治疗团体

  伊莎兰（感官复苏）团体

  TA（沟通分析）团体

  心理剧团体

  锡南浓[⊖]（对抗性的"电椅"）团体

  精神分析取向团体

  马拉松团体

  无带领者，由磁带带领的团体

下一步，我们在每一种方法中招募两位著名的团体带领专

[⊖] Synanon，帮助戒掉毒瘾的集体心理治疗法。——译者注

第 19 章 短暂而骚乱的会心团体生活

家。莫特·利伯曼开发了一人套工具以测量成员的变化并评估带领者的行为,我们招收并培训了一批观察员,在每一次会面中对成员和带领者进行研究。大学的人文研究专家评审组一致同意我们的研究计划,我们就开始这一令人难忘的项目——它将会是对这样的团体所进行的最大型、最严格的研究。

在研究的最后,我们写了一本 500 页的专题著作,并由基本图书公司(Basic Books)出版,名为《会心团体:首要事实》(*Encounter Groups: First Facts*)。整个结果令人印象深刻:大约 40% 上一学期本科课程的学生都有显著的正向人格改变,持续至少 6 个月。然而,还有 16 位"伤亡人员"——在团体体验之后 6 个月,报告感觉更糟糕的学生。

我撰写了描述每一个团体的临床发展和评估、带领者的行为,还有对"高水平学习者"和"伤亡人员"的效果的章节。伤亡人员那一章获得了来自会心团体运动反对者们的巨大关注,并且被全国上下几百家报纸引用。它正好为保守的右翼势力提供了他们想要的弹药。另一方面,我关于高水平学习者(参加 12 次团体会面之后报告有持续的人格改变的大部分学生)的章节,没有受到任何关注。这是最不幸的,因为我一直强烈地认为,这些团体,如果得到合适的带领,可以发挥很大的作用。

10 年之后,会心团体运动逐渐消失了——在斯坦福的很多宿舍里,它被《圣经》团体(Bible groups)取代了。而且,随着会心团体的消亡,我们的书《会心团体:首要事实》也失去了它的读者群,除了学者之外,因为他们发现很多研究工具很有用。我写的所有书中,它是唯一一本已经绝版的。我妻子从来都不支持这个项目,因为它占去了我很多时间,并且因为要参与一个重要的员工会议,我没能在她生下我们第四个孩子本杰明·布莱克(Benjamin Blake)之后,开车把她从斯坦福医院接回来。她记得这本书的一个评论者的评语:"这些作者一定是工作得非常卖力,因为这种平铺直叙的文体是如此令人疲倦。"

* * *

我又花了两年时间写团体治疗教科书(《团体心理治疗:理论与实践》(*The Theory and Practice of Group Psychotherapy*)),当我完成最终稿的时候,我飞到纽约去见大卫·汉堡以我的名义联系的出版商。我与基本图书公司令人敬佩的创建者亚瑟·罗森塔尔(Arthur Rosenthal)共进了午餐,并选择在他那里出版,尽管其他出版社也提出邀约。回顾我在这些页里描述的生活,我回想起大卫·汉堡不仅大力支持我的研究,还促进了我的出版生涯的发展。

《团体心理治疗:理论与实践》立即获得了成功,在一两年的时间之内,被美国大部分心理治疗培训项目列为教材;之后,它还在其他国家被列为教材。这本教科书历经五次改版,对团体治疗师的培训起了重要作用,并卖出了超过 100 万册,随着时间的推移,给了我和玛丽莲在财务上从未有过的安全感。和大部分年轻的精神病学教员一样,我通过在周末的时候为各个精神病医院做咨询来增加收入,但是这本教科书一出版,我周末不再做咨询,而是接受邀请做团体治疗的讲座。

第 19 章 短暂而骚乱的会心团体生活

在我教科书出版大约 5 年之后的一天，我整个获取报酬的途径彻底改变了，当时我在纽约福特汉姆大学（Fordham University）给很多听众做讲座。和往常一样，我带了一个我之前一周带领的团体治疗会面的录像带，我准备在教学的时候用。然而，福特汉姆的放映机坏掉了，技术人员最后无计可施，导致我一上午只能即兴发挥，这一任务令我望而却步，倍感压力。下午的时候我做了两场事先准备好的讲座，然后与听众进行了漫长的问答环节，所以在一天结束的时候精疲力竭。在听众陆续退场的时候，我碰巧读到了打印的项目书，并且注意到这次工作坊的费用是 40 美元（那是 1980 年）。我环顾了观众席，估计出有超过 600 人出席。我快速计算了一下，结果表明这次讲座的主办单位赚了超过 20 000 美元，而他们只付给我 400 美元！从那个时候开始，我签合同的时候都会分得每一次会议的合理份额，然后我讲座的收入很快就令我大学的薪水相形见绌了。

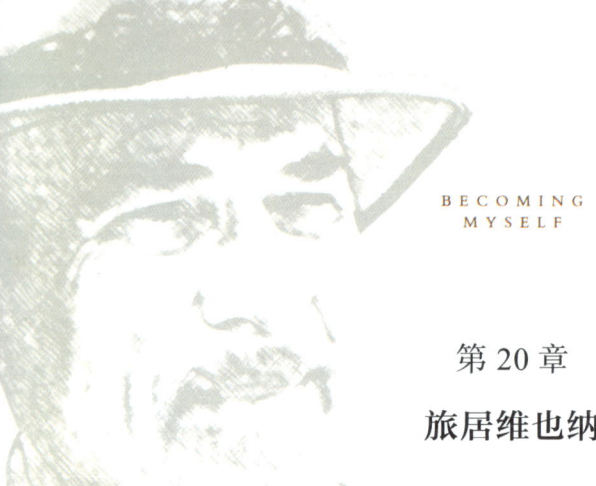

BECOMING
MYSELF

第 20 章

旅居维也纳

维也纳一直在我的意识中极为突出，因为它是弗洛伊德的出生地和心理治疗的发源地。在看完几本弗洛伊德的传记之后，我对这座史上有名的城市产生了强烈的熟悉感，我很多喜爱的作家都出自此地，包括斯蒂芬·茨威格（Stefan Zweig）、弗朗茨·韦尔弗（Franz Werfel）、亚瑟·施尼茨勒（Arthur Schnitzler）、罗伯特·穆齐尔（Robert Musil）和约瑟夫·罗特（Joseph Roth）。因此，1970年，我很快就接受了斯坦福让我去斯坦福维也纳校区（Stanford campus in Vienna）为本科生上夏季课程的提议。这次搬家不是没有牵扯很多复杂的因素：我有4个孩子，那个时候分别是15岁、14岁、11岁和1岁。我们带上了我女儿的朋友，一位20岁的邻居，她和我们一起住在学生宿舍，帮助照顾我们最小的孩子本（Ben）。我乐于接受给斯坦福本科生上课的机会，而

第 20 章 旅居维也纳

玛丽莲，一如既往，喜欢旅居欧洲。

住在维也纳市中心是一件令人惊奇的事情，因为那里是弗洛伊德曾经住过的地方。我一头扎进他的世界，走他曾经走过的路，拜访他去过的咖啡店，并望着伯格街 19 号，弗洛伊德曾居住过 49 年的那座大型、没有任何标记的五层公寓楼发呆。几年之后，西格蒙德·弗洛伊德基金会（Sigmund Freud Foundation）买下了这栋建筑，将它变成了弗洛伊德博物馆（Freud Museum），在它上面做了一个红色的醒目大横幅，并向游客开放，但是在我去拜访的时候，没有任何迹象表明他曾经在那里生活或者工作过。这座城市在很多杰出和不那么杰出的维也纳人的房子上都放置了黄铜匾额标志，包括莫扎特的几座住宅，但是没有任何东西来标识西格蒙德·弗洛伊德一生的住所。

30 年后，在我写小说《当尼采哭泣》（*When Nietzsche Wept*）的时候，去看过弗洛伊德的家，走过他的维也纳街道，给了我很大帮助。我利用这些回忆，还有我在那一年里拍的照片，来为我想象中的尼采和著名的维也纳医生约瑟夫·布罗伊尔（Josef Breuer）的会面创作出了一个可信的视觉背景，其中布罗伊尔医生曾经是弗洛伊德的指导者。

我在维也纳的主要教学任务是，给斯坦福本科生上一门关于西格蒙德·弗洛伊德的生平与著作的课程。我为此准备的 40 节课后来成了接下来 15 年我给精神科住院医生上的 "弗洛伊德欣赏"（Freud Appreciation）课的基础。我总是向我的学生们强调，弗洛伊德不仅仅是精神分析（今天所有心理治疗方法中占比不到 1%）的创立者，而且他还创造了整个心理治疗领域：在弗洛伊德之前它根本就不存在。虽然我对当代正统弗洛伊德派精神分析略有微词，但是我一直极为尊重弗洛伊德的创造力和勇气。在我做心理治疗的时候，他经常出现在我脑海里。例如，最近我见了一位患者，他受对家庭成员淫秽的强迫观念所折磨，我立即想到了弗洛伊德的观察结果，那就是在这种持久的强迫观念背后通常都是愤怒。我对弗洛伊德变得这么的不流行而感到遗憾。就像我的书《给心理治疗师的礼物》中一章的标题所宣称的，"弗洛伊德并不总是错误的"。

就在离开斯坦福到维也纳之前，我经历了两次重大的创伤性事件。首先，一位亲密的朋友，阿尔·韦斯（Al Weiss）因为肾上腺癌而死亡令我震惊不已，他是我在斯坦福认识的住院医生。除了一起经历过很多其他事情之外，阿尔还是我用鱼叉捕鱼的好伙伴，我们曾经一起去过下加利福尼亚州旅行过几次。

然后，在我离开的前一天和牙医见面的时候，他发现我的牙龈上有一个可疑病变。他取了一个活组织标本，然后告诉我，我会在到达维也纳之后收到病理报告。我那个时候正读到导致弗洛伊德死亡的口腔癌，可能是由大量吸烟造成的，并对我自己的吸烟习惯起了警觉：我每天从我的收藏中选一个不同的烟斗，一天的大部分时候都在抽它，并且酷爱产自巴尔干半岛的寿百年（Sobranie）烟草的芳香。我在维也纳等报告的时候，我一想到我可能不久就会得导致弗洛伊德死亡的同样的癌症的时候，就极为焦虑。

我在维也纳的第一周毅然戒烟，结果难以入睡，一包又一包的吃咖啡味的硬糖来缓解我嘴里想含点东西的渴望。最后我收到我牙医的一封电报，说我活组织切片检查的结果是阴性的。然而，在我等待家人到来的时候，我仍然在哀悼我的朋友。我试着强迫自己去工作——我早到维也纳一个星期来准备我要上的40节课——但是仍然如此的焦虑，以至于我决定寻求帮助。我想要咨询一位杰出的维也纳心理治疗师，维克多·弗兰克尔（Viktor Frankl），被广泛阅读的《活出生命的意义》（*Man's Search for Meaning*）一书的作者，但是从他的电话应答服务中得知他到海外去做讲座了。

当我的妻子和孩子们到达的时候，我安定了下来并且舒服多了，而我们在维也纳与斯坦福学生待在一起的3个月，最后对我们所有人来说都是一段难忘的积极体验。两个大一点的孩子因为每天和斯坦福学生的接触而感到非常兴奋。我们每顿饭都和学生们一起吃，包括为我们的儿子本庆祝1岁生日的那次晚宴。一个巨大的蛋糕出现在了我们的桌子上，然后所有的学生一起唱"祝你生日快乐"歌，而我的女儿伊芙，把本举起来面对所有人。玛丽莲分别带我们的每一个孩子去萨赫酒店，去吃著名的萨赫蛋糕（Sachertorte）——它名副其实，是我吃过的最好吃的糕点。

我们和学生们一起做了两次班级旅行。第一次是沿着多瑙河乘船旅行，沿岸是无数朵灿烂的向日葵，它们朝向太阳，随着太阳在天空中的移动而转动。那一天的最后是游览布达佩斯，这座城市显得阴郁而严肃，但是仍然很有魅力。然后，在夏季课程的最后，我们和全班一起乘火车去了萨格勒布，我们最后在那里道别。把我们的孩子留在斯坦福宿舍和他们的保姆在一起，我和玛丽莲租了一辆车，用几天时间开车从美到令人难忘的达尔马西亚海滩到杜布罗夫尼克,然后从那里开车到平静的塞尔维亚乡村。

虽然我在维也纳的时间大量用在上课和学生上,但没有抵挡住文化财富的魅力。玛丽莲带着我游览了贝尔维第宫,并给我介绍古斯塔夫·克里木特(Gustav Klimt)和埃贡·席勒(Egon Schiele)的作品,他们从此和文森特·梵高(Vincent van Gogh)一起,成了我最喜欢的画家。虽然我从来没有和我的德国出版商提起过克里木特,但是几年之后,当他们出版我的书籍德文版的时候,几乎全部选择他的作品作为封面。

孩子们在满目苍翠的城市公园散步,小心翼翼地不踩上草坪——以免年老的维也纳女士斥责他们——并且他们在城市周围的森林远足,在那里人们用友好的"上帝保佑你"(Gruss Gott,德语)相互打招呼。当然,我们去了歌剧院,观看了令人难忘的《霍夫曼传奇》(*The Tales of Hoffmann*)的表演。在一个传奇的世界里,维也纳带给我们丰富的景观体验,而这个世界才刚刚从纳粹历史中恢复。我连做梦都没有想到,40年之后,这座城市给我的一本书颁了奖,免费发放了10万本,并且用持续一周的庆祝活动来向我致敬。

维也纳之行的最后,我终于在电话上联系到了维克多·弗兰克尔,并向他介绍我是一位斯坦福精神病学教授,因为一些个人问题而受到困扰,需要得到帮助。他说他非常忙,但是他同意当天下午见我一面。

弗兰克尔,一位矮小、有魅力、白头发的男士,在门口亲切地欢迎了我,然后很快对我的眼镜起了兴趣,马上问我制造商是谁。我不知道,然后把眼镜摘下来递给他。它是从加州一个叫作"四只眼"的连锁店里买的廉价镜框,在稍微查看了一下之后,他对它不再有兴趣。他自己厚厚的青灰色镜框相当好看,我也这样告诉他了。他笑了,然后带我进入他的客厅,挥着一只手,指着一个巨大的书架,书架上塞满了他的书——《活出生命的意义》的各种翻译版本。

我们坐在客厅一个阳光充足的角落,然后弗兰克尔开始说,他可能不能见我太长时间,因为他前一天刚刚从英国回来,然后给他的粉丝回信直到凌晨 4 点。我觉得很奇怪:似乎他想让我对他印象深刻。此外,他没有问我联系他的原因,而是对我在斯坦福的精神病学群体表达了巨大的兴趣。他问了很多问题,然后立刻继续描述维也纳精神病学群体的刻板,他们拒绝承认他的贡献。我开始觉得我是在疯帽子⊖的茶话会(Mad Hatter's tea party)上:我向他求助是为了做心理治疗方面的咨询,而他想要从我这里获得安慰,因为他从维也纳专业群体中受到了不尊重待遇。在接下来的谈话中他一直在抱怨,而没有问一句我为什么要来。我们第二天第二次见面的时候,他问我他是否能够受到邀请,去给斯坦福的精神病学教员和学生做讲座。我答应他我会尽量安排。

《活出生命的意义》,一本写于 1946 年,令人感动并深具启迪性的书,在世界各地有无数读者,即使到今天也是心理学类的畅销书。在书里,弗兰克尔讲述了他在大屠杀期间亲身经历的故事,以及他与全世界分享他的故事的决心怎样让他活了下来。我听了他关于生命的意义的讲座好几次:他是一位杰出的演讲者,

---

⊖ 疯帽子是英国作家刘易斯·卡罗尔(Lewis Carroll)的作品《爱丽丝梦游仙境》(*Alice's Adventures in Wonderland*)中的人物。——译者注

每一次讲座都振奋人心。

然而，在几个月之后他去斯坦福访问中，出了不少问题。很明显，在他和他的妻子到访我家期间，他对不拘礼节的加州文化感到不太舒服。有一次，我家的互惠生[⊖]（au pair）（一位来自瑞士的年轻女士，和我们住在一起并帮忙照顾我们的孩子）哭着来找我们，因为他责骂了她：他要喝茶，但是她用陶器而不是瓷杯上茶。

他给斯坦福住院医生做的临床演示，结果却变成了一场灾难。他的意义疗法（logotherapy）演示主要包括，在10～15分钟的询问之后，由他决定患者生命的意义应该是什么，并且以一种独裁的方式加诸患者之上。在一次演示访谈中，一位比较任性、长发、穿着拖鞋的精神科住院医生站起来表示抗议，大步走出房间，同时小声抱怨："这不人道！"这一时刻对所有人来说都糟透了，再多的道歉都不能平息维克多的怒火，他再三要求开除那位住院医生。

有时候我试图给他一些反馈，但是他几乎总是将它理解为刻薄的批评。在他离开加州之后我们有一些通信，一年之后他寄给我一篇手稿，想要我的评论。有一页详细地描述了他在哈佛的一场讲座，在这次讲座中，听众有五次站起来大声鼓掌。尽管他请我做出评论，但是我左右为难，所以，在纠结该如何回应之后，我决定要坦诚。我以一种尽量温和的方式回复道，在鼓掌上花太多笔墨偏离了他的报告的初衷，并且可能导致有些读者得出结论说他太看重鼓掌这件事。他立刻回复了，说，"埃夫，这你

⊖ 互惠生（au pair），也叫寄居生，通常为女性，住在外国家庭里学习外语并帮助照看孩子。

就不懂了——你不在现场,他们确实起立鼓掌了五次。"即使我们中间的佼佼者有时候也会被我们的创伤和我们对赞扬的需求所蒙蔽。

最近,我读了斯坦福的同事和朋友,汉斯·斯坦纳(Hans Steiner)教授,写的20世纪60年代在维也纳医学院(Medical University of Vienna)当学生时候的自传性描述,获得了另外一个视角。作为一名学生,汉斯对维克多·弗兰克尔的印象极为正面,他将他描述为一位杰出的老师,他的创造性方法相比于维也纳其他精神病学教员的刻板,简直是一股清流。

几年后,我和维克多·弗兰克尔一起都在一个大型的心理治疗会议上发言,我参加了他关于《活出生命的意义》的讲座。一如既往,他令听众着迷,并赢得了雷鸣般的喝彩。我们之后见了面,他和他的妻子埃莉诺(Eleanor)亲切地拥抱我。几年之后,当我写《存在主义心理治疗》(*Existential Psychotherapy*)的时候,我又仔细地温习了他的著作,越发意识到他对我们这一领域的创新性和基础性贡献所具有的重要性。莫斯科有一个心理治疗研究所,那里设有意义疗法的博士学位,没多久之前,我访问了那里并被一张和维克多真人一样大的照片所吸引。在凝视它的时候,我突然意识到了他有多么巨大的勇气,还有他的痛苦有多深。我从他的书中得知,他在奥斯威辛的可怕经历如何令他深受创伤,但是早期在维也纳和斯坦福和他见面的时候,我还没有准备好完全共情他并提供我本可以给予的支持。后来,在与这个领域中其他领军人物(比如罗洛·梅)的关系上,我不会再重复同样的错误。

BECOMING MYSELF

第 21 章
日益亲近

写这本回忆录让我有机会回顾我作为一名作家的生命轨迹。在某一时刻,我从为其他专业学者写研究型的文章和书籍,转变到了为大众写心理治疗方面的书籍,我追溯到这一转变的开端,就是出版于 1974 年的一本奇怪的书,名字也很古怪——《日益亲近》(*Every Day Gets a Little Closer*)。在这本书中,我不再使用定量研究的语言,并试着去模仿我一辈子都想超越的那些讲故事者们的写作手法。那个时候我完全没有想到,我会继续通过四本小说和三本故事集来教关于心理治疗方面的知识。

我的转变是在 20 世纪 60 年代末,我把金妮·埃尔金斯(Ginny Elkins,笔名)引入到我的治疗团体的时候开始的,她是斯坦福创意写作的斯特格纳奖学金获得者(a Stegner Fellow)。她的治疗很成问题,因为她极为害羞,不愿意从团体中要求获得关注或者接受关注。几个月之后,她完成了她的奖学金项目,并得到一份晚上教书的工作,时间与团体会面的时间刚好冲突。

虽然金妮想要继续和我做个体治疗,但是她付不起斯坦福的费用,所以我提出了一个不同寻常的约定。我同意不收取费用,条件是她每一次会谈之后写一个总结,描述在见面时她没有用言语表达的感受和想法。对我来说,我也会做同样的事情,然后我们把它们放在密封的信封里交给我的秘书。在几周的治疗之后,我们可以阅读彼此的总结。

为什么提出这个不同寻常,甚至奇怪的提议?首先,金妮以一种不切实际的方式看待我——用心理治疗的术语来说,她有急剧增加的正性移情(positive transference):她将我理想化,对我一直很恭敬,在我面前将自己当成个小孩子。在我看来,阅读我每次会谈之后未经加工,未经审查的想法,对她来说也许是有用的现实检验(reality-testing),并且尤其重要的是,去了解我在如何帮助她方面所产生的怀疑和不确定性。所以我想要在治疗中有更多的自我袒露,希望她同样可以这样做。

但是还有另外一个,更加私人的原因:我渴望成为一名作家——一名真正的作家。写学究气的 500 页教科书,紧接着与人合作写 500 页的关于会心团体的科研专著,其中的辛劳让我感觉自己快要窒息了。我想象与金妮的这一计划也许会为我提供一次不同寻常的练习,一次打破我专业枷锁的机会,通过表达每一次一小时的会谈之后立刻出现在脑海中的任何东西来找到我自己的声音。此外,金妮是一位高超的语言大师,我认为通过写作而不是口语沟通,她也许会更为自在。

我们每隔几个月的笔记交换是非常有启发性的。每当参与者研究他们自己的关系，他们就对会谈更加投入。每一次我们阅读彼此的总结，我们的治疗就更为充实。此外，笔记提供了一种类似于罗生门的（Rashomon-like）体验：虽然我们一起度过了同一个小时，但是我们对那个小时的体验非常不同，并且珍视会谈中不同的部分。我言简意赅的解释？唉，她甚至从来都没听见！相反，她所珍视的是我几乎没有注意到的小的个人行为：我对她的衣服或者外貌的恭维，我因为迟到几分钟而尴尬地道歉，她说讽刺的话的时候我的轻笑声，我教她如何放松。

之后好几年，我在给精神科住院医生上心理治疗课程的时候，用到了我们的总结，并且学生对我们不同的声音和观点的强烈兴趣令我印象深刻。当我给玛丽莲看这些总结的时候，她认为它们读起来像是一本书信体小说，建议将它们作为一本书来出版，并立刻主动要求编辑它们。不久之后，她和我们的儿子维克多出去做一次滑雪旅行，当维克多每天上午上滑雪课程的时候，她就删减并理顺我们的总结。

金妮对这个出版计划很热心：它将会是她出版的第一本书，我们同意平分版税，而玛丽莲得到其中的20%。1974年，基本图书公司以《日益亲近》为名出版了这本书。回过头来看，玛丽莲所提议的副标题，"重讲一遍的治疗"（*A Twice-Told Therapy*，改编自霍桑㊀）要比这个名字好得多，但是金妮喜爱巴迪·霍利（Buddy Holly）的那首老歌《每一天》（*Everyday*），一直想要让那

㊀ 霍桑有一本短篇小说集，名为《重讲一遍的故事》（*A Twice-Told Story*）。

首歌成为她婚礼上播放的歌曲。几年之后,当电影《巴迪·霍利》上映的时候,我非常仔细地听了歌词,并吃惊地发现金妮把歌词弄错了。歌词实际上是"Every day it's a-gettin' closer"(每一天都是靠得更近的一天)。

  金妮和我各自写了一篇前言和后记,我对写这两篇的记忆很深刻。虽然我在精神科门诊部的办公室写了不少专业上的东西,但是我发现它对于获得艺术写作的灵感来说,太过于繁忙和喧闹。那时候精神科占据了斯坦福医院的南翼,有科室主任和教职员工的办公室还有很多间治疗室。紧邻的侧厅是研究猴子的教员卡尔·普里布拉姆(Carl Pribram)在使用,其中一只猴子时不时会跑出来,轻松穿过门诊部和等候室,横行肆虐。越过普里布拉姆的实验室,就是一间档案室,那里存放着患者的记录。它是一个阴暗、没有窗户的地方,但是安静且无人打扰,空间大到足够我来回踱步,构思复杂的句子,并大声读给自己听。我喜欢这间阴气沉沉的房间:它让我想起我青少年时期在地下室学习的无数个小时,我写只读给自己听的诗歌(虽然我偶尔读一些给玛丽莲听)。

  我沉浸在那个昏暗的房间度过的时间里,推敲合适的词句。它是一个关键的转折点——没有数据、没有事实、没有统计学、没有教学——只是让我的思绪流转。我不会唱歌,但是我在给自己歌唱。同时,我确信,身边堆成山的图表,成千上万患者的故事,都渗入了我的意识之中,就这样,我的前言如此开头:

    每当我偶然看到一本陈旧的预约本,写满了几近遗忘的患者的名字，而曾经我和他们一起经历过最为温柔的时光，我就感到一阵酸楚。如此多的人，如此多的微妙时刻。他们身上发生过什么？我的多层文件柜，我堆积成山的录音带，经常让我想起某座广阔的墓地：人们的生活被塞进了临床文件夹，声音被录在了磁带上，无声而永恒地表演着他们的戏剧。与这些墓碑共处一室让我的内心充满了一种无常之感。即使我觉得自己全神贯注于当下，我也能感觉到衰败的幽灵在观看和等待着——一种最终会战胜生活体验的衰败，但是用它的冷酷无情，给人们带来深刻与美。将我的体验与金妮的联系在一起的渴望非常强烈；我被延缓衰败，延长我们短暂的寿命的机会迷住了。知道它会存在于读者的脑海中而不是在一间被遗弃的仓库，里面装满没人读过的临床记录和没人听过的磁带，让我感觉好得多。

写这篇前言是转化的一个关键时刻。我寻找一个更加充满感情的声音，同时将我的注意力转到无常这一现象上来，而无常是我进入存在主义世界观的入口。

* * *

在我治疗金妮的大约同一时间，我有了另一次文学际遇。玛丽莲的一位同事给了我们一份礼物，让我们看到了不为人知的欧内斯特·海明威（Ernest Hemingway）——他于1961年自杀。在一所大学图书馆，她的同事看见了一批隐藏的未发表的信件，是

第21章 日益亲近

海明威写给他的朋友巴克·拉纳姆（Buck Lanham）的，后者是诺曼底登陆部队的主要将领。尽管他不允许复制这些信件，玛丽莲的同事偷偷地将信件口述并用一个小录音机录下来，然后写下逐字稿，并将他的原稿借给我们几天，允许我们从中意译但是不能直接引用。

这些信件对理解海明威的心理有很大启发。我去华盛顿特区拜访巴克·拉纳姆以搜集更多信息，那时候他是施乐（Xerox）的一名主管，承他的好意，他向我谈及了与海明威的友谊。在阅读了海明威的很多著作之后，玛丽莲和我雇了一位临时保姆，动身去加州萨拉托加的蒙太佛庄园，在与世隔绝的环境中度过了一个长周末，来一起合作写一篇文章。

我们的文章，"海明威：一种精神病学观点"，1971年发表在《美国精神病学协会杂志》(*Journal of the American Psychiatric Association*) 上，并立即被全世界数百家报纸奉为话题。我们两个人所写的任何东西，不管是之前还是之后，都没有获得过这样多的关注。

在这篇文章中，我们探讨了海明威强硬的外表之下隐藏的心虚。虽然他坚强，并不懈地驱使着自己从事艰难的男性活动，比如拳击、深海捕鱼、捕猎大型动物，但是在他给拉纳姆将军的信中，他很脆弱和单纯。他尊敬货真价实的东西——强大而勇敢的军队将领——将自己说成是"渺小的作家"。虽然我非常欣赏他的作家身份，但是我不钦佩他的公众形象——它太过于粗糙、太过于阳刚、太缺少同情心、太沉迷于酒精。他的信展现出了一个更加温柔，更加不自信的孩子，被一位真正强悍勇敢的成年人迷住了。

我们在这篇文章的开始部分就提出了我们的意图：

　　海明威面对危险和死亡的经历会激起我们关于存在方面的思考，虽然我们欣赏这些，但是我们在其中找不到像托尔斯泰（Tolstoy）、康拉德（Conrad）以及加缪那种程度的普世性和永恒性。我们问自己，为什么会这样？为什么海明威的世界观如此局限？我们推测海明威视野的局限性是与他个人人格的局限性相关联的……毫无疑问，他是一位有天赋的作家，但他无疑也是个备受困扰的人，一辈子都有深深的紧迫感，62岁的时候在偏执型抑郁性精神病（paranoid depressive psychosis）状态下自杀。

虽然我和玛丽莲一直紧密合作——我们每个人相互阅读对方的作品——这是我们唯一一篇合写的文章。我们仍然记得这次愉快的经历，并且感觉，也许我们会再次联手，即便在我们很老了之后。

第 22 章
牛津和司菲卡先生的魔法硬币

在斯坦福工作的很多年在我的记忆中经常混在一起了,但是我的学术休假(sabbaticals)清晰地铭刻在我的脑海里。20 世纪 70 年代早期,我继续给医科学生和住院医生上课,并且招募了他们中很多人作为我心理治疗研究的合作者。我在期刊上发表了关于给酗酒者和刚刚丧偶者做团体治疗方面的文章。到了一定的时候,我的出版商请我着手开始团体治疗教科书的第二版。因为知道这个项目会要求我倾注全部的精力,所以我申请了 6 个月的学术休假,然后 1974 年,我、玛丽莲还有我们 5 岁大的儿子本,一起动身去牛津,我将会在那里的沃恩福德医院精神科有一间办公室。我们的女儿伊芙,已经开始在卫斯理安学院上大学,我们另外两个儿子留在帕洛阿尔托继续上学,我的几位老朋友帮忙照顾他们,他们将会住在我家里。

我们在牛津市中心租了一间房子，但是我们到达前不久，一架英国大型客机坠毁了，所有乘客全部罹难，包括租给我们房子的那个人家的父亲。所以，在最后时刻，我们匆忙间去找另外一处牛津住宅。当我们发现一间都不剩的时候，我们在黑博尔顿只有一间小酒馆的小村子里租了一间迷人的茅草小屋，离牛津大约30分钟路程。

黑博尔顿很小，非常英式，并且非常僻静：写作的完美环境！修订一本教科书是一件高要求而又无趣的工作，但是如果这本书要与时俱进的话，就必须修订。我分析了我刚完成的一些研究，想要更多地理解在治疗中什么真正帮到了患者。我给大量通过团体得到成功治疗的患者设计了一个由55个陈述句（与情感宣泄、理解、支持、指导、普遍性、团体凝聚力等等有关）组成的问卷，并且在最后时刻一时兴起，我临时扔进去一连串5个非正统的陈述句，我将其称作"存在主义因素"——比如"意识到不管我与其他人多么亲近，我必须独自面对生活"，或者"意识到不可能逃避生活中的某些痛苦以及死亡"。我让患者将这些按照最没有帮助到最有帮助分成几组（一种"快速排序"），并且惊奇地发现这个临时放进去的存在主义因素类别远比我预期的排名要高。很明显，存在主义因素在有效的团体治疗中所起的作用要比我们已经意识到的要大得多，然后我着手写一个新的章节，来讲清楚这一点。

就在我开始论述这个观点的时候，我接到来自美国的一通电话，通知我刚刚被授予了精神病学领域久负盛名的斯特雷克奖（Strecker Award）。当然，我很开心，但是没持续多久。两天之

第22章 牛津和司菲卡先生的魔法硬币

后,我收到一封正式的信件,提供了更多细节:我被要求一年之后在宾夕法尼亚州(Pennsylvania)给很多听众做一次演讲。这个没问题。但是接下来我得知我必须在4个月的时间之内提交一篇专题论文,主题任由我选择,这篇论文将会由宾夕法尼亚大学(University of Pennsylvania)限量出版。写这篇专题论文是这个世界上我最不愿意做的事情:一旦我开始一个写作计划,我就会一心一意,将所有其他事情暂停。我想婉拒这个奖,但是几位同事劝阻了我,最终我达成了一个妥协:我将会写一篇关于团体治疗中的存在主义因素的专题论文,这篇论文将会有双重功能——既是斯特雷克专题论文,也是我教科书修订版中的一章。就在我回顾这一时刻的时候,我相信这是我在这一方面工作的起点,这一工作将在我的教科书《存在主义心理治疗》出版的时候达到顶点。

黑博尔顿位于科茨沃尔德,英格兰南部的一个乡村地区,以春夏季节绿草如茵、繁花遍野的田园风光而闻名于世。我们把本送到当地的幼儿园,那个地方非常之好,然后整体的居住环境也很不错,只有一个例外——天气。我们被加州的阳光惯坏了,而在6月中旬,玛丽莲还买了一件厚厚的羊皮外套。到7月下旬的时候,我们如此沮丧,如此地渴望见到太阳,所以在一个下着雨的清晨,我们跑去了牛津一家旅行社,请求飞到最近的有阳光又便宜的地方去。旅行推销员会心一笑——她以前接待过满腹抱怨的加州游客——然后给我们预定了去希腊的旅程。"你们和希腊,"她向我们保证,"将会成为最好的朋友。"

我们给本在温彻斯特一个适意的夏令营报了名,而我们的儿子维克多(他是在6月学期结束之后过来和我们待在一起的)去爱尔兰参加青少年自行车骑行去了。然后我和玛丽莲登上了一架去雅典的飞机。第二天，我们将会从那里开始5天的巴士之旅，游览旅行推销员承诺的永远阳光灿烂的伯罗奔尼撒半岛。

我们心情愉快地到达了雅典，准备好好探索一番，但是我们的行李没能一起抵达。我们只有一个手提行李，装的大部分都是书，我们在雅典住的酒店附近，找到一家深夜还在营业的综合商店，我们在那里买了几件旅行必需品：剃须刀、剃须膏、牙刷、牙膏、内衣，还给玛丽莲买了一件太阳裙。我们接下来5天穿着同样的衣服，当玛丽莲想要游泳的时候，她穿上她仅有的一件T恤和我的内裤。我们丢掉行李的沮丧很快就消失了，并且我们很快习惯了轻装上阵。事实上，随着几天过去，当我们看着和我们一同旅行的人将他们的行李吭哧吭哧抬上巴士，而我们像小鸟一样跳上去的时候，我们笑了。无事一身轻，我们觉得自己与我们游览的地方有了更深的联结：奥林匹斯山，2500多年前第一届奥利匹克运动会举办地；埃皮达鲁斯的古老剧院；铭刻德尔斐神谕（Delphic oracles）的圣山，玛丽莲的最爱，因其美丽与钟灵毓秀，而比作法国的弗泽莱。在旅程的最后，当我们回到机场的时候，我们惊奇地发现，我们的两个旅行箱在空空的行李传送带上转圈。带着一种矛盾的心情，我们将它们取下来，然后乘飞机去下一站，克里特岛。

在克里特岛机场，我们租了一辆小汽车，然后接下来一个星期悠闲地环岛旅行。40年过去了，只剩下一些零碎的记忆，但是我和玛丽莲两人都记得在克里特岛的第一个晚上，坐在一家希腊小餐馆里，看着离我们的桌子一米多远，正在流淌着的运河水

第 22 章　牛津和司菲卡先生的魔法硬币

上反射的月光，对着我们之前从来没有见过的开胃菜大为惊叹：大浅盘里盛着茄泥酱[⊖]（baba ghanoush）、酸奶黄瓜（tzatziki）、红鱼子泥色拉（taramasalata）、大米羊肉菜叶包（dolmades）、传统希腊式馅饼（spanakopita）、奶烙馅饼（tiropita）、希腊肉丸汤（keftedes）。我如此热爱这些菜，以至于我在克里特岛一次也没有点过主食。

"我什么都不想要。我什么都不害怕。我是自由的。"（I want nothing. I fear nothing. I am free.）第二天，我们去游览克里特岛首府伊拉克利翁，就在环绕着首都的古老威尼斯城墙外面，我拜访了尼科斯·卡赞特扎吉斯（Nikos Kazantzakis）的墓，读到墓碑上这三句话的时候，我浑身起了鸡皮疙瘩。因为写我飞往希腊的飞机上正在读的那本书——《基督最后的诱惑》（The Last Temptation of Christ），卡赞特扎吉斯被驱逐出了希腊正教会（Greek Orthodox Church），并且被禁止埋葬在这座城市之内。我跪在他的墓前，以向这个伟大的灵魂表示敬意，并且在我们旅行剩下的大部分时间里，都在读他的《奥德赛：现代续篇》（Odyssey: A Modern Sequel）。

* * *

在宏伟的克诺索斯宫，我们被壁画给迷住了，上面画的是极具感染力的光着上身的女性，手里捧着贡品，参加由女祭司主持

[⊖] 北非和地中海地区以茄子、芝麻酱、橄榄油、柠檬汁、大蒜制成的蘸酱。——译者注

的祭祀仪式。就像从我认识她起那样，玛丽莲给我做了详细的讲解，并尤其留意这些女性形象占据主导的画面。她将会在 20 年之后，她于 1997 年出版的书《乳房的历史》(*The History of the Breast*) 中讨论到它们。

我们将车开到山上，并找到了一座朴实的克里特岛修道院。虽然我们被邀请共进午餐，但是我们只被允许参观这座修道院非常小的一部分，以免我们打搅到僧侣的冥想。此外，任何女性都不允许进入修道院的主体——甚至雌性动物都不行，包括母鸡！

在伊拉克利翁的时候，我们就开始寻找古老的希腊硬币，作为我们最大的儿子里德的高中毕业礼物。在第一家店里，我们被告知卖古董硬币给游客是非法的，但是每一位硬币商人都忽视这一声明并且乐意（尽管偷偷地）在一个隐蔽处向我们展示硬币。在所有的硬币商店，我们对司菲卡（Sfica）的印象最为深刻，他的店就在国家博物馆（National Museum）正对面，前面的窗户上画着一只巨大的金色大黄蜂。在与和善而博学的司菲卡先生谈论了很长时间之后，我们为里德买了一个希腊银币，然后我们俩各买了一个作为吊坠挂在胸前。他向我们保证，任何时候只要我们不满意都可以退给他。第二天，我们逛了一间位于地下室的小店，店主是一位干瘦的犹太古董商人。我们在那里买了一些便宜的罗马银币，然后，在我们交易的过程中，给他看了我们刚从司菲卡那里买的硬币。他粗略看了一下，然后非常权威地宣布："假的——仿得不错，但仍然是假的。"

我们回到司菲卡的店并要求退款。就像他等着我们回来一样，他一言不发，大步流星地走到收银机前面，满脸威严地抽

第 22 章　牛津和司菲卡先生的魔法硬币

出一个装着我们钱的信封。他将它交给我们，说，"我像我承诺的一样把你们的钱给你，但是有一个条件：你们再也不能来这家店。"

在我们继续环岛旅行的时候，我们逛了其他硬币商店，并且不止一次地描述了我们在司菲卡的店里的遭遇。"什么？"他们都说。"你侮辱了司菲卡？司菲卡，国家博物馆的官方鉴定人？"他们把手放在头的两边，然后摆着手说，"你们欠他一个道歉。"

我们一直没有找到一个合适的替换礼物，并开始质疑我们退回硬币的决定。我们在克里特岛待的最后一个晚上，我们决定利用一下从斯坦福同事那里得到的度假礼物：一根很细的大麻烟卷。我们不习惯抽烟，点上它就去集市上一个户外餐馆吃晚饭，我们在那里花了几个小时的时间品味着神奇的食物，音乐和舞蹈。在晚餐之后，我们在伊拉克利翁的街道上闲逛，渐渐迷路了，然后变得有点疑神疑鬼，想着我们正被警察跟踪。打不到出租车，我们在如迷宫一样的街道里到处乱跑，想找到我们的酒店，不知怎么地，深更半夜，最后却来到了空荡荡的一条街上，站在一家窗户上画着巨大黄蜂的店面前——司菲卡的硬币店！就在我们发呆地看着那个大黄蜂的时候，出现了一辆空出租车。我们挥手把它叫停，然后很快安全地回到了酒店里。

我们回伦敦的航班下午才出发，在我和玛丽莲慢慢品尝我们的奶酪蛋糕早餐的时候，我们讨论了前一天晚上发生的事情。虽然是无神论者，但是我忍不住地想，我们最后停在了司菲卡的店门口，是不是在给我们发送某种神秘的信息。我们越讨论越确信，我们犯了一个可怕的错误，这个错误只能通过我们卑躬屈膝地给司菲卡先生道歉，并且买回那些硬币纠正过来。我们回到了那家店，并且违抗了司菲卡的禁令，走了进去。当我们见到司菲卡的时候，我们开始低声下气地说一些道歉的话，但是他把他的手指头放在他的嘴唇上，打断了我们的话，然后一言不发，重新取回了那三个硬币。我们付了和之前一样的价钱。几个小时之后，在回伦敦的飞机上，我对玛丽莲说："如果他和克里特岛的所有商人们勾结在一起，如果他有胆量将同样的假硬币卖给我们两次，那么我会说：'向您致敬，司菲卡先生！'"

一回到伦敦，我们就把硬币拿到阿什莫尔博物馆做官方评估。一个星期之后我们收到了裁决书：所有的硬币都是假的，除了我们在地下室小店犹太商人那里买的小罗马硬币之外！一辈子的希腊探险就这样开始了。

BECOMING
MYSELF

第 23 章
存在主义治疗

早年我做精神科住院医生时,阅读了罗洛·梅的《存在》一书,并在霍普金斯大学选修了我的第一堂哲学课,自从那时我就在思考一个问题:如何才能将这些古老的智慧融进自己的心理治疗领域。我阅读的哲学书籍越多,就越认识到精神病学忽略了多少深刻的思想。我很懊悔自己在哲学和人文科学方面的基础太过薄弱,并决心着手弥补我在学习经历中的这些缺口。

我开始在斯坦福大学旁听一些现象学和存在主义的本科生课程,其中大多数是由一位著名的教授达芬·弗勒斯达尔执教的,他是一名思维清晰的思想家和演讲者。我发现这些课程使人着迷,尽管有些晦涩难懂;尤其是埃德蒙·胡塞尔⊖和马丁·海德

⊖ 埃德蒙德·胡塞尔(Edmund Husserl,1859—1938),奥地利哲学家,20 世纪现象学派创始人,被誉为"现象学之父"。——译者注

格尔[○]，让人感觉很难懂。海德格尔的《存在与时间》虽然艰深，但也颇有趣味；所以，达芬讲述海德格尔的课程我从头到尾听了两次。后来，达芬和我成了终生至交。另一位讲授我感兴趣的课程的是范·哈维（Van Harvey）教授，尽管他一直坚持不可知论，但他却是斯坦福大学宗教学系的首席教授。坐在教室的前排，我着迷地听他讲述克尔凯郭尔和尼采，这是我上过的最令人难忘的两门课程。范·哈维也成了我的挚友，至今我们还经常在一起吃午餐，聊哲学。

  我的整个职业生涯处在不断变化中：我越来越少与自己系里的同事在科研项目方面寻求合作。在心理学教授大卫·罗森汉（David Rosenhan）休假的时候，我替他教了几堂变态心理学的本科生课程，但那也成了我的最后一课——最后一次教这样的课程。

  我逐渐远离我最初归属的医学科学，并开始让自己立足于人文科学。这是一个激动人心的时刻，也是一个自我怀疑的时刻：我经常感到自己就像一个局外人，与精神病学科的最新发展失去了联系；与此同时，在哲学和文学方面我又是一个半吊子。逐渐地，我开始挑选那些与自己领域最为相关的思想家。我接纳了尼采、萨特、加缪、叔本华、伊壁鸠鲁/卢克莱修[○]，而绕过了康德、莱布尼茨、胡塞尔和克尔凯郭尔，因为他们思想的临床应用在我看来不大明显。

  ○ 马丁·海德格尔（Martin Heidegger，1889—1976），德国哲学家，20世纪存在主义哲学创始人和主要代表之一。——译者注

  ○ 伊壁鸠鲁（Epicurus，前341—前270），古希腊哲学家、无神论者，伊壁鸠鲁学派创始人。卢克莱修（Lucretius，约前99—约前55），古罗马诗人、哲学家，伊壁鸠鲁学派的继承人。——译者注

第 23 章 存在主义治疗

我还有幸去上了英语文学教授阿尔伯特·格拉德（Albert Guerard）执教的课程，他是一位杰出的文学评论家和小说家，后来与他在教学上携手合作更是一件幸事。他和他的妻子麦克林（Maclin）都成了我的好友，麦克林也是一位作家。20 世纪 70 年代早期，格拉德教授开设了一个新的博士课程——现代思想和文学，玛丽莲和我都加入了他的团队。我开始更多地在人文科学领域耕耘，而医学院的课程教得越来越少。在现代思想和文学的博士班，最早期的课程包括了"精神病学和传记"，由我和斯坦福大学英语系的主任汤姆·莫泽（Tom Moser）共同执教，他也成了我的一位好友。玛丽莲和我则共同讲授"小说中的死亡"，我还与达芬·弗勒斯达尔共同教过"哲学与精神病学"。

现在，我的阅读兴趣已经转向那些著述存在主义思想的小说家和哲学家：比如，陀思妥耶夫斯基、托尔斯泰、贝克特[一]、昆德拉、赫尔曼·黑塞[二]、穆蒂斯[三]和克努特·汉姆生[四]，这些作者基本上没有涉及社会阶层、求爱、性追求、神秘或者报复这类题

[一] 贝克特（Samuel Beckett, 1906—1989），活跃于 20 世纪法国的爱尔兰作家，荒诞派戏剧的重要代表人物，成名剧本是《等待戈多》，1969 年，他因"以一种新的小说与戏剧的形式，以崇高的艺术表现人类的苦恼"而获诺贝尔文学奖。——译者注

[二] 赫尔曼·黑塞（Hermann Hesse, 1877—1962），德国作家，诗人。黑塞一生获得多种文学荣誉，1946 年获诺贝尔文学奖。亚隆的小说《当尼采哭泣》部分灵感即来源于黑塞的《玻璃球游戏》。——译者注

[三] 穆蒂斯（Alvaro Mutis, 1923—2013），哥伦比亚诗人、小说家、评论家，被加西亚·马尔克斯称作"我们这个时代最伟大的作家之一"，影响力遍及全世界西班牙语系国家，2011 年获西班牙"塞万提斯文学奖"。——译者注

[四] 克努特·汉姆生（Knut Hamsun, 1859—1952），挪威作家，1920 年诺贝尔文学奖获得者。——译者注

材，他们的主题要更加深远，触及了人类存在的范畴。他们在一个无意义的世界里挣扎着寻找意义，坦然面对不可避免的死亡和不可逾越的孤立。我自己也经历着这些人生困境。我觉得他们就在讲我的故事：不仅是我的故事，还是每一个找我咨询的患者的故事。我越来越多地意识到，我的患者们所面临的许多问题——衰老、丧失、死亡、重大的人生选择（比如从事何种职业、与谁结婚）——经常被小说家和哲学家更加中肯地予以处理，比我自己领域的同行们要拿手得多。

我开始相信，我可以写一本书，把存在主义文学的一些思想带进心理治疗，但同时又担心自己这样做有些狂妄自大。真正的哲学家会不会一眼看穿我的浅薄无知呢？虽然我把这些疑虑抛到一边，开始工作，但我从未消除自己心中隐隐约约的焦虑。我也知道这将是一项艰巨的长期任务。每天上午，我花4个小时在车库上的小工作室里阅读和做笔记，然后中午骑车20分钟抵达斯坦福大学，与学生和患者一起度过下午的时光。

除了回顾学术文献，我还查阅了大量关于患者的临床笔记。一遍又一遍，我试图清除我对日常事务的关注，并沉浸于不可约减的存在体验。死亡的念头常浮现于我清醒的脑海中，萦绕在我的梦中。就在我刚开始写这本书的时候，我做了一个令人难忘的梦，至今它仍历历在目，仿佛昨夜之梦。

> 我的母亲和她的亲友们，现在全都过世了，静静地在楼梯上坐着。我听见母亲在尖声呼叫我的名字。我特别注意到明妮（Minnie）姨妈坐在楼梯上，安静地坐在最高的楼梯上。

然后她开始移动，一开始很慢，然后越来越快，直到她的振动比大黄蜂还快。在那个时候，所有在楼梯上的人，我童年时的所有大人，所有死掉的人，都开始动得越来越快。亚伯叔叔伸手捏我的脸颊，咯咯地叫着"亲爱的小家伙"，就像他以前那样。然后，其他人也伸手捏我的脸颊。一开始是深情的，然后变得凶狠而令人疼痛难忍。凌晨3点，我在恐惧中醒来，双颊一阵一阵地痛。

这个梦是与死亡的邂逅。首先，死去的母亲呼唤我，我看到家里所有的死者都坐在阴森寂静的楼梯上。接下来，他们都开始移动。我特别注意到我的明妮阿姨，她罹患闭锁综合征一年后去世了。一次灾难性的中风使她瘫痪了几个月，除了眼睛之外，她无法移动全身的任何一块肌肉。我一想到她的那种状态，就觉得恐怖之极。在梦中，明妮开始移动，但很快就变得疯狂。我想象死者亲切地捏我的脸颊，以减轻我的恐惧。但是他们掐得越来越凶狠，然后变得怀有恶意：我正被拉着加入他们的行列，而且死神也将会找上门来。我的阿姨如大黄蜂般振动的形象，在我的脑海里萦绕数日，挥之不去。她的完全瘫痪，如半死之人一般，太可怕了，所以在梦里，我试图让她振动起来，以消除我的恐惧。我经常会被那些关于死亡或暴力的电影引发的噩梦所造访，特别是关于大屠杀的电影。至于我处理死亡恐惧的主要方法是什么呢？毫无疑问，是逃避。

我一直相信自己将在69岁时死去，那是我父亲去世的年龄。从孩提时代起，我就记得家人说过关于亚隆家族男性的两件事：

他们总是彬彬有礼，而且总是英年早逝。我父亲的两个兄弟在50多岁时死于冠状动脉病，而我父亲的冠状动脉病，让他在47岁时差点一命呜呼。在医学院的时候，我学到了更多生理学的知识，以及饮食对冠状动脉硬化的影响，我坚决且永久地改变了我的饮食习惯，大大减少了动物脂肪的摄入量。我对红肉敬而远之，并逐渐转向以素食为主。我服用降胆固醇药物已经数十年，小心翼翼地观察我的体重，并且定期锻炼身体；老天让我活过了69岁，我自己都惊讶不已。

* * *

经过几个月的研究和沉思，我终于认识到：面对死亡必须成为存在主义治疗的主要关注点。我相信这是因为我们对死亡恐惧的强烈性和普遍性，但现在，当我回顾这一决定时，我不能否认我的观点可能有失偏颇，因为这里含有我个人对死亡的焦虑。几个月来，我读遍了所有关于死亡的书籍，从柏拉图开始，到列夫·托尔斯泰的《伊凡·伊里奇之死》(*Death of Ivan Ilyich*)、雅克·肖龙（Jacques Choron）的《死亡和西方思想》(*Death and Western Thought*)，以及欧内斯特·贝克尔（Ernest Becker）的《死亡否认》(*Denial of Death*)。

关于死亡的学术文献浩瀚如烟，杂乱无章，而且晦涩难懂，它们被排除在精神病学的范畴之外，因此我意识到，我可以根据我与患者的工作做出自己独特的贡献。在那时，临床文献中几乎没有讨论死亡的文章，我知道我必须找到自己的路子。然而，无

第23章 存在主义治疗

论我多么努力与患者讨论对死亡的担忧,我都无法与他们持久下去。我们还没讨论几分钟,然后很快就转移话题了。回顾那个时期,我现在认为,自己一定是在无意识中还没准备好与患者交流这些事情。

因此,我做出了一个重要的决定,它影响了我接下来10年的临床实践:我将与那些不得不开口谈论死亡的患者一起工作,因为他们马上就要面临生命的终点了。我开始为斯坦福大学肿瘤科的患者提供咨询,他们被诊断出患有无法医治的癌症。那时候,我参加了伊丽莎白·库伯勒-罗斯[○]的一场演讲,她是一位与临终患者打交道的先驱人物,我被她开口问一个重病患者的问题震惊了:"你病得有多厉害?"(How sick are you?)我发现这个问题很有价值:它传达了非常多的信息,即我是开放的,愿意去任何患者想去的地方,即使是最黑暗的地方。

面对临终患者时随之而来的巨大孤独,让我感到特别震惊。这种孤独来源于两个方面:第一,患者忍住不讨论他们病态的、可怕的想法,因为怕让家人和朋友感到沮丧;第二,患者身边的人也远离这个话题,以避免进一步惹恼患者。我看到的癌症患者越多,就越相信一个治疗团体有助于缓解这种孤独。当我最初谈起自己的计划时,那些肿瘤学家都持谨慎的态度,并不对此表示支持。那还是20世纪70年代早期,这样的团体让人感到有些鲁莽,甚至是弊大于利。而且,它是前所未有的:在科学文献中没

○ 伊丽莎白·库伯勒-罗斯(Elisabeth Kübler-Ross,1926—2004),美国精神科医生,国际知名的生死学大师,曾提出临终的五个阶段:否定、愤怒、讨价还价、沮丧、接受,帮助人们学会接受死亡。——译者注

有一例关于癌症患者团体的报告。

但当我有了一些经验之后，我更相信这样一个团体可以提供很多东西，于是我开始在斯坦福大学医学群体中大力宣传团体治疗。不久之后，宝拉·韦斯特（Paula West），一位患有转移性乳腺癌的患者，出现在我的面前。在我与癌症患者的工作中，她对我而言非常重要。尽管宝拉正在应付她脊柱中令人痛苦的转移瘤，但她非常优雅地面对自己的处境。后来，我在"与宝拉共舞"的故事中描述了我和她的关系，收录在《妈妈及生命的意义》（*Momma and the Meaning of Life*）一书中。故事开头是这样的：

> 当她第一次走进我的办公室，我立刻被她的外表所吸引：她表现出的尊严、她那吸引人的灿烂微笑、那一头短短的如男孩子般的闪亮白发，还有那双智慧、湛蓝的双眼散发出的光芒——我只能以顾盼生辉来形容。
>
> "我叫宝拉·韦斯特，"她说，"我患有晚期癌症，但我并非癌症患者。"事实上，在我和她共度的许多年里，我从没有把她当作一个患者。接着她简短明确地叙述了自己的病史：5年前她诊断出乳腺癌，手术切除，然后是另一侧乳房罹癌，也被切除了。随后是化疗，伴随着一大堆常见而可怕的反应：恶心、呕吐、头发掉光。然后是放射疗法，而且是被允许的最大剂量。但是，没有什么能够减缓癌症扩散的速度——扩散进她的头骨、脊椎和眼眶。尽管外科医生切除了她的乳房、淋巴结、卵巢、肾上腺，但宝拉的癌细胞仍在恶性蔓延。

第23章 存在主义治疗

当我想象着宝拉的裸体,我看到满布伤疤的胸部,没有乳房,没有肌肉,就像遭遇海难的大帆船空留下的骨架;在她的胸部以下,是手术疤痕交错的腹部,而所有这些都被一个笨拙的、因类固醇而变得肥厚的臀部支撑着。简而言之,这个55岁的女人没有乳房,没有肾上腺,没有卵巢,没有子宫,而且我敢肯定,也没有性欲。

我一向欣赏那些身材坚实优美、胸部丰满,有明显感官享受的女人。然而,当我第一次见到宝拉时,最奇怪的事情发生了:我发现她很漂亮,而且我爱上了她。

宝拉同意和另外3位临终患者共同加入一个小团体。我们5个人,在精神病学大楼一间舒适的团体教室里会谈了90分钟。我开门见山地说,所有的成员都在应对癌症,但我相信,通过分享自己的想法和感受,我们可以彼此帮助。

其中一个成员叫萨尔(Sal),一个30来岁、坐在轮椅上的男人,像宝拉一样,也是个活得特别出彩的人。尽管他罹患晚期的多发性骨髓瘤(一种令人痛苦的侵袭性骨癌,会造成身体多处骨折),从脖子到大腿都被包裹在绷带中,但他的精神却不屈不挠。死亡的迫近让他的生活充满了新的意义,使他发生了巨大的转变,现在他作为一名牧师来思考自己的疾病。他同意加入这个团体,希望帮助别人找到类似的救赎。

尽管萨尔提前6个月就加入了我们的团体,但那时这个团体还是太小了,无法为他提供他想要的听众,于是他找到了其他平台,主要是高中,在那里他向陷入困境的青少年发表演讲。我听见他用雷鸣般的声音把自己的话语传达给他们。

> 你们想用毒品腐蚀自己的身体吗？想要用酒精、大麻、可卡因谋杀它吗？你想在汽车里撞毁你的身体？抛弃生命？把它从金门大桥上扔下去？你不想要它了吗？那么，把你的身体给我！让我享用它。我需要它。我将善待它——我想活下去！

当我听到他的演讲时，我颤抖了。人之将死，其言也善；萨尔的特殊身份大大增强了他所传递的力量。那些高中生安静地听着，就像我一样，感觉他的一字一句都是发自肺腑，因为他没有时间去捉弄或伪装。

另一个患者，伊芙琳（Evelyn），罹患严重的白血病，她给了萨尔担当牧师的另一个机会。伊夫琳拖着输血的吊瓶，滑着轮椅进入了这个团体，她告诉大家："我知道我要死了，我可以接受它。这已经不重要了。但真正重要的是我的女儿。她在毒害我最后的日子！"伊芙琳形容她的女儿是"一个心存报复、没有爱的女人"。几个月前，她的女儿照顾伊芙琳的猫，给它喂了错误的食物，然后她们俩发生了一场激烈而愚蠢的争论。从那以后，她们再也没有说过话。

听完她的话，萨尔简洁有力地说道："听我说，伊芙琳，我也快要死了。让我问你：你的猫吃什么很重要吗？谁先低头认错又有什么关系？你知道，你没多少时间了。让我们不要再假装了吧。你女儿的爱，对你来说才是世界上最重要的事情。如果没有告诉她这一点,就别死,请别死!这将毒害她的生命,她将永远无法恢复,而且她将继续毒害她的女儿!打破这个循环!打破这个循环,伊芙琳!"

萨尔的呼吁起作用了。虽然伊芙琳在几天后去世了,但病房护士告诉我们,伊夫琳受萨尔言辞的影响,与她女儿发生了热泪盈眶的和解。我为萨尔感到骄傲。这是我们团体的第一次胜利!

几个月后,我觉得自己学得足够多了,可以开始与更多的患者一起工作了。同时,我也考虑到,同质性团体的效果可能会更好。在我咨询过的患者当中,转移性乳腺癌患者占了大多数,所以我决定成立一个完全由这类患者组成的团体。宝拉开始一本正经地招募成员。我们访谈并接受了7名新患者,然后正式开始"营业"。

出人意料地,宝拉以一个古老的哈西德教派的故事开始了首次会谈:

> 一个拉比在与上帝谈论天堂和地狱。"我要带你去看看地狱。"上帝说,然后他把拉比领进了一个房间,里面放着一张大圆桌。围坐在桌旁的人们都十分饥饿和绝望。桌子中央有一个巨大的杂烩锅,闻起来很美味,拉比的口水都流了出来。桌子上的每个人都拿着一把长柄勺。虽然长勺刚好够到锅里,但它们的把手比用餐者的胳膊长得多:这样,长勺便无法把食物送到他们嘴里,所以没人能吃到东西。拉比看到,他们的痛苦实在是太可怕了。
>
> "现在,我要带你去看看天堂。"上帝说,接着他们进了

另一个房间，和第一个房间完全一样。同样的大圆桌，同样的杂烩锅。里面的人配备着同样的长柄勺子——但在这里，每个人都营养良好、谈笑风生。拉比不理解。"这很简单，但它需要一定的技巧，"上帝说，"在这个房间里，你看，他们学会了互相喂食。"

虽然我带领了数十年的团体，但从来没有经历过这样鼓舞人心的开场。这个团体很快就凝聚起来，当老成员去世时，我引入新成员，并继续带领这个团体长达10年。后来，我邀请了精神科的住院医生共同带领这个团体一年；然后，一位新的精神病学教授——大卫·斯皮格尔（David Spiegel）加入进来，他和我一起工作了好几年。

这个团体不仅为大量患者提供了许多安慰，而且也为我提供了深刻的教育。这里我仅举一例，我想到了一位每个星期都过来的、眼里带着疲惫和沮丧的女人，我们所有人都努力给她安慰，但是徒劳无益。突然有一天，她的眼里出现了亮光，而且她穿了一件鲜艳的衣服。"发生了什么事？"我们问她。她向我们表示感谢，并说上一周的小组讨论帮助她做出了一个重要的决定：她下定决心为她的孩子做个榜样，展示如何以优雅和勇气面对死亡。我从来没有遇到一个更好的例子，可以说明生命中的意义如何让幸福感油然而生。它也是"涟漪"这一概念的典型例子——我们可以帮助许多人减少对死亡的恐惧。"涟漪"指的是，把我们自己的一部分传递给别人，甚至是我们不相识的人；就像投掷到池塘里的鹅卵石引起的涟漪一直扩散下去，直到不为肉眼所见，但它们仍在纳米水平上继续着。

从一开始,我就邀请了斯坦福大学那些感兴趣的住院医生、医学院学生,还有一些本科生,通过单向镜来观察这个团体。与斯坦福大学的传统治疗团体相比,这些癌症患者的反应截然不同,前者不自在地容忍别人的观察,而后者**期望**并欢迎学生。与死亡对抗,教会了他们许多关于生活的知识,他们渴望把这一点传递给别人。

宝拉对库伯勒-罗斯的悲伤阶段理论感到非常不满。相反,她非常强调在与死亡的对抗中学习和成长,并经常谈到她在过去3年里的"黄金时期"。其他几名团体成员也有同样的体验。就像他们当中一个人说的:"很遗憾,我不得不等到现在,直到我的身体布满了癌细胞,才学会如何去生活。"这句话在我的脑海里留下了永久的印象,帮助我形成存在主义治疗的实践。我经常这样说:**尽管死亡的现实可能会毁灭我们,但关于死亡的想法可能会拯救我们**。死亡使我们意识到,既然生命只有一次机会,我们就应该充分地生活,带着最少的遗憾结束它。

我与临终患者一起工作的经验,逐渐也应用到身体健康的来访者身上,让他们去面对自己终有一死的命运,帮助他们改变自己的生活方式。这通常只需要简单地倾听,并加强来访者对有限生命的认知。在很多场合,我都采取了一个简单的练习:我要求患者在一张纸上画一条直线,然后我说:"让一端代表你的出生,另一端代表你的死亡。现在请在这条线上做一个标记,以表示你现在的位置,并对这张图沉思一会儿。"这个练习总能让人们深刻意识到生命的短暂与可贵。

第 24 章
与罗洛·梅一起面对死亡

算起来,前前后后共有 50 名男女进出我们的癌症患者团体,除了宝拉之外,其他人都因原来的疾病去世了。宝拉战胜了癌症,不料后来死于红斑狼疮。从一开始,我就知道,如果要诚实地书写死亡在生命中扮演的角色,并且要对大家有所裨益,我就必须向那些临终患者虚心求教,但我也为此付出了沉重的代价。在这些团体会谈之后,我经常感到严重的焦虑:我担忧自己的死亡,睡不踏实,而且经常被噩梦造访。

我的学生观察员也开始出现困扰。团体会谈还未结束,就有某个学生在观察室里情绪失控,开始哭泣,这种情况十分常见。直到今天,我仍后悔没有为那些学生做好准备,或者为他们提供治疗。

随着死亡焦虑的加剧,我开始回想自己过去做过的各种心理治疗——做住院医生时的长程分析,在伦敦为期一年的治疗,与

第24章 与罗洛·梅一起面对死亡

帕特·鲍姆加特纳（Pat Baumgartner）进行的完形疗法，还有几次行为治疗和一个短程的生物能治疗。当我回顾这些治疗内容时，我想不起任何一次关于死亡焦虑的公开讨论。这是真的吗？在我接受的所有治疗中，死亡，焦虑的主要来源，从没有被提起？

我告诉自己，如果我要继续与临终患者一起工作，就必须重新接受治疗，这一次要找一个愿意陪我一起走进黑暗的人。我那时听说罗洛·梅，《存在》（*Existence*）一书的作者，从纽约搬到了加利福尼亚，在蒂伯龙（Tiburon）接待患者，距离斯坦福大学约80分钟的车程。我给他打了预约电话，一个星期后，我们在舒格洛夫路上他那可爱的房子里见面了，在那里可以远眺旧金山湾区。

罗洛是一个高大、稳重、英俊的男人，年近70岁。他通常穿一件米色或白色的高领毛衣，外加一件浅色皮夹克。他的办公室兼做书房，就在客厅的一旁。罗洛是一位杰出的艺术家，墙上挂了几幅他年轻时的画作。我特别欣赏其中一幅关于法国蒙特圣米歇尔的尖塔教堂的画。[罗洛去世后，他的遗孀乔治娅（Georgia）把那幅画送给了我，现在我每天都能在办公室看到它。] 在几次会谈之后，我突然意识到，我可以利用80分钟的通勤时间，回顾我们上一次会谈的录音。我向他提出这个建议，他欣然同意，在我将谈话录音时，他似乎轻松自如。由于我在车里听了上一次会谈的录音，然后再与他开始每一次的会谈，这大大增加了我的注意力；而且我相信，这也提高了我们的工作效率。从那时起，每当我的患者需要长途跋涉到我的办公室时，我就建议他们也这样做。

在写下这几页的时候，我多么希望能听听这些录音啊，可是……唉，这已无异于痴心妄想。我把所有的录音带都存放在我的树屋办公室，在一张旧书桌的抽屉里，而这间办公室亟待修理。1974年，当我和我的家人前往牛津大学时，我委托了一位名叫塞西尔（Cecil）的老先生来修整我的办公室，他非常友善，好像什么都能修。话说多年前，他在我家门前晃荡，想找份差事做。我们确实有很多事要他去做，因为我对房屋维修一窍不通。不久之后，塞西尔和他那胖乎乎、笑眯眯的、烤得一手好苹果派的妻子玛莎（Martha）——看上去就像是从电影《欢乐满人间》中跳出来的人物，把他们的小拖车开到了我家的一个角落里，他们住在那里，打理我们所有的维修事务，一干就是好几年。当我休假回来的时候，我发现塞西尔做了一件伟大的工作——几乎重建了我的工作室，但是所有那些摇摇晃晃的旧家具，包括那张饱经风霜的书桌和塞满了我和罗洛会谈录音带的抽屉，都在这个过程中销声匿迹了。我再也没见到过那些录音带，有时我会异想天开，想象它们的全部内容出现在互联网上的某个地方。

如今，时光飞逝四十载，我很难再回想起会谈的细节，但我知道，我关注的是自己对死亡的想法，即使是我最恐怖的想法，罗洛也从来没有避而不谈，尽管它们令人感到不适。在那时，我对临终患者的团体治疗引发了可怕的噩梦，而这些噩梦在我醒后不久就人间蒸发了。有段时间，我向罗洛提议，我在附近的汽车旅馆里过夜，以便第二天一早就能见到他。他同意了；由于我对梦的记忆还是鲜活的，所以那几次的谈话特别充满能量。我告诉他，我父亲在69岁时去世了，我担心自己也在这个年龄死去。他说这真奇怪，我是一个那么理性的人，竟然还抱着这种迷信的

第 24 章　与罗洛·梅一起面对死亡

观念。我谈到自己与临终患者的工作，以及它们如何引发了我的死亡焦虑；他告诉我，我承担这项工作就已表现出了足够的勇气，我感到焦虑这一点也不奇怪。

我记得我告诉过罗洛，我对《麦克白》(Macbeth)中主人公所说的那一段话有多么震惊："人生不过是一个行走的影子，一个在舞台上指手画脚的拙劣的伶人，登场片刻，便在无声无息中悄然退下。"还有，想到在青少年时期那些影响我人生的大人物——富兰克林·罗斯福、哈里·杜鲁门、理查德·尼克松、托马斯·沃尔夫[一]、米奇·弗农[二]、夏尔·戴高乐、温斯顿·丘吉尔、阿道夫·希特勒、乔治·巴顿、米奇·曼托[三]、乔·迪马吉奥[四]、玛丽莲·梦露、劳伦斯·奥利弗[五]、伯纳德·马拉默德[六]，这些人物都曾粉墨登场，在我所处的世界里创造历史，到如今，大江东去，浪花淘尽英雄，一切皆为尘埃。万事万物，真的，万事万物，随风逝。我们所拥有的，只是太阳底下一个珍贵的、神圣的瞬间。我曾经无数次沉思这个问题，但它每次都让我震撼不已。

我从来没有问过，但我确信，许多次这样的谈话会让罗洛

[一] 托马斯·沃尔夫（Thomas Wolfe，1900—1938），20世纪美国作家，代表作品有长篇小说《天使，望故乡》。——译者注

[二] 米奇·弗农（Mickey Vernon，1918—2008），美国职业棒球手。——译者注

[三] 米奇·曼托（Mickey Mantle，1931—1995），美国职业棒球明星，特点是左右手都能击球。——译者注

[四] 乔·迪马吉奥（Joe DiMaggio，1914—1999），美国传奇棒球运动员，曾与玛丽莲·梦露有过一段短暂的婚姻。——译者注

[五] 劳伦斯·奥利弗（Laurence Olivier，1907—1989），英国导演、制片人、演员。——译者注

[六] 伯纳德·马拉默德（Bernard Malamud，1914—1986），美国小说家。——译者注

个人感到不舒服，毕竟他年长我22岁，比我更接近死亡。但他从来没有退缩，总是陪着我，一起面对我追问人将必死的至暗时刻。我不记得有什么重大的顿悟时刻，但我逐渐地开始发生变化，与临终患者一起工作感觉更舒适了。他读了我的很多作品，包括《存在主义心理治疗》的最终稿，他对我总是慷慨以待。时至今日，我仍然深深感激他。

我记得罗洛第一次见玛丽莲的情景。那是在我和他的治疗结束几年后，我们前来参加了他为英国精神病学家莱因（我在伦敦时找他做过咨询）准备的晚宴。罗洛打开他的家门，迎接我，然后向玛丽莲伸出双手。她说："我没想到你会这么热情。"紧接着，罗洛回答道："我没想到你会这么漂亮。"

在治疗结束后，患者和治疗师建立一种社会关系，这是不寻常的，而且往往有很多问题。但是对我们来说，它对双方都很有益。我和罗洛成了很好的朋友，两人的友谊一直延续到他去世。时不时，我就邀他一起在卡普里（他在蒂伯龙最喜欢的餐馆）共进午餐，而且有好几次我们回顾了他对我的治疗。我们都知道，他对我是有帮助的，但至于怎么帮到的却一直是个谜。他不止一次地说："我知道，在治疗中，你想从我这里得到一些东西，但我不知道它是什么，也不知道怎么给你。"现在回想起来，我相信罗洛为我提供了一种在场（presence）——他毫不犹豫地陪我进入黑暗的领地，让我重温了我所缺失的慈祥的父爱。他是一位前辈，理解我，接纳我。当他读到《存在主义心理治疗》的手稿时，他告诉我这是一本好书，并在封面上题写了有力的宣传语。后来，他在《爱情刽子手》(Love's Executioner)的封面上也题写了宣传语"亚隆就像一位天使,书写着围困我们的魔鬼",这是我得到过的最高褒奖。

* * *

大约在这段时间,我和玛丽莲的婚姻出现了严重的问题。她辞去了加州州立大学海沃德分校的终身教授职位,接受了斯坦福大学的一份工作——指导新成立的女性研究中心(Center for Research on Women,CROW),她在这个刚刚起步的女性研究领域为自己开创了一个新的职业生涯。她培养年轻的学生,并与斯坦福大学顶尖的女学者建立了密切的关系。工作已经成为她生活的重心,我觉得她严重忽视了我们的婚姻。她有了一个全新的社交圈子:我越来越少地看到她,感觉我们正在远离彼此。我清楚地记得,在旧金山的一个不祥的夜晚,在意大利小吃城的晚餐席上,我对她说:"你的新生活——你的新职位和你参与的女性事业——对你来说如获至宝,但对我来说并非如此。你对它如此沉迷,以至于我们的关系不再使人受益,也许我们应该考虑分……"我从来没有说完那句话,因为玛丽莲突然大哭起来,声音太大了,三个侍者冲到我们的桌子前,餐厅里的每个人都把脸转向我们这边。

这是我们关系的低谷时期,那时,玛丽莲和我经常与罗洛和乔治娅会面。一天晚上,罗洛很想做个实验,邀请我们尝试一些高档的摇头丸,那是别人送给他的礼物。乔治娅弃权了,并担任当晚的监护人。我和玛丽莲都没有尝过摇头丸,但我们感觉与罗洛和乔治娅在一起是安全的。结果证明,那是一个格外柔美和疗愈的夜晚。服用摇头丸之后，我们聊天，吃晚饭，听音乐；就在这一天，我们都相信，在某种程度上，我们的婚姻问题消失不见了。我们都改变了：我们放弃了负面的情绪，比以前更加珍惜彼此了。而且，事实证明，这种变化是永恒的！我们俩都不太明白是怎么回事，而且很奇怪，我们都再也没有碰过摇头丸。

20世纪90年代初，大约在他80岁的时候，罗洛罹患短暂性脑缺血发作（TIAs），每次发作他就变得糊涂、焦虑，持续数小时，有时长达一到两天。有时候，情况比较严重时，乔治娅会打电话给我，我就去看望他，和罗洛一起在他家的后山上散步、聊天。直到今天，在我85岁的时候，我才完全理解他的焦虑。我也会有稍纵即逝的糊涂，有那么一刻，忘记自己在哪里或在做什么。这就是罗洛所经历的，但不是片刻，每次发作都是几个小时或几天。但不可思议的是，他仍然工作到最后一刻。在他的晚年，我参加了他的一次公共演讲。他的言辞一如既往地有力，他的声音洪亮而令人宽慰；但在最后，他重复了几分钟前讲过的故事。当我听到这里时，我感到很难过，为他感到难过；而且我经常提醒我的朋友们，要对我坦诚，告诉我什么时候该停止演讲了。

一天晚上，乔治娅打电话来，说罗洛可能快要过世了，请我们马上过去。那天晚上，我们三个人轮流坐在罗洛旁边，他已经失去了意识，并且患有晚期肺水肿，呼吸很费力，有时候深而长，接着又是短而浅。最后，在我轮班时，我坐在他身边，轻抚着他的肩膀，他抽搐了一下，呼出最后一口气，仙逝而去。乔治娅请我帮她一起为他净身，等待殡葬师第二天早上过来，将他送往火葬场。

作者与罗洛·梅,加利福尼亚州
1980 年

那天晚上，罗洛的离世和即将发生的火化让我心神不宁，我做了一个可怕而难忘的梦：

> 我和爸爸、妈妈、姐姐一起，在商场里散步，然后我们决定上楼。我发现自己在电梯里，但只有我一个人——我的家人都不见了。这是一个漫长的电梯之旅。当我下电梯时，我出现在一个热带海滩上。但我还是找不到我的家人，尽管我一直都在寻找他们。虽然这是一个可爱的地方——热带海滩就是我的极乐世界，但我开始感到无处不在的恐惧。
>
> 接下来，我穿上了一件睡衣，上面印有一个可爱的、面带微笑的护林熊[1]。然后，睡衣上的护林熊的笑脸变得明亮起来，闪闪发光。很快，这张脸变成整个梦的全部焦点，仿佛梦的所有能量都转移到了可爱的、咧嘴笑的小护林熊的脸上。
>
> 这个梦把我惊醒了，与其说从恐惧中醒来，不如说是因为睡衣上的护林熊图案的亮光，就好像我的卧室里突然亮起了探照灯。

闪耀的护林熊背后隐藏着什么呢？我确信它与罗洛的火化有关。他的死亡迫使我面对自己的死亡，通过我与家人之间的隔离、漫长的电梯之旅，这个梦形象地描绘了这一点。我的无意识如此容易上当，让我大吃一惊。让我感到尴尬的是，我的无意识

---

[1] Smokey the Bear，美国国家林业局为宣传防范森林火灾而设计的卡通形象。——译者注

第 24 章　与罗洛·梅一起面对死亡

竟然认同了好莱坞版的永生——包括了热带海滩的极乐世界。

那天晚上，我被罗洛的去世和他即将火化的恐惧所震撼，而我的梦尝试去缓和这种体验，使它变柔和，使它可忍受。死亡，被亲切地伪装成一趟通往热带海滩的电梯之旅。而火化的烈焰变成了一件睡衣，上面印着护林熊的卡通形象，穿着它迎接死亡的长眠。但是，恐怖并没有被遏制，护林熊的形象闪醒了我。

BECOMING
MYSELF

第 25 章
死亡、自由、孤独和意义

20世纪70年代,存在主义心理治疗教科书一直在我的脑海中酝酿,但它似乎太过散漫无章,难以把握,因此我始终无法动笔。直到有一天,亚历克斯·康福特来拜访我们,事情才有所改观。我记得,我们俩坐在修整过的树屋工作室里聊天。当我告诉他,我阅读过的资料和我对这本书的想法时,他聚精会神地听着。大约一个半小时后,亚历克斯打断了我,郑重其事地宣告:"欧文,我听到了,从头到尾都在听,而且我充满信心,向你宣布,现在是你停止阅读、开始写作的时候了。"

这正是我需要的!要不然我可能还需要折腾好几年的时间。亚历克斯很了解书——他出版了50多本书——他令人信服的语气和对我的信任,使我可以清理记录簿,并开始写作了。所谓天时地利,我刚刚被邀请到斯坦福大学的行为科学高级研究中心进

第25章 死亡、自由、孤独和意义

修一年。虽然我继续与几个患者见面，但在1977～1978年我几乎是全职写作。有点遗憾的是，我没有充分利用这个机会去了解中心的另外30位著名学者，包括未来的最高法院大法官鲁思·巴德·金斯伯格（Ruth Bader Ginsburg）。但是，我与社会学家辛西娅·爱泼斯坦（Cynthia Epstein）建立了友谊，至今我们仍有来往。

我的写作进展非常顺利，一年后完成了这本书。我从一个小插曲——亚美尼亚人的烹饪课写起，这个烹饪课是由一位好友兼同事贺兰特·凯查杜里安（Herant Katchadourian）的母亲艾弗尼亚·凯查杜里安（Efronia Katchadourian）讲授的。艾弗尼亚是一位很棒的厨师，但她不怎么会说英语，完全是通过示范教学。在老师准备她的菜品时，我匆匆记下所有的配料和全部的步骤，但是，尽管我拼尽了全力，我做的菜还是没法和老师媲美。当然，我想，这个问题并非无法解决：我决定更仔细地观察她。在下一节课上，我看着她的每一个动作，只见她准备好了菜品，然后把它交给她的终身随从——露西（Lucy），让她把它放进烤箱里。这一次，我一直盯着露西，看到了一件不同寻常的事：在放进烤箱之前，露西随手扔进了几把合她心意的调味料！我完全相信，就是那些额外的"扔进的东西"(throw-ins)让一切都不同了。

我用这个小插曲做引子，旨在让读者相信，存在主义心理治疗并不是一种新奇神秘的方法，大多数有经验的治疗师都会使用这种方法，它就是那种有价值但没有说出来的"扔进的东西"。

这本书分为四个部分——死亡、自由、孤独和意义，在其中我分别描述了我的资料来源、临床观察，以及我所引用的哲学家和作家的作品。

作者与评论家阿尔弗雷德·卡津(Alfred Kazin)和斯坦福大学法学教授约翰·卡普兰(John Kaplan),行为科学高级研究中心 1978 年

第25章 死亡、自由、孤独和意义

在这本书的四个部分中,死亡是篇幅最长的。在其他的专业文章中,我写了很多关于与临终患者工作的内容,但在这本书中,我关注的是在治疗身体健康的来访者时,觉察死亡所起到的作用。虽然我把死亡看作我们野餐时远处的轰隆声,但我也相信,真正去面对人必有一死的事实,可以改变我们的生活方式:它帮助我们将世俗琐事抛在一边,激励我们要不带悔恨地活下去。我的一位癌症临终患者哀叹道:"真遗憾,我不得不等到现在,直到我身患癌症晚期,才去学习如何生活。"许多哲学家以这样或那样的方式表达了同样的感慨。

自由,是许多存在主义思想家最为关心的终极问题。根据我的理解,它指的是,既然我们都生活在一个没有内在设计的宇宙中,我们必须是自己生活的作者,做出自己的选择和行动。这种自由引发了巨大的焦虑,因此许多人都拥抱了神灵或独裁者,以卸下这个重负。如果我们是自己所经历的一切"无可争议的作者"(萨特语),那么我们最珍视的思想、最崇高的真理,我们信念的基石,都会因为意识到宇宙中的一切皆为偶然而遭到破坏。

第三个话题,孤独,并不是指人际孤独(比如孤单),而是指一种更基本的孤独:我们每个人都是单独一人被抛到这个世界,然后又必须独自离去。在古老的故事《普通人》(*Everyman*)中,一个人被死亡天使找上了门,告诉他,他的日子快要结束了,必须启程去接受审判。这个人提出请求,他能否带一个人在旅途中陪着他,死亡天使回答说:"当然可以——如果你能找到愿意陪你去的人。"接下来的故事描述了他多次失败的尝试——例如,他的堂弟说他不能去,因为他的脚趾抽筋了。最后,他终于找到了，但是，在这个基督教的道德故事里，它不是另一个人，而是善行（good deeds）。日薄西山之时，唯一能陪伴我们并让我们欣慰的就是学识。

关于孤独的讨论，我主要关注治疗师与患者的关系，关注我们与他人融合的愿望，以及我们对个体化（individuation）的恐惧。随着死亡的临近，许多人意识到，当他们消亡时，他们整个的独特世界也将毁灭——这个世界的景象、声音和经历不再为他人所知，甚至是人生伴侣也不知晓。到了85岁左右，我越来越强烈地体验到这种孤独感。我想起了我童年的世界——星期天晚上在卢巴姑妈家的聚会，从厨房飘来的气味，烤牛胸肉，各种炖菜，大富翁游戏，跟父亲一起下象棋，母亲的波斯羔羊皮外套的气味——当我意识到，这一切现在只存在于记忆中时，我不禁颤抖起来。

第四个终极关怀（无意义）的讨论，涉及了这些问题，比如："我们为什么被抛在这里？如果万物终将消逝，那么人生所为何来？生命的意义是什么？"艾伦·威利斯①讲过一个为他的狗蒙蒂（Monty）扔棍子，再让他捡回的故事，一直让我很有感触。

> 如果我弯腰捡起一根棍子，他②就会立刻跑到我面前。现在，一件伟大的事情发生了。他有了一项使命……他从来

---

① 艾伦·威利斯（Allen Wheelis，1915—2007），美国精神分析师，作家。代表作有《人们如何改变》（*How People Change*）、《倾听者：精神分析师检视他的生活》（*The Listener：A Psychoanalyst Examines His Life*）、《身份的寻求》（*The Quest for Identity*）等。——译者注
② 原文用的是 he，故在此用"他"。——译者注

没有想过去评价这项使命。他只是投身去执行这项使命。无论有多远，无论什么障碍，他都会跑过去或者游过去，去拿到那根棍子。

拿到那根棍子之后，他将它带回来：因为他的使命不只是拿到它，还要将它带回来。不过，随着他靠近我，他的动作越来越慢。他想把棍子交给我，完成他的使命，但他又讨厌完成他的使命，再次处于等待的位置……

他是幸运的，有我给他扔这根棍子。而我在等上帝扔给我棍子，已经等了很长时间了。谁知道，他什么时候将再注意到我呢——如果他注意过我的话——并允许我，就像我允许蒙蒂一样，完成自己的使命？

相信上帝为我们设定人生目的，这很令人安心。芸芸众生发现他们必须去为自己扔棍棒，这让人感到挫败不已。如果知道在某个地方存在着一种真实可见的人生目的，而不仅仅是感到人生要有目的，这是多么令人安心啊！此时，奥维德[一]的话语浮现在我的脑海中："有神灵还是有用的，所以，让我们相信有神灵吧。"

虽然我经常把《存在主义心理治疗》视作一门莫须有的课程的教科书，但我从未想过要创造一个新的治疗领域。我只是想提高所有治疗师对于患者生活中存在议题的意识。近年来，陆续出现了存在主义治疗师的专业组织；2015 年，在伦敦举办的第一届国际存在主义治疗师大会上，我通过视频会议发表了讲话。虽

[一] 奥维德（Ovid，前 43—18），古罗马诗人，与贺拉斯、卡图卢斯和维吉尔齐名。代表作有《变形记》《爱的艺术》和《爱情三论》。——译者注

然我很高兴在治疗中越来越强调存在议题，但我很难想象建立一个独立的治疗学派。国际会议的组织者想对这一学派下一个全面的定义，但他们遇到了巨大的困难。毕竟，总有一些患者，他们的治疗主要包括人际关系、自我评价、性方面或成瘾问题；对这些患者来说，存在的问题可能并不切身相关。这对我们的培训有一定影响。几乎每个星期都有学生问我，他们在哪里可以被训练成一个存在主义心理治疗师。我总是建议他们，先接受普通治疗师的培训，学习一系列的治疗方法，然后在研究生课程或者督导中，再让自己熟悉存在主义心理治疗的专业知识。

BECOMING
MYSELF

第 26 章
住院患者团体和巴黎

1979年,我应邀临时担任斯坦福大学精神科住院部的医务主任。当时,全国的精神病住院治疗都处于一片混乱:保险公司削减了精神病住院治疗的覆盖率,要求患者尽快转移到更便宜的病房和护理机构。由于大多数患者只在医院停留一周或更短的时间,治疗团体中的成员很少跟上一次会谈相同,因此会谈变得混乱与无效。在很大程度上,由于这种混乱,员工的士气也空前低落。

我原本没打算开展另一个团体治疗计划,但我心有不安,想去寻找新的挑战。我的书桌清理干净了,存在主义治疗的书也写完了,我准备好了开始一个新计划。鉴于我对团体治疗有效性的深刻信念,以及创造一条新路径带领住院患者团体的诱人挑战,我同意担任这一职位两年。我招募了一名从斯坦福大学毕业的精神科病医生，请他负责治疗病房里的药物（精神药理学既非我的强项，也非我的兴趣所在），自己则全神贯注为流动中的住院病房设计一套全新的团体治疗方案。我开始观摩全国主要的精神病医院住院患者的团体会谈。我发现到处都是困惑：甚至最著名的学术医院也没有有效的住院患者团体方案。由于成员的快速流动，团体带领者不得不在每次会谈开始时都引入一两个新成员，并邀请他们叙述自己为什么住院。几乎无一例外，这些叙述（随后是治疗师诱导其他成员做出回应）填满了整个会谈。显然没有人从这些团体中得到多少益处，而且人员流失也颇为严重。我们亟需一种完全不同的策略。

斯坦福大学的急症部门有20个患者，我把他们分成一个高功能组，一个低功能组，每个组有6～8个成员（剩下的，大部分是刚入院的急症患者，还没搞清楚状况，在一两天时间内无法参加任何团体）。经过几次实验之后，我发展出了一种切实可行的模式。因为成员的快速流动，我完全放弃了一次会谈到下次会谈要有连续性的想法，转而开发了一种新模式：**每个团体的寿命都将只有一次会谈**，带领者的任务就是使这次会谈尽可能高效。我为高功能患者设计了一个包含四个阶段的模式：

1. 每个患者将依次制定一个针对某些人际关系问题的议程，在会谈中讨论。（这项任务至少花费1/3的会谈时间。）

2. 团体会谈的其余时间都基于每个患者的议程来进行。

3. 然后，团体会谈结束后，观察员（医学、心理学或咨询专业学生、住院医生和护士，他们通过单向镜观察会谈）

进入房间,讨论他们观察到的会谈内容,而患者则在外围观察。

4.最后,在结束前的10分钟里,团体成员对观察员所做的讨论做出回应。

第一阶段,制定议程,是患者和治疗师最困难的任务。正如我所界定的,这个议程并不是关于患者为什么进入医院——例如,不是他们听到可怕的声音,或者抗精神病药物的副作用,或者他们生活中的一些创伤事件。相反,会谈的议程是关于他们人际关系中的一些问题——例如,"我很孤独,我需要朋友,但没人愿意跟我在一起"。或者"每当我敞开心扉,却引来众人嘲笑"。或者"我觉得人们都很讨厌我,我想知道这是不是真的"。

下一步治疗师要做的就是,把它转变为此时此地(here-and-now)的议程。当一位成员说:"我很孤独……"治疗师可以说:"你能谈谈你在这里,在这个团体中感受到的孤独吗?"或者,"在这个团体中,你想和谁待在一起?"或者,"让我们探索一下,在会谈过程中,在今天这个团体中你觉得孤独,你在其中扮演了什么角色呢?"

治疗师必须非常主动,但当它运作良好时,团体成员就可以相互帮助,改善他们的人际互动;而且效果明显比只关注患者为何住院要好。

我努力给那些观察员——护士、精神科住院医生和医学专业学生,在团体中安排一个积极的角色,这使得观察员对团体治疗会谈做出了巨大贡献。在一项调查中,患者评估会谈的最后20

分钟（与观察员进行的讨论）是治疗中最有价值的部分！事实上，有些患者在团体会谈开始前，就习惯性地往观察室偷看；如果那天没有观察员，他们就不太愿意参加了。这些成员的反应类似于我的门诊患者团体。如果成员们能够看到观察员，并从他们那里得到反馈，那么治疗工作就会非常顺利。

在低功能患者的日常团体中，我制定了一个模式，包括了一系列安全的、结构化的练习，训练患者的自我表露、同理心、社交技能以及认清自己想要的改变。

最后，为了解决员工士气低落的问题，我建立了一个每周一次的内部团体，即一个由员工（包括医务主任和护士长）组成的团体，专门讨论他们之间的关系。这样的团体很难带领，但在改善员工紧张关系方面，最终将是无价的。

带领了两年的住院患者团体之后，我决定休假（斯坦福大学的教职员每 6 年就享受 6 个月的全职休假，或者是 12 个月的半薪休假），写一本关于住院患者团体治疗方法的书。我最初的打算是再去一次伦敦，那里的写作氛围非常清爽，但玛丽莲坚持要去巴黎。所以，在 1981 年夏天，我们动身去法国，带着我们 12 岁的儿子本。那时，我们的女儿伊芙在上医学院，里德完成了斯坦福大学的学业，维克多在欧柏林大学（Oberlin College）读书。

* * *

旅行开始时，我们先拜访了好友斯蒂娜（Stina）和贺兰特·凯查杜里安，他们夫妻俩住在芬兰海岸附近的一座岛上。贺

第26章 住院患者团体和巴黎

兰特在斯坦福大学精神科教过几年书，他的执行能力非常出色，所以被任命为大学监察专员和教务主任。他是一位有天赋的讲师，他开设的关于人类性行为的课程成为传奇，是斯坦福大学史上最受关注的课程。他的妻子斯蒂娜，是一位记者、翻译家和作家，她和玛丽莲志趣相投；他们的女儿尼娜（Nina），则和我们的儿子本成为终生好友。

岛上种满了松树和蓝莓，如同童话般的隐居地，四周是令人敬畏的海洋。在我们拜访期间，贺兰特说服了我，让我从桑拿浴中一跃而入冰冷的北海，我居然照做了——但仅此一次。我们从芬兰乘夜班渡轮到哥本哈根。我通常会晕船，甚至看到船的照片也会晕，但在一小剂大麻的帮助下，我平静地漂浮到哥本哈根。在那里，我给丹麦的治疗师做了一天的工作坊。我们也游览了一些地方，拜谒了克尔凯郭尔和安徒生的陵墓，他们都埋葬在阿瑟斯通墓园，相去不远。

我们一到巴黎，就住进了一座公寓的第五层，没有电梯，位于圣安德烈艺术街，离位于第五区的塞纳河三个街区。在玛丽莲的帮助下，我找到了一间离穆浮塔街两个街区的办公室，那是法国政府为外国学者所预留的。

这是一次美妙的旅居。每天早晨，本爬上爬下五层楼，给我们买牛角面包和《国际前锋论坛报》(International Herald)，然后再乘巴黎地铁去国际双语学校。玛丽莲正在写一本新书——《母性、死亡和疯狂的文学》(Maternity, Mortality, and the Literature of Madness)，它是一部心理学视角的文学批评著作。我认识了她的许多法国朋友，我们应邀参加了许多晚宴，但是交流有些困难：他们当中很少有人会说英语，尽管我在跟法语老师努力学习，但没取得什么进展。在社交聚会上，我总觉得自己像个乡巴佬。

我在高中和大学里学过德语，也许是因为德语和我父母说的意第绪语相似，我学得很好。但是法语的轻快和节奏让我感到困惑。也许这与我无法记住旋律或再现旋律有关。这个糟糕的语言基因一定来自我的母亲，她在英语方面就有相当大的问题。但是法国的食物令人难忘！我特别期待早上的牛角面包和下午5点的小吃。我们的街道是一条热闹的步行街，室外摊位上兜售着绝味的甜草莓，还有美食铺在卖切片鸡肝酱和瓦罐兔肉。在面包和糕点房，我和玛丽莲都热爱野草莓蛋挞，而本独爱巧克力面包。

虽然我不太懂法语，不能和玛丽莲一起去剧院，但我陪她听了几场音乐会——一次是在圣礼拜堂聆听令人难忘的男高音，另一次是在夏特雷聆听激动人心的奥芬巴赫㊀。我最喜欢的地方还是博物馆。我怎能不去欣赏克劳德·莫奈（Claude Monet）的《睡莲》，尤其是本、玛丽莲和我还乘火车去了莫奈在吉维尼的乡村别墅，看到了那座著名的日式桥，横跨在漂浮的睡莲之上。我漫步在卢浮宫，尤其流连于陈列古埃及和波斯艺术品的房间，还有雄伟的苏萨㊁狮子琉璃壁画。

在这个美妙的巴黎旅居期间，我花了6个月时间就完成了《住院患者的团体心理治疗》(Inpatient Group Psychotherapy)，比我写任何一本书都要快得多。它也是唯一一本由我口述的书。斯

㊀ 奥芬巴赫（Offenbach，1819—1880），德籍法国作曲家，法国轻歌剧的奠基人和杰出的代表。——译者注
㊁ 苏萨，古波斯帝国的都城，今属伊朗胡齐斯坦省。——译者注

坦福大学非常慷慨，让我的秘书贝亚·米切尔（Bea Mitchell）和我们一起去巴黎，每天上午我口述2～3页的草稿，由她记录。在下午，我进行编辑、校对，并准备第二天的写作内容。贝亚·米切尔和我相处甚欢，每天我们俩散步两个街区到穆浮塔街，然后找一家希腊餐馆吃午餐。

1983年，《住院患者的团体心理治疗》由基本图书公司出版，随后影响了许多住院病房的团体治疗实践。此外，许多实证研究也支持了这种方法的有效性。但我再也没有回归住院病房；相反，我回到了老路上，再次拓展我对存在主义思想的认识。

我决定学习更多的东方思想，以此继续自己的哲学教育，这是一个我非常无知的领域，也是被《存在主义心理治疗》完全忽视的领域。在去巴黎前的最后几个月，我开始这一领域的阅读，并与斯坦福大学的一些学者交流，其中包括我的一位住院医生詹姆斯·坦泽尔（James Tenzel），他曾经跟随著名的佛教老师葛印卡（S. N. Goenka），在印度伊格德布里的法岗内观中心（Dhamma Giri）参加过静修。我咨询过的所有专家都告诉我，仅靠阅读是不够的，重要的是从事个人的冥想练习。因此，在12月，巴黎之行快要结束之时，我告别了巴黎，告别了玛丽莲和本——他们还在那里待一个月，独自去了印度拜访葛印卡。

第 27 章
印 度 之 行

　　这趟旅程中发生了非常多的事情,时至今日,35 年过去了,许多细节仍然历历在目。事实上,随着我近来对冥想兴趣渐浓,也怀着更多的尊重,这段旅程中的事件反而显得越来越鲜活。

　　我在孟买下飞机,正赶上一年一度的象神节,只见汹涌的人群簇拥着巨大的象头神——甘尼许(Ganesh),大家欢天喜地。我很久没有一个人旅行了,对这个新世界和新的冒险感到非常兴奋。第二天,我乘火车从孟买到伊格德布里,大约两个小时的旅程,碰巧与三位可爱的印度姐妹同坐,她们全都穿着鲜艳的藏红色和洋红色长袍。

　　三位姐妹中最漂亮的那个坐在我身边,醉人的肉桂和豆蔻的香气扑鼻而来。另外两个坐在我对面。我不时偷偷地瞥一眼我的同伴——她们的美丽让人窒息,但大多数时候,我看着窗外令人

第 27 章 印度之行

吃惊的景色。火车沿河而行,河岸上挤满了人,他们趟着河水,口中念念有词,把小的甘尼许塑像浸在水中,还有许多人还拿着黄色的纸浆球。我指着窗外,向我身边的姑娘问道:"对不起,你能告诉我发生了什么事吗?他们在唱什么?"

她转过脸来,盯着我的眼睛,用优雅的印式英语回答道:"他们说,'亲爱的甘尼帕提(Canapati),明年再见'。"

"甘尼帕提?"我问道。

另外两位姑娘吃吃地笑。

我的同伴回答说:"我知道,我们的语言和风俗容易让人困惑。但也许你知道这位神更常见的名字,甘尼许。"

"谢谢。我还想问一下,他们为什么把他浸在河水里呢?"

"这个仪式告诉了我们宇宙的法则:有形到无形的轮回是永恒不变的。甘尼许的雕像是泥塑的,在水里,它们会溶解至无形。虽然肉体消亡了,但住在里面的神仍然存在。"

"这真有趣,谢谢你。最后一个问题:为什么人们拿着那些黄色的纸浆球?"

这一问,三位姑娘再次吃吃笑起来。"那些纸球代表了月亮。有一个关于甘尼许的古老传说,说他吃了太多的拉杜(ladoos)……"

"拉杜?"

"拉杜是我们的一种糕点,一种有豆蔻糖浆的油炸面丸。甘尼许非常爱吃它们,有一天晚上,他吃得太多了,摔了一跤,肚子也胀破了。月亮看到了整个事件,觉得这太搞笑了,笑得停不下来。甘尼许被激怒了,他把月亮从宇宙中驱赶了出去。但是很快,每个人,甚至是众神,都非常想念月亮,因此他们聚集起来,请求甘尼许的父亲湿婆神(Lord Shiva),劝服甘尼许发发慈悲。甚至月亮也加入其中,向甘尼许道歉,他总算让步了,并减轻了对月亮的惩罚:一个月里,只有一天可以看见月亮全形,其余时间则只能看见部分。"

"谢谢你,"我说,"多么引人入胜的故事,而那个象头神多么好玩啊!"

我的同伴想了一会儿,补充道:"千万不要让我说的话使你看轻了宗教的严肃性。你仔细看看甘尼许的特征,非常有意思——每个特征都有其意义。"她解开长袍下脖子上带着的甘尼许胸针,把它举起来让我看。"仔细看看甘尼许,"她说,"他的每一个特征都有一个重要的信息。大脑袋告诉我们思想要大,大耳朵是要好好去听,小眼睛是要聚精会神。哦,还有一件事,小嘴巴告诉我们要少说话,这突然让我想起来,我是不是说得太多啦。"

"哦,不,远非如此。"她是如此美丽,以至于有时我很难专注于她说的话,当然,我没有告诉她这一点。"请继续,告诉我,他为什么只有一根象牙?"

"提醒我们要抓住好的,扔掉坏的。"

"他手里拿着什么?看起来像一把斧头。"

"是的,它意味着我们应该斩断牵挂。"

"这听起来很像佛教。"我说。

"请不要忘记,佛陀诞生于湿婆的大洋。"

"最后一个问题了。他脚下的老鼠代表什么?我看到每尊甘尼许的塑像都有。"

第27章 印度之行

"哦,这是最有趣的一个特征。"她说。她的眼神使我入迷,觉得自己好像要融化在她的凝视中。"老鼠代表着'欲望',甘尼许在教导我们必须控制欲望。"

突然,我们听到连续的刹车声,火车速度渐缓。我的同伴——我还不知道她的芳名,说道:"啊,我们快到伊格德布里了,我必须收拾东西下车了。我和我的姐妹要去那里参加内观静修。"

"啊,我也是来参加这个静修的。我非常喜欢我们的谈话。也许我们可以在那里继续聊天——茶歇或是午餐的时候?"

她点点头,说:"唉,到那里不能再说话了……"

"我糊涂了,你说不,但你又在点头同意。"

"是的,是的,对美国人来说,我们点头的习惯一直是个问题。当我们点头时,我们的意思是'不';当我们摇头的时候,我们的意思是'是的'。我知道,这与你们的习惯正相反。"

"所以,你的意思是不行。但为什么呢?为什么不能再说话了?"

"在静修时是不能说话的。禁语是内观静修时的一种规矩、戒律——在接下来的11天里完全不可言语。而且,那个也是被禁止的,"她指着我腿上的书说,"静修是不可以分心的。"

"好吧,再见,"我说,并满怀希望地说,"也许我们可以在静修结束后,再在火车上聊一聊。"

"不,我的朋友,我们不能这样想。葛印卡教导我们,我们必须只生活在当下。过去的回忆和未来的憧憬,只会使人不安。"

我常常想起她临别时的话:"过去的回忆和未来的憧憬,只会使人不安。"这句话字字珠玑，饱含真理，但实现它的代价是巨大的。我认为自己无法付出那么大的代价，也不愿意那样做。

* * *

在伊格德布里，我坐上出租车没一会儿，就到了静修中心，我登记好了，他们希望我捐点善款。我问参加者平均要支付多少费用，他们说大多数参加者都很穷，不需要支付任何费用。考虑到有 11 天的静修，还包括食宿，我就捐了 200 美元。然而，登记人员似乎对我的慷慨感到震惊，我瞥了他们一眼，他们都在摇头表示赞赏。我环顾四周并注意到，在大约 200 名参加静修的人当中，我是唯一的西方人！

一位工作人员把我所有的书都放在前厅的一个储物柜里，然后把我带到睡觉的地方。也许因为我捐了一大笔钱，所以被安排在一个只有四个同伴的房间里。我们彼此默默地打了招呼。其中一个是盲人，有三四次他弄错了地方，试图躺在我的垫子上，我又引导他回到他的位置。整整 10 天，不许讲话。只有葛印卡，偶尔他的助手，可以说话。

当我看到日程表时，才意识到自己签署的协议有多严格。早上 5 点开始，吃一顿清淡的早餐，然后是冥想、诵经和听课，一整天就过去了。唯一真正的一餐是素食午餐，但很快我就失去了食欲，几乎不关心食物——这在静修中是常有的事。

早餐后，我们在大厅里集合，那里有一个略高于地面的讲台，是为葛印卡准备的。大厅地上铺着席子，当然，没有家具。

第27章 印度之行

200名参加者全都是莲花坐的姿势,安静地等待着葛印卡出现。鸦雀无声的几分钟之后,四名随从人员陪同葛印卡走上了讲台。他古铜色的皮肤,身着白色长袍,英俊、威严。教学之前,他诵唱了一段古佛经,用的是巴利语,这是一种失传的印欧语系语言,上部座佛教做法事时用的语言。静修期间,每天早上,他都要诵唱一段,一个富有魅力的男中音,简直把我给迷住了。无论其他情况如何,每天早晨聆听葛印卡诵经的愉悦,就足以抵消这趟旅程的艰辛了。在静修结束时,我特意买了一些他的光盘;多年来,每晚当我泡在热水浴缸里时,就会听上一段。

我想搞明白为何诵经对我有这么大的影响,第一个想到的是我父亲的声音,他跟随留声机唱片上的意第绪语歌手哼唱。然后,我又想到,葛印卡的诵经让我依稀听到在犹太教堂里领唱者的吟唱。在我十几岁时,我想做的就是尽快逃离犹太教堂,但现在回想,我记起的是听到领唱者动听嗓音的些许喜悦。我只能猜测,在我的内心深处埋藏着某种对魔法的渴望,渴望通过仪式和权威缓解孤独的痛苦。我想几乎人人都有这种渴望。我曾见过袒露心声的皇帝,听过许多身居高位的人的秘密,我知道没有人能免于绝望,不去渴望神的怀抱。

* * *

前面两日,葛印卡给我们讲课,教我们如何专注于呼吸,如何体验吸入空气的凉爽,感受经由肺部呼出空气的温暖。然而,第一天才过去几个小时,我就遇到了一个重要的问题,那就是莲花坐。我不习惯坐在地板上，没有一刻舒服过，我的膝盖和背部开始疼痛。午餐休息时，我向葛印卡的一位助手报告了我的问题（尽管我们禁止彼此交谈，但如果真的事出紧急，我们可以向助手报告）。他奇怪地看着我，大声问我是不是在前世做了什么，所以才有这样不听话的后背。不过，他还是给了我一把简单的木椅，在接下来的静修中，我都坐在椅子上，坐在 200 名信徒当中，而他们的莲花坐都毫无问题，安然宁静。顺便说一下，这位助手关于前世的说法，是我在整个静修期间听到的唯一超自然的东西。纪律仿佛是无形的存在，直到一天晚上，有人放了一个响屁。先是几个人大声笑了出来，接着又有 8～10 个人笑了起来，持续了好几分钟。葛印卡中断了这一天的教学，第二天早上，我注意到听课的人少了几个：那几个笑出声的人没有出席，毫无疑问，他们被开除了。

第三天，葛印卡开始了正式的内观教学，他指导我们专注于头皮，直到有了某种感觉，也许是发痒，也许是刺痛，然后把注意力转移到脸部，等待着那里的某种感觉出现，然后再进入身体的下一个部位，脖子、肩膀，直到抵达我们的脚趾，全程关注自己的呼吸，同时留心变化无常。后来所有的指导，全都是专注于学习这种内观技巧，葛印卡反复提醒我们，佛陀就是用这种方法冥想的。

除了指导和诵经，葛印卡还做了几次激发动机的演讲，但几乎所有的演讲都让我感到失望。他向我们保证，我们现在很富有，因为我们有了一种技术，可以让我们更有意义地利用时间。例如，在巴士站等车的时候，我们就可以进行内观冥想，净化我们的思想，就像园丁清扫花园中的杂草一样。因此，他强调说，我们就比那些在巴士站只是干等车的人更有优势。这最后一种想法，即内观可以让一个人比其他人更有优势，似乎不值得一提，而且与葛印卡的灵性诉求存在矛盾。

经过葛印卡连续不断的教导，几天之后，我感觉醍醐灌顶，这彻底改变了我的内观练习的性质。我开始"清扫"，开始觉得好像蜂蜜浇在我的头上，它正在慢慢渗透下来包裹住我的全身。那种感觉美妙极了，好像我的身体在嗡嗡作响或振动，突然间，我灵光一现：现在我完全明白了，为什么那么多的追随者会追求这种状态，维持几个星期，甚至几年。没有忧虑，没有焦虑，没有自我意识，也没有分离感，只有妙音盈耳，一股暖流从天而降，沐浴全身。

呜呼，这种别有洞天的美妙感觉只持续了一天半，然后我就再也无法重新进入了。总的来说，我恐怕会给自己的内观冥想打不及格。它好像对我没什么帮助，我的睡眠完全被打乱了——在静修期间，我很少睡超过四五个小时。这部分是由于太多的冥想造成的；部分则是因为我的盲人同伴，他老是弄错地方，试图爬上我的床铺；还有一部分原因是夜间警卫绕着静修中心，整夜大声吹哨，防范窃贼。我在此度日如年，感觉越来越乏味。除了洗衣服之外，我发现几乎无事可做。不管是否需要，我总是经常洗衣服，甚至不时检查一下，看看它们干了没有。

时不时，我远远望着火车上遇见的美丽同伴，当然，我们不能交谈，尽管我常常确信，她也正在凝视着我的眼睛。虽然她警告说对未来的憧憬会扰乱内心的平静，但我经常想象在静修之后，我们在火车上再次相遇，这次没有她的姐妹。我尽自己最大的努力去驱散那甜美的幻想——没错，这些幻想阻碍了通往平静的道路。

而最糟糕的是，没有书籍！我几乎每天都要读一两章小说，但在办理登记的时候，我就不得不与所有的阅读材料作别。我感觉自己快要疯了，就像一个戒毒中的瘾君子。我在背包里发现了一张皱巴巴的白纸，如获至宝，用一截铅笔头，编写了一个故事，消遣自己。我回想起火车上那位同伴的话："过去的回忆和未来的憧憬，只会使人不安。"现在，我手里拿着铅笔，思考着这个想法带来的灾难性后果。我想象，假如莎士比亚将此话奉为金科玉律，于是决定不去写《李尔王》(*King Lear*)。不仅是"李尔王"，恐怕他所有伟大的文学人物都将胎死腹中。是的，赞颂宁静固然没错，它也十分美好，但是代价，我们要想想代价！

静修结束后，我乘火车回到孟买，再也没有见到那三个印度姐妹。离开印度之前，我想去游览瓦拉纳西——印度的精神之都，但要途径加尔各答，后者让我见识了人类苦难的深渊，以前闻所未闻。出租车载我从机场到城里，经过无数的贫民窟，家家都有一个炭炉，冒着黑烟，刺痛喉咙，升腾空中，天色昏暗，彼时下午 2 点。每次我从宾馆出来，憔悴的乞丐、盲人、麻风患者和瘦弱的孩子就迎面而来。麻风患者追着我跑，威胁要把褥疮蹭我身上，除非我对他们施舍。每次出门，我总是在口袋里塞满硬币，但他们的贫穷和匮乏是无止境的。我尽了最大努力使用刚刚学到的内观技术，但是没办法达到宁静。我新学到手的冥想练习，似乎无力抵抗真正的焦虑。

第27章 印度之行

在加尔各答待了三天之后,我搭上了火车,深夜抵达了圣城瓦拉纳西,在空荡荡的火车站里,我是唯一的游客。一个小时后,一个脚踏车的车夫来到车站,经过一番激烈的讨价还价,他同意带我去瓦拉纳西,并帮我找到住处。但这座城市满是佛教朝圣者,以至于空床位稀缺。最后,经过两个小时的寻觅,我在一个藏传佛教寺院里找到了一个小房间,它足够我睡,但是太吵了。那天晚上我几乎没睡,因为整晚耳边都是响亮而欢快的密宗(tanric)唱诵。在接下来的几天里,我去往不同的寺院,参加佛教研讨会、瑜伽课程和冥想练习。虽然我是一个失败的冥想者,但我发现自己对佛经研讨会和讲座有极大的兴趣——我从来没有怀疑过佛教传统里蕴藏着伟大的智慧。但我也没有考虑参加进一步的冥想训练。那时候,我似乎秉持唯我论(solipsistic)——我在别的地方有一种完整的生活:我深爱的妻子和家人,我的工作,以及我帮助别人的方法。

我在恒河上乘船游览,但见沿岸每日进行的火化,树上和屋顶上的猴群。一名骑摩托车的大学生做我的导游,带我去探索周边地区。接下来,我去了鹿野苑(Sarnath),这里有许多佛教圣地——比如,佛陀最初向弟子传授佛法的鹿园,以及从原树折断处重生的菩提树,佛陀就是在此树下开悟的。

我行程安排从加尔各答到泰国,在泰国停留几日,然后从那里搭飞机回美国。可我去车站买回加尔各答的票时,售票员却告诉我,没有座位了,要等几天。我感到莫名其妙,因为车站明显冷冷清清。回到酒店后,我向经理求助,他微笑着告诉我,这个谜题的答案很简单,我还没有学会印度的这一套。他陪我回到火车站，向我要一张 5 美元的钞票，然后把钞票塞给售票员，售票员彬彬有礼，立即出示了一张票。更过分的是，当我登上火车时，我发现自己是整个二等车唯一的乘客。

我从加尔各答飞到泰国，在那里，我参观了水上市场和佛教庙宇，并经由一位朋友安排，与一位佛教学者喝着茶进行了一场有趣的对话。晚上，我的表亲杰伊的一个朋友，带我去镇上体验了一次风俗之旅。在我们去吃的那家海鲜大饭店，服务员没有提供菜单，而是带我们去环绕着餐厅的鱼塘，让我们在那里挑选鱼。他用一个长柄的渔网捞起鱼，又带我们前往一个大的新鲜蔬菜摊子，我在那里挑选了配菜。我尽力用我的泰语告诉服务员"Phrik rxn"（"不要辣椒"），但一定是把这几个词说得支离破碎，因为我的话引得他们哄堂大笑，以至于其他服务员也跑过来看热闹。晚饭后，导游带我去了一家泰式全身按摩院，这是我第一次也是唯一一次去这样的地方。

我从曼谷乘巴士到清迈，在那里我看到了为砍伐森林而工作的大象。我还遇到了一位同行者——一位奥地利游客，我们合雇了一位导游，带我们坐独木舟沿湄公河而上。岸边有一个当地的村庄，我们停了下来，加入了村里男性的队伍，他们正坐成一圈享受每天的鸦片烟，而女性，当然了，操劳着村庄里所有的工作。我仅此一次的鸦片经验并不激动人心：只是维持了几个小时轻松柔和的心境。我们继续前往清莱，沿途经过许多错落有致的庙宇，宛若仙境，仿佛它们随时都可以升空而去。在清莱，我和其他游客一起踏上了一座连接泰国和缅甸的桥，不料在中途，我们遇到了严厉的缅甸军警。但这些军警却允许我们在边界线上待

第27章 印度之行

几分钟，所以，我们还是可以宣称去过缅甸的。接下来，我飞往普吉岛，停留数日，在海滩上散步，带器械潜水，随后打道回府，回我的加州。

虽然我很喜欢这趟旅行，但最终为此付出了代价。到家后不久，我患上了一种奇怪的疾病，疲乏、头痛、头晕、食欲不振，折磨了我好几个星期。斯坦福大学医院所有专家一致认为，我感染上了某种热带疾病，但没人知道到底是什么病。几个月后，我完全康复了，为表示庆祝，我们去了加勒比海的一个小岛短暂旅行，在那里租一间小屋住上两星期。刚到那里没几天，一日我在沙发上打盹，然后被虫子咬醒了。第二天，我感觉比从印度回到家时还糟糕。我们赶紧飞回家，斯坦福大学医学系花了几个星期的时间，把我当作登革热和其他热带疾病来治疗。虽然他们用尽了现代医学的诊断测试，但从来没有解开我的疾病之谜。

我又病了大约16个月，每天去斯坦福大学都很勉强，需要大量的休息。玛丽莲的一位好友后来告诉她，许多人都认为我中风了。最终，我决定重建自己的身体：我去了一家健身房，强迫自己每天都锻炼。不管我感觉有多糟糕，我完全无视身体上的任何借口，坚持在健身房的锻炼，最终我恢复了健康。回顾那段时间，我想起12岁的儿子本，经常到我的卧室，和我一起静静地坐着。在那两年里，我错过了和他打网球，从来没有教他下棋，也没有和他一起骑自行车。尽管他记得我们玩过西洋棋，读过斯蒂芬·唐纳森（Stephen Donaldson）的《托马斯·卡维侬编年史》(*The Chronicles of Thomas Covenant*)。

从那以后，我对那些罹患神秘的、无法诊断的疾病的患者，比如慢性疲劳综合征或纤维组织肌痛，便产生了巨大的共鸣和同情。这是我生命中的黑暗篇章，几乎所有那些日子的回忆都逐渐淡去——但我知道那是对我耐力的终极考验。

* * *

虽然多年来我没有再做冥想，但我对这一实践有了更高的认识，部分原因是我又认识了许多人，冥想让他们从苦难中解脱出来，并为他们提供了一条通往慈悲的道路。在过去的三年里，我读了更多关于冥想的文章，与进行冥想练习的同事交谈，并尝试了不同的方法。通常，在晚上我感到烦躁不安时，就在互联网上数不清的睡眠冥想中找一种听听，常常在冥想结束之前就安然入睡了。

印度是我第一次深入了解亚洲文化，但不是最后一次。

BECOMING
MYSELF

第 28 章

日本、中国、巴厘岛和《爱情刽子手》

1987年秋,我在东京的宾馆办理入住时,与我的日本东道主碰了面。他是一位说英语的心理学家,从纽约飞过来,担任我的翻译。这位朋友住在隔壁房间,在这一周的行程中,将随时待命。

"你能告诉我具体的日程安排吗?"我问。

"你这个星期的日程安排,长谷川医院的计划负责人并没有特别交代。"

"我想知道为什么。我倒是问过,但他们没有回答:似乎是故意保密的。"

他只是看着我,耸了耸肩。

第二天早上,当我和他到达长谷川医院时,我们受到热烈欢迎,一大批精神科医生和行政人员在门口等候,并为我献上了一大束鲜花。他们告诉我，第一天上午是一个特殊的场合：医院全体工作人员都会出席，听取我对住院患者团体会谈的意见。然后，他们把我带进了一个大约坐了400人的礼堂。这种场合我见得多了，对团体会谈的意见随手拈来，所以我很放松，坐在那里，准备做一个口头描述，或者放一段团体会谈的录像。然而，让我措手不及的是，他们精心准备了一场戏剧来重现团体会谈的场景。上一个月，他们在医院病房里录制了一场团体会谈，然后加以改编，将其角色分配给不同的员工，显然花了大量时间来排练这出戏。这是一场精彩的表演，但是，唉，它呈现了我见过的最可怕的团体会谈。带领者环绕着团体，依次向每个成员提出建议并安排各种练习。没有一个团体成员跟另一个成员说话——在我看来，这是一个典型的不做团体治疗的例子。如果它是在录制一场真正的团体会谈，那么我将毫不迟疑地阻止它，然后提出可替代的方案。但是，我怎么能阻止一场精心编排的制作呢，而这肯定需要无数个小时的排练吧？这样做太没礼貌了，所以我坐在那里，看完了整场演出（我的翻译在我耳边低语）。然后，在讨论的时候，我非常、非常温和地提出建议，强调以人际关系为基础的技巧。

在东京的一个星期里，我尽力成为一名有帮助的老师，但我从来没觉得自己是有用的。在那个星期，我意识到，日本文化里有些根深蒂固的东西反对着西方的心理治疗，尤其是团体心理治疗：主要在于日本人羞于暴露自己或分享家庭的秘密。我自愿带领一个治疗师的体验团体，但这个想法被拒绝了，说实话，我松了一口气。在那个星期的所有演讲中，听众都很有礼貌，专心听

第 28 章 日本、中国、巴厘岛和《爱情刽子手》

讲,但没有人发表意见或问一个问题。

玛丽莲在这趟旅行中也有类似的经历。她在一个日本女子协会的安排下,在挤满人群的漂亮礼堂里,做了一场关于20世纪美国女性文学的演讲。这场活动经过精心策划,在演讲前还安排了一场优美的舞蹈表演,听众都很专注,很有礼貌。但是,要求提问或发表意见时,大家都沉默了。两周后,她在北京外国语大学发表了同样的演讲,最后却遭到了中国学生的问题轰炸。

在东京,我受到了殷勤的招待——没有做不到,只有想不到。我超喜欢我们的便当盒午餐——七层精致的食物,排列有致。此外,还有许多场为欢迎我而举办的奢华宴会。我的东道主更慷慨地邀请我,使用他在夏威夷的360度全景观公寓,随时欢迎。

在研讨会之后,无论走到日本的哪里,我们都受到东道主或陌生人的盛情款待。在东京的一个晚上,我们正前往歌舞伎剧院,但迷路了,我们把门票出示给一位正在清洗大楼台阶的妇人,并向她问路。她立刻放下手中的活儿,陪我们走了四个街区,把我们送到剧院门口。另一次在京都,我们下了巴士,正在市里漫步,这时听到身后传来急促的脚步声。一位老妇人正吃力地喘着气,带着我们丢在车上的雨伞追赶过来。没过一会儿,在一个佛教寺庙里,我们遇到一位陌生的大学教授,相谈甚欢,他立即邀请我们到他家吃晚饭。但是,他们的文化并不欢迎我的治疗方法,我的著作也很少被翻译成日语。

* * *

日本是全年休假的第一站。我刚刚完成了一项艰苦的任务——再次修订了我的团体治疗教科书。像我这样初写教科书的人往往不知道，如果教科书受人欢迎，那么作者就等于签了终身契约。教科书必须每隔几年就修订一次，特别是如果这一领域出现了新的研究和变化——实际上，团体治疗正是这种情况。如果没有修订，教师上课就会去寻找更新的教材。

1987年秋，我们还遭遇了空巢期：最小的孩子本，离开家去上斯坦福大学了。在把团体治疗教科书的修订稿交给出版社之后，我和玛丽莲为了庆祝自由，决定全年休假，出国旅游，在巴厘岛和巴黎停下来静心写作。

很长一段时间，我都在考虑写一本风格不同的书。我这一生都喜欢讲故事，而且我经常把一些治疗故事，有时只有几行，有时连续几页，偷偷地写进我的专业著作中。多年来，团体治疗教科书的许多读者告诉我，他们愿意忍受许多页枯燥的理论，因为他们知道会有一个故事等在转角处。所以，在我56岁的时候，我决定做出一个重大的人生转变。我将继续通过写作教导年轻的心理治疗师，但我会把故事提升到一个新的高度：我将把故事放在第一位，让它成为我教学的主要工具。我觉得，是时候释放我内心那个说故事的人了。

在去日本之前，我有必要熟悉一下我的新鲜玩意儿：一台笔记本电脑。于是，我们在俄勒冈州的阿什兰租了一间小屋，住了三个星期。我们曾多次造访这座小镇，因为那里有非凡的戏剧节。我们晚上看戏，但在白天，我在笔记本电脑上苦练打字。当我对摆弄电脑有点信心时，我们便飞往旅程的第一站：在东京的

第28章 日本、中国、巴厘岛和《爱情刽子手》

研讨会。

那时候,我还是一个单指打字的打字员。我以前所有的书稿和文章都是手写的(或者是口述,只有一次)。但为了使用这台新电脑,我必须学会打字,而且我通过一种独特的方法做到了。在去往日本的长途飞行中,我一直玩一种早期的电子游戏:我的太空飞船受到外星船舰的攻击,它们发射字母形状的炮弹,而我只能在键盘上按相应的字母键击退它们。这是一种非常有效的教学手段,当飞机降落在日本时,打字已不在话下。

* * *

东京之行结束后,我们飞往北京,在那里,我们与四位美国朋友碰头,还有一位导游——在那时导游是必需的;然后,我们开始了两个星期的中国之旅。我们去了长城、故宫,泛舟游桂林,沉醉于灵秀的山水之间。而在这一路上,我继续构思着如何写一本治疗故事集。

有一天,在上海,我感觉有点不舒服,没有和其他人一同出去游玩,上午就在宾馆里休息。我的公文包里塞满了口述的会谈记录,我从25个文件夹中随机抽取了一个,是我和索尔(Saul),一名60岁的生物化学研究者,75次会谈的摘要,我通读了一遍。

那天下午,我独自漫步在上海的后街小巷,遇见了一座高大宏伟但已废弃的天主教堂。穿过一扇虚掩的门,我在过道里徘徊,直到看见了一间忏悔室。确定了没有外人之后,我做了一件心驰神往的事儿:我溜进去坐在了神父的座位上!我想起了一代又一代的神父，他们在这间小屋子里听着别人的忏悔，我想象着他们听到的一切——数不清的悔恨、羞耻和愧疚。我好羡慕那些上帝的代言人，羡慕他们可以对受苦之人宣布："你被原谅了。"何等疗愈的力量！我的能力完全相形见绌。

在那古老权威的宝座上坐了大约一个小时，沉思着，然后一件奇妙的事情发生了：在一个白日梦里面，《三封未开启的信》的整个故事情节呼之欲出。我突然明白了这个故事的一切——它的人物、情节，以及其中的悬念。我急切地想要把它记录下来，怕它消失不见了，但我没有纸也没有笔（这是前智能手机的时代）——没法记录我的想法。我寻遍教堂，在一个空书架上找到了一截铅笔头，但是连碎纸片也没看见，所以我想到自己唯一可用的纸——护照上的空白页，在上面草草写下故事的要点。这就是我最终命名为《爱情刽子手》书中的第一个故事。

几天之后，我们与朋友作别，离开中国，飞往巴厘岛，在我们租来的异国情调的房子里住了两个月。在那里，我开始认真写作。玛丽莲也有一个写作计划，即她后来出版的《血誓姐妹：女性回忆中的法国大革命》（*Blood Sisters ： The French Revolution in Women's Memory*）。四个孩子诚可贵，但自由价更高：这是自33年前法国蜜月旅行之后，我们第一次不带孩子的长期旅居。

我们在巴厘岛的房子看起来异乎寻常。从外面看，只见到高墙环绕着庞大的庄园，里面则长满了茂盛的热带植物。房屋没有墙壁，只有垂帘分隔着房间。睡觉的地方在楼上，浴室在另外一栋建筑里。那里的第一晚令人终生难忘：大约午夜时分，一大群飞行的昆虫突然降临在我们上方，数以百万计，势不可挡，我们

巴厘岛
1988 年

不得不把床单拉到头上。我盯着行李箱，打算一到天亮，就赶快离开这个地方。但到太阳升起的时候，一切又恢复了平静，一只虫子也看不到。服务员向我们发誓，这样的白蚁成群交配每年只有这么一晚。色彩斑斓的鸟儿，大胆地栖息在花园里枝繁叶茂的树上，鸣唱着奇怪的旋律。奇花异草的芬芳令我们迷醉，而且我们发现，厨房里也摆着许多奇形怪状的水果。6名员工住在庄园的小屋里，他们平日的工作是清理、烹饪、园艺活、放音乐、为频繁的宗教节日布置鲜花和水果。从庄园的后门出去，沿着一条沙道步行3分钟，就到了波澜壮阔的库塔海滩——当时还没怎么开发，原生状态良好。而所有这一切，远远低于我们为帕洛阿尔托的房子收取的租金。

* * *

写完《三封未开启的信》，也就是我在护照上匆匆写下关于索尔的故事之后，好几个上午，我都在花园的长椅上翻阅案例笔记，为下一个故事做准备。在下午，玛丽莲和我则在海边漫步好几个小时，通常在不知不觉中，一个故事就会生根发芽，势头迅猛，迫使我把其他的笔记放在一边，专心致志于眼前这个故事。当我开始写作的时候，我并不知道故事会把我带到哪里，或者它会变成什么样子。当我看着它生根发芽、转眼变得枝繁叶茂的时候，我感觉自己似乎成了旁观者。

我经常听作家说，是故事在写自己，但直到那时我才明白这一点。两个月后，我对玛丽莲数年前告诉我的一则旧闻——关于

第28章 日本、中国、巴厘岛和《爱情刽子手》

19世纪英国小说家威廉·萨克雷[一]的故事,有了全新而深刻的理解。一天晚上,当萨克雷从书房里出来时,妻子问他今天写得怎样。他回答说:"哦,糟糕的一天!潘登尼斯(书中的一个人物)让自己出尽洋相,我简直无法阻止他。"

很快,我就习惯了听书中的人物彼此对话。我一直在偷听——甚至在一天的写作结束后,我和玛丽莲漫步在无尽的黄金沙滩上,我都没有错过。不久之后,我又有了另一种写作经验,它是我人生中的巅峰体验之一。当故事深入到某个地方,我发现自己善变的心开始和另一个故事调情,在我的直接感知之外,它跃然纸上。我认为这是一个信号——一个神秘的信号,自己传达给自己的——我在写的故事即将结束,一个新的故事即将诞生。

现在,我越来越感到不安的是,我所有的文字只存在于这台陌生的电脑上,它们没有任何纸质备份,而像闪存盘、时光机(Time Machine)和网络硬盘这类东西还未诞生。不幸的是,我的手提式柯达打印机不喜欢旅行,在巴厘岛待了一个月后,它就报废了。由于担心我的作品永久埋葬在电脑里,所以我去寻求帮助。人们告诉我,整个巴厘岛只有一台打印机,在首府登巴萨(Denpasar)的一所计算机学校里。有一天,我把我的电脑带到学校,一直等到下课,然后请求或贿赂(我忘记用了哪种方法,也许两种都用了)老师帮我打印一份珍贵的最新完稿的纸样。

在巴厘岛上,我文思如泉涌。没有邮件、电话或其他干扰,我写得既快又好,顺利程度前所未有。在这两个月里,我完成了

[一] 威廉·萨克雷(William Thackeray,1811—1863),英国作家,代表有《名利场》以及自传体长篇小说《潘登尼斯》。——译者注

十则故事中的四个。在每个故事里,我都花费了大量时间掩饰患者的身份。我改变了患者的形貌、职业、年龄、国籍、婚姻状况,甚至是性别。我想要确保没人能认出他们,当然,我会把写好的故事发给当事人,请求得到他们的书面许可。

在不写作的时候,玛丽莲和我便探秘这座岛屿。我们崇敬巴厘岛人的优雅,欣赏他们的艺术、舞蹈、木偶戏、雕刻和绘画,赞叹他们的宗教游行。海滩散步和浅滩潜水,都犹如天上人间。有一天,司机带着我们和两辆自行车去了巴厘岛的最高点,我们向下滑行了几英里,穿越村庄,经过卖菠萝蜜和榴莲的摊位。令我惊讶的是,国际象棋在巴厘岛很受欢迎,我发现到处都有人在下棋。我经常很早到附近的餐馆,和服务员一起玩几局。

我和玛丽莲达成协议,在欧洲度过后面一半的年休假。我热爱热带岛屿,而玛丽莲热爱法国,在婚姻中,我们早已学会彼此妥协。玛丽莲刚刚正式辞去她在斯坦福大学的行政职位(但她坚持做一名高级学者,至今仍是),她还有一些专业上的职责,所以在去欧洲的路上,她回到了加州的帕洛阿尔托。我则停留在夏威夷的欧胡岛,在那位日本东道主的漂亮公寓里静心写作,在那里我又写了两个故事。最后,五个星期之后,玛丽莲按响了门铃,告诉我,是时候重新启程了。

下一站是意大利的贝拉吉奥。一年前,我们俩都申请到了贝拉吉奥的洛克菲勒基金会中心的住宿。她继续写关于法国大革命的女性回忆录,而我继续创作我的心理治疗故事。

在贝拉吉奥的住宿一定是学术界最大的福利之一。洛克菲勒住宅区距离科莫湖仅几步之遥,拥有美丽的花园,技艺高超的厨

第28章 日本、中国、巴厘岛和《爱情刽子手》

师——每天晚上都会做不同花样的意大利手工面,还有一幢漂亮的中央别墅——可容纳30位学者,并为每个人提供独立的书房。这些学者在进餐时间和晚间研讨会上碰面,介绍各自的工作。我和玛丽莲每天上午写作,下午则经常乘渡船去往科莫湖畔一个迷人的小村庄。这些学者当中有一个叫斯坦利·埃尔金斯(Stanley Elkins)的,他是一位了不起的喜剧小说家,我与他兴趣相投,交谈甚多。斯坦利因患小儿麻痹症而残疾,平常使用轮椅。他每天晚上都收听电台谈话节目,在那里搜集情节和人物。

离开之后,我们在巴黎度过了剩下的4个月假期,在皇家港口大道租了一间公寓。玛丽莲在家里写作,我则挑选了万神庙附近的一家露天咖啡馆,在那里我完成了最后四个故事。再一次,我拾起了日常法语课——唉,一如既往,完全无用。到傍晚和晚上,我们在城里漫步,和她的巴黎朋友共进晚餐。

在露天咖啡馆写作特别合我胃口,下笔如有神助。后来,我回到家里,在旧金山的北部海滩也找到一家露天咖啡馆,写作氛围非常好,我就在那里继续练笔。因为我计划这本书是写给年轻治疗师的教学故事集,所以我在每个故事的结尾都会写几段文字,阐明其中的理论要点。这个想法被证明不可行,于是,我花费几个星期写了一篇60页的教学结语,放在这本书的最后。然后,我带着极大的满足把手稿寄给了出版社。

两三个星期后,基本图书公司负责这本书的编辑菲比·霍斯(Phoebe Hoss)联系了我。菲比是一位来自地狱的编辑(但也来自天堂),我俩之间注定要有一场史诗般的战斗。回忆起来,菲比只是对这些故事进行了微小的编辑,除了在一个地方,胖女人那个故事里，插入了一个词语——"肉体横飞"（an avalanche of flesh）。这个词在我的脑海里挥之不去，任何编辑都会添加一些词（尽管我经常希望多加一些），但它绝对是一个毫无理由的词语。不过，当菲比读到我漫长的后记时，她快要疯了，坚持要我完全放弃它。她完全确定，根本不需要最后的理论解释，这些故事足以说明一切。我和菲比之间展开了一场大战，持续好几个月。我递交了一个又一个版本的后记，每一个版本都遭到无情地删减，直到几个月后，她把我的60页纸缩减到10页，并坚持把它移到书的前面。今天，当我重读这本书时，从简洁的序言开始，我对自己激烈抵抗的回忆感到懊恼：菲比，是一位不可多得的编辑，她完全是正确的，可惜我再也没有碰到像她这样的人。

当这本书即将发行时，我和玛丽莲飞往纽约，参加出版社举办的新书发布会——这些事件如今很少见，但那个时代很流行。发布会安排在周一晚上举行，但周日的《纽约时报》一篇负面评论让每一个人都很扫兴。这本书的形式少有先例：只有弗洛伊德的一些病例史，以及罗伯特·林达（Robert Lindner）的《50分钟的一小时》（The Fifty-Minute Hour）——一本关于催眠治疗患者的书，与之接近。《纽约时报》的评论员，一位儿童精神病学家，对这种形式很不以为然，并在她的负面评论结尾处说，她更愿意在专业期刊上阅读她的病历。

然而，就在周日晚上，午夜刚过，我被电话铃吵醒了，喜出望外的是出版商打来电话，说《纽约时报》将于周三刊登伊娃·霍夫曼（Eva Hoffman）的赞美评论，伊娃是一位著名的作家和评论家。直到今天，我仍感激伊娃·霍夫曼，而且很高兴几年

第28章 日本、中国、巴厘岛和《爱情刽子手》

后能与她会面。我在纽约和十几个城市的书店里参加过这本书的发布会。这些全国性的图书发布会，连同专业的书籍推销员——他们在机场与作者见面，再将作者准时送到演讲现场，现在基本上都是过去式了。几乎在每一家书店，奥利弗·萨克斯都先我一步，宣传他的新书《错把妻子当帽子》(*The Man Who Mistook His Wife for a Hat*)。我们的日程交集颇多，以至于我觉得我们是相识的，但不幸的是，我们从未谋面。我非常欣赏他的作品，在阅读了他的最后一本书《一生漂泊》之后，还以粉丝的身份给他写了一封信，但不久他就去世了。

出版后的几周内，完全出乎意料，《爱情刽子手》登上了《纽约时报》的畅销书排行榜，并持续了几个星期。很快，我就被采访和演讲的邀请压得喘不过气来，记得我和菲利浦·洛帕特（Phillip Lopate）在午餐谈话间还抱怨过自己的疲乏和压力，他是一位优秀的散文家，是我在本宁顿学院写作工作坊的导师之一。他向我建议道："冷静下来，享受关注——畅销书是很少见的，而且谁知道，下一次机会是什么时候呢！"啊，他是多么明智啊。

23年后，出版社决定换个封面重新发行《爱情刽子手》，并要求我写一篇新的后记。我重读了这本书——许多年来的第一次，我对它产生了强烈的反应：既感到骄傲，但又懊恼自己的衰老，同时还嫉妒那个年轻的我。我情不自禁地想，这个家伙写得比我好多了。我很高兴重温那些亲爱的老病号，他们当中许多人已不在人世。但有一个例外，那就是"胖女人"。我记得"胖女人"的故事是在巴黎一家咖啡馆里写的，只开头一段就花了几个小时，它介绍了反移情的概念，即治疗师对患者不期而至的情绪反应。

贝蒂（Betty）踏进我办公室的那天，当我看到她挪动那不足160厘米而重达110多公斤的身躯，走向我那张简约的高科技办公椅时，我深知等待我的是一场与反移情之间的艰苦卓绝的斗争。

这个故事是为治疗师而写的教学故事，所以我才是故事里的主角，患者则是次要角色。故事讲的是治疗师可能会对患者产生一些不合理的、有时是厌恶的情感，它在治疗中可能构成一种可怕的障碍。治疗师可能对患者产生极为极强的爱慕之情，也可能有来源于无意识的强烈的负面反应，这也许与治疗师过去遇到的负面人物有关。虽然我并未了解到对肥胖女性有负面情绪的所有原因，但我确信我和母亲的关系起了一定的作用，我知道，我必须努力克服自己任性的情感，而用一种人本的、积极的态度对待患者。这个故事想说的就是这些，而且为了做到这一点，我夸大了自己反移情的程度。因此，我对贝蒂负面的反移情和我想要帮助她的愿望之间的冲突，是整个故事的核心。

有一件事，尤其引起了我强烈的共鸣。贝蒂通过当地一家报纸上的个人广告，找到一个约会对象（这是前婚恋网站时期的惯常做法），并在她的头上戴了一朵玫瑰以便辨认。那个男人一直没有出现。这不是贝蒂第一次经历这样的事情，她猜测，他从远处看了一眼，然后消失了。我的心向她走近，当她描述自己在拥挤的酒吧里努力保持镇静，寂寞地饮酒时，我不得不强忍住泪水。

我对故事结尾的描写十分满意，她向我索要一个告别拥抱，

第28章 日本、中国、巴厘岛和《爱情刽子手》

我写道:"我们拥抱时,我惊讶地发现,我的两只手可以合抱住她。"

我选择了写下这个故事,就是要残忍地揭露我对肥胖的令人不齿的想法。不,它远不止于此:为了文学的张力,我故意夸大了自己的反感,把这个故事变成我(作为一个治疗者)与背后作祟的恶意之间的对决。

我有些惶恐地把故事递给贝蒂,让她阅读,征求她的许可。当然,我改变了所有可以识别的细节,并问她是否还有其他想改的地方。我告诉她,为了让教学效果更明显,我夸大了自己的感受。贝蒂说她理解,签署了发表这个故事的书面许可。

这个故事引起的反响很强烈。"胖女人"的故事引发了女性如洪水般的负面反应,她们觉得自己受到了伤害并且很愤怒。但更多是年轻治疗师的正面回应,这个故事使得他们在试图解决自己对患者的负面情绪时,感到如释重负。他们说,我的诚实让他们在感觉消极的时候,更容易与自己待在一起,并使他们能够开诚布公地向上级或同事表达这种情感。

泰莉·格罗斯(Terry Gross)在美国公共广播公司一档流行广播节目《新鲜空气》(*Fresh Air*)上采访我,她对这个故事提出质疑,或许更准确的说法是"痛斥"。最后,出于自卫,我大声说:"你没有读到故事的结尾吗?你难道不明白,这个故事是关于我在治疗中的心路历程吗?我对某些患者怀有消极的偏见,到最后我变了,作为一名治疗师我变得成熟了。这个故事的主角是我,而不是患者。"自那以后,我再也没有被邀请回到她的节目。

虽然贝蒂从来没有说过,但我想这个故事确实会引起她的痛苦。那个时候，我被蒙蔽了双眼。我太过雄心勃勃，太过鲁莽，太过于逞一时之快，只顾着把它写出来。对此，我至今深感遗憾。如果现在写这个故事，我会尝试将肥胖转化为某种完全不同的状况，更加彻底地虚构治疗事件。

* * *

在新版《爱情刽子手》后记的结尾处，我写下了一个年轻时的我会感到惊讶的发现：也就是说，我虽然80岁了，但我的心境还不错，超出了预期。是的，我不能否认，晚年的生活就是一个又一个的失去；但即便如此，在70、80和90岁时，我还是发现了更多的宁静和幸福，超出了自己的想象。还有一个额外的好处：阅读你自己的作品会更令人兴奋！记忆衰退也有一些意想不到的好处。当我翻开《三封未开启的信》《不该死的人却死了》以及作为书名的故事《爱情刽子手》时，我燃烧起了对自己的好奇心，因为我忘了这些故事是怎么结束的！

BECOMING
MYSELF

第 29 章
《当尼采哭泣》

1988年,我回到了教学和临床的岗位,并与前斯坦福大学精神科住院医生索菲亚·维诺格拉多夫(Sophia Vinogradov)合作,为美国精神病学出版社编写了《团体心理治疗简明指南》(*A Concise Guide to Group Psychotherapy*)。但很快,一种熟悉的不安向我袭来:我感觉错过了一个文学创作课题,感到无所适从。不久之后,我发现自己再次沉浸于尼采的某些作品。我一直喜欢阅读尼采,很快就陶醉于他那强有力的语言,无法将自己的思绪从这个19世纪的哲学怪才身上挪开,他是一个如此才华横溢,但又如此孤独和绝望,如此需要帮助的人。花了几个月沉浸在他的早期作品中,我才知道,自己的无意识早已选好了下一个课题。

现在,我感受到了两种欲望的撕扯:继续在斯坦福大学的研究和教学生涯，还是冒险尝试写一本小说呢？我记不太清当时内心的冲突了。我只知道最终的解决方案，是将这两个截然不同的部分放在一起：我将写一本教学小说，尝试把我的学生带回19世纪晚期的维也纳，在那里他们可以观察到心理治疗的诞生。

为什么是尼采呢？虽然他生活在弗洛伊德开启了心理治疗的时代，但他从来没有被认为与精神病学有什么关联。然而，在心理治疗即将诞生之前，尼采写下许多掷地有声的话语，散布在他的作品里，它们与治疗师的教育有着密切关系。看看这些：

"医生，帮助你自己；这样，才可以帮助你的患者。这是最好的帮助——让他，你的患者，亲眼看见那个疗愈自己的人。"

"你应该锤炼自己并超越自己。但首先你要锤炼自己，包括身体和灵魂。你不仅要创造自己，还要创造出更高级的东西。"

"因为那就是彻彻底底的我：卷起来，升上去，上升，一个栽培者，耕种者，以及严守纪律的人，他曾向自己提出建议，只为一个原因：成为你自己。"

"知道'为何'，忍受'任何'。"

"往往，我们更爱欲望，而不是欲望的对象。"

"有些人无法解开自己的枷锁，却可以救赎他们的朋友。"

我想象出一段虚构的历史，在这段历史中，尼采在心理治疗的演变中扮演了重要的角色。我想象，他和那些与心理治疗诞生密切相关的人物打交道，包括：西格蒙德·弗洛伊德、约瑟夫·布洛伊尔（弗洛伊德的导师）以及布洛伊尔的患者安娜·O.（第一个接受精神分析方法治疗的人）。我在想，如果尼采，一位哲学家，在我们的领域扮演重要角色，那么心理治疗的面貌将会如何变化？

在那段酝酿期，我碰巧在阅读安德烈·纪德（Andre Gide）的小说《梵蒂冈地窖》（*Lafcadio's Adventures*），看到了一句再贴切不过的话："历史是已经发生的小说，小说是可能发生的历史。"这句话让我震惊不已：它们描述的正是我想做的事情——写一部可能成真的小说。我想写一位心理治疗的天才，如果历史之轴稍微扭转一下，这是完全有可能的。我希望小说中的事件在另一个时空存在。

开始下笔时，我就感觉到小说中的人物呼之欲出，仿佛他们挣扎着要再活过一次。这些人物需要我尽心竭力，但我在斯坦福大学的职责束缚着我：要给住院医生和医学生上课，要参加系里的会议，还要接待患者——包括个体治疗和团体治疗。为了写好这本小说，我知道自己需要摆脱一切干扰，所以在1990年，我安排了4个月的休假。按老规矩，由玛丽莲挑选一半的行程，而我挑选另一半。我选择了世界上最安静、最孤立的岛屿——塞舌尔群岛，而她，一如既往地选择了巴黎。

我们在塞舌尔的主要岛屿马埃岛度过了第一个月，而第二个月，则在另一个更小的岛屿普拉兰岛上度过。这两个地方都很原始，有壮观的海滩，而且出奇地安静——没有报纸、没有网络、没有电话，是我遇到过的最适合写作的地方。我们在上午写作，我写这部小说，玛丽莲写《血誓姐妹》——她那本法国大革命女性回忆录的英文扩充版（最初是法语版）。在下午，我们游览小岛、漫步海滩、浮潜——与此同时，小说中的人物在我脑海中逐渐浮现。晚上，我们阅读，玩拼字游戏，在附近的一家餐厅吃饭，然后为第二天的写作琢磨情节。

我写得小心翼翼，尽可能地贴近历史事实。首先要确定的是时间背景。我希望生病的尼采去寻求心理治疗，几经考虑，我选定了1882年——那一年他出现自杀的念头，迫切地需要帮助。他那段时期的信件透露，一年当中有300多天承受着巨大的痛苦，包括剧烈的头痛、衰弱、严重的视力问题和胃病。由于健康状况不佳，1879年，他辞去巴塞尔大学的教职，终生漂泊、客居异乡、踏遍欧洲，寻找宜人的气候，以缓解他的痛楚。

他的信件流露出一种深深的抑郁。1882年，他写给好友弗朗茨·奥维贝克（Franz Overbeck）的信，就是一封典型的信，其中写道："……在最根本处，是不可动摇的黑色忧郁……我找不到任何意义再去多活半年，每一件事都充满了痛苦，令人厌倦。我放弃了，无法再承受……我什么事都做不好，所以，还有什么好做！"

1882年，在尼采身上发生了一件灾难性的事：他和路·莎乐美（Lou Salome）之间的激情（显然不会有结果）慢慢熄灭了，这位年轻可爱的俄罗斯女人，注定还会深深吸引其他伟大的男人，其中包括了弗洛伊德和里尔克[一]。尼采和他的朋友保罗·雷

[一] 赖内·马利亚·里尔克（Rainer Maria Rilke, 1875—1926），奥地利著名诗人，与叶芝、艾略特被誉为欧洲现代最伟大的三位诗人。——译者注

第29章 《当尼采哭泣》

（Paul Ree）都很迷恋莎乐美，三人甚至计划去巴黎共同生活。但这个计划在1882年破灭了，当时保罗和莎乐美发生了性关系。尼采悲痛欲绝，陷入巨大的绝望。因此，对我的书来说，一切似乎都指向了1882年：这是尼采生命的最低潮，是他最需要帮助的时候。而对我所有的主要人物来说，包括尼采、布洛伊尔、弗洛伊德（作为一名医学生）和莎乐美，这也是有大量文档资料的一年。

作为一名读者，我一辈子都沉浸在小说里，但在写作方面还是一名业余选手。我冥思苦想，如何在不改变历史事件的情况下，把我想象的情节插进1882年。最后，我只能想到一个办法：把整部小说放置进那一年莫须有的第13个月里。也许我过于谨慎了：我勇敢地跳进小说，但为了保险起见，又留着一只脚在现实里——我借用历史人物和事件而不是凭空虚构，甚至还从尼采的信件中拿走了一些对话。我感觉，自己好像在使用训练轮学习骑自行车。

最终，我想到用一个思想实验作为我写作的基石：如果尼采被放置进在这样一个历史时刻，他从自己的著作中发明出一种心理疗法，可以用来疗愈他自己，想象一下将会发生什么。

我常常想，真可惜，不能把故事搬到10年之后，想象两个顶尖的天才（哲学家尼采和精神分析学家弗洛伊德）有一场治疗的邂逅。但是历史并不合作。1882年，弗洛伊德还是一个年轻的医学院学生，他不可能提前十年成为一位著名的执业治疗师。而到十年之后，尼采患上了一种灾难性的脑部疾病（很可能是三期梅毒），这导致了他的余生陷入重度痴呆。

如果不是弗洛伊德，那么在1882年，尼采还可能向谁寻求帮助呢？我寻遍历史，当时维也纳没有一个执业治疗师，世界上的其他地方也没有，因为，心理治疗这一行根本还没有诞生。正如之前提到的，我们通常认为弗洛伊德是精神分析之父，但实际上他远不止于此：他本身就是心理治疗的鼻祖。

最终，我决定让尼采去找约瑟夫·布洛伊尔医生——弗洛伊德的良师益友。布洛伊尔是一位杰出的医生，他经常应邀治疗一些有名的人物，包括遭受各种疑难杂症折磨的皇室成员。此外，在1880年，布洛伊尔发明了一种独特的心理疗法，即精神分析的前身，以帮助一位名叫安娜·O.的患者，她患有歇斯底里症。布洛伊尔没有告诉外人他对安娜·O.的创新治疗，除了他的学生和家庭朋友西格蒙德·弗洛伊德，也可能还有其他一些医学生知晓此事。而且他一直没有发表关于安娜的案例，直到12年后，他才与弗洛伊德合著了一本书《癔症研究》(*Studies in Hysteria*)，其中包括了安娜的病例。

但是，如何把布洛伊尔和尼采联系起来呢？我偶然发现了一个可用的历史事实：在1882年，莎乐美的弟弟在布洛伊尔任教的医学院就读一年级。我想象着下面的场景：露·莎乐美，因为让尼采饱受折磨而深感内疚，因此她向弟弟讲述了自己的痛苦，而她弟弟曾经在课上听布洛伊尔讨论过对安娜·O.的治疗，所以他劝姐姐向布洛伊尔求助。一位经验老到的小说家会毫不费力地虚构所有这些事件，但我仍然坚持自己的那句咒语："小说是可能发生的历史。"

最终，故事情节的第一部分就位了。通过莎乐美，尼采去找布洛伊尔帮助治疗他的身体疾病。布洛伊尔试图找到一种方法解

第29章 《当尼采哭泣》

决尼采的心理困扰,但尼采过于骄傲,拒绝把自己的权力让渡他人。布洛伊尔尝试了他所知道的每一种策略,但都无济于事,治疗完全陷入僵局。在这个时候,我试图忠实于尼采和布洛伊尔的原型,因此把自己写进了一个死胡同,花了好几天的时间思考如何继续下去。我知道,许多作家首先会写出一个详细的大纲,但我把这项工作交给了我的潜意识,让人物和事件在我的脑海中有机地发展,而我只是简单地记录和微调。但这个时候,情节发展陷入了僵局。

玛丽莲和我听说在马埃岛附近有一座美丽的小岛,人迹罕至,名为西卢埃特岛,我们坐渡船去那里度过了一个周末。到达后不久,就有一场热带风暴来袭,狂风骤雨,我别无选择,只好待在屋里写作。正是在这里,我茅塞顿开,解决了尼采和布洛伊尔关系发展的问题。

我对自己的解决方案异常兴奋,于是跑进瓢泼大雨中去找玛丽莲。最后,我在小旅馆的休息室里发现了她,在那里,她大声朗读了这一章的最后几行,描述的是尼采再次拒绝了布洛伊尔试图治愈他的企图,后者正走在回家的路上:

> 他倾听着风声、自己的脚步声、脚下脆脆的冰雪的爆裂声。突然,他有了一个主意——别无他法!一路上,他嘎吱嘎吱地踩着积雪,每踏一步都对自己呼喊:"我有办法了!我有办法了!"

玛丽莲对接下来发生什么感到好奇,这是一个很好的迹象,我继续读出下面的内容。布洛伊尔的创意是反转一下，让尼采成为他的治疗师，以此治疗尼采这个顽固的患者。这个反转是一个核心理念，后面所有的情结都围绕着它而发展。

多年后，我写了一篇关于这部小说的文章，收录在文集《亚隆著作精粹》（*The Yalom Reader*）中，我大概知道了这个核心理念的来源。它可能来自赫尔曼·黑塞（Hermann Hesse）的小说《卢迪老师》[一]，其中有一个关于两位医治者的故事，一位年轻的，一位年老的，他们分别住在一个大陆的两端。年轻的医治者约瑟夫（Joseph）生病了，陷入了绝望，于是开始了漫长的旅程，去寻求他的对手迪昂（Dion）的帮助。

在旅途中，一天晚上，在一片绿洲里，这个年轻人遇到另一位年长的旅行者，并攀谈起来，然后发现他原来就是迪昂，就是他一直在找的那个人！迪昂邀请这个年轻人到他的家中，他们在那里共同生活和工作了很多年，先是作为学生和老师，然后是同事。多年以后，迪昂病倒了，他把这位年轻的同事叫到床前，对他说："我有一个天大的秘密要告诉你。你还记得那天晚上我们相遇的时候，你告诉我，你正打算来找我吗？"

"是的，是的。我永远不会忘记那天晚上，第一次和你见面的情景。"

"好吧，"迪昂说，"其实，那个时候我也在绝望之中，我正在去寻求你的帮助的路上！"

[一] 《卢迪老师》（*Magister Ludi*），又名《玻璃球游戏》（*The Glass Bead Game*），其中一篇《忏悔长老》描述了两位医治者相互治疗的故事。——译者注

第29章 《当尼采哭泣》

还有一个类似的角色转换出现在《非常时刻》(*Emergency*)中，这是一个鲜为人知的戏剧片段，由精神病学家赫尔穆特·凯泽（Helmut Kaiser）1962年发表在《精神病学杂志》上。在这出戏剧中，一个女人去见一位治疗师，请求他帮助自己的丈夫，后者也是一位治疗师——陷入抑郁，可能会自杀。

这位治疗师同意了。"是的，我当然可以见他，叫他打电话预约吧。"

这个女人回答："这就是问题所在。我丈夫否认自己抑郁，并拒绝寻求治疗。"

"那么，"治疗师说，"我很抱歉，我不知道还能帮上什么忙。"

女人回答说："你可以假装成患者去找他，然后想办法帮助他。"

可惜的是，我们并不知道这个策略是否奏效，因为戏剧的下文没有写出来。

后来我想到，自己的人生中也发生过类似的事情。我曾经见过一位非常有创造力的精神病医生唐·杰克逊（Don Jackson），他接诊了一个患有慢性妄想型精神分裂症的患者，这个患者穿着一条紫色的裤子和一件飘逸的魔法长袍。他整天待在病房，傲慢地坐在高架椅子上，默默地关注着员工和患者，就好像他们是他的求助者一样。杰克逊医生仔细观察了这位患者的王者风范足足几分钟，然后跪下来磕头，高举双臂，把病房钥匙交到了他的手里，说："尊敬的陛下，应该拥有这些的，是你，而不是我。"

这位患者不知所措，盯着钥匙和跪拜在地的精神病学家，说出了许多天以来的第一句话:"米斯塔赫(Mistah),我们这里有一个非常非常疯狂的人。"

* * *

塞舌尔岛之行快要结束时,我开始感到视力下降,并伴随着对晨光的刺痛反应。一位当地的医生给我开了一些药膏,疼痛减轻了,但仍然畏光,很快我就不得不在黑暗中待到中午,这时光线才变得可以忍受。唯一没有窗户的房间是浴室,所以每天早上直到中午我都躲在浴室里,靠着电脑本身的光亮写作。这些都是角膜内皮营养失调(Fuchs' dystrophy)的初期症状,几十年来,这种角膜疾病引起了我的很多不适和视力问题。在这种疾病中,角膜上皮细胞的数量会减少,在夜间闭合眼睑的过程中会堆积液体。角膜于是变厚和肿胀,因此损害了视力。当早晨睁开眼睛时,角膜里的液体慢慢蒸发,视力在白天逐渐恢复。

在塞舌尔岛,这部小说进展顺利,我原本打算玛丽莲去巴黎时,我再留下来多待几日,但我必须去看眼科医生。到了巴黎,我得知唯一的办法就是移植角膜。等回到斯坦福之后,我做了这项手术。

我们在卢森堡公园附近租了一间公寓,房间的百叶窗很棒,可以让我在接下来的两个月里在黑暗中写作,直到完成此书。我把手稿寄给了我的经纪人诺克斯·伯格(Knox Burger),《爱情刽子手》就是他代理的。他立刻拒绝了,说:"我不可能卖这本

作者站在《当尼采哭泣》免费赠书塔旁边,维也纳
2009 年

小说，里面什么也没发生。"然后，他建议我去阅读一下《红场》（*Red Square*）的手稿，是他手里另一位作家马丁·克鲁兹·史密斯（Martin Cruz Smith）的新作，学习人家是如何编写剧情的。我只好寻找其他的代理人，我把手稿寄给了威廉·莫里斯文学经纪公司的欧文·拉斯特（Owen Laster），他立刻接受了这本书，并把它卖给了基本图书公司，这是一家有史以来只出版过一次小说的出版社，即艾伦·威利斯的《欲望博士》（*The Doctor of Desire*）。

出版之后，《纽约时报》刊登了一篇简短、轻蔑的评论，描述《当尼采哭泣》是一部"令人昏昏欲睡的小小说"。这是一个低潮。但在那之后，其他报纸和杂志发表了一系列高度积极的评论；几个月后，《当尼采哭泣》荣获加利福尼亚联邦俱乐部的年度最佳小说金奖。而二等奖是马丁·克鲁兹·史密斯的《红场》！玛丽莲毫不犹豫地把这条消息发给了《纽约时报》的评论员和我的前经纪人诺克斯·伯格。

《当尼采哭泣》在美国的销量很好，但它在其他的国家更受欢迎。此书最终被翻译成27种语言，在德国拥有的读者数量最多，在希腊的人均阅读量最高。2009年，维也纳市长将《当尼采哭泣》选为年度图书。每年维也纳市长都会挑选一本书，印刷10万册，摆在药店、面包店、学校和年度书展的书架上，将它们免费分发给维也纳市民。我和玛丽莲飞到维也纳做了数天的公开演讲，其中一个是在弗洛伊德博物馆。在那里，在弗洛伊德昔日的客厅里，我与一位奥地利哲学家热烈讨论这本小说。

作者和他的妻子玛丽莲共进晚餐,维也纳市政大厦
2009 年

这个星期的活动在市长主持的一场宴会中达到了高潮，这场在市政厅举行的盛大晚宴有数百人参加。我演讲结束之后，接着享用丰盛的晚餐，然后是一场热闹的维也纳华尔兹舞，整晚活动才落下帷幕。由于我舞跳得很烂，玛丽莲只好与汉斯·斯坦纳（Hans Steiner）一起跳华尔兹，后者是我们的好朋友，出生在维也纳，但在斯坦福大学做精神病学家，他和妻子朱迪思（Judith）特地飞到维也纳参加这场晚宴。对所有人来说，这是一次超级棒的体验。

此书出版两年之后，我到慕尼黑和柏林做巡回演讲，一位德国电影制片人过来找我，他想制作一部纪录片，拍摄我走访尼采曾经在德国居住过的地方。我们一起参观了尼采位于洛肯（Röken）的出生地和儿时生活的家，以及他父亲布道的教堂。在教堂旁边就是尼采的墓地，他妹妹和父母的墓地也在此。有传闻说，尼采的妹妹伊丽莎白曾将尼采移葬，才得以让他安葬于父母的中间。在尼采就读的普夫达中学，一位老校长告诉我，即使尼采很擅长古典文学，但他并不是班上的第一名。在魏玛的伊丽莎白的家里——现在已经是博物馆，我看到了尼采在耶拿医院的官方住院记录，诊断书上写的是"麻痹性梅毒"，不久之后他就过世了。博物馆的墙上挂着一张照片，内容是希特勒献给伊丽莎白一束白玫瑰。几天之后，在魏玛的尼采档案馆，我看到了《查拉图斯特拉如是说》（*Thus Spake Zarathustra*）的初期手稿，令人激动不已。

多年后，电影制片人平克斯·佩里（Pinchas Perry）拍摄了电影《当尼采哭泣》。虽然这是一部低成本的电影，但知名演员阿曼德·阿山特（Armand Assante）却将尼采演得惟妙惟肖。在与阿山特的谈话中，我了解到，在他所有60部电影中，他对自己扮演尼采的表现最为自豪。

此书出版后的第11年，我收到了魏玛档案馆一位研究员的来信，她是我之前去德国时候遇到的，这件事堪称我平生最大的惊喜之一。她告诉我，她刚刚发现了一封信，是1880年一位朋友写给尼采的，敦促他与约瑟夫·布洛伊尔博士商讨他的医疗问题！但尼采的妹妹伊丽莎白（Elisabeth）阻止了这个计划，表面上是因为他已经咨询了其他几位著名的医生。尼采把他的妹妹称为"反犹太的傻瓜"，所以她有可能因为布洛伊尔是犹太人而反对这项计划。这封建议尼采去拜访布洛伊尔的信和后续的两封信，在小说英文版的有声读物里都可以听到。这一令人吃惊的印证，让我对纪德的格言坚信不疑：小说是可能发生的历史。

第 30 章
《诊疗椅上的谎言》

《当尼采哭泣》把我推上云端之后,我又被教科书《团体心理治疗:理论与实践》拉回到地面,它尖叫着试图吸引我的注意。10 年过去了,这本书需要新的容颜,如果它要继续与其他教科书竞争的话。在接下来的一年半的时间里,我在斯坦福大学医学院的图书馆里日复一日地劳作,回顾过去 10 年的团体治疗研究,补充相关的新内容,而最痛苦的部分是,删掉那些旧材料。

而自始至终,在我的脑海里,另一部小说正在渗透。在我骑自行车和入睡前的安静时分,我尝试着构建情节和人物,很快我就有了一个新故事,给它起了个名字叫《诊疗椅上的谎言》(*Lying on the Couch*)。我被这一语双关逗乐了:我的书既会涉及大量的谎言,也会涉及大量在诊疗椅上的心理治疗[一]。

[一] lie 在英文里既有谎言,也有躺下的意思。——译者注

第30章 《诊疗椅上的谎言》

我作为小说家的学徒生涯已经结束，我抛弃了自己的"拐杖"，不再为小说中的人物、事件要契合特定的历史时间、地点而烦恼。关于这本新书，我很乐意创作一个完全虚构的情节，只有虚构的人物，除非这个世界比我想象的更疯狂，否则这将是永远不会发生的虚构故事。然而，在这部喜剧小说的超现实事件背后，我想探讨一些严肃和实质的问题。我们是该像早期的精神分析学家所坚持的，隐藏我们的真实自我，只提供解释和空白的屏幕？还是应该开诚布公，向患者吐露自己的感受和经历？如果这样做的话，可能有哪些隐患呢？

我在专业精神病学文献中写过很多文章，论述了治疗关系高于一切的重要性。治疗中的变革力量不是理性的洞察，不是解释，不是宣泄，相反，而是两个人之间深刻的真诚相遇。当代精神分析思想也逐渐得出了这样的结论：只有解释是不够的。就在写下这些话的时候，我读到了近年来被最为广泛引用的一篇精神分析学论文，题目是《精神分析疗法中的非解释机制：某些比解释更重要的东西》(Non-Interpretive Mechanisms in Psychoanalytic Therapy: The 'Something More' Than Interpretation)。这个"某些更重要的东西"，被称为"当下时刻"或"相遇时刻"。它与《诊疗椅上的谎言》中我虚构的人物欧内斯特在文章"彼此之间——心理治疗中的真诚时刻"(On In-Betweenness: The Case for Authenticity in Psychotherapy) 中尝试表达的并没有太大差别。

在我自己的实践中，我坚持不懈地与患者们真诚地相遇，无论是团体治疗还是个人治疗。我倾向于积极主动，亲力亲为，并且经常专注于此时此地：很少有哪次会谈我不去询问彼此之间的关系。但是，治疗师应该在多大程度上揭露他或她自己呢？治疗师的透明度这个问题至关重要，它曾在业内引起激烈的争论，而我在这部喜剧小说中也进行了极致的分析和解剖。

我重读了一遍《诊疗椅上的谎言》，这是多年来的第一次，我被许多已经遗忘的事情震撼了。首先，尽管情节完全是虚构的，但它包含了我人生中许多真实的事件。这并不罕见：我听索尔·贝娄⊖说过："当一个小说家出生时，他的家人就要倒霉了。"众所周知，贝娄早期生活中的人物大多都跑进了他的小说里。我也跟着这样做了。大约在写这本小说一年前，一个朋友的朋友试图卖给我一家公司的股票，而我后来知道这家公司并不存在。我和妻子给了他5万美元做投资。尽管我们很快收到了一家瑞士银行非常正式的存款证明，但这个人还是有一些事情引起了我的怀疑。我把证书拿到了瑞士银行的一家美国分行，结果得知这些签名是伪造的。然后我打电话给联邦调查局，并把我所做的告知了那个骗子。就在我和联邦调查局见面之前，他带着5万美元现金出现在我家门口。这个事件和这个骗子就是我小说里彼得·马康度（Peter Macondo）这个人物的灵感来源，他是一个以治疗师为猎物的骗子。

但不仅仅是骗子，还有很多其他的熟人、事件和我自己的一部分，都以各自的方式跑进了这部小说。书里就有我玩扑克的细

⊖ 索尔·贝娄（Saul Bellow，1915—2005），美国作家，被称为美国当代文学发言人，1976年获得"诺贝尔文学奖"，代表作有《奥吉·马奇历险记》《洪堡的礼物》等。——译者注

节（包括我自己和其他玩家的滑稽样）。由于我糟糕的视力，我已经不再玩扑克了，但直到今天，我和老牌友们一起吃午饭时，仍用我在小说里给他们的名字称呼对方。此外，书里有一位患者（经过了改头换面），她在现实生活中确实对我很有诱惑力；还有一位精明而又傲慢的精神科医生，他曾经督导过我。还包括了我在霍普金斯大学时代的一位朋友索尔（Saul），他在小说中叫保罗（Paul）。小说中大部分家具和艺术品也都是真实的，包括索尔为我制作的那尊玻璃雕塑——一个人看着一只碗的边缘，名为"西西弗斯在欣赏风景"。这份清单还有很长：宠物、书籍、衣服、动作、我最早的记忆、我父母的移民史、我与父亲和叔叔玩的象棋和纸牌游戏——所有这些都分散在小说中，甚至包括了我试图从鞋子上弄掉杂货店里的木屑。我还讲了一个关于马歇尔·施特莱德（Marshal Streider）的父亲的故事，他父亲是华盛顿特区第五街和R街交口的一家小杂货店的老板。当一位顾客到他店里要买一双工作手套时，他说它们就在后面的储藏室里，然后他走出后门，飞跑到街上去买一副10美分的手套，再把它们以13美分卖给这个顾客。这实际上是我父亲告诉我的真实故事，在我出生之前，他就在那开了一家商店。

　　关于一位分析师被驱逐出精神分析所的详细描述，大致是基于1988年马苏德汗被英国精神分析协会开除的事件。我在英国的分析师查尔斯·赖克罗夫特目睹了此事，并向我进行了描述。而那个"护林熊"的梦是我自己的，发生在罗洛·梅去世后的一个夜晚。小说里许多人物的名字对我来说都有个人意义——例如，主角的名字，欧内斯特·拉许（Ernest Lash）。在写欧内斯特（Ernest）（他确实是非常真诚的（earnest））与他那位有诱惑力的患者时，我经常想到奥德修斯（Odysseus），他把自己捆绑（lashed）在船的桅杆上以抵抗海妖塞壬歌声的诱惑——因此，"欧内斯特·拉许"就是这么来的。我虚构的精神分析研究所中的另一个人物，是特里·富勒（Terry Fuller），这个名字来源于我以前的学生富勒·托里（Fuller Torrey），他后来成为精神病学领域的杰出人物。马歇尔·施特莱德（Marshal Streider），则仿效我在约翰·霍普金斯大学的一名主管，这位主管步步为营，坚决维护法律（除了一次严重的误判之外）。

虽然我个人坚决拥护治疗师的真实真诚，但我决定向欧内斯特·拉许发起一个巨大的挑战。由于小说中提到的各种原因，欧内斯特大胆地开展了一项实验：他要对下一个走进他诊疗室的患者完全真实。呜呼，无巧不成书，欧内斯特的下一个新患者，是一名律师，怀揣着她自己的秘密计划：她是来复仇的，欧内斯特对此并不知情，原来她是欧内斯特一位患者的妻子，深信是欧内斯特说服了她丈夫和她离婚的。为了报复，她打算勾引他，然后使他名誉扫地。一位治疗师决心坦诚相待，却遇到一个设计圈套的患者，我从来没有写过这么有趣的东西。另一个次要情节就更有趣了，我在小说中描述了英国精神分析协会如何轰走一位违规的治疗师——因为他做出了离经叛道的解释，并选择发出一份公开的召回通知——就像那些汽车制造公司一样——召回所有曾经接受过他破坏性解释的患者。

有好几位电影制片人希望把《诊疗椅上的谎言》搬上大荧幕。已故演员兼导演哈罗德·雷米斯（Harold Ramis），拍过《土拨鼠日》(Groundhog Day)、《捉鬼敢死队》(Ghostbusters)、《老大靠边闪》(Analyze This)等影片,曾买下了小说的电影改编权。当他在旧金山街头拍摄电影《神鬼愿望》(Bedazzled)时,我们之间有了很多的联系。可惜啊,《神鬼愿望》的票房惨淡,电影制片厂拒绝资助《诊疗椅上的谎言》,除非他先拍一部保准大赚的电影《老大靠边闪 2》(Analyze That)——是他卖座大片《老大靠边闪》的续集。不幸的是,这部片子的票房也失败了。尽管哈罗德·雷米斯继续购买了好几年的电影改编权,但他从来没有为这个项目筹到足够的资金。哈罗德·雷米斯很讨人喜欢,2014 年听到他去世的消息,我感到非常伤心。

另一次难忘的经历与王颖(Wayne Wang)导演有关。他导演了很多优秀的电影,比如《喜福会》(The Joy Luck Club)、《烟》(Smoke)、《曼哈顿女佣》(Maid in Manhattan)等。他也购买了电影改编权,但同样找不到资金支持。后来,他拍了一部电影名叫《最后的假期》(Last Holiday),讲述的是一个患有绝症的女人奎恩·拉提法(Queen Latifah)的故事;他邀请我带领一个为期两天的训练团体(T-group),地点是新奥尔良,目的是使演员们对治疗致命疾病的相关问题有所体会。我与奎恩·拉提法、LL. 酷杰(LL Cool J)和蒂莫西·哈顿(Timothy Hutton)一起工作,感觉非常愉快,我发现他们都格外开放、博学多识、工作态度认真,并且对我说的话很感兴趣。

最后,一位才华横溢的编剧泰德·格里芬(Ted Griffin)出现了,他是《十一罗汉》(Ocean's Eleven)、《火柴人》(Matchstick Men)的编剧,在过去的几年,电影版权一直在他手里。在写完剧本之后,他找到了演员安东尼·霍普金斯(Anthony Hopkins)——我的荧幕偶像之一,我很喜欢和他在电话里交谈。遗憾的是,目前还没有实质性进展。此外,我这方面也担心有些电影版本,可能会忽略小说的严肃寓意,并且过分地甚至是完全地集中在诈骗和色情上面。说起来,我现在因为主人公的情欲泛滥感到有点尴尬。我的妻子,一直是我的第一位读者,她在手稿的最后一页写道:"除了给美国讲述你的性幻想之外,你还有别的什么想说的吗?"

第 31 章
《妈妈及生命的意义》

每一年系里的毕业典礼上,精神科住院医生都要演一出滑稽短剧,以此消遣斯坦福大学的一些人和事。有一年,我成了众矢之的,住院医生们嘲笑我,总是爱抚着一堆书脊上印有"亚隆"字样的书籍。但我没有感到冒犯,相反,看到自己写的那些书,我感到非常高兴。

那时候,我正在处理一本由出版社促成的书——《亚隆著作精粹》,它是由我儿子本精心编辑的,摘录了我以前的作品以及最新的文章。在完成最后一篇文章后,我做了一个难忘的梦,是关于我母亲的,我在另一本书《妈妈及生命的意义》中对此进行了描述。

> 一片幽暗。或许我快要死了。阴险之状笼罩在我床边:心脏监视器、氧气罐、点滴瓶、缠绕的塑料管——这全都是

死亡的征兆。我闭上双眼，滑入黑暗。

但接着，我从床上一跃而起，奔出病房，冲进阳光灿烂的回声谷游乐园；数十年前，我曾在这里度过许多个夏日的星期天。我听见旋转木马的音乐，我闻到爆米花和苹果的香味。我径直向前走着，在雪糕摊、云霄飞车或摩天轮前都没有停下来，而是一直走向鬼屋票亭前的长队。我买好票，等着下一列缆车，它从拐角处驶来，当啷一声，停在我面前。我坐上去，放下安全杆，把自己保护好，最后朝四周看了一眼——在那里，在一小群围观者中，我看到了她。

我挥舞双臂，大声喊叫，几乎每个人都听得见："妈妈！妈妈！"就在这时，缆车摇晃了一下，向前移动，撞上鬼屋的大门，门打开了，露出黑暗的深渊。我拼命地向后靠，在被黑暗吞噬之前，再次大声喊叫："妈妈！我做得怎么样？妈妈？我做得怎么样？"

这个梦境的寓意是什么呢？难道是想说，我一直都以这个可悲的女人作为主要观众来指导自己的整个人生吗？这种可能性让我感到吃惊。我的一生都试图逃避，逃离我的过去——贫民窟，杂货店——但是我能逃离我的过去，或者我的妈妈吗？

我妈妈与外祖母之间的关系很不好，外祖母在纽约的一家养老院度过了她的晚年。除了清洁、做饭和在店里工作之外，妈妈还经常乘坐四个小时的火车，为她母亲带去在家烘焙的糕点。但外祖母从没有感谢过她，而总是热情地赞美西蒙（Simon）——我妈妈的弟弟。他从来没有带去任何东西，除了一瓶七喜饮料之外。

第31章 《妈妈及生命的意义》

我妈妈总是跟我说这个故事,后来我都充耳不闻了——我厌倦了她的满腹牢骚。但现在,我的感觉不一样了。很明显,对我妈妈来说,她唯一的儿子完全不欣赏她。我经常问自己:我为什么不同情她?我为什么不能对她说:"多么不公平!你做了所有的事情,你做糕点并乘车去看望你的母亲,而她所做的一切就是赞美西蒙,赞美他的七喜饮料。这一定让人感觉难受极了!"真的,对我来说,说那些话怎么那么困难呢?啊,我多么希望自己足够心软,能够将那些话都说出来。这种简单的感激之举,对她来说可能意义重大。也许,如果我说过这些话,她就不会在我的梦中萦绕了。

当然,这个梦想让我吃惊的地方在于,当我走向死亡,走向那间黑暗的恐怖之屋时,我仍然在寻找存在的证明,但这个证明不是来自我的妻子,我的孩子,我的朋友、同事、学生或患者,而是来自我的母亲!那个我非常不喜欢的母亲,令我感到羞愧的母亲。是的,在我的梦中,我求助于她。我对着她提出了自己人生的终极问题:"我做得怎么样?"关于早年生活中依恋的持久力,还有什么比这更有说服力呢?

在我最近对一位年轻女性的治疗中,这种遗憾起到了一定的作用。她要求做几次视频的咨询会谈;在第二次会谈中,我问到她和她父母的关系。"我的母亲是一位圣人,我一直与她保持着一段温暖而美好的关系。但是我的父亲……好吧,那是一个不同的故事。"

"跟我说说你和他的关系。"

"我能做的最好的描述就是,它非常像在《妈妈及生命的意义》中你和你妈妈的关系。我父亲努力工作，支持这个家庭，但他是一个暴君。我从来没有听到他对家里的任何人，或者对他的公司里的人说一句称赞或好听的话。后来，大约8年前，他的哥哥，也是他的商业伙伴，自杀了；生意每况愈下，我的父亲破产了。他失去了一切。现在他愤怒抑郁，整天什么也不做，只是看着窗外。自从破产以来，我就一直在财务上支持他，但他没有一个谢字。昨天早餐时，我们吵了一架，他把盘子扔在地上，走了出去。"

我和我的患者只有三次会谈，但因为她读了我的故事，所以我决定跟她分享我的遗憾——从来没有同情过母亲。"我想知道，"我对她说，"是否有一天，你会对你父亲感到遗憾。"

她轻轻地点头，说："也许我会的。"

"我只是猜测，但我想你的父亲完全投入了他作为提供者的角色，经营着一家大公司，在社会上和家族中大权在握，对于女儿的资助可能会感到非常的屈辱。"

她点点头。"我们从来没有谈过这件事。"

"你准备好了谈它吗？"

"我不确定。这事我要考虑一下。"

在下一周的会谈中，她描述了她与父亲的一次交流。"我掌管着一家大型服装店，我们正在举办一个特别的活动来展示新的收藏品。我有几张额外的入场券，并认为我的父亲可能会喜欢它。他来了，但是然后，没有和我讨论它，直接走向员工区域，跟他们聊天，让他们知道他是我的父亲。当我听到这个消息时，我火就上来了并说：'你怎么能那样做呢？我不明白你为什么不

第31章 《妈妈及生命的意义》

先跟我商量一下。我想把我的生意和个人生活分开。'他开始对我大喊,我也对他大喊大叫,最后他走进他的房间,砰的一声关上了门。"

"然后呢?"

"我准备离开了,但后来我想这对我母亲来说将是一个悲惨的夜晚……是的,对我的父亲来说也是如此;我想起了你对你母亲所说的话。所以,我吸了一口气,敲了他房间的门并对他说:'爸爸,我很抱歉。但我有我的立场。我邀请你参加我的活动,但我不希望你和我的员工套近乎——我想要的就是和你分享这个活动。我们曾经不是经常那样做吗?'"

"说得多么好啊。接下来呢?"

"这一次他沉默了,几乎有点惊慌失措。他走到我面前抱住我,哭了起来。我从来没有见过他的哭声。我也哭了。我们哭成一团。"

是的,这是一个真实的故事——几乎一字不差。

* * *

《妈妈及生命的意义》这本书收录了我所写过的最棒的教学故事——《治疗悲伤的七堂课》(*Seven Advanced Lessons in the Therapy of Grief*),它可以作为存在主义治疗师的入门读物。

艾琳(Irene),一位受人尊敬的外科医生,打电话给我请求帮忙。她的丈夫年纪尚轻,却罹患癌症,生命垂危,艾琳的悲痛可想而知。几年前,我花了两年的时间带领一个近期丧偶者的团体;这个项目结束之后,我自认为已是悲伤辅导的专家,所以同意和艾琳一起工作。艾琳非常聪明,但她对自己和他人都冷酷无情,她和我一起工作了两年时间。我们在一起的工作向我展示,关于丧失我其实还有许多东西要学。因此,这个故事的标题是《治疗悲伤的七堂课》。

第一堂课发生在我们的首次会谈中,当时,她描述了前一天晚上所做的梦。

> 我仍然是一名外科医生,但同时也是英语专业的研究生。上课之前我要预习两篇不同的文章,一篇旧的和一篇新的,它们的名字都一样。我没有为上课讨论做好准备,因为我没有阅读任何一篇文章。尤其是没有读过那篇旧的,要读完那篇,才能读懂第二篇。

我问她是否记得任何关于文章名字的事情。"啊,是的,我记得很清楚。两篇文章,旧的和新的,名字都是"纯真之死"(*The Death of Innocence*)。"对于有我这样的兴趣和背景的治疗师来说,这是一个伟大的礼物。想象一下,两篇文章——一篇旧的,一篇新的——而旧的那篇(即一个人的早年岁月)又是理解新的那篇所必需的。

艾琳的梦,不仅预示了一场最高级的知识寻宝游戏,而且它本身也是第一个梦(first dream)。正如我在《治疗悲伤的七堂课》中所解释的,自从 1911 年弗洛伊德第一次讨论它以来,一种神秘感就包围了患者在治疗中报告的初期梦。弗洛伊德认为,第一个梦是未加修饰的,能揭露许多信息,因为一开始患者的防御还没那么强。后来在治疗过程中,一旦患者与治疗师解析了不同的梦,无意识世界的织梦者就会越来越谨慎,从那以后,小心地编织出更为复杂和晦涩的梦境。

根据弗洛伊德的观点,我经常把织梦者想象成一个胖胖的、欢乐的小人,在树突和轴突的神经森林中过着愉快的生活。他白天睡觉,但在晚上,躺在嗡嗡作响的突触垫子上,喝着甜美的花蜜,慵懒地为主人编织梦的序列。在第一次会谈的前一晚,患者对即将来临的治疗充满了矛盾的想法,当他入睡时,小人便开始了夜间工作,把这些恐惧和希望编织进一个梦境。然后,在治疗会谈结束后,小人得知治疗师灵巧地破解了他的梦,从那以后他便小心翼翼,将梦的意义埋藏在更深的夜间伪装中。当然,这只是一个可笑的童话而已——要是我不相信它有多好啊!

50年前,我开始接受个人分析,对于第一次会谈的前一晚所做的梦,我至今记忆犹新,这个梦我在《治疗悲伤的七堂课》中也描述过。

> 我躺在医生的检查台上。但床单太小了,没法完全覆盖我。我看到一名护士将一根针扎在我的腿上——我的胫骨。突然间,爆发出一阵的嘶嘶、咯咯的声音——嗖嗖嗖。

这个梦的核心——巨大的嗖嗖声——对我来说是不言自明的。作为一个孩子,我一直遭受慢性鼻窦炎的困扰,每年冬天,母亲都会带我到耳鼻喉科专家戴维斯(Davis)医生那里,进行鼻窦引流和冲洗。我讨厌他的满口黄牙，还有他那鱼一样的眼睛，通过耳鼻喉科医生经常戴在头上的圆形镜子看着我。当他将一根导管插入我的鼻孔时，我感到剧烈的疼痛，然后听到巨大的嗖嗖声——就像我在梦中听到的一样，因为注入的盐水正在冲洗我的鼻腔。看到铬合金排水盘里那些黏糊糊的让人恶心的脓液，我想自己大脑里的某些东西也被冲走了。在我个人分析的第一个梦中，那种现实生活的恐怖与我担心在诊疗椅上会出现可耻的、让人恶心的想法，完美地结合了起来。

* * *

艾琳和我努力理解她的第一个梦。"所以你没有读过任何一篇文章，"我开口说道，"尤其是那篇旧文？"

"是的，是的，我就知道你会这样问。我没有读过任何一篇文章，尤其没看过那篇旧的。"

"关于这两篇文章在你生命中的意义，你有什么直觉吗？"

"没什么直觉，"艾琳回答，"我确切知道它们的意思。"

我等她继续下去，但她只是静静地坐着，望着窗外。除非我明确要求，否则艾琳不会主动开口，我还没有习惯她这恼人的性格。

令人恼火，我让沉默持续了一两分钟，最后逼问道："艾琳，这两篇文章的含义，是什么？"

"那篇旧的文章，暗指我的哥哥，他在我 20 岁时去世了。而那篇新的文章，则是指我丈夫的死亡。"

"所以,这个梦告诉我们,除非你先处理好你哥哥的死亡,否则你可能无法面对你丈夫的死亡。"

"你说对了。就是这样的。"

虽然我们讨论的内容很有启发性,但这个过程(即我们之间关系的本质)是对立的,而且是高度紧张的;最终,探讨我们的关系才成为治愈的真正根源。在一次会谈中,我们讨论了她的一个梦——在梦中,一堵尸体堆砌成的墙将我们俩分隔开来,结果引爆了一场极端的痛苦:

"我的意思是,你怎么能理解我?你的生活是不真实的——温暖、舒适、天真。就像这间办公室一样。"她指着她身后那塞满了的书架,还有窗外那绯红的日本枫树。"唯一缺少的就是几块印花布垫子,一个壁炉和噼啪作响的柴火。你的家人都在你身边——在同一个城镇。你享受着天伦之乐。你真的知道什么叫丧失吗?你认为你会处理好它吗?假设你的妻子或你的一个孩子现在就要死了,你会怎么做?还有你那件自命不凡的条纹衬衫——我讨厌它。每当你穿上它,我都会退避三舍。我讨厌它说的话。"

"它说什么了?"

"它说:'我解决了自己所有的问题。告诉我你的问题吧。'"

* * *

很多时候,艾琳的评论都击中要害。有个关于瑞士雕塑家阿尔贝托·贾科梅蒂(Alberto Giacometti)的故事,他的腿在一次交通事故中不幸折断了。当他躺在街上,等待救护车时,有人听到他说:"终于,终于,我的身上发生了一些事。"我确切地知道他的意思。好吧,艾琳知道我的底细。我在斯坦福大学教了30年书,住在同一所房子里,看着我的孩子们走进同一所学校,从来没有面对黑暗的悲剧:没有艰难的、不合时宜的死亡——我的父亲和母亲都寿终正寝,父亲去世时69岁,母亲则90多岁,我的姐姐大我七岁,那个时候还活着。我还未曾失去亲密的朋友,四个孩子都非常健康。

对于一位拥抱存在主义体系的治疗师来说,这样一种受到保护的生活是一个不利因素。很多时候,我都渴望冒险走出象牙塔,走入现实世界的艰难困苦。多年来,我想象过在休假时做一名蓝领工人,可能是底特律的一名救护车司机,或者是鲍厄里㊀的一名快餐厨师,或者是熟食店里一个做三明治的人,但我从来没有付诸实践。去巴厘岛隐居写作,走访同事在威尼斯的公寓,或者科莫湖畔贝拉吉奥的学术福利,这些魅惑是不可抗拒的。在很多方面,我与艰难困苦已经绝缘了。我从来没有经历过婚姻的离别之苦,也从来没有面对过成年人的孤独。我和玛丽莲的关系并不总是风平浪静——感谢那些狂风骤雨(*Sturm und Drang*),因为我们都从中学到了东西。

我告诉艾琳,她是对的,我承认自己有时羡慕那些生活在边缘的人。我告诉她,有时候,我担心自己可能会鼓励患者为我去做一次英勇的冒险。

"但是,"我告诉她,"你说我没有悲剧经验是不对的。我会

㊀ 鲍厄里(Bowery),美国纽约市的一条街,以低级旅馆、廉价酒吧众多著称。——译者注

第 31 章 《妈妈及生命的意义》

情不自禁地想到死亡。当我和你在一起时,我经常想象,如果我的妻子病入膏肓会是怎样,每次我都充满了难以名状的悲伤。我清醒地意识到,我在行进的途中,我进入了另一个人生阶段。所有的衰老迹象——膝盖软骨受损、视力衰退、背痛、老年斑、灰白的胡须和头发、梦见自己的死亡——都在告诉我,我正在走向人生的终点。"

她听着,但什么都没说。

"还有一件事,"我补充道,"我选择与临终患者一起工作,希望他们引领我更接近我自己人生的悲剧核心。他们确实做到了;结果我回去接受了三年的治疗。"

经过这样的反驳,艾琳点点头。我知道那个点头——那个典型的点头,下巴猛然一动,接着是两三次轻微点头——她身体的莫尔斯密码告诉我,我做出了令人满意的回应。我已经掌握了治疗悲伤的第一课,治疗师不能高高在上,而是必须近距离地接触死亡。接下来还有更多的课程,我围绕着它们构造出整个故事。在这个故事中,患者才是真正的老师,而我只是替她传递课程的中间人。

* * *

我最欣赏的一篇文章无疑是《匈牙利猫的诅咒》(*The Hungarian Cat Curse*)。在这个故事中,欧内斯特·拉什(Ernest Lash)(他暂时告别《诊疗椅上的谎言》)试图治疗梅吉斯(Merges)——一只恶毒的、说德语的猫,它有九条命,不过现在是最后一条命了。梅吉斯是一个游历甚广的家伙，在早年生活中，它曾与海德格尔家的猫——赞西佩（Xanthippe）结交；现在，它正在无情地纠缠着欧内斯特的情人——阿蒂米斯（Artemis）。

在某种程度上，这个故事是一场闹剧；但在另一个层面上，我认为它可能是我对死亡和缓解死亡恐惧的最深刻的讨论。我在拜访鲍勃·伯杰期间写下了这个故事的大部分，鲍勃是我自从医学院时的好友，在我写这本回忆录时不幸离世。我把这个故事背景设置在布达佩斯，而在匈牙利长大的鲍勃为我的人物、街道和河流赋予了特色的名字。

我很怀念在米尔山谷的一家书店举办的新书发布会，我的儿子本担任戏剧导演，和我一起大声朗读了欧内斯特与梅吉斯的对话。我对追悼会并没有什么兴趣，但如果我死后家人决定要办一场，我希望有人读这段对话——它可以缓和一下气氛。所以，本，请你扮演猫的角色，再挑一个你的兄弟或者你最喜欢的演员，扮演欧内斯特。

第 32 章
快变成希腊人啦

在所有翻译我作品的国家里面,希腊是最小的国家之一,但在我心里占据的面积却最大。1997年,阿格拉出版公司（Agra Publications）的老板史塔夫罗斯·帕索波洛斯（Stavros Petsopoulos）购买了我所有书籍的希腊文版权,并聘请了一对夫妻——雅尼斯·泽瓦斯（Yannis Zervas）和伊文吉尼雅·安德利赛纳斯（Evangelia Andritsanou）担任译者。从此,我们家和他们开始了一段长久而有意义的关系。雅尼斯是在美国受训的精神病学家,也是知名的希腊诗人,而伊文吉尼雅是一位临床心理学家兼翻译家。尽管希腊在心理治疗领域从未扮演过重要角色,并且只拥有约500万的识字人口,但它很快就成为我在世界上拥有读者数量最高的国家,而且我在那里比其他任何地方都更像知名作家。我一直不明白为什么会这样。

我们第一次去希腊，不幸弄丢了行李，然后玛丽莲和我便轻装上阵，旅游了5天。后来我们又进行了两次非同寻常的访问。第一次是在1993年访问土耳其之后，当时我为伊斯坦布尔的贝克科伊医院的精神病学家开办了一个工作坊。然后在博德鲁姆带领了一个为期两天的个人成长小组，由18名土耳其精神科医生和心理学家组成。博德鲁姆是爱琴海边的一个古老的小镇，被荷马（Homer）描述为"永恒的蔚蓝之地"。这个团体努力工作了整整两天，我对其中许多成员的成熟和开放印象深刻。在工作坊结束之后，其中一位精神科医生艾萨·瑟马克（Ayç a Cermak）为我们做向导，带着我和玛丽莲穿过土耳其西部的部分地区，然后回到伊斯坦布尔，这位医生与我至今仍保持着联系。我们在伊斯坦布尔搭飞机前往雅典，然后登上去莱斯博斯岛的渡轮。玛丽莲一直对诗人萨福①感兴趣，后者于公元前七世纪曾住在莱斯博斯岛，诸多女弟子环绕在她身边。

刚下轮渡，我们就看到一家小型摩托车租赁商店，我们兴奋不已，马上租了一辆老旧但看起来还能骑的摩托车去探险莱斯博斯岛。一天行程将结束，太阳消失在大海里，这时摩托车发出最后一声喘息，在一座废弃的村庄外边报废了。我们别无选择，只能在一家废弃宾馆的废墟上过夜，玛丽莲发现一只大型啮齿动物快速穿过四英尺②高的浴室，因此几乎一夜没睡。直到第二天中午，摩托车商店用一辆卡车载来另一辆替换车，我们的旅程才得以继续。我们俩路过热情的村庄，在小酒馆里闲逛，与其他客人聊天，

---

① 萨福（Sappho），古希腊著名的女抒情诗人，古希腊"九大诗人"中唯一的女性。——译者注

② 1英尺=0.304 8米。

看着悠闲自得的白胡子老人喝着松香酒、玩着西洋双陆棋。

2002年,我在新奥尔良又遇到了雅尼斯,我们在那里参加美国精神病学协会举办的会议,而我获得了宗教和精神病领域的"奥斯卡·普菲斯特奖"(Oskar Pfister Award)。我很惊讶自己得了这个奖,我问委员会为什么会选择我——一个公开的宗教怀疑论者,他们回答说,我比大多数其他精神病医生都更多地面对过"宗教问题"。我的演讲后来以一篇题为"宗教与精神病学"(Religion and Psychiatry)的专题论文发表,并被翻译成希腊文和土耳其文。在演讲结束之后,我和雅尼斯共进午餐,他代表史塔夫罗斯·帕索波洛斯邀请我赴雅典演讲。

一年后,我们抵达雅典,然后又乘坐一架小型飞机飞行了45分钟前往锡罗斯岛,这是希腊的一座小岛,雅尼斯和伊文吉尼雅在岛上有一栋避暑别墅。由于时差的缘故,我总是需要适应几天才能公开演讲。我们在岛上小镇厄木波利斯岛的一家小旅馆休息,每天的早餐是自家烤的羊角面包,搭配着无花果酱——来自庭前草坪上那颗茂盛的无花果树。两天后,我们计划去雅典举行新闻发布会,但就在离开的前一天晚上,渡船公司罢工,于是史塔夫罗斯订了一架小型的四座飞机。

去往雅典的短程飞行中,我们的飞行员竟然读过《当尼采哭泣》,他和我热情地谈论这本书。然后,机场的出租车司机也居然认出了我,一路上都与我分享《诊疗椅上的谎言》中他最喜欢的部分。到了希尔顿酒店,大约有20名记者参加了新闻发布会。我在美国或任何其他国家从来没有举行新闻发布会。在这里,我像一个真正的名人。

第二天，有 2 500 人到酒店的宴会厅听我的演讲。门廊里挤满了人，以至于我只能迂回通过地下厨房进场。由于只订购了 900 副耳机，所以同声传译的想法不得不在最后一分钟取消了。我把报告删去了一半，以把时间留给接下来的翻译。翻译员本已准备好依照我的讲稿工作，现在她陷入了恐慌，但好在最终克服了困难并表现出色。听众不停地用提问和评论打断演讲。其中有人激烈质问我为什么不充分回答他的所有问题，几近闹场，最后警察不得不把他请了出去。

在演讲结束后，我开始签名售书，许多顾客都带来了礼物——自产的蜂蜜、自酿的希腊葡萄酒、自己画的画。一位可爱的老妇人坚持要我收下一枚金币，那是她逃离土耳其时父母缝在她衣服里的，当时她还是个孩子。

那天晚上，我整个人沉浸在疲惫、满足和被爱之中，但同时又对这种备受爱戴感到困惑。我不知道做什么，只能顺其自然，尽量维持心理平衡。满载礼物回到酒店房间，结果我们又看到另外一件礼物：一只两英尺长完全由巧克力制成的船，还带着飘扬的帆。玛丽莲和我嚼得津津有味。

接下来的一天，我在雅典市中心的赫斯提亚书店签名售书。虽然我前前后后在十几家书店做过签售，但这一次是签售中的签售。整个队列从书店门口延续了八个街区，导致了大片的交通堵塞。人们不仅在店里买了新书，而且还带了以前买的书给我签。书写他们的名字很费劲，因为大多数都很陌生（例如，Docia, Ianthe, Nereida, Tatiana）而且很难拼写。后来，只好让读者把他们的名字大大地写在黄色纸条上，夹在自己书里一起给我。很

第 32 章　快变成希腊人啦

多人都在拍照,但这阻碍了队伍前进,很快他们又被要求不要拍照。一小时之后,购书者被告知,我最多只能签四本;又过了一个小时,变成了三本;到最后,限一本新书和一本旧书。即使如此,签售活动持续了将近四个小时,我签了超过 800 本新书,旧书的数量恐怕还要更多。最近,我听说这家可敬的赫斯提亚书店关门大吉了,成为希腊金融危机的受害者,令人唏嘘不已。

排队购书的大多数顾客都是女性——一如我其他签售会的情况——而且至少有 50 位可爱的希腊女性曾在我耳边悄声细语:"我爱你。"这真是一种奇妙的体验。为了避免我动心,史塔夫罗斯把我拉到一边,告诉我希腊女性经常使用这些词,比美国人更为随意。

* * *

10 年后,当一位年迈的英国医生找我做咨询时,我又想起了赫斯提亚书店的签售会。由于他对自己一辈子单身,对自己怀才不遇感到不满,所以他对找我咨询是极其矛盾的:一方面,他想要我的帮助;另一方面,他又深深嫉妒我写作生涯的成功,因为他相信自己也有写作的天赋。在我们的咨询快结束时,他讲了一个困扰自己 50 年的故事:他曾在希腊的一所女子学校教了两年英文,在欢送仪式结束之际,他正准备离开,一位年轻美丽的希腊学生给了他一个临别拥抱,并在他耳边低声说:"我爱你。"从那以后,他就对那个年轻学生念念不忘,她的低声耳语总在他心里回响,并为自己没有勇气踏上这条好像为他准备的生活道路而自我悔恨。我向他提供了我所能做的一切，但我知道，我唯一不能说的是："当希腊女人说'我爱你'时，对她们来说，这个词的意思和美国或英国并不一样。事实上，一天下午，有50个希腊女人在我耳边说了同样的话。"

赫斯提亚书店签售会的第二天，帕提昂大学（Panteion University）授予了我这辈子唯一的荣誉博士学位。我站在一个宏伟的大礼堂，面对数量庞大的观众，礼堂墙壁上张贴着亚里士多德、柏拉图、苏格拉底、伊壁鸠鲁和埃斯库罗斯的画像，不禁令人肃然起敬。第二天晚上，玛丽莲在雅典大学（University of Athens）发表了关于女权主义问题的演讲。这让亚隆家族备感荣耀！

四年之后，2009年，我们再次访问希腊。玛丽莲受阿尼纳大学（University of Ioannina）之邀，谈论她的书《乳房的历史》。知道我们要来希腊，奥纳西斯基金会（Onassis Foundation）邀请我在雅典最大的音乐厅梅加隆，为我的新书《叔本华的治疗》（The Schopenhauer Cure）做一场演讲。

当我们到达雅典时，邀请方安排了私人行程——参观新建的卫城博物馆（Acropolis Museum），这里几周后才对外开放。一走进去，我们就吓了一大跳，透过玻璃地板，在我们的脚下，层层叠叠的文明遗迹追溯到数千年前。博物馆的其他地方摆满了埃尔金石雕（Elgin Marbles），埃尔金是一位英国人的名字，他把半数的石雕从雅典卫城运回了大英博物馆。这些丢失的（有人说是被偷的）部分，以不同于原始颜色的石膏模型展出。如何将艺术作品归还原产国，今天成为所有博物馆困扰的问题。然而，站在这个国家，我们与希腊人感同身受。

在雅典梅加隆音乐厅演讲
2009 年

雅典卫城博物馆
2009 年

第32章 快变成希腊人啦

我们从雅典再飞往约阿尼纳,玛丽娜·弗瑞利-扎卡（Marina Vrelli-Zachou）教授邀请玛丽莲到约阿尼纳大学发表演讲,这所大学竟然有两万名学生。一如往常,当我听到玛丽莲对观众演讲时,我得意地坐下来,抑制住冲动,不让自己大声喊出："嘿,嘿,这是我老婆。"第二天,东道主带我们游览了乡村,以及荷马笔下的古代遗址多多纳。我们在希腊圆形剧场待了很长时间,坐在两千年前建造的座位上；然后,我们漫步到树木丛林,那里曾有神谕诠释过乌鸦的语言。关于这个地方的一些东西——它的沉重,它的尊严和历史——深深地打动了我,尽管我是怀疑论者,但我还是隐约体验到神圣的感觉。

我们漫步穿过约阿尼纳镇,那里毗邻一个美丽的湖泊,最后来到一座可追溯到罗马时期的犹太教堂,现在它仍然是城中小犹太社区的礼拜场所。在第二次世界大战期间,约阿尼纳几乎所有犹太人都被杀害了,只有极少的幸存者返回。剩下的一群人是如此之少,以至于犹太教堂现在允许女性去充人数,因为按照犹太律法的规定,若要举行宗教仪式,至少需要十名犹太男性。在集市上散步,看着老人们玩西洋双陆棋,啜饮茴香酒,我们闻到了这乡间美妙的气味,但有一种芳香（果仁蜜饼）使我无法抗拒,我闻着香味来到了面包房,在那里我至少找到了两打不同的品种。至今我仍然幻想能去约阿尼纳隐居写作,最好是在这家面包店附近。

在约阿尼纳大学的书店,我们两个人都在签售时,玛丽莲询问店主我在希腊读者中的受欢迎度。"亚隆是我们这里最著名的美国作家。"他说。玛丽莲又问:"那菲利普·罗斯⊖呢?""我们也喜欢他,"他回答道,"但我们把亚隆视为希腊人。"

多年来,记者们问起我在希腊受欢迎的情形,我总是说不出个所以然。我知道,尽管我没有说过一句希腊语,但我仍然有一种宾至如归的感觉。甚至在美国,我对有希腊血统的人也感到格外亲切。我对希腊的戏剧、哲学以及荷马都很着迷,但它并不能解释这种情况。这可能更像一种中东现象,因为我的读者在土耳其、以色列和伊朗的比例也很高。

令人惊讶的是,我经常收到来自伊朗的学生、治疗师和患者的电子邮件。我不知道在波斯语地区,我的书到底卖出了多少本:伊朗是唯一未经许可出版我的作品,而且也不提供版税的国家。伊朗的同行朋友告诉我,他们对弗洛伊德、卡尔·荣格、阿尔弗雷德·阿德勒、卡尔·罗杰斯和亚伯拉罕·马斯洛的书都很熟悉,并且希望能与西方的心理治疗师有更多的接触。不幸的是,由于我不再出国旅行,不得不拒绝去伊朗演讲的邀请。

今天,世界上有如此多令人惊骇的新闻,所有的人都变得疲惫或麻木。但是,每当新闻播音员提到希腊时,我和玛丽莲都会立即关注。我将永远对希腊人有一种奇妙的感觉,并很感激自己被视为希腊的荣誉国民。

⊖ 菲利普·罗斯(Philip Roth, 1933—2018),美国当今文坛地位最高的作家之一,曾多次提名诺贝尔文学奖。——译者注

第 33 章
《给心理治疗师的礼物》

里尔克（Rilke）的书《给年轻诗人的信》(*Letters to a Young Poet*)在我的脑海中占有重要地位，多年来我一直想象为年轻的治疗师写这样一部作品，但我始终无法为这一计划找到合适的形式和架构。直到 1999 年的一天，玛丽莲和我参观了南加州圣马力诺的亨廷顿花园，情况才有所改变。我们去那里参观一些特别的庭院，尤其是日本的花园和盆景。在参观快结束时，我逛进了亨廷顿图书馆，浏览了一个新展览："英国文艺复兴的畅销书"。畅销书？这下子引起了我的注意。让我震惊的是，16 世纪的畅销书，10 种当中有 6 种是关于"小贴士"的书。例如，1570 年，托马斯·塔瑟（Thomas Tusser）的《百个务农好点子》(*A Hundreth Good Pointes of Husbandry*)就提供了 100 条关于农作物、牲畜以及农夫农妇管好家的小贴士。到 16 世纪末，它被重印了 11 次。

一直以来，我的书都是在脑海里慢慢发芽，没有一个突然降临的时刻。《给心理治疗师的礼物》是唯一的例外。当我离开文艺复兴畅销书展台的时候，我的下一本书是什么样子，已经了然于胸。我要为年轻治疗师写一本小贴士的书。此时，一个患者的容貌浮现在我的脑海里，她是我多年前见过的一位作家。在放弃了两部未完成的小说之后，她向我宣告：她再也不会开始另一部小说了，除非关于一本书的某些想法浮现，并且咬住她不放。没错，那天在亨廷顿花园，一本书就把我咬住不放，我把其他事务都推到一边，第二天就开始了写作。

这个过程很简单。自从早年在斯坦福大学开始，我就一直保存着一份名为"教学思想"的档案，把我临床工作中的一些想法和案例存放到里面。我要做的只是打开这个"教学思想"的档案。我一遍又一遍地阅读笔记，直到其中一个念头吸引我，然后再用几段文字充实它。这些小贴士并不是按照特定顺序写的，但在最后，我对所写的内容进行了调整，并将它们分成了五个部分：

1. 治疗师与患者的关系
2. 如何探索存在的问题
3. 日常治疗中出现的问题
4. 梦的应用
5. 治疗师的特权和危险

我本来希望能写出 100 条，就像《百个务农好点子》那样，但写到 84 条时，我把这个档案已经用尽（由于我继续在看新的患者，所以又建立了新的档案，9 年后，在第二版中，我又增加了 11 条）。

从一开始，我的心里就有一个书名：我把里尔克那本书的名

第33章 《给心理治疗师的礼物》

字稍加修改,称之为《给年轻治疗师的信》。但当我快写完时,一个惊人的巧合发生了:基本图书公司邀请我参加编写一个指导性的丛书,名为"给年轻……的信"(其中包括治疗师、数学家、持相反意见者、天主教徒、保守主义者、厨师等等)。虽然我对基本图书公司非常忠诚,但我不太愿意加入这个系列。然而,由于他们选择了里尔克的书名,所以我需要一个新的名字。当然不能叫《治疗师的百个小贴士》,而大家又都反对《治疗师的84个小贴士》。最终,我的经纪人桑迪·迪克斯特拉(Sandy Dijkstra)提议叫《给心理治疗师的礼物》。我对这个名字本来不大感兴趣,但又没有想出一个更好的名字,这些年来也就慢慢接受了。

我写这本书,是为了反对经济压力催生的简单化、手册化、问题解决式的认知行为疗法。同时,我也在抗击精神病学对药物的过度依赖。这场战斗今天仍在继续,尽管有大量的研究证据表明,良好的治疗结果取决于治疗关系的强度、温暖、真实和共情。我希望,《给心理治疗师的礼物》将有助于为精神痛苦保留一种人性和人道的治疗途径。

为此,我故意使用挑衅的语言:我竭力教给学生们不一样的内容,与许多人在行为取向培训项目中所学的恰恰相反。"避免下诊断""为每位患者创造新的治疗""把患者当一回事""空白屏幕?忘了它吧!真实一些!""在每次会谈中检视此时此地"。

在《给心理治疗师的礼物》中,有几个部分强调了共情的重要性,并传达了罗马剧作家特伦斯(Terence)的古老观点:"我是人,所以,没有人对我来说是陌生的。"其中一段,"共情:从患者的视角看世界",叙述了我最喜欢的临床故事之一。我的一个患者,整个青春期都在与她批判一切的父亲进行艰苦的斗争。她渴望两个人能够和解,开始一段新的关系,她期盼父亲开车送她去上大学——这是一个难得的机会,可以让他们俩好几个小时都待在一起。但是,这次期待已久的旅行被证明是一场灾难:她的父亲一如往常,大肆抱怨路边那条肮脏的、满是垃圾的小溪。而她在另一边,看到的是一条没有受到污染、美丽淳朴的小溪。最终,她不再理会父亲,陷入了沉默,两个人在剩下来的旅途(以及他们的生活)中,相互远离对方。很多年以后,她碰巧再次开车故地重游,并且惊讶地发现原来有两条小溪——路的两边各有一条。"这一次我成了司机,"她伤感地说,"我从驾驶员位置上看到的那条小溪,正如我父亲所描述的那样,肮脏且满是污染。"但是,等到她学会从父亲的窗口去看世界时,已经太晚了——她的父亲早就过世了。"所以,从患者的窗口看,"我提醒治疗师们,"试着从患者的视角来看世界。"

现在重读《给心理治疗师的礼物》,让我觉得整个人都暴露无遗:所有我最得意的计策和回应都在那里,所有人都能看到。直到最近,一个患者在我的办公室哭泣,我还对她说:"如果那些眼泪能说话,它们要说些什么?"当我重读这本书,在其中一则小贴士中看到一模一样的句子时,我觉得好像是自己在剽窃自己(希望她没有读过这本书)。

有些小贴士鼓励治疗师要诚实,勇于承认错误。重要的不是错误本身,而是你如何对待它们。还有些小贴士鼓励新手治疗师善用此时此地(here-and-now),也就是,关注治疗师与患者关系中正在发生的事情。

第33章 《给心理治疗师的礼物》

《给心理治疗师的礼物》的最后一则小贴士,"珍惜治疗特权",尤其打动我:我常常被人问道,为什么85岁了还在继续执业。第85条小贴士(巧合的是,我今年85岁)开头就宣布了一则简单的声明:我与患者的工作丰富了我的生活,它给我的生命带来了意义。我很少听到心理治疗师抱怨生活缺乏意义。治疗师所过的生活是服务他人的生活,每天我们都把目光集中在别人的需求之上。我们不仅乐于帮助我们的患者改变,而且希望他们的改变将波及其他人。

我们的治疗特权还在于:我们是秘密的收集者。每一天,患者都用他们的秘密给我们恩惠,而且常常是从未分享过的。这些秘密让我们看到了人生境遇的后台,没有社会虚饰、角色扮演、虚张声势或舞台造型。被赋予这样的秘密,是极少数人的特权。有时候,这些秘密极其灼人,我回到家拥抱着妻子,庆幸自己的幸运。

此外,这项工作还为我们提供了超越自我的机会,让我们能够看见人类状况的真实和悲剧性。但我们得到的又不止于此。我们成为探索者,沉浸于最伟大的事业——人类心灵的发展和维护。我们与患者携手前进,享受着发现的乐趣——当各种不相干的概念碎片突然顺畅地融为一个连贯的整体,一种"顿悟"体验油然而生。有时,我觉得自己像一个向导,陪伴别人穿过他自己的房间。看着他们打开房门,进入从未进过的房间,看到自己的房间里许多美丽而富有创意的特征,发现这个房子竟有一双未曾打开的翅膀。这是多么难得的享受啊!

最近,我参加了在斯坦福教堂举行的圣诞节祷告,聆听牧师简·肖(Rev. Jane Shaw)的布道,这篇布道强调了爱和同情的重要性。我被她的呼吁所感动,她要求我们尽可能地将这种感情付诸实践。关怀和慷慨的行为可以为我们所处的任何环境添彩。

她的话语促使我重新考虑爱在自己职业中的角色。我开始意识到，在我讨论心理治疗的实践时，我从来没有使用过爱或同情这样的词。这是一个巨大的疏漏，现在我希望纠正一下，因为我知道，作为一名治疗师，我在工作中经常体验到爱和同情，并尽我所能帮助患者表达他们对别人的爱和慷慨。如果我对某个患者没有这种感觉，那么我不太可能对他有很大的帮助。因此，我试图保持警惕，提醒自己对患者是否怀有爱的感觉。

* * *

最近，我接诊了一位新患者——乔伊斯（Joyce），她是一个抑郁且愤怒的年轻女性，因为致命的癌症刚刚动过一次大手术。她一走进我的办公室，我就感觉到她的恐惧，我对她深表同情。然而，在我们的第一次会谈中，我感到她很难亲近。尽管她明显受到了折磨，但她也传达出一条信息：一切都在她的掌控之中。而让我感到困惑的是，她的抱怨变来变去：这个星期，她痛恨地谈到邻居和朋友的恼人习惯；下个星期，她又哀叹自己的孤立无援。事情不太顺利，每个星期当我想到下一次会面时，我都感到自己畏缩了。有时候，我甚至考虑将她转介给另一位治疗师。但我打消了这个念头，因为她读过我的很多书，她从一开始就强调，她看过很多治疗师，而我是她最后的选择。

在第三次会谈中，奇怪的事情发生了：我突然意识到，她的相貌和我一个好朋友的妻子艾琳（Aline）十分相像，有好几次，

第 33 章 《给心理治疗师的礼物》

我都有一种短暂的、不可思议的经验，认为我是在跟艾琳说话，而不是乔伊斯。每次发生这样的事，我都不得不把自己拉回现实。虽然我现在和艾琳相处得很好，但一开始，我发现她爱自以为是、令人不悦。如果她不是好朋友的妻子，我早就避开她了。我开始怀疑，是不是有可能，我的无意识以某种奇怪的方式，把我对艾琳的愤怒转移到了乔伊斯身上？

乔伊斯一反常态地开始了我们的第四次会谈。沉默了片刻之后，她说："我不知道从哪里开始。"我知道，我们必须面对两个人之间有问题的关系，于是我回答："告诉我，你在上次会谈结束时的感受。"

她以前都回避这样的询问，但今天她却让我大吃一惊："和我们每次会谈后的感觉一样：我觉得糟透了。完全晕头转向，好几个小时都缓不过来。"

"听你这么说，我很难过，但说多些好吗？乔伊斯，是怎么回事？"

"你什么都懂，你写了那么多书。这就是为什么我找你。你很聪明，我感到如此自卑。我知道你觉得我一无是处，我敢肯定你知道我所有的问题，但你就是没有告诉我。"

"我知道这对你而言有多么痛苦，乔伊斯，但我也很高兴你能如实说出来：这正是我们需要去做的。"

"那你为什么不告诉我是怎么回事？我的问题是什么？我该如何解决它？"

"你太看得起我了。我不知道你的问题，但我知道，我们可以一起把问题找出来。我知道你很害怕，很愤怒。而且，想到你所经历的事情,我能理解那种情形:要是我,我也会有那样的感受。如果我们像今天这样继续工作,我就可以帮助你。"

"但我为什么会有这种感觉呢?是我不值得你浪费时间吗?为什么我会越来越糟糕?"

我知道我必须做点什么,并决定冒险一试。"我来说一点可能对你来说很重要的事情,你听一下。"我犹豫了——这是一次深层的自我暴露,我还是有点迟疑。"你长得很像我一位好友的妻子——上一次面谈时,有好几次,我闪过一个奇怪的念头:坐在这张椅子上的是她,而不是你。虽然我现在对这个人很友好,但一开始我并不待见她。我发现她爱出风头,令人讨厌,和她在一起很不舒服。我告诉你这些是因为(我知道这听起来很奇怪,而且我感到很尴尬)我可能无意识地把对她的感觉转移到你身上了。我想你也许已经感觉到了。"

我们沉默了一会儿,我接着说道:"但是,乔伊斯,我想说清楚,这不是我对你的感觉。我完全支持你。我对你充满同情心,我想全力帮助你。"

乔伊斯似乎很惊讶,眼泪顺着她的脸颊流下来。"谢谢你这么说。我见过很多心理医生,但这是第一次有人跟我分享他的心里话。我今天不想离开你的办公室了——我想让我们再谈 12 个小时,我感觉好极了。"

患者接受了我的坦白,把它视作我的心声;从那时起,一切都改变了。我们进行得很顺利,也很用心;我期待着每一次会谈。该如何描述我的方法呢?我相信,这是一种同情心和爱的表现。我找不到其他的词来形容。

第 34 章

与叔本华一起的两年

我的哲学阅读一直以生命哲学（Lebensphilosophie）为主，这是一个探讨生命价值和意义的思想学派。其中包括了许多古希腊学者、克尔凯郭尔、萨特，当然还有尼采。直到后来我才发现了亚瑟·叔本华（Arthur Schopenhauer），他关于无意识影响性冲动的观点启发了弗洛伊德的理论。在我看来，叔本华为心理治疗的诞生奠定了基础。正如我的小说《叔本华的治疗》里的人物菲利普（Philip）所说："没有叔本华，就不会有弗洛伊德。"

叔本华是一个粗暴、无畏和极其孤独的人。他是 19 世纪的堂吉诃德，攻击包括宗教在内的所有势力。叔本华也是一个饱受折磨的人，他的不幸、悲观和彻底的厌世，是其作品背后主要的能量来源。他有一个著名的刺猬比喻，表达了他对人际关系的看法：寒冷的天气驱使刺猬抱团取暖，但它们挤在一起时，身上的硬刺又刺伤彼此。最终，它们发现，彼此最好还是保持一定的距离。因此，一个拥有足够内在热量的人（比如叔本华），最好完全远离他人。

当我第一次阅读叔本华时，他深刻的悲观主义让我大吃一惊。我想知道，在如此绝望的情况下，他是如何继续思考和工作的。随着时间的推移，我才逐渐明白，他相信知性理解可以减轻人生的重负，哪怕是最卑微的人。虽然人生短暂，却因理解而自得其乐，即使理解揭示了我们最基本的冲动，让我们面对人生的无常。在《论存在之虚无》(On the Vanity of Existence) 中，他写道：

> 人生永远不会快乐，但人终其一生都在追求自认为会带来快乐的事物。他很少能达到目标，即使达到了目标，他也只会感到失望。人生犹如船行大海，当一只船最终抵达港湾，船体已是千疮百孔，桅杆和绳索都已消失无踪了。而且，不管他是快乐还是不幸，这都是一回事。因为他的一生终究不过是白驹过隙，稍纵即逝。

除了极端的悲观主义，叔本华强烈的性冲动也折磨着他，他无法以非性的方式与人建立关系，这使他长期脾气暴躁。只有在童年性冲动尚未萌发之前，以及在晚年他的欲望变得平缓之后，他才体验到一些快乐。例如，在他的主要著作《作为意志和表象的世界》(The World as Will and Representation) 中，他写道：

第34章 与叔本华一起的两年

由于生殖系统的巨大活力仍处在沉睡状态，而大脑已经有了充分的活力，所以童年实为天真和快乐的时期，是人生的天堂，是我们终此一生都热切想要重返的失乐园。

但是，在叔本华的作品里找不到任何肯定的东西，他的悲观主义是不屈不挠的：

走到人生尽头，如果一个人足够真诚，并且足够理智，他是不会想要重来一趟的。若非如此不可，他会宁愿选择彻底的不存在。

我对亚瑟·叔本华了解越多，就越觉得他的人生悲惨：一位伟大的天才受到如此无情的折磨，这是多么可悲啊。在我看来，他是一个极度需要治疗的人。他和父母的关系简直就是一出俄狄浦斯的戏剧。首先，他拒绝进入家族的商贸活动，这激怒了他的父亲。他的母亲是一位受欢迎的小说家，叔本华对她崇拜有加。当他的父亲自杀时，16岁的亚瑟想方设法要占有和控制她，以至于她最终断绝了他们的关系，并在她生命的最后15年里拒绝见面。他是如此害怕自己还没死透就被埋葬，因此他立遗嘱死后几天再将他入土，弄得他的尸臭弥漫附近乡野。

当我考虑到他的悲惨生活时，我开始突发奇想，叔本华有没有可能受惠于心理治疗呢？如果他来找我咨询，我能找到一种方法来安慰他吗？我开始想象我们的治疗场景，渐渐地，一本关于叔本华小说的大纲成形了。

叔本华接受心理治疗——想象一下！啊，是的，是的——多么具有挑战性的想法！但是，谁能在这个故事中担任他的治疗师呢？叔本华出生于1788年，比心理治疗的诞生早了一个多世纪。几个星期以来，我一直在考虑一个富有同情心的、有文化的、受过哲学训练的前耶稣会士，他可以提供深入的冥想修行，叔本华也会愿意参加。这个想法有一些可取之处。叔本华在世的时候，有成百上千的耶稣会士失去工作：1773年，教皇宣布了解散耶稣会的命令，直到41年后才予以恢复。但由于整个情节无法连贯起来，于是我放弃了这个想法。

后来，我决定创造一个叔本华的替身，一个具有叔本华的智慧、兴趣和个性（包括厌世、性强迫和悲观主义）的当代哲学家。于是，我构思了菲利普这个角色。我把他放在心理治疗唾手可得的20世纪。但是，什么样的治疗对菲利普最有效呢？像他这样严重的人际问题最需要的就是治疗团体。那么谁做团体治疗师？我需要一个富有经验的团体治疗师，所以我创造了朱利叶斯（Julius）——一个明智的、上了年纪的执业医师，他的方法与我的团体治疗相似。

接下来，我创建了其他的角色（治疗团体的成员），将菲利普引入到团体中，然后让这些角色自由地互动。我并没有预先的设置：只是记录下我脑海中接下来发生的一切。

想想吧！叔本华的克隆人进入一个治疗团体，制造混乱，挑战带领者，激怒其他成员，但最终产生了巨大变化。想想我要传达给这一领域的信息：如果团体治疗可以帮助"亚瑟·叔本华"，一个当代最为悲观和厌世的人，那么团体治疗可以帮助任何人！

第34章　与叔本华一起的两年

后来，回顾这部完成的小说，我意识到，在训练团体治疗师方面，它可能是一个很好的教学工具。因此，在我的团体治疗教科书第五版中，我在许多地方都向学生读者推荐这部小说的不同篇章，在那里他们可以读到治疗原理的戏剧化描述。

我以一种不寻常的方式来写这部小说，交替呈现了团体治疗的会谈过程和叔本华的心理传记。我怀疑许多读者对这种格式感到困惑，甚至在写作过程中，我也时常担心弄出一个尴尬的混合体。尽管如此，我相信叔本华的心理传记将会帮助读者理解菲利普——叔本华的替身。但那只是部分原因：我承认我对叔本华的作品、人生和心灵如此着迷，以至于我不能错失机会猜测他的性格是如何形成的。同时，我也无法抗拒去探索叔本华是如何启发弗洛伊德的，以及如何为心理治疗设置了舞台。

我相信，这本书是我写的有效团体治疗的最好证明。朱利叶斯是我一直努力想成为的治疗师。然而，在这本书中，他罹患了一种无法治愈的恶性黑色素瘤。尽管身患疾病，他仍然继续寻找意义，甚至在死亡临近时，还借此强化每个团体成员的生命。他坦率、仁慈、专注于当下，不遗余力地帮助成员了解自己并探索彼此的关系。

这本书的书名得来全不费功夫："叔本华的治疗"出现在我的脑海里时，我就欣然接受了。我喜欢它的一语双关：作为一个人，叔本华得到了治疗；而作为思想家，叔本华为我们所有人提供了疗愈。

出版 12 年后，这部小说仍然非常活跃。一家捷克电影公司正在将其改编为电影。正如我从临床哲学（clinical philosophy）

领军者那里得知的,《叔本华的治疗》也加速了这一领域的诞生。

几年前,在旧金山举行的美国团体心理治疗学会年会上,大批团体治疗师观赏了由莫林·莱什(Molyn Leszcz)带领的半天演出,演员们扮演小说中的团体成员。莫林是我的学生,也是我的团体治疗教科书第五版的合编者。我的儿子本,挑选演员,指导制作,并在其中扮演了一个角色。演员们没有剧本,但他们被要求想象自己在治疗团体中,待在他们的角色里面,并自发地与其他成员互动。我则参与互动环节的讨论。我的另一个儿子维克多,将这次演出剪辑成一部电影,并发布在他的教育网站上。能够退居幕后,看着自己想象中的人物鲜活地互动,实在太令人愉悦了。

BECOMING
MYSELF

第 35 章
《直视骄阳》

在我写这本书的时候,我的姐姐琼去世了。琼比我大 7 岁,生性温柔,我深深地爱着她。成年以后,她住在东海岸,我在西海岸,但我们每周互通电话,从未中断;每次我到华盛顿都会去她家里,与她和她的丈夫莫顿小聚。莫顿是一名心脏病学家,一直慷慨大方,热情好客。

琼罹患严重的老年痴呆症,在她去世的前几周,我最后一次去华盛顿,她已经认不出我了。由于我不自觉地感到已经失去了她,所以她过世的消息并没有让我受惊。相反,我觉得死亡对她及其家人是一种解脱,我对此深表欢迎。第二天,我便和玛丽莲飞往华盛顿参加她的葬礼。

我打算讲一个故事来开始我的悼词,这个故事发生在 15 年前的华盛顿,我母亲的葬礼上。当时,为了怀念我的母亲,我烘焙了一种叫凯奇尔（kichel）的传统小烙饼，在葬礼结束后的家庭聚会上供大家享用。我烘焙的烙饼色香俱全，但是完全没有味道：我按照母亲的食谱来做的，不料忘了放糖！琼一向善解人意，她说，如果我为她烘焙凯奇尔，一定不会忘记放糖。我讲这个故事的重点是强调我姐姐的可人，尽管抵达葬礼现场时，我心情平静，不觉悲伤，但在致悼词时我泣不成声，提前回到了座位上。

我的座位在第一排，近到可以触摸姐姐的纯木制棺材。当阵阵强风吹起，扫过墓地，我用眼角的余光瞥见，姐姐的棺材开始摇晃。尽管理智尚存，但仍不免乱想：她要从棺材里爬出来了，我不得不拼命忍住想要逃离墓园的冲动。所有我关于死亡的体验，所有我陪伴过的临终患者，所有我写过关于死亡的超脱和理性的文字——都在我自己的恐惧中烟消云散。

这一事件令我震惊不已。数十年来，我一直在努力理解和改善我对死亡的焦虑。在我的小说和故事中，我把这些恐惧发泄出来，把它们投射到虚构的人物身上。在《叔本华的治疗》中，团体带领者朱利叶斯宣布他被诊断出患有绝症，团体成员都极力安慰他。其中一名成员——帕姆（Pam），引用了弗拉基米尔·纳博科夫[一]的回忆录《说吧，记忆》（Speak, Memory）中的一段话，他把人生描述为两个完全相同的黑暗世界——一个在出生之前，一个在死后——之间的火花一闪。

很快，菲利普——叔本华的替身和信徒，以他一贯优越的态度回应道："纳博科夫无疑从叔本华那里得到启发的，叔本华

[一] 弗拉基米尔·纳博科夫（Vladimir Nabokov, 1899—1977），俄裔美籍作家，代表作《洛丽塔》。——译者注

第 35 章 《直视骄阳》

说过,我们死后会和生前一样,因此证明了不可能只有一种不存在。"

帕姆怒不可遏,对菲利普说道:"你认为叔本华曾经说过类似的话,你真了不起。"

菲利普闭上眼睛,开始背诵:"'在千万年的不存在之后,一个人惊讶地发现自己忽然存在了;他活了一会儿,然后再次进入同样千万年的不存在。'引自叔本华"生存空虚说"(Additional Remarks on the Doctrine of the Vanity of Existence)的第三段,这对你来说够不够了,帕姆?"

* * *

我之所以引用这段话,是因为它还有一点没提到:亦即叔本华和纳博科夫的言论都可以追溯到伊壁鸠鲁,一位古希腊哲学家,他认为人类苦难的主要根源在于我们无处不在的死亡恐惧。为了减轻这种恐惧,伊壁鸠鲁为他在雅典学校里的学生们提出了一套有说服力的世俗理论,并规定他们要像背诵教义问答一样学习这些理论。其中之一就是著名的"对称假设":我们死后的虚无状态与我们出生之前的状态是完全相同的,然而,想到我们"出生前"的状态,我们从未感到焦虑。古往今来,哲学家们一直在抨击这一观点,但在我看来,它具有一种简洁之美,并且拥有强大的力量。它为我的许多患者和我自己提供了安慰。

当我读到更多关于伊壁鸠鲁消解死亡恐惧的观点时,我下一本书的灵感突然出现在脑海里,并让我着迷了好几个月。构想是这样的。一个人做了一个可怕的噩梦：在傍晚的森林里，他被某种可怕的野兽追赶着。他一直跑，直到精疲力竭，他跌跌撞撞，感觉那家伙向他扑来，然后意识到这就是他的死神。他惊醒了，尖叫着，心怦怦直跳，浑身是汗。他从床上跳了起来，迅速地穿好衣服，从卧室和家里逃了出来，然后去找某个人——一位长者、思想家、治疗师、牧师、医生——任何一个可以帮他摆脱死亡恐惧的人。

我想象出一本书，由八九章组成，每一章都以同一段开头：噩梦，惊醒，为摆脱死亡恐惧而寻求帮助。然而，每一章都设定在不同的世纪！第一章发生在公元前3世纪的雅典，做梦者将冲到雅典的集会，那里是许多重要哲学流派的聚集地。他会走过柏拉图创立的、现在由他侄子斯珀西波斯（Speusippus）掌管的学院（Academy），经过亚里士多德的学园（Lyceum），途径斯多葛学派（Stoics）和犬儒学派（Cynics），最后到达他的目的地——伊壁鸠鲁的花园，他将在日出时被允许进入。

另一章可能是在圣奥古斯丁时代，再一章放在宗教改革时期，然后是叔本华所在的19世纪晚期，又一章放在弗洛伊德时代，或许再一章放在萨特或加缪时代，还可以发生在穆斯林和佛教国家。

但一次只能发生一件事。我决定把公元前300年伊壁鸠鲁时代的希腊写一整集，然后再转向后面的时期。几个月来，我研究了那个时代希腊日常生活的种种细节，他们的服饰、早餐种类和生活习惯。我还研究了古今的历史和哲学文献，阅读了以古希腊为背景的小说［玛丽·雷诺（Mary Renault）等人的作品］。最终

第35章 《直视骄阳》

我悲伤地意识到,写这一章和其他章节所需要的研究将会耗尽我的余生。我非常遗憾地放弃了这个计划。这也是唯一一本我开了头却没有结束的书。

* * *

于是,我决定另辟蹊径,以非虚构的形式讨论伊壁鸠鲁的作品,写一本书,谈谈死亡焦虑。这本书就是后来成形的《直视骄阳》,于2008年出版。《直视骄阳》一书追溯了我对死亡的思考,它们浮现自我与健康的以及绝症患者的临床实践。书名取自17世纪拉罗什福科(François de La Rochefoucauld)的箴言:"一个人无法直视的,唯有骄阳和死亡。"虽然我用这句箴言作为书名,但我在书中挑战了它的真理,强调直视死亡可以使人获益良多。

我不仅用临床经验来阐释这个观点,而且也运用文学中的小片断。例如,狄更斯(Dickens)的《圣诞颂歌》(*Christmas Carol*)中的埃比尼泽·斯克鲁奇(Ebenezer Scrooge),在故事的开头,他是一个吝啬的、离群索居的家伙,但到最后,他成了一个善良、慷慨和深受爱戴的人。这种转变从何而来?因为狄更斯给了他下了一剂猛药——存在主义冲击疗法,让"未来之灵"(Ghost of Christmas Yet to Come)叫斯克鲁奇看到自己的墓地以及墓碑上自己的名字。

在《直视骄阳》整本书中,都在讲直面死亡是一种觉醒的体验,它教会我们如何更充分地生活。对这个过程敏感的治疗师经常会明白这一点。正如我之前提到的,在我的临床实践中,我经常建议患者在一张纸上画一条线,想象这条线的一端代表他们的出生,另一端代表他们的死亡。我要求他们指出自己现在所处这条线上的位置,然后仔细思考一会儿。在电影《欧文·亚隆的心灵疗愈》(*Yalom's Cure*)中,开头我讲的正是这个练习。

在我作为一名精神科医生的训练期间,我从未听说过在治疗研讨会或个案讨论中谈论过死亡。似乎这个领域仍然遵循着美国精神病学界大佬阿道夫·迈耶的建议:"不要在不痒的地方搔痒。"换句话说,除非患者提出来了,否则不要自找麻烦,尤其是那些我们可能无法缓解的领域。但我采取了相反的立场:死亡之痒自始至终都在,帮助患者探索他们对死亡的态度,将会使其受益匪浅。

我完全同意捷克存在主义小说家米兰·昆德拉(Milan Kundera)的观点,他写道,遗忘的行为让我们预习了死亡的滋味。换句话说,死亡可怕之处不仅在于让你失去未来,而且也在于让你丧失过去。当我重读自己的书时,我常常记不起我写过的患者的面孔和名字:我把他们伪装得很好,以至于认不出他们是谁了。有时候,我想起与患者们一起度过了亲密而又纠结的时光,而现在全然记不起他们是谁了,不免感到心痛。

我相信,许多患者的症状背后都隐藏着死亡焦虑。举个例子,想想一些特殊生日(30岁、40岁或50岁)带来的不适感,因为它们提醒了我们时间的无情流逝。我最近接待了一个患者,她描述了几个晚上可怕的噩梦。其中一个是入侵者威胁她的生命,另一个是她感觉自己坠入太空。她说自己50岁生日快到了,

第 35 章 《直视骄阳》

而她害怕家人为她举办生日聚会。我敦促她去探索，50 岁对她来说意味着什么。她回答说，50 岁真的很老了，并回忆起她母亲 50 多岁时的样子。她的父母都在 60 多岁时去世了，所以她总以为自己的人生过了三分之二。在我们见面之前，她从来没有公开谈论过自己的死亡、葬礼或是宗教信仰，虽然我们会谈的内容充满痛苦，但我相信，揭开死亡的神秘面纱最终会让她感到宽慰。死亡焦虑潜伏在人生的许多重要事件中（空巢综合征、退休、中年危机、高中或大学聚会），以及我们对他人死亡的悲伤。我相信，大多数噩梦都是由死亡焦虑所驱动的，在梦中它犹如脱缰野马。

现在，当我写下这些文字时，距离撰写《直视骄阳》已有 10 年之久，距离我的死亡又近了 10 年——我不相信自己还能像当时那样冷静地去写这个主题。在过去的一年里，我不仅失去了姐姐，还失去了三个最亲密的老朋友——赫伯·科茨、拉里·扎罗夫和鲍勃·伯杰。

拉里和赫伯是我在大学和医学院的同学。在实习期间，我们是解剖尸体的搭档，并且同住一间宿舍。我们三个带着各自妻子一起到过许多地方度假：波克诺山、马里兰东海岸、哈德逊谷、五月岬和纳帕谷。我们在一起度过过许多日日夜夜，聊天、骑自行车、玩游戏、聚餐，乐此不疲。

拉里一直在纽约的罗切斯特（Rochester）做心脏外科医生，但在执业 30 年之后，他改弦更张，在斯坦福大学获得医学史博士学位。在生命的最后几年里，他给本科生和医学院学生教授文学，有一天突然死于主动脉瘤破裂。我在他葬礼上的简短悼词中，试图通过描述一次假期旅行增加一点轻松的调子。那次我们6个人一起去波克诺山，当时拉里正值不修边幅的时期，穿着一件破旧的、皱巴巴的T恤就进了一家高档餐厅。我们一直唠叨他的外表，直到他站起来离开桌子。10分钟后他回来了，看上去衣冠楚楚：他刚从我们服务员的身上买下一件衬衫！（幸运的是，这个服务员在柜子里放了一件备用衬衫。）虽然我想在葬礼上用这个故事来缓和气氛，但我还是哽咽了，费力地把这些话讲完。

赫伯（曾是一名妇科医生，后来成为一名肿瘤学家）逐渐患上了痴呆症。他的最后几年生活在一种混乱和肉体痛苦的状态中，我觉得和我姐姐一样，早在他去世之前我就失去了他。我因为得了严重的流感，不能去华盛顿参加他的葬礼，但我委托一位朋友在葬礼上宣读我的悼词。

我为他和他的家人感到宽慰，然而，在他葬礼举行的那一刻，在旧金山的我变得焦躁不安，漫无目的地走了一小段路，突然放声大哭起来，多年前已经遗忘的场景涌上心头。当赫伯和我在大学和医学院读书时，我们经常在星期天和他的叔叔路易（Louie）一起玩扑克，他的叔叔是个单身汉，和赫伯的家人住在一起。路易是一个讨喜可爱的人，但有疑病症的倾向，他总是在晚上一开始就宣布，他不确定自己那晚是否能玩好牌，因为"楼上有什么不对劲儿"，他指着自己的头部。这对我们来说是一个暗示，赶紧拿出自己全新的听诊器和血压袖带，只要付5美元的费用，就给他量血压、听心跳，并宣布他是健康的。路易是个玩牌好手，那5美元在我们手里根本攥不了多久：通常到晚上牌局结束时，他就连本带利都收了回去。

第35章 《直视骄阳》

我喜欢那些夜晚。但是路易叔叔早已离世，现在，赫伯也去世了，我感受到一种令人震惊的孤独，因为我意识到，那些夜晚的那些场景，再也没有人和我一起见证了。它现在只存在于我的脑海中，在我神经回路的某个神秘角落里噼啪作响；而当我也死去时，它就将完全消失。当然，数十年来，理论上我对这些事情早已一清二楚，并且在我的书中、讲座中以及许多治疗时刻中无数次强调它们，但现在我感受到了它们，感受到当我们逝去时，我们每一段珍贵的、快乐的、独特的记忆，都将与我们的存在一起烟消云散。

我也很缅怀鲍勃·伯杰，他是我60多年的挚友，在赫伯去世几周后也离世了。在一次心脏骤停后，鲍勃昏迷了几个小时才苏醒过来，在一段短暂的清醒时间里，他给我打了电话。他一如既往地开玩笑说："我从另一边给你捎来一条消息。"这就是他所说的一切：他的病情迅速恶化，陷入昏迷，两周后过世了。

鲍勃和我第一次在波士顿见面是在我读医学院的第二年。虽然我们后来生活在不同的海岸，我们仍然是终身的朋友，经常通过电话和拜访保持联系。在我们第一次见面50年后，他让我帮他写一篇他青少年时期的文章，当时德国人占领了他的祖国匈牙利。他告诉我，在纳粹占领布达佩斯期间，他以一名基督徒的身份参加了抵抗运动。他向我叙述了一个又一个令人毛骨悚然的故事。例如，在16岁那年，他和另一名反抗军骑着摩托车，尾随在一群犹太人后面，这些犹太人被绑在一起，被迫穿过树林走向多瑙河，他们即将被驱入河中淹死。虽然没有希望救任何一个人，但鲍勃和他的朋友疾驰而过，投掷手榴弹，试图炸死纳粹警卫。后来，当鲍勃离开了几天，试图找到他的母亲，但没有成功。他们的房东把他的室友，另一个亲密的朋友，交给了纳粹，纳粹把他拖到街上，拉下了他的裤子。他们看见他受了割礼，就向他的腹部开了一枪，让他等死，并警告围观的人不要救他，甚至连一杯水也不行。我听了这么恐怖的故事，一个接一个——全都是我第一次听到的——到了晚上结束时，我对他说："鲍勃，我们已经很亲密了。我们认识已经 50 年了。为什么你以前从来没有告诉过我这些？"他的回答震惊了我："欧文，你还没准备好听它。"

我没有抗议。我知道他是对的：我还没有准备好听他说，我一定是用多种方式把这个信息告诉了他。我一直避免接触任何形式的大屠杀。在我十几岁时，盟军刚解放集中营不久，新闻影像中出现了少数的幸存者，骨瘦如柴，如骷髅一般，而尸体更是堆积如山，被推土机推来推去，我感到惊恐不已。几十年后，当玛丽莲和我去看《辛德勒的名单》(*Schindler's List*) 时，她就自己开车前往，因为她知道我很可能在电影结束前就要离场。我确实这样做了。对我来说，这是一个可预测的公式。如果我看到或读到任何有关大屠杀的恐怖报道，我就会被一场感情风暴所席卷：可怕的悲伤、出离的愤怒、严重的痛苦，想到受害者的惨痛经历，想到自己处在他们的位置（我安全地待在美国，而不是在欧洲，完全是我的运气；我父亲的妹妹和她的全家，以及我叔叔亚伯的妻子和四个孩子全都惨遭杀害）。我从来没有明确地向鲍勃表达过我的感情，但他却通过许多方式发现了它们：他告诉我，虽然我听他讲过一些其他的战时故事，但我从来没问过他一个问题。

第35章 《直视骄阳》

半个世纪后,在尼加拉瓜机场,有人试图绑架鲍勃,这是一次可怕的遭遇。他受了很大的创伤,就在那之后不久,他联系了我,让我写他在纳粹占领布达佩斯时期的青少年生活经历。我们花了很多时间在一起讨论绑架事件,以及它引发的所有战争年代的回忆。

我把他青少年时期的生活和我们的友谊写成了一部中篇小说《我要叫警察》(*I'm Calling the Police*),在美国以电子书的形式出版。在欧洲,则有8个国家以平装本出版了这本书。书名取自这部小说中一个特别惊悚的故事。虽然此书出版距离战争结束已有60多年,但鲍勃对纳粹仍心有余悸,不愿把自己的真名印在书的封面上。我提醒他,任何活着的纳粹分子都已经90多岁,无法再伤人了,但他坚持在英文版和匈牙利语版上使用化名——罗伯特·布伦特(Robert Brent)。经过一场持久的辩论之后,他才做出让步,同意在7种译本上写他的真名,包括德语译本。

我常常对鲍勃的勇气和坚韧感到惊奇。作为一个孤儿,他在第二次世界大战后从一个难民营来到美国,连一句英文都不会。在波士顿拉丁高中读了不到两年,他就被哈佛大学录取。在大学,他不仅成绩优异足以进入医学院,而且还进入了校足球队——所有这些都是靠他独自一人做到的。后来,他与帕特·唐斯(Pat Downs)结婚,后者是一位医生,她的父母也都是医生,祖父是曼哈顿跨教派的河滨教堂的著名牧师——哈里·爱默生·福斯迪克(Harry Emerson Fosdick)。在结婚前,鲍勃要求帕特改信犹太教,帕特同意了。在改变过程中,帕特告诉我,一切进展顺利,直到拉比宣布犹太饮食法禁止食用贝类,包括龙虾。

帕特早年大部分时间都在缅因州度过，她被吓了一跳。她一辈子都在吃龙虾，觉得这太过分了，可能会破坏协议。这位拉比，也许是因为帕特那著名的祖父，非常渴望把她拉进自己的圈子，因此，在与一个拉比财团协商之后，他破了一个罕见的例外：她，在所有犹太人中，将被允许吃龙虾。

鲍勃选择受训成为一名心脏外科医生——他告诉我，只有当他手里拿着一颗跳动的心脏时，他才觉得自己完全活着。作为一名心脏外科医生，他有着非凡的职业生涯，成为波士顿大学的外科学教授，在专业期刊上撰写了500多篇研究和临床论文；而且，若非另一位外科医生克里斯蒂安·巴纳德（Christian Barnard）捷足先登，他差点就是完成了世界上第一例心脏移植手术的外科医生。

* * *

2015年年底，在我的姐姐和三位密友去世之后，我患了几个星期的流感，食欲不振，体重下降，紧接着发生了急性胃肠炎，很可能是食物中毒，上吐下泻使我严重脱水。我的血压急剧下降，十分危险，我的儿子里德开车把我从旧金山送到了斯坦福大学急诊室，我在那里待了一天半。我接受了7升的静脉输液，血压才逐渐恢复正常。在等待腹部CT扫描结果时，我第一次有了一种强烈的感觉：我可能快要死了。我的医生女儿伊芙和妻子陪着我，安慰我；而我试图用自己与患者工作时经常提到的一个观念来自我安慰：未曾活过的感觉越强烈，死亡的恐惧就越大。这个观念让我平静下来，因为我想到，我对自己的生活几乎没有遗憾。

第35章 《直视骄阳》

出院之后，我的体重只有139磅，比我的平均体重轻20磅。有时候，我对医学教育的模糊记忆造成了问题。在这次，我被一条医学格言所困扰：如果患者的体重有不明病因的显著下降，就要考虑是否为隐匿性的癌症。我想象着自己的腹部充满了转移性病变。在这期间，我用理查德·道金斯（Richard Dawkins）提出的思想实验来安慰自己：想象一下，一个镭射聚光灯不可阻挡地沿着巨大的时间标尺扫射，光束扫过的一切都消失在过去的黑暗中，而聚光灯未到之处都隐藏于未来的黑暗中。只有那些被激光点亮的东西才有生命和意识。这种想法总是给我带来安慰：它使我感到幸运，在这一刻还活着。

我有时认为，写作本身就是我努力在抵抗时间的流逝和不可避免的死亡。对此，福克纳（Faulkner）说得最好："每位艺术家的目的都是捕捉运动并将其定格，这样到某个时刻，当一位陌生人读到它时，它便又活过来了。"我相信，这种想法解释了我对写作的激情——永不停止地写。

我笃信这一观点：如果一个人活得充实，没有深深的悔恨，那么他就会更加平静地面对死亡。我不仅从许多垂死的患者那里，而且还从托尔斯泰这样伟大的作家那里，听到了这样的信息，他笔下的伊凡·伊里奇（Ivan Ilych）意识到自己临死时如此悲惨，是因为他活得太糟糕了。我所有的阅读经验和生活经验都告诉我要充分地活着，这样可以无怨无悔地死去。在我的晚年，我有意识地对遇到的每一个人都慷慨大方，并以一种知足常乐的态度进入耄耋之年。

另一个提示我大限将临的是我的电子邮件。20多年来，我每天都会收到大量的粉丝来信。我试着回复每一封信——我把它当作自己的修行，就像佛教徒每日必做的慈悲观想。想到我的工作给那些写信的人提供了一些东西，我感到很高兴。但是，随着时间的推移，我也意识到电子邮件的数量增加，这是因为人们知道我时日无多了。这一信息越来越显露无遗，比如几天前收到的这封邮件：

……我很久以前就想给您写信，但我想您会被电子邮件淹没，没有时间把它们全部读完；然而，我还是得给您发这封邮件。就像您自己说的那样，您的年纪已经很大了，也许您剩下的时间不多了，我再不写就太迟了。

或者如第二天收到的另一封邮件：

……坦率地说，我认为您会理解这一点，我意识到某个时候您将不会再在这里。我不想认为您的存在是理所当然的，也不愿后悔在太晚的时候联系您……与您交流对我来说意义重大，因为我认识的大多数人都对谈论死亡不感兴趣，他们也没有与自己将死的事实建立个人联系。

最近几年，有些时候，我在开始演讲时会感激听众规模如此庞大，然后说道："我意识到，随着我年龄的增长，听众数量越来越多。当然，这是对我极大的肯定。但如果我带上存在主义的眼镜，我就看到黑暗的一面，我在想，人们为什么这么着急来看我呢？"

BECOMING MYSELF

第 36 章
最后的作品

当我第一次听到爱因斯坦对量子理论的回应时,我还是一个十几岁的孩子,只听他说:"上帝不和宇宙掷骰子。"像大多数有科学头脑的青少年一样,我崇敬爱因斯坦,听到他信仰上帝,感到非常震惊。这一事实让我对自己的宗教怀疑主义起了疑问,我向我的初中科学老师寻求解释。他的回答是:"爱因斯坦的上帝是斯宾诺莎的上帝。"

"那是什么意思?"我问道,"斯宾诺莎是谁?"我了解到,斯宾诺莎是一位17世纪的哲学家和科学革命的先驱。尽管他经常在自己的著作中提到上帝,但他所在的犹太社区在他24岁时将其作为异端赶出教会,许多学者(可以说是绝大多数)都认为他私底下是一个无神论者。我的老师告诉我,如果斯宾诺莎在17世纪对上帝的存在表示怀疑,那将是很危险的,所以他经常用"上帝"这个词来保护自己。然而,当斯宾诺莎使用"上帝"这个词时,大多数学者都知道,他指的是有序的自然法则。我从图书馆的 A-Z 传记区挑选出一本斯宾诺莎的生平,尽管我对此懂得不多,但我下定决心,有朝一日更多地了解这位爱因斯坦心目中的英雄。

大约 70 年后,我遇到了一本重新点燃我兴趣的书。我得知斯宾诺莎被逐出犹太教会后,拒绝依附于任何宗教团体。取而代之的是,他以磨镜片为生,制作眼镜和望远镜,过着节俭、孤独的生活,并撰写了改变历史进程的哲学和政治文章。那本书就是小说家兼哲学家丽贝卡·戈尔茨坦(Rebecca Goldstein)写的《斯宾诺莎的背叛》(*Betraying Spinoza*)。我一本接一本地阅读了她那些非凡的小说,但只有《斯宾诺莎的背叛》,部分是哲学,部分是小说,部分是传记,点燃了我心中的火。写一部关于斯宾诺莎的小说这个想法在我的脑海中挥之不去,但我又觉得无从下笔。一个主要活在自己思想里的人,他的生活是孤独的,没有错综复杂的剧情,也不够浪漫,他在租来的房间里度过成年时光,磨着镜片,挥舞着羽毛笔,如何去写一部关于他的小说呢?

幸运的是,我被邀请去阿姆斯特丹,给一个荷兰心理治疗师协会做演讲。尽管我年纪大了,很少期待出国旅行,但我对这次机会很欢迎,并同意举办一个工作坊,条件是他们要安排一个"斯宾诺莎日"。在这一天里,将有一位知识丰富的导游陪同我和妻子去探访斯宾诺莎在荷兰的踪迹:他的出生地、各种住所、他的坟墓,而最重要的是,一座小小的、位于莱茵斯堡小镇的斯宾诺莎博物馆。所以,在阿姆斯特丹一整天的活动结束之后,玛

第36章 最后的作品

丽莲、我和导游(荷兰斯宾诺莎协会的主席,也是一位著名的荷兰哲学家)开始了我们的使命。

我们参观了斯宾诺莎早年生活的阿姆斯特丹街区,看到了他后来居住的房子,并在运河上搭乘了他曾经坐过的驳船。现在,关于斯宾诺莎的荷兰,我有了许多视觉上的细节,但还没有构成一部小说所必要的叙事。当我去参观斯宾诺莎博物馆时,一切发生了变化。起初,我发现博物馆里没有任何斯宾诺莎的私人物品,因此感到很失望。取而代之的是,我看到了他使用过的磨镜设备的复制品,以及他死后别人画的一幅肖像。此外,我们的导游告诉我,这幅肖像可能并不准确,因为他一生中没有留下任何画像。斯宾诺莎所有的画像都是基于书面描述而绘成的。

接着,我转向博物馆的主要景点:斯宾诺莎的私人图书馆,里面藏有151本16～17世纪的书。我一直期待捧着斯宾诺莎手指触摸过的书,希望他的精神对我有所启发。尽管公众不被允许触摸这些书,但我得到了特别许可。当我虔诚地把一本书捧在手中时,我的导游飘到我身边,轻轻地说:"原谅我,亚隆博士……也许你知道……斯宾诺莎的手从来没有碰过这本书,或者说,这个图书馆里的任何一本书:这些书都不是斯宾诺莎真正所拥有的那些。"

我惊呆了。"这是怎么回事?我不明白。"

"斯宾诺莎在1677年去世后,他那点儿遗产根本不够支付他的葬礼费用,所以他唯一的财产(他的图书馆)不得不被拍卖掉。"

"但是这些书,这些古籍呢?"

"这名拍卖商极为谨慎。在拍卖会上,他对每一本书都做了极其详细的描述——日期、出版商、城市、装订等等。在斯宾诺莎去世 200 年后，一位富有的赞助人提供资金重建斯宾诺莎的整个图书馆，而购买者忠实地遵循了拍卖商的图书描述。"

尽管我对所见所闻都很感兴趣，但是这些不能成为小说的素材。我沮丧地转身离开，但就在那一刻，我无意中听到了"纳粹"这个词，它出现在我们的导游和博物馆警卫的对话中。"为什么提到纳粹？他们对这个博物馆做了什么？"他们给我讲了一个惊人的故事。纳粹占领荷兰后不久，一群 ERR 的士兵出现在这里，封闭了博物馆，并没收了整个图书馆。

"那么，这个图书馆又要被重建了？"我问，"这意味着这些书两次从斯宾诺莎的手上遗失？"

"不，根本没有。"我的导游安慰我说，"让所有人惊讶的是，纳粹盗取的全部藏品，除了几卷遗失外，其余的都藏在一个封闭的盐矿里，战争结束后被人们发现了。"

我大吃一惊，并充满了疑问："ERR——又代表着什么？"

"纳粹头子罗森伯格（Einsatzstab Reichsleiter Rosenberg）的工作小组，负责在整个欧洲抢劫犹太人的财产。"

我的心开始怦怦直跳。"但为什么？为什么？整个欧洲一片火海。但他们为什么要没收这个小村庄的图书馆？他们完全可以洗劫伦勃朗㊀和维米尔㊁的所有作品。"

㊀ 伦勃朗（Rembrandts，1606—1669），17 世纪荷兰最伟大的画家之一，代表作《夜巡》，现藏于荷兰阿姆斯特丹美术馆。——译者注
㊁ 维米尔（Vermeer，1632—1675），17 世纪荷兰最伟大的画家之一，代表作《戴珍珠耳环的少女》，现藏于荷兰海牙莫瑞泰斯皇家美术馆。——译者注

第 36 章 最后的作品

"没人知道答案,"我的导游回答,"我们唯一的线索是指挥抢夺的官员撰写的报告——它是纽伦堡审判时的证据。现在已属于公共资料,你可以很容易在网上搜到它。它实际上是说,斯宾诺莎图书馆里面的书籍对探索斯宾诺莎问题具有重大意义。"

"斯宾诺莎问题?"我问,我变得更加好奇了,"那是什么意思?纳粹对斯宾诺莎有什么样的问题?他们为什么要把图书馆里的所有书籍保存下来,而不是像对待整个欧洲其他犹太人的东西一样,将之化为灰烬?"

就像一对哑剧演员一样,我的两位主人耸了耸肩,摊开他们的手掌——他们没有答案。

我带着一个耐人寻味的未解之谜离开了博物馆!对一个灵感枯竭的小说家来说,这真是天降甘露!我得到了我想要的。"现在我有一本书了,"我对玛丽莲说,"情节有了,标题也有了!"我一回到家里,就开始写《斯宾诺莎问题》。

* * *

不久之后,我对纳粹的"斯宾诺莎问题"提出了一个完全可信的解释。我在阅读中得知,所有德国人(包括纳粹在内)的文学偶像歌德对斯宾诺莎的作品非常着迷。事实上,歌德在他的一封信中提到,他把斯宾诺莎的《伦理学》(*Ethics*)放在口袋里整整一年了!对一个执着于纳粹理念的人来说,这必定是一个巨大的问题:德国最伟大的作家怎么可能如此专注于斯宾诺莎,一个葡萄牙裔的荷兰犹太人?

我决定将两个人的生活叙事交织在一起——一个是17世纪的犹太哲学家本尼迪克特·斯宾诺莎，另一个是伪哲学家、纳粹宣传者阿尔弗雷德·罗森伯格。作为希特勒核心圈子里的反犹分子，罗森伯格下令没收斯宾诺莎的图书馆，但下令把书籍保存起来而非烧毁的，也是罗森伯格。1945年，在纽伦堡审判中，罗森伯格与另外11名纳粹头目一起被判处绞刑。

我让两个人的故事交替呈现——斯宾诺莎在17世纪的生活，罗森伯格在20世纪的生活，并在这两个人物之间建立了一种虚构的联系。然而，很快，在两个时代之间来回切换变得太过麻烦，我决定先写出整个斯宾诺莎的故事，然后再写罗森伯格的故事，最后施以必要的打磨抛光，把这两个故事交织在一起，以确保天衣无缝。

叙述两个不同世纪的故事增加了许多必要的研究，因此，《斯宾诺莎问题》所花费的时间比我出版的任何其他书籍都要多（《存在主义心理治疗》除外）。但我从不认为它有多辛苦：相反，每天早上都受到刺激，渴望开始阅读和写作。我读了斯宾诺莎的主要著作（并非毫无困难），以及对这些作品的评论，还有许多传记；然后，为了解开剩下的谜团，我还会请教斯宾诺莎学者——丽贝卡·戈德斯坦和史蒂芬·纳德勒（Steven Nadler）。

我花了更多的时间研究纳粹党的诞生和发展，以及阿尔弗雷德·罗森伯格在其中扮演的角色。尽管希特勒尊重罗森伯格的能力，并指派他担任重要的职务，但他更喜欢约瑟夫·戈培尔（Joseph Goebbels）和赫尔曼·戈林（Hermann Goring）的陪伴。有传言说，希特勒曾把罗森伯格的主要作品《20世纪的神话》

(*The Myth of the Twentieth Century*）扔到房间的另一头，大声喊道："谁能理解这种东西！"罗森伯格不像其他人那样深受希特勒的宠爱，他感到非常痛苦，因此，他不止一次地寻求心理帮助，我在小说中引用了一份真实的精神病学报告。

与我的其他小说不同，《斯宾诺莎问题》并不是一本教学小说，但是心理治疗仍然扮演着重要的角色：在与知心朋友的持续讨论中，两位主角的内心世界暴露无遗。斯宾诺莎向弗朗哥（Franco）倾诉，他这位朋友有时会扮演治疗师的角色；而罗森伯格则看过几次心理医生，一位虚构的精神病学家弗里德里希·普菲斯特（Friedrich Pfister）。事实上，弗朗哥和普菲斯特是我虚构的唯一重要的人物：其他角色都是历史人物。

遗憾的是，《斯宾诺莎问题》对美国读者并没有多大吸引力，但它在国外却找到了一群有欣赏力的读者：在法国，它被授予2014年的"读者大奖"（Prix des Lecteurs）。2016年，我收到了荷兰同行汉斯·凡·维恩加登（Hans van Wijngaarden）的电子邮件，他告诉我，刚刚发现一幅很可能是斯宾诺莎生前的肖像，1666年由贝伦德·葛拉特（Berend Graat）所画。凝视斯宾诺莎那深情的眼睛，我很遗憾在写小说之前没有看到这幅画。如果看到这幅画，也许我会觉得自己和他有了更亲密的联系，就像之前看到尼采、布洛伊尔、弗洛伊德、莎乐美和叔本华的肖像一样。

最近，曼弗瑞德·沃尔特（Manfred Walther）给我发了一篇他2015年的学术文章，题为《斯宾诺莎纳粹时期在德国的存在》(*Spinoza's Presence in Germany During the Nazi Era*)，文章描述了斯宾诺莎不仅对歌德产生了巨大影响，而且对费希特(Fichte)、霍尔德林(Holderin)、赫尔德(Herder)、谢林(Schelling)和黑格尔(Hegel)等德国著名哲学家均有影响。如果我在写这部小说时读到这篇文章,那么它将会增强我的论点,即斯宾诺莎确实是纳粹反犹运动的一个主要问题。

* * *

我的下一个写作计划,《浮生一日》(Creatures of a Day),不需要多少费力的研究。我只需突袭我的"写作想法"档案就可以了。这个过程非常简单:我反复阅读这份档案中的临床案例,直到其中的一个似乎有了某种能量呼之欲出,然后,我便围绕着它构建我的故事。许多故事都只有一次会谈,它们描述了老年患者处理晚年生活的问题,比如退休、衰老和面对死亡。与我所有的著作一样(《斯宾诺莎问题》除外),我的目标读者仍然是在技艺方面需要指导的年轻治疗师。像往常一样,我把最后的草稿发给我的患者,并取得了书面许可——除了两位已故的患者,我知道他们也会同意的;同时,我把他们的身份隐藏得更深。

《浮生一日》这个书名来自马可·奥勒留的一则沉思:"我们都不过是浮生一日,记忆者与被记忆者都一样。"在书名故事中,我描述了一次治疗会谈,在这个过程中,我知道一个患者对我隐瞒了重要的信息,因为他担心会损害我对他的好感。当我探索他渴望在我的脑海中永存时,我发现那种渴望如此强烈,以至于危及他自己的治疗,于是我想到了马可·奥勒留,碰巧我正在阅读他的《沉思录》(The Meditations)。我走到书桌前,拿起我

第 36 章 最后的作品

的《沉思录》给他看,并暗示他也许会发现这本书很有用,因为其中一则沉思强调了存在的短暂性以及我们每个人不过是浮生一日。这个故事中还包含了一个次要情节,涉及第二个患者,我也建议他去阅读马可·奥勒留。

当我正在阅读和享受一位杰出思想家的作品时,治疗会谈中出现某些情况使我将这位作者推荐给我的患者,这种情况并不罕见。通常情况下,这个建议总是以失败告终,但在这个真实的故事里(《浮生一日》中没有虚构的事件),两位患者都接受了这本书。讽刺的是,他们俩看重的都不是我心目中的那则信息,而是在马可·奥勒留那里找到了另外的明智建议。

这也是常有的事儿。患者和治疗师是一对旅途伙伴,在他们的旅途中,患者看到的和受益的景象,治疗师却完全错过了,这是很常见的。

BECOMING MYSELF

第 37 章
呀！短信治疗

过去的 15 年来，我在旧金山带领一个执业治疗师的督导小组。在第三年的时候，我们接受了一位新成员，一位在东海岸执业多年后搬迁到旧金山的分析师。她向小组提交的第一个案例是一名住在纽约的患者，她仍在通过电话会谈为其提供治疗。电话会谈！我很震惊！一个人在没有真正见到患者的情况下，怎么可能进行有效的治疗呢？治疗师难道不会错过所有的细节——复杂的眼神、面部表情、微笑、点头、临走时的握手——这些对治疗关系的亲密性来说至关重要的细节？

我告诉她："你不能做远程治疗！你不能对一个不在你办公室的人进行治疗。"天啊，我真是个老学究！她则坚持自己的立场，坚持认为治疗进展很顺利，非常感谢我的关心。但我对此表示怀疑，几个月来我一直用猜疑的眼光看着她，直到我承认她有

第 37 章 呀！短信治疗

完全的自知之明。

大约 6 年前，我对远程治疗的看法有所改变。当时我收到一位患者请求帮助的电子邮件，她要求通过 Skype（一种网络电话工具）为她做心理治疗。她住在一个与世隔绝的地方，方圆五百里之内都找不到心理治疗师。事实上，由于一段极其痛苦的感情破裂，她故意选择移居到如此偏僻的地方。她犹如惊弓之鸟，如果她住在附近的话，我敢肯定她也不会愿意和我或其他治疗师在办公室面对面地会谈。我以前从来没有通过 Skype 做治疗，而且，鉴于我对这种方法的怀疑，因此不免犹豫再三。但由于她没有其他选择，我最终决定为她进行视频治疗（但我没有向任何同事提及此事）。一年多来，她和我每周通过 Skype 见面。她的脸填满了我的电脑屏幕，我开始感觉离她很近，在一瞬间，我们相隔几千英里的距离似乎就消失了。一年结束，她在治疗方面取得了很大进步，从那以后，我通过视频看了许多来自遥远国家的患者，比如南非、土耳其、澳大利亚、法国、德国、意大利和英国。我现在相信，现场治疗和视频治疗的疗效几乎没有什么区别。然而，我确实很重视仔细挑选患者。对那些情况严重需要药物或住院治疗的患者，我不会使用这一媒介。

* * *

三年前，当我第一次听说短信治疗（text therapy）——治疗师和来访者完全通过短信交流时，我再次惊呆了。通过短信治疗！呀！这似乎是一种扭曲的、没有人情味的、拙劣模仿的治疗过程。这简直是胡闹！我可不想和它扯上任何关系，还当我是个老学究好了。后来，奥伦·弗兰克（Oren Frank），"谈话空间"（Talkspace，美国最大的线上短信治疗机构）创始人，打电话告诉我，他的公司现在正在提供通过短信进行的团体治疗，并恳请我指导他的治疗师。短信团体治疗！我又一次惊呆了。一群从未见过对方的人（为了保持匿名，他们的脸从来没有在显示器上出现过，而是通过符号表示），完全通过文字交流——这简直是瞎胡闹！我无法想象通过短信进行的团体治疗，但我同意参与，几乎完全是出于好奇。

我观察了几个团体，这次我是对的。我所见到的团体治疗变得无法收场，这个项目很快就被放弃了。取而代之的是，这家公司将全部精力放在使用短信的个体治疗上。很快，另外的短信治疗公司在美国和其他几个国家相继开业。而三年前，我同意督导那些负责谈话空间员工培训的治疗师。

现在我80多岁了，很少阅读专业期刊，也很少出差去参加这个领域的专业会议，我觉得自己越来越与新的发展脱节了。尽管短信治疗似乎没什么人情味，也与我注重亲密的治疗方法截然相反，但我意识到，短信治疗将在未来的治疗中扮演重要的角色。作为对抗个人迂腐的一种方式，我选择跟上这种迅速发展的传递心理治疗的方法。

这种平台模式为来访者提供了与某个治疗师发送和接收文本的机会（如果需要的话，每天都可以），每月收取合理的固定费用。这种疗法的运用正在迅速发展，在我写这本书时，美国最大的公司谈话空间已经签约了1 000多名治疗师。许多这样的平台

第 37 章 呀！短信治疗

正在其他国家开张——中国就有三家公司与我取得了联系，每家公司都声称自己是中国最大的互联网治疗公司。

新方法发展迅速。很快，谈话空间不仅提供短信治疗，而且还有可能让来访者和治疗师互留语音信息。然后，不用多久，来访者还可以选择通过实时视频会议进行会谈。很快，只有 50% 的会谈通过发短信，另外 25% 通过电话，25% 通过视频。我预期会有一个不可避免的顺序，即来访者只在治疗的初期阶段使用短信，然后逐渐发展到音频，最后是视频——这才是真材实料的。但我大错特错了！事情不是这样的！许多来访者更喜欢短信，拒绝电话和视频联系。这对我来说似乎有悖常理，但我很快意识到，许多来访者对短信的匿名性感到更安全，而且，年轻的来访者对发短信非常满意：他们从小就习惯发短信，而且经常喜欢发短信而不是打电话联系朋友。目前看来，短信治疗将在我们领域的未来继续发挥强有力的作用。

一直以来，我都没把短信治疗当作一回事：在我看来，它就像是真实事物的蹩脚摹本。当我检视被督导者的工作时，我确信这种方式并没有提供我为患者提供的那种治疗。然而，渐渐地，我开始明白，虽然与面对面中提供的治疗不一样，但它确实也为来访者提供了一些重要的东西。毫无疑问，许多来访者看重短信治疗并经历了改变。我敦促谈话空间开展一些细致的结果研究，最初的发现确实支持了重大变化的存在。我在他们的短信平台上看到了患者的评论，表达了他们对这个过程的重视程度。一位患者发短信说，她把治疗师的一些话打印出来，并贴在冰箱门上，以便定期检阅它们。如果来访者半夜惊恐发作，他们可以立即给治疗师发短信。虽然治疗师可能在几小时内不会读到短信，但仍然有一种即时接触的感觉。此外，来访者可以很容易回顾他们的整个治疗，回顾他们告诉治疗师的每一个字，从而衡量自己取得了多大的进展。

督导短信治疗师与督导传统的治疗师有所不同。比如说，当我督导短信治疗师的工作时，我不必依赖治疗师有时对一小时内发生的事情不可靠的回忆；相反，我可以得到治疗师和患者之间交流的所有信息的完整记录——没有任何东西可以逃过督导的眼睛。

最后，我强烈敦促我所督导的短信治疗师关注治疗关系的本质：人性化的、共情的、真诚的，以至于出现了一个出乎意料的结果：训练有素的治疗师使用发短信的方法比起照本宣科的治疗师使用面对面的会谈，可能提供了一种更有人情味的接触。

BECOMING
MYSELF

第 38 章

我的团体生活

几十年来，我带领过许多治疗团体——精神科门诊患者和住院患者；癌症患者、丧偶者、酗酒者和已婚夫妇；医学生、精神科住院医生和执业治疗师——但是，我也是许多团体中的成员，直至今日，我 80 多岁了，仍是如此。

在我心目中，地位最高的是一个无领导的治疗师团体，在过去的 24 年里，我们每两周在其中一位成员的办公室里会谈 90 分钟。我们的基本原则之一是完全保密：我们团体中发生的事情必须留在团体中。因此，这些段落将是我第一次披露关于这个团体的任何信息，我不仅得到了成员的允许，而且他们鼓励我写下来：我们都不想让这个团体死亡，我们不是在寻求不朽，而是想鼓励其他人也能分享我们所拥有的重要且丰富的经验。

作为一名治疗师，生活中的一个悖论是，我们在工作时从来不是一个人，但我们当中许多人都经历了深深的孤独。我们工作时没有团队——没有护士、主管、同事或助手。我们许多人通过安排与同事共进午餐或一起喝咖啡，或参加案例讨论，或通过寻求督导或个人治疗，来改善这种孤独感，但对许多人来说，这些补救措施还不够深入。我发现，与其他治疗师组成亲密的团体定期会面是有助于复原的，这个团体可以提供友谊、指导、继续教育、个人成长，偶尔还有危机干预。我强烈建议其他治疗师也创建一个像我们这样的团体。

我们这一群人的聚集诞生于20多年前的一天，一位执业精神病学家伊万·G.（Ivan G.），当时在斯坦福大学做住院医生，打电话邀请我加入一个定期会面的支持团体，地点在斯坦福大学医院附近的一栋医疗办公楼里。他列出了其他同意加入团体的精神科医生的名字——这些人我几乎全都认识，其中有些人还很熟悉，因为在他们当精神科住院医生时，我教过他们。

加入这样一个团体，感觉就像一个巨大的承诺：不仅每隔一周有一个90分钟的会面，而且它还会是一个没有明确终点的持续团体。所以，当我接受这一邀请时，我知道这可能是一个长期的承诺，但我们谁也没有预料到，22年后居然我们还在继续会面。这些年来，除了一次重大节日冲突之外，我们从未取消过一次会面，也没有人因为琐事而错过。

我自己从来没有参加过一个治疗团体，尽管我经常羡慕我的团体患者。我也渴望成为一个治疗团体中的一员，拥有一个值得信任的圈子。作为一名团体带领者，我从以前的经验中知道，这对成员们有多大的帮助。

第38章 我的团体生活

曾经有6年的时间，我带领一个治疗师团体，过去一周又一周，我看到了它给参与者带来的好处。莫林·莱什是我的团体治疗教科书第五版的合著者，1980年成为斯坦福大学的一名研究员。他到斯坦福大学学习团体治疗，作为他受训的一部分，我邀请他共同带领这个团体一年。从那以后，甚至几十年后，他还在和我回忆在那些团体会谈中的所见所闻。当我去伦敦休学术年假时，我带着深深的遗憾结束了这个团体。值得一提的是，这是我带领过的唯一促成一段婚姻的团体。两名成员开始了一段关系，并在团体结束后不久就结婚了。35年后，我在一次讲座上看到了他们，仍然处在愉快的婚姻中。

因此，当伊万·G.邀请我加入一个包括我以前学生的团体时，尽管有些不舒服，但我还是同意了——并非没有焦虑：我和许多其他成员一样，当着同事和以前学生的面暴露自己的脆弱、羞耻和自我怀疑，难免感到不安。我提醒自己，我已经长大了，会在尴尬中幸存下来的。

最初几个月，我们都在决定应该组成什么样的团体。我们不想讨论案例，尽管我们觉得应该有这个选项。最终，我们决定成为一个多用途的支持团体——换句话说，一个没有带领者的治疗团体。我们一开始就清楚：虽然我对团体的经验最多，但我不是团体的带领者，也没有人这样看待我。为了避免陷入任何带领者的角色，我强迫自己从一开始就特别自我暴露。在我多年的实践中，我认识到，要想从这样的经历中获益，就必须冒险（事实上，最近几年，我通常在个体会谈的初期就向患者指出这一点；而且每当我看到他们不够配合时，我都会再次提及它）。

我们从 11 个成员开始，所有的心理治疗师（10 名精神病学家和 1 名临床心理学家）全是男性。在早期阶段，有两名成员退出，第三个人因医疗原因离开。在过去的 22 年里，这个团体一直非常有凝聚力：没有一个成员主动退出，出勤率也非常高。只要我在城里，从来没有缺席过；其他成员也将这个团体会面放在第一位。

每当与妻子、孩子或同事之间的互动发生不愉快时，每当我在工作中受到阻碍时，每当我对患者或熟人因强烈的积极或消极情绪而烦扰时，每当我受到噩梦折磨时，我总是期待在下次见面时讨论这个问题。当然，团体成员之间任何不舒服的感觉，也总是可以得到深度处理。

也许还有其他的没有带领者的治疗师团体，致力于审视互动过程，以及团体成员的心理和生活，但是没有一个引起我的注意，当然也没有一个存在了这么久。在这 20 多年中，我们经历了四名成员的死亡和两名成员的痴呆症，这迫使他们退出团体。我们讨论过丧偶、再婚、退休、家人生病、孩子的问题以及搬迁到老年社区。在每一种情况下，我们都致力于诚实地审视自己和彼此。

对我来说，最值得注意的就是每一次面对新的情况。在 500 多次的会面中，关于我自己和那些同事，每一次我都能发现一些新的和不同的东西。也许对我们所有人来说，最困难的经验就是在那两个讨人喜欢的成员身上观察到痴呆的发生和发展。我们面临着许多困境。对于我们所看到的情况，我们要坦诚到什么程度？我们该如何应对痴呆症所带来的自大或否定？而更迫切的是，如果我们觉得不该将他看作患者，那么应该怎么做？每次出现这种情况时，我们都会强烈要求该成员去看心理医生，并进行神经心理测试，而且每次我们都会使用咨询师的特权，命令该成员停止看患者。像大多数80多岁的人一样，我也担心自己患上痴呆症，有三到四次他们告诉我，我刚才说的那件事之前已经说过了。虽然令人伤心，但我还是很感激这个团体的诚实。然而，在我脑海的某个地方，潜藏着一种恐惧，那就是有一天一些团体成员坚持要我做神经心理测试。

当我们的一位年轻成员告诉我们，他刚刚被诊断患有不可治愈的胰腺癌时，我们都震惊了，当他公开和勇敢地讨论所有的恐惧和担忧时，我们充分地陪伴着他。在他生命的尽头，病重到无法出门，我们就在他家举行了一次会面。最后，整个团体成员都参加了他的追悼会。

每次有成员去世时，我们就会增加新的成员，以使我们的人数相对稳定。我们还全员参加了一位成员的婚礼，在另一位成员的家里举行的，而第三位成员主持了婚礼仪式。这个团体还参加了另外两场婚礼和一名成员儿子的成人礼。还有一次，整个团体一起探访了一家疗养中心，因为一位患有严重痴呆的成员住在那里。很多时候，我们都在讨论增加女性成员，但由于每次只增加一名成员，所以大多数人都认为这位女性会因为孤零零而感到不自在。回想起来，我认为我们在这个决定中犯了错误。我的直觉是，如果一开始就包括男女成员，那么这个团体会变得更丰富。

我在团体中一直很活跃，在成立之初，当我们的团体似乎变得松散并回避深层问题时，我经常是那个跳出来做过程评价的人——也就是，评论这个团体正在过分关注安全和肤浅的问题；然而，几年之后，其他人也开始像我一样频繁地扮演这个角色。我们在许多不同的层面上提供相互帮助。有时，我们会处理深层次的性格问题，比如喜欢讽刺、贬低他人的倾向，对占用太多时间的内疚，对暴露或羞耻的恐惧；有时我们的重点只是提供支持，让一位成员知道我们站在他身边。最近，我被前一周发生的车祸吓坏了。自从那次事故后，我就对开车感到焦虑，并开始怀疑我这个年龄，是否还应该坐在方向盘前面。另一名成员告诉我，他在几年前发生了一次严重的车祸，并在不安中度过了6个月。他认为，这是一种轻微的创伤后压力心理障碍。事实证明，用这种方式重新定义它对我来说非常有用，我开车回家时感觉平静多了，但仍然开得很小心。

* * *

我也是珀伽索斯⊖的一名成员，这是由一位好友，斯坦福大学儿童精神病学部前负责人汉斯·斯坦纳（Hans Steiner），于2010年创立的医生写作团体。我们10位医生作家每月聚会两个小时，讨论彼此的写作。聚会结束后，当天讨论了谁的作品，谁就请客吃饭。这个团体阅读了本书的许多页，他们更喜欢书前面的三分之一，并敦促我将更多的内心生活融入文字。

团体成员已经出版了好几本书和一些短文，包括亨利·沃

⊖ 珀加索斯（Pegasus），希腊神话中生有双翼的神马，被其足蹄踩过的地方有泉水涌出，诗人饮之可获灵感。——译者注

德·特鲁伯罗德（Henry Ward Trueblood）的《外科医生的战争》（A Surgeon's War），这是一本精彩的回忆录，描述了越战期间一位外科医生的前线生活。我们的成员经常在斯坦福大学举办新书朗读会，我就参加过好几次。

珀伽索斯后来扩大了，目前有四个珀伽索斯团体，由医生和一些医学生组成。我们团体中的诗人还举办了几次诗歌朗诵会，因为受到了艺术作品的激发——例如，最近在斯坦福大学安德森艺术收藏馆举办的绘画展览，或者圣劳伦斯弦乐四重奏乐团（St. Lawrence String Quartet）、斯坦福大学住院医生乐团的音乐表演。我们每年还举办精神病学的专题演讲，为学生写作提供现金奖励，并赞助一名人文医学的客座教授。

* * *

我还参加了另一个每月一次的活动——林德曼团体（Lindemann Group），该团体以创始成员之一埃里希·林德曼（Erich Lindemann）的名字命名。林德曼是一位有影响力的精神病学家，曾长期担任哈佛大学的精神病学教授，最后几年职业生涯是在斯坦福大学度过的。我在20世纪70年代该团体成立时首次加入，并参加了多年每月一次的会面。

每次两小时的晚间会谈，由8~10名治疗师组成，其中一人提出手头一个有问题的案例。多年来，我一直很享受这种友谊，直到布鲁诺·贝特尔海姆（Bruno Bettelheim）搬到斯坦福大学，加入了这个团体。他认为，由于他的资历，团体成员都应该将案例提交给他。我和其他人都无法使他打消这个念头,当这个团体陷入僵局时,我们有几个人选择退出了。在布鲁诺去世后很多年,我被邀请再次加入,从那以后我一直很珍惜这个团体。

每个成员都可以以他或她自己的风格呈现案例。在最近的一次会面中,一名成员选择使用心理剧的形式,并指定其他团体成员去扮演角色(患者、妻子、治疗师、其他家庭成员、旁观者等)。刚开始的时候,这看起来很愚蠢、不切题,但到了会谈结束时,我们都觉得自己被困住了,无法向患者提供帮助——也就是说,我们都身临其境地感受到了这个案例,这正是呈现案例的治疗师和他的患者之间的情形。用这种方法传达他的治疗困境,生动形象而令人震撼。

* * *

当然,我最紧密交织的团体是我的家庭。我和玛丽莲结婚已经 63 年了,几乎没有哪天我不感谢自己的幸运,因为我有这样一个非凡的人生伴侣。然而,正如我经常对别人说的那样,一个人不是找到一段关系:一个人创造了一段关系。在过去的几十年里,我们都在努力创造我们今天的婚姻。不管我过去有过什么抱怨,如今都烟消云散了。我学会了接纳她的一些缺点——她对烹饪、体育赛事、骑自行车、科幻小说以及科学本身漠不关心——但所有这些抱怨都是微不足道的。我感到幸运的是,她就像一部西方文化的活百科全书,跟她生活在一起,我提出的大部分历史或文学问题,都能够立即得到答案。

玛丽莲也学会了忽略我的不足——我的房间杂乱无章，拒绝打领带，像个青少年一样迷恋摩托车和敞篷车，以及我假装对操作洗碗机和洗衣机一无所知。我们已经达成了一种相互理解，我无法想象自己是一个年轻的、冲动的、常常不顾后果的爱人。我们现在主要关心的是彼此的健康，担心我们当中有一个人先撒手而去，将会发生什么。

玛丽莲是一位具有探究精神的学者，她对欧洲文学和艺术有着极其深刻的见解。像我一样，她也是一个永远的学生和读者。与我不同的是，她性格外向，善于交际，她的许多友谊证明了这一点。虽然我们都热衷于写作和阅读，但我们的兴趣并不总是相互重叠，在我看来这才是最好的。我被哲学和科学所吸引，尤其是心理学、生物学和宇宙学。而除了威尔斯利大学的植物学课程之外，玛丽莲没有接受任何科学教育，完全不了解现代技术世界。为了让她陪我去加州科学院的天文馆和水族馆，我不得不努力讨好她；可一到那里，她就迫不及待地要去公园对面的德扬艺术博物馆，在那里她会花十分钟观察一幅画。她是我通往艺术和历史世界的大门，但有时我无可救药。虽然我是个无望的音盲，但她仍然尝试唤醒我的音乐细胞。当我独自开车时，如果没有棒球比赛，我也经常在收音机上聆听蓝草音乐㊀。

玛丽莲喜欢品酒，多年来我一直假装也很喜欢。但最近我放弃了所有的伪装，公开承认我不喜欢任何酒的味道。这里也许有遗传因素：我的父母也不喜欢酒精饮料，除了偶尔喝一杯啤酒和

㊀ 蓝草音乐，起源于美国南部和西部的一种音乐风格，用吉他和小提琴等乐器演奏。——译者注

酸奶油，这是他们在夏天经常喝的俄罗斯混合饮料。

　　幸运的是，感谢上帝，玛丽莲不是一个宗教信徒，但她对神圣有一种神秘向往，而我是一个执着的怀疑论者，与卢克莱修（Lucretius）㊀、克里斯托弗·希钦斯（Christopher Hitchens）㊁、萨姆·哈里斯（Sam Harris）㊂和理查德·道金斯（Richard Dawkins）㊃等人为伍。我们都喜欢电影，但选择什么电影往往是一种挑战：她否决任何带有暴力色彩或有点低俗的影片。在很大程度上，我同意她的观点，但当她不在的时候，我会沉迷于一部尔虞我诈的电影或者克林特·伊斯特伍德（Clint Eastwood）的西部片。而当她一个人的时候，电视节目就总是固定在法国频道。

　　她的记忆力很好——有时甚至太好了：她对电影的记忆如此清晰，以至于几十年后，很多老电影她都不愿再看一次，而我则乐于看老电影，因为我几乎忘记了它们的所有情节，所以这些电影对我来说都是新鲜的。她最喜欢的作家是普鲁斯特（Proust），

㊀　卢克莱修（Lucretius，约前99—约前55），罗马共和国末期的诗人和哲学家，以哲理长诗《物性论》（*De Rerum Natura*）著称于世。——译者注

㊁　克里斯托弗·希钦斯（Christopher Hitchens，1949—2011），犹太裔美国人，身份有专栏作者、记者、随笔作家等，新无神论四骑士之一，代表作有《上帝并不伟大》《人之将死》等。——译者注

㊂　萨姆·哈里斯（Sam Harris，1967— ），美国著名哲学家、神经学家、公共知识分子以及畅销书作家，被《连线》杂志评选为2012年影响世界的50人之一，撼动道德世界的科学勇士，新无神论四骑士之一，代表作有《道德景观：科学如何决定人性价值》《自由意志：用科学为善恶做了断》等。——译者注

㊃　理查德·道金斯（Richard Dawkins，1941— ），英国著名演化生物学家、动物行为学家和科普作家，英国皇家科学院院士，牛津大学教授，新无神论四骑士之一，代表作有《自私的基因》《上帝的错觉》等。——译者注

而他对我来说太矫揉造作了；我更倾向于狄更斯、托尔斯泰、陀思妥耶夫斯基和特罗洛普（Trollope）[一]。在当代作家中，我读过大卫·米切尔（David Mitchell）、菲利普·罗斯（Philip Roth）、伊恩·麦克尤恩（Ian McEwan）、保罗·奥斯特（Paul Auster）和村上春树（Haruki Murakami），而她会投票给埃琳娜·费兰特（Elena Ferrante）、科尔姆·托宾（Colm Toibin）和玛克辛·洪·金斯顿（Maxine Hong Kingston）。不过，我们都喜欢J. M. 库切（J. M. Coetzee）。

尽管有四个孩子，但玛丽莲从未错过一年的教学。我们依靠来自欧洲的年轻互惠生和日常家庭帮佣。像大多数在加州长大的人一样，我们的孩子也选择留在这里，我们感到很幸运，他们都住在附近。我们一家人经常聚在一起，通常一起过暑假，最常去的地方是考艾岛（Kauai）的哈纳雷海湾（Hanalei）。下面这张2015年的照片就是我们和孩子及孙子的合影。这照片只发布了几天，脸谱网（Facebook）就以不雅为由删除了它（如果你仔细看的话，你会发现我的儿媳正在给我最小的孙子哺乳）。

我们的家庭生活包括很多游戏。我和三个儿子在附近的球场打了多年的网球——这些都是我最美好的回忆。很小的时候，我就教里德和维克多下国际象棋，他们都成了很好的棋手。我喜欢带他们去参加比赛，他们总是会拿到闪闪发光的奖杯。里德的儿子德斯蒙德和维克多的儿子杰森也都是很有实力的棋手，我们每次家庭聚会几乎都有一到两场象棋比赛。

[一] 特罗洛普（Trollope，1815—1882），英国作家，代表作为《巴塞特郡纪事》。——译者注

全家福，夏威夷哈纳雷
2015 年

第38章 我的团体生活

家庭聚会上也有很多其他的游戏。在拼字游戏方面，我的女儿伊芙一直都是卫冕冠军。但我最喜欢的还是小赌一把扑克牌，以及经常和里德和本玩的纸牌游戏，规则和赌注还是沿用我和父亲、亚伯叔叔玩的那一套。

有时，维克多会用魔术逗我们玩。在高中时，他就以恶作剧闻名；在整个青春期，他以一名职业魔术师的身份，常常在成人和儿童的场合表演。任何一个参加了他高中毕业典礼的人都会记得，维克多庄严肃穆地走过通道去领取他的文凭，突然他头上的学位帽一下子燃烧起来。毕业典礼被"哦哦哦"和"啊啊啊"以及巨大的掌声打断。我和其他人一样震惊不已，求他告诉我是怎么做到的。作为一名职业的魔术师，他坚决拒绝透露任何他的专业秘密，甚至是恳求他的父亲，但这一次他可怜我，把学位帽燃烧的秘密告诉了我：原来帽檐里藏着一个铝箔盆，里面存放着打火机液，一根小小的火柴；瞧！学位帽燃烧起来了（请不要在家里尝试）。

我全身心地投入教学和写作，在经济上支持我的家庭，现在回想起来，我觉得我错过了很多。我后悔没有花更多时间和每个孩子在一起。在我的朋友拉里·扎罗夫的追悼会上，他的一个孩子描述了一个宝贵的家庭传统，每个周六的大部分时间，父亲都会和他的三个孩子一起度过。他们一起吃午饭，进行一对一的交谈，去书店给每个人选一本书。多么可爱的传统啊！当我听着的时候，我发现自己希望也能更深入地走进每个孩子的生活。如果能再来一次，我会做得不一样。

在日常生活中，玛丽莲一人扮演父母两角，她把大部分写作都推迟到孩子们长大后。在完成了学术著作之后,她也开始跟随我的脚步,为更广泛的公众写作。1993 年,她出版了《血誓姐妹:女性回忆中的法国大革命》,此后她还出版了另外七本著作,其中包括《妻子的历史》(*A History of the Wife*)、《国际象棋"王后"诞生记》(*Birth of the Chess Queen*)、《乳房的历史》(*A History of the Breast*)、《法国人如何发明爱情》(*How the French Invented Love*)、《社会性别》(*The Social Sex*),以及她与儿子里德——一位艺术摄影师合著的《美国人的安息之地》(*The American Resting Place*)。她的每一本书对我来说都是一次大冒险。我们总是彼此的第一个读者。她认为,我对女性乳房的迷恋激发了她去写《乳房的历史》,这是一项关于女性身体在整个历史中如何被看待和表现的文化研究。然而,我最喜欢的是《国际象棋"王后"诞生记》,在这本书中,她追溯了几百年来在棋盘上从未出现过的棋子,它首次出现是在公元 1000 年左右,当时在棋盘上还是最弱的棋子。随着欧洲女王的力量越来越强大,它逐渐掌握了更大的权力;并在 15 世纪末西班牙女王伊莎贝拉(Queen Isabella)统治时期,它获得了现在的地位,成为棋盘上最强大的棋子。我在书店和大学里参加了很多次玛丽莲的新书发布会,并以极大的自豪看着她。目前,她即将完成另一本书《多情的心》(*The Amorous Heart*),这本书将探索心如何成为爱情的象征。

尽管我们有着强烈的事业心,但玛丽莲和我一直植根于我们的家庭,60 多年来扮演着父母和祖父母的角色。我们努力使我们的家不仅成为孩子们的欢乐之所,而且也成为我们的朋友和孩子的朋友的欢乐之所。在我们的房子里，举办过许多次婚礼仪式、读书会和婴儿派对[一]。也许我们比大多数人更感到这种必要性，因为我们离开了自己在东海岸的原生家庭，在加利福尼亚州建立了一个新的家庭和朋友网络，扎根于未来而不是过去。

虽然我们一生中去过很多地方旅行——去过许多欧洲国家，去过加勒比海和太平洋的许多热带岛屿，去过中国、日本、印度尼西亚和俄罗斯——但我发现，随着年龄的增长，我越来越不愿意离开家。时差反应比前几年更严重，我经常在长途旅行中生病。倒是玛丽莲，虽然只比我小9个月，但一说到旅行，就好像一下子年轻了20岁。当一个遥远的国家邀请我讲课时，我总是拒绝，常常建议视频会议取而代之。我只是跑一跑夏威夷，有时去华盛顿特区和纽约；然后为了参加俄勒冈州莎士比亚节，每年会去亚什兰。

在2014年的纪录片《欧文·亚隆的心灵疗愈》中，我们的女儿伊芙坦率地告诉电影制片人，我和玛丽莲总是把我们的关系放在第一位——也就是说，超出了我们与孩子的关系。我本能地想抗议，但我相信她是对的。伊芙说，她自己把孩子放在第一位，但随即补充道，她的婚姻没有超过25年。在观影后与观众的讨论中，有几位观众指出，我们的婚姻显得非常持久牢固，而我们的四个孩子都离婚了。我回答说，我怀疑有一些历史因素在起作用：40%～50%的当代美国婚姻以离婚告终，而在我同龄人中，离婚是非常罕见的。在我人生的前25年或30年里，我从

[一] 婴儿派对（baby showers），其实为婴儿出生前举办的父母及其亲朋好友的派对，大家热情地为将要出生的婴儿准备各种礼物。——译者注

作者和他的妻子玛丽莲,旧金山
2006 年

来不认识一个离婚的人。在与观众讨论我们孩子的离婚问题时,玛丽莲总是想大声说:"嘿,我们的三个孩子已经再婚,有了很好的第二次婚姻。"

孩子们每次离婚后,玛丽莲都和我没完没了地讨论我们可能做错了什么。父母对孩子的婚姻破裂负有责任吗?我相信,很多父母都问过自己这个无法回答的问题。离婚对每个人来说,都是一段痛苦的经历。玛丽莲和我分担着孩子们的悲伤,直到今天,我们与所有的孩子和孙子辈紧密地联系着,并为彼此间的支持而感到欣慰。

BECOMING
MYSELF

第 39 章
关于理想化

45 年前,自从我的《团体心理治疗:理论与实践》被采用为教科书以来,我在学生和治疗师中就有了忠实的追随者。他们是我的主要读者,我从未指望有更广泛的读者群。因此,当我的治疗故事集《爱情刽子手》在美国成为畅销书并被广泛翻译时,我既惊讶又激动。当朋友们写信告诉我,他们看到它在雅典、柏林或布宜诺斯艾利斯的机场展出时,我总是感到很高兴。后来,当我的小说有了外国读者的时候,各种异国风情的版本:塞尔维亚、保加利亚、俄罗斯、波兰、加泰罗尼亚、韩国、中国版本等纷纷抵达我的信箱,让我享受之极。我的绝大多数读者来自其他国家,并以另一种语言理解我的书,我逐渐接受了这一事实(但从未完全理解这回事)。

多年来,玛丽莲沮丧地注意到,有一个重要的国家完全忽

第 39 章 关于理想化

略了我,那就是法国。自从 12 岁开始上法语课以来,她就一直是个法国迷,尤其是她在法国的斯威特布莱尔学院(Sweetbriar College)读了大三之后,更是如此。我曾多次尝试提高自己的法语水平,邀请过好几位不同的老师,但总是不尽如人意,因此我的妻子得出结论:我就不是学法语的那块料。然而,在 2000 年,一家新的法国出版公司加莱德(Galaade)购买了我已出版的七本书的翻译版权。从那以后,加莱德公司每年出版一本我的书,很快我就有了相当数量的法国读者。

2004 年,加莱德公司在巴黎右岸的马里尼剧院(现在叫圣克劳德剧院)举办了一场公众活动。法国颇受欢迎的杂志——《心理学》(*Psychologies*)的出版商准备对我做采访(当然,是通过翻译员)。这家剧院是一座宏伟的古老建筑,前排座位宽阔,两排楼座,舞台气势恢宏,伟大的法国演员让-路易斯·巴劳特(Jean-Louis Barrault)曾在此演出。当我到达现场的时候,惊讶地发现票已售罄,而且我注意到,外面仍然排了很长的队伍。我一走进剧院,就发现舞台中央有一个巨大的红色天鹅绒宝座,他们期待我坐在那里向观众讲话。那真是太招摇了!我坚持让他们换一个不那么耀眼的座位。当人群蜂拥而至的时候,我认出了玛丽莲那一帮讲法语的朋友,他们多年来既不和我交谈,也不读我的书。采访者问了非常棒的问题,我讲了许多精彩的故事,翻译的表现也不可思议,这个夜晚再好不过了。当她的朋友意识到我竟然并不是一个白痴时,我几乎能感觉到玛丽莲的沾沾自喜。

* * *

2012年，一位瑞士电影制作人萨宾·吉西格（Sabine Gisiger）联系我，想制作一部以我的生活为背景的纪录片。这似乎是一个奇怪的想法，但当我参加米尔谷上师电影节（Mill Valley Film Festival of Guru），看到了她关于拉杰尼希（Rajneesh）[1]的电影时，我变得有点感兴趣了。拉杰尼希是一个极具操纵性的邪教头目，在俄勒冈州领导了一个公社。这部片子拍得不错。当我问她为什么选择我作为电影的主题时，她回答说，她感到她被拉杰尼希的作品玷污了，所以决心拍一部关于"正人君子"（decent person）的电影。正人君子——这一说法又深得我心。

我们开始了长达两年多的拍摄，萨宾担任导演，菲利普·德拉奎斯（Philip Delaquis）担任制片人，还有他们出色的音响和电影技术人员。剧组人员多次造访我们在帕洛阿尔托的家，去了斯坦福大学，去了夏威夷和法国南部跟拍家庭度假，很快整个剧组就像我们的家庭成员一样。我在很多场合都被拍摄过——公开演讲、骑自行车、游泳、浮潜、打乒乓球，还有一次和玛丽莲泡在我们的热水浴缸里。

我一直在想，到底谁会想看一部展示我生活中所有这些平凡方面的电影呢？虽然我没有投资这部电影，但是，随着与制片人的关系越来越亲密，我开始担心他们会损失很多钱。最后，当我们全家和几位密友在旧金山看到早期版本的私人放映时，我松了一口气：萨宾和她的电影剪接师做了出色的工作，把几十个小时的内容浓缩成一部连贯的74分钟的电影。在我的建议下，它被

---

[1] 拉杰尼希（1931—1990），即奥修（Osho），印度灵性大师，创办了奥修教，后被多个国家认定为邪教组织。——译者注

第 39 章 关于理想化

命名为《欧文·亚隆的心灵疗愈》。尽管如此，我还是很困惑，除了我的直系亲属和朋友之外，为什么还有人对它有丝毫的兴趣。此外，我感到有些难为情。虽然我开始把自己视为作家，并很看重我的著作——尤其是故事和小说，把它们当作我成年生活的主要篇章，但这部电影很少关注我的作家身份，而是聚焦于我的日常活动。然而，令我惊讶的是，这部电影在欧洲票房不俗，最终在 50 家影院上映，吸引了数十万观众。

2014 年秋天，这部电影在苏黎世上映，制片人邀请玛丽莲和我出席全球首映式。虽然我决定不再出国旅行，但这次的邀请盛情难却。我们飞到苏黎世，参加了两场放映会，第一场面向受邀的治疗师和贵宾，第二场面向普通观众。每次放映结束时，我都会回答一些问题，并感到自我暴露得太多，尤其是我和玛丽莲泡在浴缸里的镜头，尽管只有我们的头和肩膀是看得见的。但是，有些镜头又让我兴奋不已：在一次家庭度假中，我们的外孙女艾莱娜（Alana）和孙子戴斯蒙德参加了一场舞蹈比赛，另一个外孙女莉莉·维吉尼亚（Lilli Virginia）——一位专业的歌曲作者和歌手，则在电影结束时热情献唱。

几个月后，当电影在法国上映时，玛丽莲飞往巴黎参加首映式，并在电影结束后向观众发表了讲话。当她看到我们的面孔出现在《潜望镜》(*Pariscope*)（一份关于巴黎每周要事的流行刊物）的头版时，她显得非常激动。

又过了几个月，这部电影在洛杉矶上映，但与欧洲形成鲜明对比，它没有引起大众的兴趣。尽管《洛杉矶时报》(*Los Angeles Times*)发表了一篇赞赏的评论，但它还是几天后就下映了。

《潜望镜》封面

2015 年 5 月 20 日

第39章 关于理想化

之前在苏黎世参加了电影的首映式后,我又神使鬼差地接受了去莫斯科演讲的邀请。因为有一笔非常慷慨的费用,还有一架从苏黎世飞往莫斯科的私人飞机。那次飞行本身就是一个故事。当时只有四名乘客:玛丽莲,我,一位多年前只见过一次的患者,还有我以前一位患者的密友——一位俄罗斯寡头㊀,这架飞机是他的。我坐在这位寡头的旁边,在整个飞行过程中,我和他进行了非常亲切的交谈。他给人的印象是一个深思熟虑、感情充沛的人,生活中有一些不愉快让他感到困扰。我很同情他的痛苦,但出于礼貌,并没有深谈。很久以后我才知道,这次飞行的目的就是让我为这个四面楚歌的人提供一些治疗。要是我早知道,要是有人更直截了当,我就会更专注地帮助他了。

我演讲的主办方是莫斯科精神分析研究所(Moscow Institute of Psychoanalysis),这是一所大型的培训学校,场地是一个经常用于举办摇滚音乐会的地方。赞助方原本计划提供 700 台同声传译的耳机,但有 1 100 人到场,造成了十分混乱的局面,后来主持人放弃了同声传译的想法。他要求收回耳机,并指示一位非常焦急的翻译人员进行现场翻译。

开始演讲后,我注意到,我所说的笑话没有一个引来笑声,我意识到存在严重的翻译问题。后来,主持人告诉我,这位紧张的翻译员需要 15 分钟安定下来,但从那以后翻译就很棒了。会议之后,主办方用俄语上演了一出关于"阿拉贝克斯"(Arabesque)的戏剧,这是《浮生一日》中关于一个俄罗斯芭蕾

㊀ 俄罗斯寡头,指的是在 20 世纪 90 年代私有化过程中一夜暴富的俄罗斯大资本家。——译者注

舞女的故事。两名美若天仙的演员身着异国服饰，将这个故事表演出来，角落里，一位沉默的老人（我猜是我自己）观赏着这一幕。舞台背景是一个巨大的电影银幕，上面投射出一双艺术家的手，手里的画笔创造出一幅幅美丽出奇的画卷。在活动结束后，玛丽莲和我都展开了马拉松式的签名售书。

* * *

那次在莫斯科，我还接受了一份不同寻常的邀请，与一群银行职员讨论存在主义问题，时间长达一个半小时。我们聚集在一栋摩天大楼顶层一间漂亮的大房子里。大约有50人出席了会议，其中包括银行行长，他是少数会说英语的人之一。当然，我不懂俄语，而翻译使讨论变得沉闷。听众似乎对存在主义毫无兴趣，没有提出任何问题。我以为他们不愿意在经理面前自由讨论，我努力去探索这个问题，但没有效果。银行行长坐在前排，眼睛盯着iPad，20分钟后，他打断了我们的讨论，宣布说，欧盟刚刚对俄罗斯实施了更具破坏性的制裁，他希望我们用剩余时间来讨论他们对这一转变的担忧。我完全赞成这样做，因为他们显然对于存在主义没有什么热情，但是，再一次，只有沉默。我再次表达了我的担忧，即成员可能不愿在他们的经理在场的情况下发表意见，但是尽我所能，仍然找不到打破僵局的办法。除了我的报酬之外，我的工作几乎没有什么可展示的，而且报酬的支付方式也很奇怪。有人告诉我，我将在第二天在学校为我举行的晚宴上收到它。第二天晚上，吃完甜点之后，有人悄悄地递给我一个平

作者和他的妻子玛丽莲在克里姆林宫
2009 年

常的没有标记的信封,里面塞满了美元。我揣测以这种神秘的方式收到报酬,是对我的恩惠,误以为这样我可以避免缴纳所得税;但也有可能是因为,这家银行一直在寻找途径打发掉额外的现金。

随着年龄的增长,我尽量避免长途飞行,更喜欢通过视频会议来参与。一般是去我家附近的一个视频会议办公室,向观众发表演讲并回答问题,时间大约90分钟。自从我决定停止出国旅行以来,我已经做了几十次视频会议的演讲,但最近的一次,2016年5月,与中国心理学界合作,是最不寻常的一次。中国的三位精神病医生对我进行了90分钟的采访,翻译员则飞到旧金山参加这场活动,他坐在我旁边,现场翻译他们的问题和我的回答。第二天,主办方告诉我,这次采访的观众人数相当多,但当他们给我发来访谈者的照片和精确的数字时,我惊呆了:有191 234名观众。

当我对观众的规模表示惊讶和怀疑时,中国主办方回答说:"亚隆博士,像大多数美国人一样,您并不真正了解中国之大。"

* * *

每天,我都会收到来自世界各地的读者发来的邮件,我特别重视回复每一封信,通常会用"谢谢你的来信"或"我很高兴拙作对你有帮助"寥寥数语。我很小心地提到来信者的名字,这样他或她就可以确定我真的读过这封信,并且亲自写了回复。这需要一些时间,但我感觉自己在做的事情,就像我的佛教朋友每天

第39章 关于理想化

做的观想慈悲一样。几乎每天,我也会收到来自世界某些地方的咨询请求,要么是通过 Skype,要么愿意飞来加利福尼亚州与我见面。前几天,一位男士写信问我是否可以和他的母亲——一位退休的心理治疗师,在她的 100 岁生日会上通过 Skype 交谈。

除了粉丝邮件,读者有时还会送礼物,我们的房子里装饰着来自希腊、土耳其、伊朗和中国的物品。但最引人注目的礼物出自萨克拉里斯·库图齐斯(Sakellaris Koutouzis)之手,他是一位著名的希腊雕塑家,生活和工作在卡林诺斯岛。我收到了他的一封电子邮件,他在邮件中询问我的住址,并告诉我他很喜欢我的书,正在按照我的照片(他在网上找到的)制作我的石膏半身像。我也在网上查了他的资料,得知他是一位很有造诣的雕刻家,他的作品在世界各地的不同城市展出。我坚持要付运费,但他拒绝了。一个月后,一座比真人还大的半身像到达我的家门口,装在一个巨大的木箱里。现在它坐落在我们的房子里,真是和我太相似了,以至于每次看到它,我都会吓一跳。我和我的孩子们经常用眼镜、领带或我的一顶帽子来装饰它。

尽管我试图转移这些声望的象征,但我毫不怀疑,它们也增强了我的自信心。我也相信,我的资历、举止和声誉提高了我作为一名治疗师的效力。在过去的 25 年里,大多数与我联系过的患者,是因为他们读过我的一些文章,所以来到我的办公室时,对我的治疗能力有着强烈的信心。在我的一生中,也遇到过几位有声望的治疗师,我对这种深刻的印象有一些体验:卡尔·罗杰斯脸上的皱纹仍然历历在目。50 年前,我请求和他进行一次谈话,然后飞到南加州度过了一个下午。我给他带去了一些我写的书,

作者与萨克拉里斯·库图齐斯为他制作的雕像
2016 年

第39章 关于理想化

我记得他告诉我，尽管我的团体治疗教科书写得很好，但他认为最特别的是我和金妮合著的书《日益亲近》。维克多·弗兰克尔和罗洛·梅的脸庞也在我的脑海中清晰可见，如果我有艺术天赋（可惜我没有），我可以凭记忆把他们精确地素描出来。

因此，因为我的名声，患者向我透露了他们从未告诉过别人的秘密，甚至是对以前的治疗师也没说的。如果我不带评判、带着同理心去接纳他们，那么我的干预可能会因为他们对我的偏爱而更有分量。最近，在同一个下午，我接待了两个读过我的著作的新患者。第一个是一位退休的治疗师，驱车数小时从家里来到我的办公室。她担心自己的囤积倾向（只囤积在她家里的某个房间）和她的强迫行为：离开家时，她会在开车不到一个街区时，就要回家看看门是否锁好，炉子是否关了。我告诉她，我不认为这些问题会在与我的简短治疗中得到解决，而且它们也没严重到影响她的生活。我认为她是一个整合能力很强的人，拥有美满的婚姻，正在为退休后的生活寻找意义，其中碰到了一些难题而已。她很高兴听到我说她不需要治疗。第二天，她给我发来这些话：

> 我只是想让你知道，我有多喜欢和重视我们上周四的咨询，这对我来说意义重大。我感觉到了你的支持和认可——我做得很好，我很快乐，对自己的生活很满意，真的很感谢你认为我不需要任何治疗。在我离开你的办公室后，感到不那么焦虑了，更自信了，更能接受自己了。我觉得这是一份真正的礼物。就一次会谈，却如此美妙！

后来，同一天下午，一个来自南美洲的中年男子到旧金山拜访朋友，顺便来做一次咨询。他几乎花了整整一个小时谈论他对妹妹的担忧，后者几乎一生都在与厌食症抗争。父母去世后，他因为妹妹医疗和精神护理费用负担过重，以至于他一直无法结婚成家。我问他，为什么是他，而不是他的大家庭的其他成员承担照顾她的全部责任。然后，他带着极大的焦虑和犹豫，给我讲了一个他从未和任何人分享过的故事。

他比妹妹大 13 岁，有一天，在妹妹 2 岁，他 15 岁时，他的父母让他帮忙照顾妹妹几个小时，而他们和他的哥哥姐姐要去参加一场婚礼。当他们不在的时候，他和女朋友打了很长时间的色情电话（他的父母非常不喜欢她，并明确禁止他们交往）。在谈话过程中，他的妹妹从敞开的前门爬了出去，摔下几级台阶，她的身体和脸都受到了严重的挫伤。当他的父母回来时，他不得不承认了一切——这是他一生中最糟糕的时刻——尽管他妹妹的伤势很轻，几天后瘀伤就消失了，但这些年来，他一直暗自担心并确信她的厌食症就是那次摔出来的。而且，在他妹妹受伤后的 25 年里，这是他第一次向别人透露这段经历。

我用我最深沉和最正式的声音告诉他，我仔细地听了他对我说的关于他妹妹的事，在考虑了所有的证据之后，我现在郑重宣布他是无辜的。我向他保证，他已经为自己的过失付出了代价，并再次向他保证，她的摔倒绝不会引起厌食症。我还建议他回国后在治疗中继续探索这一点。他如释重负地哭了起来，谢绝了我对继续治疗的建议，并向我保证，他已经得到了想要的东西。他迈着轻盈的步子离开了我的办公室。

第39章 关于理想化

在这些只有一次的咨询中,我识别出患者的努力和优势,并送上我的祝福,但患者的成功在很大程度上还是归功于他们灌输给我的力量。

不久前,一位女士讲述了她一生中最悲伤的事件之一。在她青春期后期,就在离家去上大学之前,她与那位杰出而又生疏的父亲一起坐了很长时间的火车。她非常期待能和他独处,但他却打开公文包,整个旅程都在工作,没有跟她说一句话,她感到沮丧极了。我回答说,我们的治疗提供了一个重演那次事件的机会——她和我(一位年长的重要人物)将展开一个小时的治疗之旅,但我们的旅行会有所不同:她将得到充分的许可,甚至是鼓励,去提出问题,去诉说抱怨,去表达感情。而且,我一定会做出充分的回应和对答。她深受感动,并最终放下心结。

所有这些关注和掌声,对我的自我认知有什么样的影响?有时我会感到兴奋,有时会感到不安,但总的来说,我保持着平衡。每次在我的支持团体或我的案例讨论团体中与同事们碰面时,我都意识到,他们都是有几十年实践经验的杰出医师,他们的工作和我的工作一样有效。所以我不必把这些奉承放在心上。我所能做的就是认真对待我的工作,成为我能达到的最好的治疗师。我提醒自己,我被理想化了,我们所有人都渴望一个智慧的、无所不知的白发老人。如果我被选中去填补这个空缺,那么我很乐意接受这个职位。总得有人去做这件事。

BECOMING
MYSELF

第 40 章
老年新手

小时候，无论在哪里（班级、棒球队、网球队、夏令营）我都是年纪最小的；但现在，无论我去哪里（演讲、餐馆、读书会、电影院、棒球比赛）我都是最老的。最近，斯坦福大学精神病学系主办了一次为期两天的精神科医生继续教育会议，我应邀出席并发表了演讲。当我看向观众席上来自全国各地的同事，我只看到几个灰白头发的，没有一个白发的。我不仅是最老的，而且是老中之老！另外16场讲座和研讨会听下来，我更加意识到自己的年龄，以及自我20世纪50年代开始行医以来这个领域的变化。所有当前的发展——精神分裂症、双相障碍和抑郁症的新精神药理学，正在进行的新一代药物试验，对睡眠障碍、饮食失调和注意力缺陷障碍的高科技治疗——这些发展大部分我都没跟上。回想当年，作为一名有前途的年轻教员，我为自己紧

第40章 老年新手

跟每一项新的发展而感到特别骄傲。现在,我在许多演讲中都感到迷茫,尤其是当我听了一场关于脑部经颅磁刺激(transcranial magnetic stimulation of the brain)的讲座时,它描述了刺激和抑制大脑关键部位的方法,比用药物更有效、更精确,而且没有副作用。这将是我的领域的未来吗?

1957年,当我第一次担任住院医师时,心理治疗是精神病学的核心,我和同事们都对它充满了热情。但现在,在我参加这次会议的八场演讲中,很少有人提到心理治疗。

在过去的几年里,我很少读精神病学方面的书。我经常假装这是因为视力问题——我做过角膜手术,也做过双侧白内障手术——但这是一个蹩脚的借口。我可以在Kindle上阅读大字体的专业材料来跟上形势。事实上(要承认还真有点尴尬)是我不再感兴趣了。当我开始对此感到内疚时,我就安慰自己说,我已经投入了时间。而且现在85岁了,我应该可以自由地阅读我想读的东西了。然后,我补充说:"此外,我还是一位作家,需要跟上当代的文学潮流。"

当轮到我在斯坦福大学的会议上发言时,与其他演讲者不同,我没有讲课,也没有幻灯片。事实上(在此我要第一次忏悔)我从来没有做过或使用过幻灯片!取而代之的是,斯坦福大学的一位同事兼密友大卫·斯皮格尔熟练而亲切地采访了我,谈论我作为一名治疗师的职业生涯和发展。这对我来说是一种很舒服的方式,时间过得如此之快,以至于会议结束时,我感到很吃惊。当观众们起立鼓掌时,我有一种不安的感觉:他们在向我告别。

因为极少有精神病医生到我这个年纪还在执业,所以我经常问自己：为什么你还在给别人看病？这不是出于经济原因，我有足够的钱过舒适的生活。而是因为我实在太爱自己的工作了，在不得不放弃之前，我绝不放手。这么多人邀请我进入他们的私密生活，我感到非常荣幸，而且经过这么多年，我想自己可能越来越擅长此道了。

也许，部分原因是因为我擅长挑选患者。在过去的几年里，我一直在做限时治疗：我在第一次面谈就会告诉患者，我们的治疗最多只能持续一年。当我快 80 岁的时候，我开始怀疑自己的思维和记忆还能保持多久。我不希望患者过度依赖一个可能很快退休的人。此外，我还发现，在一开始设定终止日期通常会提高治疗效率，让患者更快地投入工作。弗洛伊德的早期弟子之一奥托·兰克（Otto Rank）在 100 多年前就提出了同样的看法。我很小心，如果我们似乎不太可能在一年内取得相当大的进步，我就不会接受这个患者。我会把那些病情更严重、需要精神药物治疗的患者转介给其他精神科医生（因为我跟不上新研究的步伐，几年前我就不再开处方了）。

由于我帮助过很多人处理衰老问题，我以为自己已经为即将到来的各种丧失做好了充分准备，但我发现它比我想象的要可怕得多。膝盖疼痛、失去平衡，清晨背部僵硬、疲劳，视力和听力衰退，皮肤斑纹，所有这些都让我担心不已，但与记忆的衰退比起来，这些又是那么的微不足道。

最近的一个星期六，我和妻子出去散步，在旧金山吃午饭；回到公寓后，我意识到自己忘了带钥匙。在有备用钥匙的邻居回来之前，我们不得不在外面等了几个小时。那天晚上，我们

第40章 老年新手

去看了由法布里斯·梅尔奎特（Fabrice Melquiot）主演的一部戏剧——《闻所未闻的世界》（The Unheard of World），该剧讲述了一种想象中的来世生活。它由我的儿子本制作，并由他的剧团"傻瓜暴怒"（FoolsFURY）演出。玛丽莲和我同意在演出结束后，与观众一起讨论这出戏，她从文学的角度，而我从哲学和精神病学的角度。虽然我的讲话似乎令听众满意，但在演讲过程中，我意识到自己忘记了一个重要且有趣的论点，我打算讨论这个论点。于是，我一边自动巡航式地讲话，一边疯狂地在脑海中搜寻这个丢失的想法。过了十多分钟，它突然跳进我的意识，我才将其表达出来。我不知道观众是否看出我丢失材料后的疯狂搜寻，但在那十分钟里，当我对观众讲话时，我听到一句话在我的脑海里盘旋："是这样——时候到了。我应该停止公开演讲了。要记得罗洛。"我指的是我之前描述过的一个场景：罗洛·梅在年纪很大时做过一次演讲，在演讲中，他把一个小故事重复讲了三次。我发誓，永远不要让观众看到我衰老的景象。

第二天，我把一辆租来的车还给租车行（我的车在修车店）。那是下班时间，租车行已经关门了。我遵照张贴的指示：把车锁上，把钥匙放进锁着的投递盒里。但就在几分钟后，我发现我把袋子忘在车里了，袋子里有钱夹、钥匙、钱和信用卡。最后，我不得不打电话给美国汽车协会（AAA），打开车取回我的袋子。

尽管这是一个不常见的记忆失灵的事故，但轻微的失误几乎每天都会发生。那个微笑着接近我的男人是谁？我认识他，我确定，但是他的名字，啊，就是想不起来。我和玛丽莲经常去半月湾海滩附近的那家餐厅叫什么名字？电影《谋害老妈》(*Throw Momma from the Train*) 里那个滑稽的喜剧演员叫什么来着？旧金山现代艺术博物馆在哪条街上？那种基于九种不同性格类型的奇怪疗法叫什么？那个创造了沟通分析（Transactional Analysis）的精神病学家，我以前认识的，叫什么名字？我能认出熟悉的面孔，但名字却消失不见——有些能想起来，有些每次被提醒后又马上消失了。

昨天，我和朋友范·哈维共进午餐，他比我大几岁（是的，周围还有几个这样的）。他建议我读一本叫西蒙·马维尔（Simon Mawer）的小说《玻璃屋》(*The Glass Room*)，我建议他试试克里斯托弗·尼科尔森（Christopher Nicholson）的《冬天》(*Winter*)。几个小时后，我们互发电子邮件问对方："你推荐的那本小说叫什么名字？"当然，我应该带一个记事本。但是要记得带上记事本——啊，这就是问题。

钥匙、眼镜、手机、电话号码和停车地点，忘记这些已是我的家常便饭。但是，弄丢我的公寓钥匙和汽车钥匙是不常见的，可能与我前一晚的失眠有关。我确信自己知道失眠的原因。那天晚上，我看了一部法国电影《爱》(*Amour*)，它讲述了一个年迈的、充满爱心的丈夫帮助他生病的妻子面对死亡的煎熬。这对夫妇很像玛丽莲和我，这部电影整晚都萦绕在我的心头。《爱》是一部很棒的电影，但请听我一句：在你80岁之前去看它。

我一直担心自己的记忆衰退可能会迫使我放弃看患者，因此，为了防患未然，我大量使用计算机口述程序：在每次会谈结

第40章 老年新手

束后,我都会口述一页或两页的会谈摘要,然后,在下一次会谈之前,非常仔细地阅读这些摘要。出于这个原因,我总是在两个患者之间空出至少20分钟。而且,在过去的几年里,我每天最多只看三个患者。当很久以前的患者给我发邮件时,一开始我经常是头脑一片空白,但是读几句旧笔记之后,就会打开整个故事的水龙头。

然而,记忆衰退也有好的一面:我遗忘了许多书籍的情节,这使我能够重获阅读的乐趣。我发现,我喜欢的当代小说越来越少,所以我再次回到书柜里成排的"最爱":《百年孤独》(*A Hundred Years of Solitude*)、《格伦德尔》(*Grendel*)、《远大前程》、《马科洛尔历险记》(*The Adventures of Maqroll*)、《荒凉山庄》(*Bleak House*)、《午夜的孩子》(*Midnight's Children*)、《朱莉娅婶婶和编剧》(*Aunt Julia and the Scriptwriter*)、《丹尼尔·德隆达》(*Daniel Deronda*)、《织工马南》和《众生之路》(*The Way of All Flesh*),其中许多著作我都如初次阅读一般。

在《直视骄阳》中,我描述了"涟漪"的概念,作为缓解死亡焦虑的一种方式。我们每个人,往往不自觉地创造了有影响力的同心圆,可以影响其他人很多年,甚至是几个世代。我们对他人的影响就像池塘里的涟漪一样,不断地传播,直到肉眼看不见,但仍在纳米水平继续下去。正如约翰·怀特霍恩和杰里·弗兰克在我身上产生的涟漪,我相信,我也对自己的学生、读者和患者产生了涟漪,特别是我的四个孩子和七个孙子。我还记得,女儿伊芙打电话告诉我她考上了医学院时,我留下欢喜的眼泪。去年,当我得知她的女儿阿拉娜(Alana)被杜兰大学医学院录取

作者给他 3 岁的孙子上第一堂国际象棋课
2016 年

时，我的眼泪又流了出来。在刚过去的圣诞节，我和3岁的孙子艾德里安（Adrian）坐下来，开始了我们的第一场国际象棋比赛。

* * *

我应该何时退休呢？这真是一个难题。我经常被要求帮助患者处理这个决定。不久前，我和霍华德（Howard）进入治疗程序，他是一位成功的、非常聪明的避险基金经理，85岁了，他的妻子坚持要他去寻求治疗，因为他无法停止长时间地盯着电脑屏幕工作。他住在西海岸，每天凌晨4:30就起床，监控股票市场，然后一整天都盯着屏幕。尽管他多年来一直致力于完善一个电脑程序来做他的工作，但他觉得自己应该对投资者负责，绝不要离显示器太远。他的三个搭档，两个弟弟和一个终生挚友，他们很少错过自己每天的九洞高尔夫球，霍华德却觉得他必须扛下他们的工作。他知道自己和妻子及三个女儿拥有的钱，远远超过了他们的消费能力，但他还是无法停下来。这是他的责任，他说。他不能完全信任自己设计的用于交易的电脑程序。是的，他承认自己沉迷于观察股票行情的涨落，不知道还有什么其他的生活方式。而且，他向我眨了眨眼睛，在市场上大获成功感觉真是太棒了。

"想象你的生活中没有工作，霍华德，会是什么样子呢？"

"我承认我害怕停下来。"

"试着想象一下，没有工作的生活。"

"我懂你的意思。我承认这没有意义。我承认我很害怕停下来。一整天那么长，我该做什么呢？旅行观光，只有那么些地方。所有有趣的地方，你叫得出名字的，我都去看过了。"

我又继续追问："我在想，你是不是觉得工作让你感觉活着，如果没有工作，你就会进入生命的最后阶段——衰老和死亡。我们一起看看有没有什么办法，可以把生活和工作分开，怎么样？"

他专心地听着，点了点头。"我会考虑这些问题。"

我怀疑他是否真的会。

* * *

我是一个85岁的新手，和霍华德一样，与年老做斗争。有时，我接受这样的想法：退休应该是休息与宁静的时刻，是满足回想的时刻。然而，我也知道，我早年的生活中就有一些不安分的情绪，如果我放慢脚步，这些情绪就会继续制造动荡，并有可能浮出水面。更早的时候，我引用过狄更斯的话："我围绕着一个圆圈而行，越接近终点，也就越接近起点。"这句话总在我心头萦绕。越来越多的时候，我感觉到一些力量把我拉回到起点。又一天晚上，我和玛丽莲参加了在旧金山举办的"傻瓜暴怒作坊展"——每两年由我儿子本的公司赞助一次——在这个活动中，来自全国各地的20家小型剧院展示了他们的作品。演出开始之前，我们在聪明仔餐厅匆匆吃了一点，这是一家小型犹太熟食店，似乎来自20世纪40年代（我童年时期）的华盛顿特区。熟食店的墙上几乎全是家庭照片——从东欧抵达埃利斯岛的一群忧郁、睁大眼睛、惊恐不安的难民。这些照片让我感到震惊：它们

第 40 章 老年新手

像极了我自己的大家庭。我看到一个悲伤的小男孩，在他的成年礼上发表演讲，感觉他好像就是我。我看到一个妇人，马上就想起了我的母亲。我突然对她产生了一种从未有过的温情，为自己在这些篇章里苛求她而感到羞愧和内疚。像我母亲一样，照片中的女人看起来没有受过教育、惶恐不安、拼命工作，只为了在一种陌生的新文化中存活下来，养活她的家庭。我的生活是如此富有、优越、安定——主要得益于我母亲的辛勤工作和慷慨。当我看着她和所有难民的眼睛时，我坐在熟食店里低声哭泣。我一生都在探索、分析和重建我的过去，但现在我意识到，我的内心充满了泪水和苦难，我可能永远也无法摆脱。

* * *

自从我 1994 年从斯坦福大学提前退休以来，我每天的日程安排都基本相同：每天上午写作 3～4 个小时，通常是每周 6～7 天；每天晚些时候开始看患者，一周五次。我在帕洛阿尔托住了 50 多年，我的办公室距离我家只有 50 米远。大约 35 年前，我在旧金山的俄罗斯山（Russian Hill）买了一套公寓，可以看到美丽的城市和海湾，我在周四和周五下午去那里上班。玛丽莲周五晚上过来和我在一起，我们通常在旧金山度过周末，我觉得这是一个乐趣无穷的城市。

我为自己的假退休而自责。"有多少 85 岁的精神病医生还像我一样努力工作？"我是否像我的患者霍华德一样，继续工作以逃避衰老和死亡？这些问题让我感到震惊，但我也有自己的答案

作者在帕洛阿尔托的办公室
2010 年

第40章 老年新手

库。"我还有很多事要做……我的衰老使我更能理解和安慰我这个年龄段的人……我是一个作家,沉醉于写作的过程中,为什么要放弃呢?"

是的,我承认:我对最后一句话感到非常不安。我以前总是有一堆书萦绕在脑海里,等待着被写出来,但现在再也没有了。一旦我完成了这本书,我确信再也没什么书在等着我去写了。当我的朋友和同事听到我这样说时,无不嗤之以鼻。他们以前听过太多次了。但我恐怕这次不一样了。

我总是让我的患者去探索遗憾,并敦促他们追求一种无悔的生活。现在回想起来,我也几乎没有什么悔恨。我有一个非凡的女人作为我的人生伴侣。我有可爱的孩子和孙辈。我生活在世界上一个得天独厚的地方,有理想的天气、优美的公园、富裕的生活、很少的犯罪,这里还有斯坦福大学——世界上最棒的大学之一。而且,我每天都收到邮件提醒我,我曾经帮助过遥远的地方的某个人。因此,尼采的查拉图斯特拉所说的话很适用于我:"这就是人生?那么再来一次!"

ACKNOWLEDGEMENTS

致　谢

我很感激在本书写作过程中帮助过我的许多人。珀伽索斯的成员，即每月一聚的斯坦福大学医生写作团体，为其中好几章提出了意见。特别感谢这一团体的创始人汉斯·斯坦纳，以及我的朋友兰迪·温加滕（Randy Weingarten），他是一名精神病学家和诗人，他给出了"老年新手"这一章节的标题。还要感谢我的患者，他们允许我描述治疗中发生的事。为了保护他们的隐私，我换掉了所有的名字，并在尝试传达每一次相遇的某些真相的同时，把所有可以识别的细节都隐藏起来。我的患者自始至终都在教育我、激励我。遇到山姆·道格拉斯（Sam Douglas）和丹·格斯尔（Dan Gerstle）做我的编辑，实在是极大的幸运。感谢大卫·斯皮格尔，一如既往地感谢我的文稿经纪人桑德拉·迪杰斯特拉（Sandra Dijkstra）和她的同事安德里亚·卡瓦拉罗（Andrea Cavallaro），从一开始就给予我热情的支持。终生挚友朱利叶斯·卡普兰（Julius Kaplan）和贝亚·格利克（Bea Glick）搅动了我的记忆，我的四个孩子和七个孙子、孙女也是一样。最要感谢的是，我深爱的妻子玛丽莲，她帮助我回忆起许多陈年往事，并担任我的私人总编。

POSTSCRIPT

译 后 记

我这个人有些奇怪，但凡大家都喜欢的，我便不怎么喜欢。

因此，在欧文·D.亚隆大红大紫的当下，我并没有特别去关注他。至于他的著作，我大概也只认真读了两三本而已。根本比不上他的铁杆粉丝，上过他的绝大部分课程，读过他的绝大部分著作。

但无可否认的是，亚隆曾经是我的最爱。2007年下半年，我所在的学校心理咨询中心组织了一个读书会，带领者张亚老师让我们每个人选一个自己钟情的治疗流派。有选精神分析的，有选认知行为的，有选人本主义的，而我则选了存在主义。当时，一共有三个人"选了"存在主义流派。除我之外，另外一个同学不知道选什么，还有个同学则是因为那天缺席了。

现在想想，那两位同学好像比我更加"存在主义"。

后来，张亚给了我们一本繁体版的图书，让我们去复印、阅读。这本书就是欧文·D.亚隆写的《存在心理治疗》[一]，由台湾张老师文化出版有限公司出版，分上下两册。上册的主题是"死

[一] 如今，这本书已有中文简体版，由商务印书馆2015年出版，书名为《存在主义心理治疗》。——译者注

亡"，下册的主题是"自由""孤独""无意义"。在读这本书的时候，不得不承认我爱上了亚隆。当时，市面上还没几本亚隆的中文版书，我另外只找到了一本《当尼采哭泣》，同样如饥似渴地读起来。与《存在心理治疗》是在书桌边读完的不同，《当尼采哭泣》大半是在地铁上读完的。后来更惊讶的是，《当尼采哭泣》竟然被拍成了电影。

按照读书会的要求，在阅读《存在心理治疗》时，我要跟同学们做一个分享。这次分享深受同学们喜欢，同时也给他们带来了极大的震撼，而震撼他们的，其实是一个极其简单的提问："你们谁能试试，一个下午就坐在那里晒太阳，什么事也不干？"当时的我们忙于听课、读书、看文献、做咨询、找兼职，一个下午什么都不干，那不是疯了吗？由此可见，当时我们那群年轻人的死亡焦虑有多么严重！

读罢《存在心理治疗》，我还写了一篇读书笔记——《谈存在心理治疗的终极关怀》，发表在《大众心理学》杂志上。算是我阅读这本书的一个心得体会，也是对自己如何面对存在既定（existential givens）的暂时解答。当时整天忙忙碌碌，但却找不到人生的意义。后来我才知道，人生意义这个问题，是无法向人提问的。只能我们自己去回答它，让它消解在自己的日常行动中。

不管怎么说，亚隆算是我在存在主义治疗领域的引路人，而且在那段孤独和找不到意义的日子里，他还是我当之无愧的人生导师。

再后来，我读到了奥地利意义疗法创始人维克多·弗兰克

译 后 记

尔的著作、英国存在主义代表人物艾美·凡·德意珍（Emmy Van Deurzen）的著作和美国存在心理学之父罗洛·梅的著作。还有幸见到了罗洛·梅的合作者和继承者科克·施奈德（Kirk Schneider），以及艾瑞克·克雷格（Erik Craig）、埃德·孟德洛维兹（Ed Mendelowitz）、路易斯·霍夫曼（Louis Hoffman）、杨吉膺（Mark Yang）等一批当代的存在心理学家，并结识了中国的存在心理治疗代表人物王学富。

在这期间，我与合作者翻译了科克·施奈德和奥拉·克鲁格（Orah Krug）的著作《存在—人本主义治疗》（Existential-Humanistic Therapy），翻译了艾美·凡·德意珍的《欧陆哲学的贡献：我们如何理解幸福和苦难》（Continental Contributions to Our Understanding of Happiness and Suffering）、路易斯·霍夫曼的《存在心理治疗的五大存在既定》（Existential Givens，中文标题为译者所拟）和纳什·波波维奇（Nash Popovic）的《存在焦虑与存在喜悦》（Existential Anxiety and Existential Joy），还参与编写了杨吉膺主编的《存在主义心理学与道（英文版）》（Existential Psychology and the Way of the Tao）（我写的那篇文章《无用之用：死亡面前的自由》由杨立华翻译成英文）。

在 2012 年，我还遇到了两本很好的书，一本是米克·库伯（Mick Cooper）的《存在主义治疗》（Existential Therapies），另一本是博·雅各布森（Bo Jacobson）的《存在主义心理学的邀请》（Invitation to Existential Psychology）。它们让我对存在主义治疗和存在主义心理学增添了很多认识。库伯认为，存在主义治疗这个词汇代表了诸多不同的治疗实践，在书中他提出了 6 种不同的存在治疗取向，而亚隆的治疗取向属于美国的存在－人本主义治疗流派，与罗洛·梅、科克·施奈德同宗。雅各布森则扩展了亚隆的存在既定理论，把存在主义理论融进了6个基本的生命困境和生活问题：幸福与痛苦，爱与孤独，逆境与成功，死亡焦虑与生命承诺，自由选择与人生义务，生命意义和无意义。这几年，在空闲的时候，我便将这两本书翻译几页，一是学习知识，二是帮助自己度过生活困境。比较遗憾的是，一直未能寻到合适的出版方将这两本书出版。

日子就这样一天一天地过去。在大家都学习和追随亚隆的时候，其实我更想说的是，亚隆并不是存在心理治疗的全部，这个领域真的很丰富多彩。

不过，我跟亚隆的缘分也似乎未尽。2017年年底，偶然有一天，我在公众号上看到，亚隆平生的最后一本著作，也就是他的自传《成为我自己》将被引进出版。我便随手转发了这则消息，并期待它能早日与读者见面。没想到的是，第二天好友杨立华就问我，愿不愿意和他一起翻译亚隆自传。由于当时手上已有几本书稿，我没有立即答应下来，但出于对亚隆和存在主义的情感，我也没有推辞。后来，是立华一直与公众号的运维者保持联系，邀我参加试译，签订合同，而我则坐享其成，只等待着分配给我的那一部分任务。

幸好亚隆不仅是一位心理学家，而且还是一位畅销书作家，他的文笔流畅，行文简洁，基本上没有什么长句、难句，所以翻译起来并不怎么费事。为了如期完成任务，我和立华达成协议：由他翻译第1～22章，我翻译第23～40章。当我在朋友圈分享这一消息时，陈蕊老师自告奋勇帮我校对稿件，其中有 14 章经过陈蕊的润色，还有好友 Alice 也帮我校对了两章，在此向她们的辛勤劳动表示感谢。不得不提的是，在我们翻译这本书时，台湾心灵工坊出版的《成为我自己》已经面市，这一繁体版虽有几处翻译错误，且语言风格与我们有所差异，但其文采斐然，有目共睹，偶有词穷之时，它便成为我们的灵感之源。

亚隆在《成为我自己》这本自传中，竭力为读者呈现一个真实平凡的自我。作为一位心理治疗大师，在第 1 章中，他回忆起来的竟然是 12 岁那年，那个毫无同理心的自己。他曾骑着自行车从儿时玩伴家门前经过，冲着她大喊"嘿，麻子"，以一种残忍的、毫无同理心的方式来获取她的关注。谁知亚隆这一生安慰过多少受伤的心，但在 85 岁之际，他仍然对这种大多数男孩都玩过的把戏耿耿于怀，他心中一直想要说的是："原谅我，爱丽丝。"

潜藏在亚隆心中的另一个情结是，他自认为在年少时没有遇到人生导师。他多么渴望一位穿着西装、学识渊博的有影响力的人，走进他父亲的杂货店，然后宣称他是一个前途无量的小伙子。但这终究是一场梦，从来都没有发生。当他是一个孩子的时候，亚隆并不喜欢自己的生活、街坊、学校、玩伴；而在这个幻想中，他第一次被一个来自外部世界的使者所认同，这个外部世界比他所在的贫民区要好得多。

亚隆与母亲的关系也不得不提。每当母亲心烦意乱的时候，她就会认为：如果发生了什么坏事，一定有谁做错了什么，那个人就是亚隆。因此，在父亲病重的那天晚上，母亲不止一次地朝他大喊:"你——你杀了他!"那晚之后,亚隆决定从此对她关上心门。在接下来的两三年里,他们就像生活在同一个屋檐下的陌生人。但你知道,问题并没有就此解决,正如亚隆所说:"我与母亲的关系是我一辈子的伤痛,但矛盾的是,她的形象几乎每一天都在我的脑海中闪过。"

除了和立华一起试译了前三章的内容之外,我主要翻译的是《成为我自己》的后半部分,其中少了些成长的痛苦,多了一些趣事。

有一次,亚隆去印度,跟葛印卡学内观静修,在火车上遇到三位印度姑娘,最漂亮的那位坐在他旁边。一路上,亚隆跟邻座的姑娘聊了许多,问了她许多有关印度宗教和文化的问题。快下车时,姑娘说:"我们要下车了,我们要去静修中心。"亚隆说:"太好了,我也要去那里。到了那儿,我们还可以聊聊。"姑娘说:"不行,静修是要禁语的。"亚隆则紧追不舍:"那结束后,我们在火车上还能聊聊。"姑娘说:"葛印卡教导我们,不要对过去有回忆,也不要对未来有憧憬,要活在当下!"

旅行虽然乐趣多多,但有时也要付出代价。印度、泰国之行到家后不久,亚隆就患上了一种奇怪的疾病:疲乏、头晕、食欲不振。斯坦福大学医院的专家一致认为,他感染上了某种热带疾病,但没人知道到底是什么病。几个月后,他终于康复了,为表示庆祝,他和玛丽莲又去了加勒比海的一个小岛旅行。谁知,刚到那里没几天,在沙发上打盹时被虫子咬醒了。第二天,他的感觉糟糕至极,赶紧飞回了家。但斯坦福大学医院的专家仍然诊断不出他得了什么病。就这样,亚隆又莫名其妙地病了大约16

个月。

另一次不幸的遭遇发生在塞舌尔岛之行快要结束时。虽然在塞舌尔岛上,亚隆文思如泉涌,写作《当尼采哭泣》所遇的难题被一一解决,但就在这时,多年的眼疾使他的视力开始下降,并伴随着对晨光的刺痛反应。后来,他不得不待在没有窗户的浴室里,靠着电脑本身的光亮写作,直到中午。跟随玛丽莲到达巴黎之后,他们租了一间公寓,房间的百叶窗很棒,于是,接下来的两个月里,亚隆便在黑暗中写作,直至完成了《当尼采哭泣》。等回到斯坦福大学之后,亚隆做了角膜移植手术。

这就是亚隆平凡一生的一些片段。读《弗洛伊德自传》,如其人格一般,我们读到的是极其克制与收敛。读《荣格自传:回忆·梦·思考》,亦是文如其人,带给我们满篇的奇幻和神秘。读亚隆的自传《成为我自己》,则让我们了解到大师生活中的平凡、真实和欢乐。

说不喜欢亚隆是假的,希望大家别只关注亚隆,可能只是想把他多分一点给我。

郑世彦

欧文·亚隆经典作品

《当尼采哭泣》
作者：[美] 欧文·D. 亚隆　译者：侯维之

这是一本经典的心理推理小说，书中人物多来自真实的历史，作者假托19世纪末的两位大师——尼采和布雷尔，基于史实将两人合理虚构连结成医生与病人，开启一段扣人心弦的"谈话治疗"。

《成为我自己：欧文·亚隆回忆录》
作者：[美] 欧文·D. 亚隆　译者：杨立华 郑世彦

这本回忆录见证了亚隆思想与作品诞生的过程，从私人的角度回顾了他一生中的重要人物和事件，他从"一个贫穷的移民杂货商惶恐不安、自我怀疑的儿子"，成长为一代大师，怀着强烈的想要对人有所帮助的愿望，将童年的危急时刻感受到的慈爱与帮助，像涟漪一般散播开来，传递下去。

《诊疗椅上的谎言》
作者：[美] 欧文·D. 亚隆　译者：鲁宓

世界顶级心理学大师欧文·亚隆最通俗的心理小说
最经典的心理咨询伦理之作！最实用的心理咨询临床实战书
三大顶级心理学家柏晓利、樊富珉、申荷永深刻剖析，权威解读

《妈妈及生命的意义》
作者：[美] 欧文·D. 亚隆　译者：庄安祺

亚隆博士在本书中再度扮演大无畏心灵探险者的角色，引导病人和他自己迈向生命的转变。本书以六个扣人心弦的故事展开，真实与虚构交错，记录了他自己和病人应对人生最深刻挑战的经过，探索了心理治疗的奥秘及核心。

《叔本华的治疗》
作者：[美] 欧文·D. 亚隆　译者：张蕾

欧文·D. 亚隆深具影响力并被广泛传播的心理治疗小说，书中对团体治疗的完整再现令人震撼，又巧妙地与存在主义哲学家叔本华的一生际遇交织。任何一个对哲学、心理治疗和生命意义的探求感兴趣的人，都将为这本引人入胜的书所吸引。

更多>>>　《爱情刽子手：存在主义心理治疗的10个故事》 作者：[美] 欧文·D. 亚隆